大侠殷一官轶事

赵焕亭 著

花山文艺出版社

图书在版编目（CIP）数据

大侠殷一官轶事 / 赵焕亭著. —石家庄：花山文艺出版
社，2018.1
ISBN 978-7-5511-3771-3

Ⅰ. ①大… Ⅱ. ①赵… Ⅲ. ①长篇小说－中国－当代
Ⅳ. ①I247.5

中国版本图书馆CIP数据核字(2017)第323959号

书　　名：大侠殷一官轶事
著　　者：赵焕亭

责任编辑：卢水淹
责任校对：齐　欣
选题策划：翰海华章
封面设计：思途传媒
美术编辑：胡彤亮
出版发行：花山文艺出版社（邮政编码：050061）
　　　　　　（河北省石家庄市友谊北大街330号）
销售热线：0311-88643221/29/31/32/26
传　　真：0311-88643225
印　　刷：北京楠萍印刷有限公司
经　　销：新华书店
开　　本：655×960　　1/16
印　　张：21
字　　数：255千字
版　　次：2018年7月第1版
　　　　　　2018年7月第1次印刷
书　　号：ISBN 978-7-5511-3771-3
定　　价：62.00元

总序：赵焕亭武侠小说述评

于学松

《赵焕亭武侠小说文集》收入了赵焕亭创作的十种长篇武侠说部，多篇古文小说、古文笔记，以及与其武侠创作密切相关的纪实小说《姑妄言之》。今后，根据赵焕亭武侠小说的收集、点校情况，还可能增加其他篇目。相信这套文集的出版，对于进一步挖掘民国武侠文学的宝藏，丰富读者的阅读内容，都会有所裨益。笔者愿借此机会，对赵焕亭的武侠创作进行简要的论述、评析。

一、赵焕亭小说创作的起始与武侠转向

赵焕亭是从什么时候起开始写小说的？是什么时候开始武侠创作的？赵焕亭的小说创作是如何正式转向武侠的？准确、全面地回答这些问题，似乎还为时尚早，但根据现已掌握的相关文献或作品线索，已可勾勒出事实的大致轮廓。

1914年4月，赵焕亭曾在《小说月报》第五卷第四号上，发表古文小说《辽东戍》。右该篇小说结尾的附言中，他有以下记述：

> 缀章曰：观感兴起之故，于性情有微契哉。有清同光
> 间，吾邑以诗古文词鸣者，为蒋太守蓍生、赵观察菁衫，

世所传《友竹堂集》《青草堂集》是也。予以通家子数拜榻下，伟其人，尤好拟其文。虽学薄不得工，顾知有文学矣。时则随宦济南，书贾某专赁说部，不下数百种，于旧说部收罗殆尽。余则尽发其藏，觉奇趣盎然在抱。后得畏庐林先生小说家言，尤所笃嗜，复触夙好，则试为两篇，各三万余字，旋即售稿去。复成短章《胭脂雪》一首，邮呈吾兄于京邸。兄颇激赏，以为殊近林氏。兄同年生某君则驰书相勉。嗣后时时为之。静总诸因，如蛛丝马迹，一一可寻。然非性情契近，亦莫得果也。是篇事迹，盖得诸青草堂未刊笔记。然优孟衣冠，去楚相远矣。

这段附言是相当重要的文字，它为我们一窥赵焕亭早期小说创作的概况，提供了多方面的线索。

首先，它说明赵焕亭早年所受的文学熏陶，主要来自两个方面，一是蒋箸生和赵菁衫的诗古文词，二人使赵焕亭"知有文学"，算是其入门之师；二是赵焕亭随宦济南期间，曾遍读旧说部（主要指明清两朝的通俗小说、戏剧或话本）"不下数百种"，已尽发书商之藏。此后，赵焕亭由古文小说家一变而为白话通俗小说的圣手，究其原因，他曾深受旧说部的影响是必不可少的条件。这一点，在其后来为《明末痛史演义》所作自序中，再次得到印证。

其次，说明赵焕亭在《小说月报》第二年第六期（宣统三年六月号）发表《胭脂雪》之前，间隔不长的某个时期，很可能同是在宣统年间，曾写过两部模仿林纾小说的古文中篇，各三万余字，并很快将书稿售出。根据上述附言推测，这两部小说应该不是刊载在清末的报纸或期刊上，而是出版了单行本。由于光绪末年和宣统年间的小说出版，往往不题撰人，赵焕亭的这两部小说很可能也没有署名，它们应该是赵焕亭最早创作的两部小说。今后，能否从现存的宣统年间印行的单行本古文小说中发现或甄别出它们，将是赵焕亭研究中的一个悬念。

再次，说明赵焕亭是受到林纾小说的激发，得到亲友的赞许，深受鼓舞，才开始小说创作的。有学者曾分析过，《胭脂雪》虽然以古文写成，但所表现出的技法、观念并不落伍，具有现代性。根据上述附言来看，《胭脂雪》中包含的"现代性"乃是由于赵焕亭受到西方小说的影响，具体来说，这种影响是通过林纾的古文译作间接承受的。赵焕亭小说创作的起始乃是对林译古文小说的模仿。

最后，这段话的结尾部分还宣示了赵焕亭小说的一个重要特点，即他把几乎每一部小说的创作，都置于有据可查的史实之上，从而为其真实性提供可信的依据。不论他是否真正做到了这一点，至少其主观愿望是如此。事实上，赵焕亭从青年时代起，就有收集前人笔记的习惯。赵焕亭的同里学弟吴昌年在为《英雄走国记》正编所作序中，说他"居常埋头卷帙，凡故篚之蠹余鼠残，不一钱值者，赵子得之则大喜"。这应该是赵焕亭热衷于收集、积累前人笔记、残书的真实记述。

从前述两部模仿林纾风格的古文中篇，到1911年6月的《胭脂雪》，再到1914年4月的《辽东戍》，构成了赵焕亭小说创作的初始阶段。《胭脂雪》描写一湖北何姓农人沉溺赌博，为滑胥陆阿六设局坑害，直至倾家荡产，妻子被陆阿六强占。沦为乞丐后，何姓农人深恨陆阿六之奸诈无良，决心复仇，终于伺机击杀之。自己后来则瘐毙狱中。《辽东戍》讲述了乡里间一个虽然"暴戾嗜饮博"，却天性仁厚、"落落有直气"的汉子，如何仗义救助弱女，失手杀死悍妇，从而被发往辽东戍边的故事。就写作风格看，几年之间，赵焕亭的短篇创作已由模仿林译小说向具有更多个性特征的方向发展。通过《辽东戍》，已能看出他日后创作的主要特点，如小说的情节总被安置在历史事实的框架、背景下，亦真亦假，亦实亦虚；小说中人物的遭遇、命运，与他的人品、行为之间存在因果联系；小说的主题，则寓有鲜明的道德倾向；故事的叙述、铺陈，总须在场的众多旁观者的参与，把街谈巷议大量写入小说之中，等等。而《胭脂雪》和《辽东戍》的基调又是相同的，即对人的生存、命运的强烈关注。赵焕亭通过记述悲壮、离奇的人间故事，把正义与邪恶，孱弱与凶悍，隐忍与复仇，乃至存在与死亡之间的对立和矛盾凸显出来，并努力从中领悟、体会人生的大义与要旨。正如赵焕亭在谈及归有光《思子亭记》时所说："至性为文，语语有血泪在。"

接下来的，是从中华民国4年（1915年）到中华民国6年（1917年）间为《小说丛报》等期刊撰稿时期。这时赵焕亭的小说创作，对于他日后发展为民国第一流的武侠小说家具有重要意义。自1915年3月起，两年时间里，赵焕亭除了在1915年5月和11月，分别在《小说月报》和《小说海》上发表《浮生四幻》和《铜驼恨》外，其他古文小说均刊登在《小说丛报》上，合计12篇之多，并且体裁多样，内容互异。其中，《客窗夜话》《李希孟》为"笔记短篇"，《天后宫之火》为"记事短篇"，《丁文诚公轶事》为"掌故短篇"，《小南海》为"诙奇短篇"，《珠崖还珠记》被称为"风俗小说"，《书文鲁斋》和《纪戚生述宋大帅轶事》则被冠以"英雄小说"之名。而《十八村》和《崔将军》分别被称为"义侠小说"和"侠义小说"，二者均可归入武侠短篇之列，其中的《十八村》（《小说丛报》第十期，1915年4月）应该是赵焕亭创作的第一篇武侠小说。而前述两篇"英雄小说"和一篇属于红羊佚闻的《红娘子》，内容、写法亦近武侠。

显然，这一时期的赵焕亭，小说创作不再是兴致所至、偶一为之的事情，已经成为他的职业选择。但具体向哪一个方向发展，写什么类型的小说，做什么样的小说家，似乎并没有确定下来。他做了以上多种类别、名目的小说，应该不仅是出于兴趣的广泛多样，而且有尝试走哪一条路径的考虑。

尽管处在方向选择的阶段，但赵焕亭小说创作的重心和风格已经有所显现。上述短篇中，记述历史上人物、事件和掌故的小说占了最大比重；属于武侠或近似武侠的小说居其次，它们与前一类小说并非泾渭分明，而具有相通相融之处，都浸透了刚健、豪迈之气，把对个人命运的忧思置于亲人之生离死别、世态之沧桑炎凉的背景中，因而显得慷慨悲壮、动人心魄。而部分小说的故事背景、情节和人物形象，亦被嵌入国家和民族历史的宏大架构中，愈发显得雄浑厚重，大气磅礴。在《浮生四幻》中，赵焕亭以友人族祖杏侪公自述的写法，讲述父子三人为求功名，毕生致力于举业。父子虽秋闱奏凯，但会试皆屡荐不售。最终，两儿先后因病客死他乡，杏侪公茕茕孑立，深怀丧儿之痛，面对暮年凄凉景况，不胜寥落；在《铜驼恨》中，赵焕亭追记了明清之交的同邑先人瞿昌（王丰垣）身处国变、奋勇抗清，事败之后归隐田间，抗志高蹈，不忘故国的往事。虽只有几千字的篇幅，但所蕴含的思想、主题，却与日后的皇皇巨作《英雄走国记》相仿；在《十八村》中，不但首次出现了侠者形象，而且描写的是千里走镖、武功超群、令盗匪闻声胆寒的美貌侠女；在《十兄弟》中，小说的主角则变换为一群身怀绝技、往来飘忽的江湖剧盗，通过对他们变化多端、神鬼莫测的骗术的叙述，写出了江湖世道的险恶、狰狞。

可以说，为《小说丛报》等期刊撰稿时期的赵焕亭，已经完全不是宣统年间一度模仿林纾风格、笔法的新手，而迅速发展为一个风格独特的成熟的古文短篇小说作家。这既是出于他的天分、才气，也是他多年来寒窗苦读、矢志为学的结果，更同他阅历颇丰，既深谙人情世故，又勤于思考密不可分。值得一提的是，正是在这一时期，赵焕亭的文笔、风格和才气开始为世人所关注、推崇。后来，郑逸梅在为《英雄走国记》续编所做的序言中说："余之读焕亭先生之著作，于《小说丛报》始。先生常署'玉田赵绂章'，所草短篇极奇横恣肆、渊古博丽之妙，予固深慕之。及成《奇侠精忠传》一书，巨著可世，传颂万家，遂与向恺然先生之《江湖奇侠传》同为说部二妙。"郑逸梅的这段话，既反映了赵焕亭之声名鹊起，始自为《小说丛报》撰写古文小说，也说明赵焕亭从在《小说丛报》上发表古文短篇，到后来写出《奇侠精忠传》，在当时的名作家郑逸梅看来，并不算是出人意料的事情。

但这实属一次巨大的跨越。几年时间里，赵焕亭所完成的乃是由古文变为白话，由短篇变为长篇，由体裁不定变为专攻武侠的三重转变。

事实上，赵焕亭之所以在宣统年间和民国初期一直在用古文写作，是由清末民初文坛的复古风气占据主导地位所决定的。当时，包括《小说月报》《小说丛报》和《小说海》在内的主流文学期刊，都以文言文为主，白话文只占很小的比重，居于次要地位。这三大期刊上登载的短篇小说，几乎都是用古文写成的。赵焕亭对自己的古文功力颇为自信，往昔举业不遂，功名未就，虽时过境迁，但仍为憾事，乐得通过古文写作，来一展才学。因而，这时期他用古文写小说，既别无选择，也正合心意。这种对古文的偏爱，赵焕亭一直延续到晚年，直到20世纪40年代中期，他在报刊上发表的笔记仍照例使用古文。

但1915年后，在"新文化运动"的影响下，白话文的使用、推广和普及，已开始逐步动摇此前文言文占据的统治地位。通俗小说使用白话文，已经是大势所趋。1917年年中、年末，无法适应这种转变的《小说丛报》和《小说海》先后停办。接下来的几年，赵焕亭之所以沉寂下来，未见发表新的小说，无疑同这种大环境的变化有关。这是他此后放弃文言文，采用白话文写小说的外部原因。他接受这一现实，改写白话小说，需要几年时间去适应、酝酿和准备，也是很自然的。

事实上，赵焕亭为自己选择的道路，乃是创作白话历史小说，这是他在为《小说丛报》撰稿时期表现出来的创作倾向的合乎逻辑的发展。就外部因素来看，蔡东藩自民国5年起，陆续发表了《清史通俗演义》等多部历史演义，对于赵焕亭的方向选择，应该也产生了重要影响。

1923年1月，赵焕亭的《明末痛史演义》由上海益新书社发行，全书6卷46回，共20余万言。根据作家为该书所作自序，该书在1922年夏季应已成书。此前的几年时间，未见赵焕亭发表过任何作品，原来是在酝酿和创作这部白话说部。这部描写明末乱局的历史演义，将有据可查的历史事件、历史人物和野史逸闻，与作家的文学想象融合在一起，完整叙述、演绎了那段悲壮、惨烈的史实。该书笔力雄浑，力透纸背，抒发了作家的满腔悲凉和万丈豪情。作家在该书自序的结尾写道：

> 恒欲仿雪芹、耐庵之精神，一吐胸中所欲言。援取明末事迹，自崇祯以讫郑氏入海，旁搜博采，广列异闻，经纬相宣，一以章回旧体为归。其间起伏综错，波澜筋脉，绚染描摹成书。具在无事自誉。呜呼！午夜篝灯，踌躇掷笔，盖犹是四十余之老书生也。可怜哉，予之童心！

可见，赵焕亭对他这部书的分量是颇为看重的。据其在《惊人奇侠传》第3回中的自述，光绪三年正月初六（1877年2月18日）出生的赵焕亭，到民国12年初《明末痛史演义》出版，刚好46岁，可谓大器晚成。至此，赵焕亭转向武侠之前的小说创作宣告完结。他以模仿林译小说起步，很快成为古文短篇的名家，并以《明末痛史演义》顺利完成了由古文到白话，由短篇到长篇的过渡、转变。

但赵焕亭这部耗时数年，辛苦写就的通俗演义，虽堪称杰作，实为民国时期历史演义类作品之翘楚，且颇受时人赞誉，但却没有引起很大的反响。最主要的原因，乃是在《明末痛史演义》出版的当月，《红杂志》自第22期（出版日期约为1923年1月19日）起，连续刊载不肖生的长篇白话武侠说部《江湖奇侠传》，并立刻产生了轰动效应，在全国范围内引发了武侠小说热。武侠小说的风头迅速盖过了此前热度颇高的历史演义。

但仅时隔四个月，益新书社便出版了赵焕亭所著《奇侠精忠传》的初集（二册）。赵焕亭在该书自序的篇尾注明，其作序的时间是在民国11年阴历12月下浣，即阳历1923年1月7日至16日间，似乎是在暗示：在作序之前，《奇侠精忠传》初集已经写完，从而比不肖生写作《江湖奇侠传》的时间要早。1926年仲夏，赵焕亭在为《奇侠精忠传》的改良重订版所做的说明中曾回忆："往年春，适应益新书社编辑之役，乃取残缺笔记，穿插联络，以白话章回体演出之，更名曰《奇侠精忠传》。"赵焕亭的这段话，说明《奇侠精忠传》初集的实际写作时间要么在1922年春，即赵焕亭的《明末痛史演义》尚未完成，更未交付印行之时，要么在1923年春，即《明末痛史演义》刚刚出版，而《江湖奇侠传》开始连载后不久。显然，赵焕亭到1923年春季才开始写作《奇侠精忠传》，可能性更大，也更合乎情理。以赵焕亭此后所表现出来的写作效率，他完全有能力在两个月内，完成十几万字的文稿。而如果我们读一读赵焕亭的《明末痛史演义》，会发现这部历史演义部分章回的写法与武侠小说相当接近，现代武侠习用的"武功"一词，即是由赵焕亭在该书中最早使用。此后几年，赵焕亭创作的多部武侠小说，包括分量最重的《英雄走国记》、较早完稿的《蓝田女侠》《马鹞子全传》和《巾帼英雄秦良玉》，都直接或间接与此书的写作有关。益新书社的编辑一定是由《明末痛史演义》一书，觉察到赵焕亭有能力写出与不肖生的《江湖奇侠传》一样好的武侠长篇，才推动他写作《奇侠精忠传》的。这同世界书局的老板沈子方由不肖生的《留东外史》，认识到他能写出受人欢迎的武侠小说，才劝说不肖生改写武侠，情况是近似的。

十年后，赵焕亭在《姑妄言之》中提及不肖生时，有以下一段话："因为作家穷年弄笔，只管嚼蛆，居然承人家抬爱，称我为北方武侠小说家，把来与南方武侠小说家不肖生作对。惭愧！惭愧！人家向恺然先生，文章盖代，自然是当之无愧，我这份小说家，说个俗话儿，是秃子跟着月亮走，借光罢了。"赵焕亭借用取自《儿女英雄传》的这句"俗话儿"，确实意味深长。尽管《奇侠精忠传》以及赵焕亭此后创作的其他武侠作品，无论篇章结构、写作风格，还是精神层面的内容，与不肖生的《江湖奇侠传》并无太多近似之处，但没有不肖生所做开创性的贡献，所发挥的引领和示范作用，赵焕亭由创作通俗历史演义改为写长篇武侠小说，这一转向是否能完成，或者在何时、以何种方式完成，都不得而知。对此，赵焕亭本人应该也是清楚的。

当然，还应看到，赵焕亭由古文小说到历史演义，再向白话武侠说部的转变，又是在保持着诸多连续性、一致性的情况下完成的。不但写作风格和价值取向一脉相承，对历史事件、历史人物的关注也贯穿其一生创作的始终。考虑到赵焕亭的武侠小说多以明末或清代社会政治环境和史实为背景，大部分武侠小说中的主人公历史上实有其人，而大量的古文笔记中记述的真实故事，又往往被他改头换面写入武侠小说之中，因而，在赵焕亭的武侠小说、历史小说和古文笔记之间，确实具有一种内在的紧密的关联。作家既是在写武侠，也是在写历史。

二、赵焕亭武侠创作的阶段划分

赵焕亭一生的武侠创作具有明显的阶段性特征。除前述的早期古文武侠短篇的创作之外，可以将其后来的白话长篇武侠说部的创作分为鼎盛期（前期）和衰落期（后期）两大阶段。鼎盛期自民国12年（1923年）5月《奇侠精忠传》初集的发表始，结束于民国20年（1931年）6月《英雄走国记》续编的完成。接下来的衰落期则延续到民国32年（1943年）8月《荒山侠女》在《麒麟》月刊刊载完毕止。赵焕亭此后的著述限于撰写古文笔记，未见有新的小说问世。

1.鼎盛期的武侠创作

从时间上看，1923年5月，赵焕亭《奇侠精忠传》初集的出版，虽略晚于不肖生《江湖奇侠传》在期刊上的连载，但比不肖生另一部重要作品《近代侠义英雄传》的初集单行本早问世4个月。而当《江湖奇侠传》首集单行本于民国15年6月出版时，《奇侠精忠传》已在一年前出齐了正编八集，《蓝田女侠》《马鹞子全传》和《大侠殷一官轶事》也已陆续出版，《英雄走国记》也早已完成了前36回。此外，历史武侠小说《巾帼英雄秦良玉》也应是在20世纪20年代中期出版的。因此，尽管不肖生凭《江湖奇侠传》的发表，宣告了现代武侠的诞生，一时领风气之先，但赵焕亭的武侠创作很快追赶上来，两人各有所长，不分轩轾。在作品数量和整体质量方面，到20年代中期，赵焕亭甚至呈现了超越之势。

赵焕亭鼎盛时期的武侠创作，大致呈现了以下几个显著特点。一是大部分作品创作完成，未完成的作品只占少部分，并且多半因作家为赶写更重要作品而主动辍笔。二是多鸿篇巨制。《奇侠精忠传》正编八集、续编六集，合计218回；《英雄走国记》正续编各四集，合计219回，实为赵焕亭章回最多的武侠小说；《惊人奇侠传》正续编共120回，再加上续书《奇侠平妖录》15回，也属洋洋巨作；《双剑奇侠传》共分八集，合计100回整。上述长篇、超长篇均在这一时期问世并告完成。三是除了《大侠殷一官轶事》先由报刊连载，随后印行单行本之外，其他较重要、篇幅较长的武侠小说多直接出版单行本。四是呈现了典型的赵氏写作风格。多数小说沿袭了《儒林外史》和《儿女英雄传》的写法，以楔子或开场诗开篇，每一回以对偶句收尾，并沿用了《儿女英雄传》那种说书人的口吻，以作家的身份，时时与读者互动，直抒胸臆，畅叙感悟。同样引人瞩目的，是大量体现赵氏风格和北方话特点的俚语、字词的使用。五是赵焕亭的代表作以及其他重要的武侠作品，绝大部分都在这一时期创作、完成。从1923年5月起，在8年多的时间里，赵焕亭妙笔生辉，新作迭出，不但执掌北方侠坛之牛耳，亦在20世纪30年代来临之际，成为全国最受瞩目之武侠名家。

就具体作品而论，《奇侠精忠传》影响最大，凭借此书，赵焕亭得以与不肖生分庭抗礼，从而有"南向北赵"之说。但赵焕亭最好的武侠小说，还属《大侠殷一官轶事》和《英雄走国记》。其中，《大侠殷一官轶事》文字简约洗练，布局精当匀称，人物活泼生动，意境深邃高远。该书塑造的殷志学这一儒侠形象，远比《奇侠精忠传》中的大侠杨遇春要丰满感人。而《英雄走国记》则以明末清初的重大历史变局为背景，描写了祁六公子、魏耕、谢曼华、余腾蛟等志士面对国难，奋不顾身，誓死抵抗的故事。小说围绕着祁公在苏州城失陷时以死殉国，祁六公子在群侠伴随下，背负父首，千里走国，葬父省母，以及群英、侠女设计，先后谋刺清帅豫王多铎、摄政王多尔衮这两条主线，为我们展现了那个特殊年代广阔的社会生活图景，并以富于激情和深思的笔触，刻画了国难之下，形形色色人物的行为和内心世界。同《奇侠精忠传》《北方奇侠传》《惊人奇侠传》等相比较，《英雄走国记》的故事框架更加宏大，所涵盖的地理范围更为广阔，情节发展脉络更具独特性，再加上赵焕亭此前写作《明末痛史演义》过程中的史料积累和深思熟虑，从而使该书展现了罕有的思想深度和浑厚的历史感，这是作家的其他作品所无法企及的。可以说，《英雄走国记》堪称是一部英雄史诗般的杰作，其文学价值足以同清代《施公案》《三侠五义》《七剑十三侠》等义侠、公案名篇相提并论，而作家在该书中表现出的见识、境界，则远高于这些经典之作。

此外，作家第一部完整出版的武侠小说《蓝田女侠》，描写清初剑侠遗匪的《马鹞子全传》，记叙明末抗清女将秦良玉经历、业绩的《巾帼英雄秦良玉》，以及以清末山东陶山侠士梁茂林为人物原型的《双剑奇侠传》等，都属上乘之作。其中，《马鹞子全传》是民国时期最早的剑侠小说之一，它上承清末《七剑十三侠》，下启民国三十年代崛起的剑侠名篇，其重要性还有待进一步认识、研究。这部书一反赵焕亭大部分小说偏乐观的基调，叙述的是大侠马鹞子张安（王辅臣）既想悟道求道，又不能灭俗念，追求功名，自甘堕落，最后家败人亡，悔恨无状，凄然自戕的故事。

2. 衰落期的武侠创作

民国20年（1931年）6月，《英雄走国记》续编共四集由上海益新书社一次出齐。此前一年，《惊人奇侠传》全部120回和《奇侠平妖录》刚刚同时出版。在如此短促的时间内，完成如此浩繁的写作，对于时年五十三四岁的赵焕亭来说，是相当不易的。或许是《英雄走国记》这一巅峰之作的最终完成，过度消耗了他的精力，从次年为《北洋画报》撰写纪实小说《姑妄言之》，为《社会日报》撰写武侠小说《康八太爷》起，赵焕亭的小说创作开始呈现某种颓势。尽管作家文笔之老道奇崛，叙述之跌宕起伏，世情之了如指掌，仍一如往昔，但他对小说布局、结构的控制，对小说境界、格调的把握，已明显弱化。《姑妄言之》虽然有令人耳目一新的开篇，但写完五六回之后，便在琐碎无聊的细节中迷失了方向。而《康八太爷》同样是高开低走，直到第20回连载中断，小说的主角康八太爷竟然仍未正式登场。

纵观赵焕亭的后期武侠创作，一方面，此前的辉煌成就为赵焕亭带来了前所未有的显赫声名，他撰写的报刊连载小说由原来的局限在北方区域，转变为覆盖大江南北，在上海等地的报刊上，甚至出现了伪作；另一方面，作家这时的武侠创作却盛况难再，颇为悲壮地走向了衰落。这个趋势虽然缓慢，不易察觉，却无可挽回，无法逆转，最终迎来了他告别侠坛、黯然退隐之日。

赵焕亭后期的武侠创作，与其鼎盛时期呈现的特点恰成鲜明对照。一是大部分作品属未竟之作，诸如《侠骨红妆》《鸿燕恩仇录》和《白莲剑影记》这样的报刊连载小说，大都无果而终。二是作家这期间发表或出版的作品，要么篇幅较短，要么耗时漫长。《江湖侠义英雄传》出版了四册，不及《惊人奇侠传》篇幅的一半，但此时已不多见。篇幅最长的《白莲剑影记》则在报刊上连载了近三年时间，却终未完成。说明作家后期的写作，已不复当年的速度和效率。三是小说发表的方式，由直接出版为主，转变为报刊连载为主。这些连载小说大多半途而废，能够连载完成，并由书局完整出版的，实属凤毛麟角。四是赵焕亭在20年代始终如一的写作风格，在这一阶段逐渐蜕变。一方面，作家在《酷吏列传》《荒山侠女》等小说的行文中掺入大量的旧体诗和对偶句，即便与前期的风格相比，都更显得守旧、固执；另一方面，在《龙虎斗》《双鞭将》等小说中，他又不得不与现实妥协，不但过去习用的句法、俚语、词汇的使用频率在减少，与读者进行互动交流的评话式口吻也大为冲淡，而且尝试彻底改变自己的文风，像白羽、郑证因等后辈作家那样去写作。这种显而易见的自相矛盾，折射出作家内心的迷茫和焦灼。五是赵焕亭后期作品虽仍有多方面的价值，诸如《江湖侠义英雄传》《风尘侠隐记》一类的武侠长篇，都堪称佳构，但总的来看，他这一时期的武侠创作，其思想境界和文学成就都已无法同其鼎盛时期相比。

在雄踞北方侠坛首座近十年之后，赵焕亭的武侠创作何以在1932年以后逐渐走向衰落？原因是多方面的，归纳起来，大致有以下几点，正是这些因素的共同作用，促成了赵焕亭武侠创作的由盛转衰：

一、作家盛年已过，临近晚年，与体力、精力下降相伴随的，必然是创作激情、灵感和想象力的衰退。而这种变化恰发生于《英雄走国记》续编付梓之后。

二、1932年夏，《蜀山剑侠传》开始在《天风报》上连载，它所引起的巨大轰动，只有《江湖奇侠传》的问世可以堪比。此后，还珠楼主迅速取代赵焕亭，成为北方侠坛的魁首和引领者。这种全社会武侠小说阅读趣味和喜好的转移，是赵焕亭武侠创作走向衰落的外在助力。

三、语言风格和写作方式的因素。20世纪30年代初，无论南方、北方，武侠小说的创作，在艺术手法、篇章格式、遣词造句等方面已开始逐步摆脱旧说部的影响。但直到《姑妄言之》连载时，赵焕亭仍试图坚持他一贯的写作风格。《姑妄言之》一开篇，作家即发了以下一番议论：

> 但是讲到而今作小说，也是件难事。你看作小说的明
> 公，不是堆砌成篇，便是拉杂干枯，式同记账，梦着一段

说一段，说不通时，就此拉倒（俗谓罢休也）。还有所谓
新体小说者，弄些个七乱八糟的东西，满篇上她呀伊的，
一句平常话，务必缭缭绕绕拉成老长的弯扭句子。更讨厌
的，又画上些甚么符号标点，看了叫人头痛。以上所云，
都叫作小说。小说至此，风斯下矣。所以作者说，如今作
小说委实不易。

这段话说明，受旧说部长期熏陶的赵焕亭，对于由西式小说
引致的白话小说格式、词语、标点等方面的革新，持一种消极甚至
排斥的态度。这一点，也是其作品自20世纪30年代初开始，市场接
受度下降的原因。30年代后半期，尽管赵焕亭不得不放下身段，一
定程度上顺应了这种改变，如1936年在《玫瑰画报》上连载的《龙
虎斗》，已采用了新式标点，1941年在《新民报半月刊》上连载的
《双鞭将》，也已开始使用"她"指代第三人称女性，但已不足以
挽回其创作颓势。

四、文学艺术的发展规律所起的作用。赵焕亭的武侠小说，从
体裁上看，多数作品剑侠、武侠不分；从写法上看，写实性的描写
与魔幻性的描写往往糅合在一起。自30年代初，剑侠小说开始从武
侠小说中分离出来，写实类的武侠小说，也具体分化为技击、社会
风俗和言情等类别。赵焕亭在30年代后期也曾做过专门化的尝试，
但效果不甚理想。

第五个原因虽长期为世人所忽略，但无疑十分重要。这便是日
本的军事入侵和占领对于赵焕亭后期创作的影响。这一时期，赵焕
亭武侠小说除了外在的语言风格的蜕变外，以往那种深沉浑厚的历
史感，那种儒家文化熏陶之下精忠报国的宏大主题也在逐渐暗淡，
最后竟几乎不见踪影。这同日本人的势力在30年代前半期就已渗入
华北，到1937年末已控制华东地区的史实恰相契合。魔幻、技击和
言情类的武侠，或者说偏重佛家或道家思想的武侠，与社会政治环
境之间不存在直接的关联，还可能在日本人的统治下继续存在，但

赵焕亭武侠小说这类典型的儒家武侠，由于包含忠于国家，保卫国家，反抗异族入侵、占领的思想主题，在当时天津、上海和北平等地日伪政权的恐怖统治下，是无法继续坚持其固有风格的。

三、赵焕亭武侠小说的思想内涵

长期以来，赵焕亭武侠小说精神层面的价值，较少为世人所了解和重视。而实际上，他的武侠说部所展现的思想内涵，足以同其文学艺术方面的成就相媲美。

与上世纪二三十年代的其他武侠名家相比较，赵焕亭的武侠小说中无疑包含了更多传统的观念。这和他出生于光绪三年，早年基本上受的是旧式家庭教育分不开。在《惊人奇侠传》中，作家曾用大量笔墨，描写大侠方绳其与好友王建中除习武之外，亦致力于举业。王建中最后得中进士，即赴山东就知县职。而方绳其逢试或落榜，或为行侠义举错过考期，终未名题金榜，光门耀祖。联系到赵焕亭出身于仕宦家庭，父亲和叔兄都得中进士，以及作家本人曾投身科举、功名不遂的经历，便能理解他在早期小说《浮生四幻》中所流露出的失落、幻灭之感。而在一系列描写人物的古文笔记中，赵焕亭对多位清末能吏的记述、刻画，也令人印象颇深。那些秉承儒家正统思想，刚毅、强悍、体察民情、政声卓著，而又学识渊博的中央或地方大员，无疑是他早年时的偶像。后来，赵焕亭在《明末痛史演义》中，以沉痛、冷峻的笔触如实记述了大批南明官吏、将领为抗击清军南侵，而慷慨赴死的壮烈之举，显然为他们的气概、节操和尊严所震撼、折服。对于出身于汉军旗人世家的赵焕亭来说，这是很难得的。可见，尽管作家在其武侠小说中对明清两朝官府庸碌无能、贪官污吏鱼肉人民的事实经常加以鞭挞、抨击，但他思想观念中遵循儒家政治秩序、道德原则和文化传统的特点，还是十分明显的。

可以说，对儒家思想、价值观和处事原则的有意识地继承和弘扬，是赵焕亭武侠小说精神层面最显著的特征。用作家自己的话来概括，便是："英雄三尺剑，忠孝一生心"。（《北方奇侠传》初集自序）儒家的忠孝观念和对现世的积极态度，成为主导其武侠创作的主基调。他笔下的大侠，不是"以武犯禁"之侠，而是"侠而守正者"（《山东七怪》自序），"侠其名，儒其实"（《大侠殷一官轶事》自序），是为"儒侠"。在《大侠殷一官轶事》下卷第12回中，作者这样概括他塑造的这位理想的大侠："且说志学家居奉母，行惠乡邦，大侠之名腾播远近。慕名过访的一见志学诚朴之貌、谦逊之态，无不太息心折。"在接下来的一回中，写殷志学遭人诬告，被关入监狱后，"没得消遣，静寂之余，忽然想起小时节念的书来，便央监者买了两本《论语》。寻玩义理，真是越咀嚼越有味，越细绎越无穷。久而久之，竟心安理得，处处泰然。过了个把月，不但毫无因容，并且面目加丰，方晓得圣人之书，比佛经还强的多哩。"这种描写是把一代大侠的所思所想和行侠义举嵌入了中国千百年来伟大的文化传统之中，而不是单纯尚武，却对民族文化持虚无的态度。这一境界在民国时代是很少有作家能够达到的。

但赵焕亭小说中的人物将《论语》同佛经相比较，又绝非偶然。在他的武侠小说中，包括贤臣、良将、大侠和大部分读书人在内，都基本上是儒家思想文化传统的承载者、坚守者，但集镇、乡村的广大普通民众，则更多地接受了佛教文化的熏陶。他的多部小说中，有关村众信佛、念佛、到佛庙虔诚祭祀、参拜的情节，令人印象颇深。《大侠殷一官轶事》中，殷志学虽然秉承儒家观念，但对于自己的母亲信仰佛教，吃斋念经，则持一种宽容、理解的态度，"虽明知是无益的事，却只图老娘欢喜，无不欣然从事。"（下卷第11回）同样，《惊人奇侠传》中，大侠方绳其和好友王建中虽信奉儒家思想，但方绳其的祖母方老太太和他的师傅杜大娘，却是佛教的信徒。值得一提的，是赵焕亭始终坚信因果报应，不但在其几乎每一部武侠小说中宣传果报之说，劝导读者积德行善，而且在20世纪20年代中期，还专门写过一部名为《循环镜》的历史题材报应小说。这反映出，作家本人在坚持儒家忠孝观念的同时，在很大程度上也受到了佛教思想的熏染。事实上，从《大侠殷一官轶事》的发表，到《英雄走国记》的完成，六七年时间里，赵焕亭对佛教的态度、认识也发生了较大变化，对佛教的认同感有所加强。在《英雄走国记》续编中，作家描写祁六公子精忠报国的宏愿终成泡影后，剑息龙吟，书翻贝叶，在清磬梵音中度过余生，尤其意味深长。

此外，通过《马鹞子全传》以及多部小说的若干细节，亦能看出道家思想中超凡脱俗、捐弃俗念、崇尚精神自由的观念，对赵焕亭的武侠创作也产生了较大影响。

基于这种以儒家思想为主体、儒释道相互融通的价值观，赵焕亭的武侠小说表现出明确的针对性和目的性。表明作家对自己的武侠创作持一种很严肃的态度。在《英雄走国记》正编第二集开篇，他便大发议论道：

> 大凡人能免罹劫运，全恃着一片好心田，足为无形的保障。不然上无道揆，下无法守，力竞时代，甚么是咱的保障呢？所以作家续编此书，于福善祸淫劝惩之旨，尤为三致其意。愿诸君阅此书后，更将那片好心田加意培补，庶乎能免却大劫临头，并不负作家著书之意。切莫只当作解闷的顽意儿瞧哇！再者，人心向善，天运自回，作者尤愿此书普及人群，以挽回茫茫浩劫哩。

在作家看来，向善、行善，并非出于什么高深的与普通人生活无关的大道理，而是每个人毕生获得保障的需要。如何向善、行善呢？简单说，便是遵循儒家的"忠孝"思想和"仁义礼智信"的道德规范，并相信因果报应的天理。正如他在《奇侠精忠传》全书结尾所说的那样，他的这部书"褒的是忠孝节义，贬的是奸盗淫邪"。赵焕亭的这类告诫、规劝，在其武侠小说中不胜枚举，乍看上去了无新意，其思想内涵似乎并未超出清代侠义、公案小说的层面。但事实上，他的作品与《施公案》《三侠五义》和《儿女英雄传》等相比，在思想观念、精神境界方面，还是存在着实质上的差别。这尤其表现在对"忠"和"孝"的内涵以及对女性地位的不同认识上。

自西汉尊儒以来，儒家思想文化传统中占据枢纽、核心地位的理念、原则，便是忠君思想。清代侠义、公案小说中的贤臣、良将或忠勇之士，无不把效忠君王看得高于一切。《施公案》中，施仕纶断案如神，除暴安良，诛灭强盗，赈济灾民，都是忠君的具体体现。不但他自己对康熙皇帝忠心耿耿，还将黄天霸、关小西这样的武艺超群的江湖好汉调教成皇帝的忠臣爱将，让他们同样匍匐在康熙的御座之下，接受赏赐、嘉奖，感受浩荡皇恩。《三侠五义》中的忠臣包拯以及展昭、白玉堂等行侠作义之士，也是如此。相比之下，对国家的忠诚，在这些小说中则没有清晰、明确的表述。究其原因，是近代意义上的民族国家的观念、意识在中国很晚才出现，确切地说，是在中日甲午战争之后才开始变得明晰，并通过庚子之变和辛丑条约的巨大刺激，在20世纪初才得以真正形成。这比西方要晚了300多年时间。与此相应，清代侠义或公案小说中的"义"，是指臣民以自己的行动来实践正义、公义和道义，其具体内容，仍以对君主尽忠为根本。

但在赵焕亭的武侠小说里，儒家传统思想中对君主、帝王的忠诚，已经转变为对国家的忠诚，具体来说，便是忠于国家、热爱国家、报效国家。在他鼎盛时期所有的武侠说部里，"中国""国家""国难""国事""国仇""报国"等词汇都反复出现，不胜枚举。而提及君王、皇帝的时候则较少。尽管他的小说中也有个别与忠君有关的描写，如《北方奇侠传》初集第11回中，黄向坚之父符瑞教导向坚、觉民说："古来慷慨明达之士，虽际遇不同，那一腔热血总要为君父而洒，那方是侠义的大道理。"续集第19回中，写向坚等歇息两日，"由觉民在家私设了崇祯皇帝的灵位，大家私奠一番，相视流涕"。但总的来看，这类描写都没有削弱、动摇赵氏武侠将"精忠"的含义确定为"报国"的要旨。秉承儒家价值观的赵焕亭，既然选择了小说创作这条路，当然要实践文以载道、文以言志的古训，让他笔下的"英雄儿女"为报效国家、保卫国家，或者捍卫儒家文人理想中的社会秩序，去行侠作义，甚至舍生取义。这使得赵焕亭在其武侠小说中所描述、褒扬的"义"，以报效国家的民族大义为最高表现。他笔下的大侠，在国家出现内乱时，率众抵御匪患，剪除恶贼，维护乡里的平安；在国家面临外来威胁、入侵时，则挺身而出，奋勇抗敌，不惜抛头洒血。正因如此，赵氏武侠的主题、背景，便始终不离上述宗旨和主色调；赵氏武侠的情节、叙事，便总是在一个宏大的社会背景下展开，总是将"精忠报国"作为小说的真正主题。

因此，保卫国家，保卫乡村和邻里，抵御入侵之敌或者强盗悍匪，自然成为赵焕亭笔下英雄侠女最重要的担当。《蓝田女侠》中，侠女蓝沅华协助施琅大军收复台湾；《奇侠精忠传》中，乾嘉年间大侠杨遇春等参与剿灭苗乱、教乱；《双剑奇侠传》中，大侠梁森在洪杨之乱中安靖地面、全力保卫乡里安全。举凡赵焕亭20世纪20年代创作的每一部武侠小说，几乎都围绕着"报国"的主题而展开。特别是在《英雄走国记》中，儒家的忠直接表现为对故国的热爱和对异族入侵的誓死抗拒，乃是对作家这一观念的最好诠解。

应该说，赵焕亭武侠小说中的这种鲜明的忠于国家的观念，直到晚清时，在通俗小说中仍不存在，而是经过辛亥革命的洗礼，在民国建立之后，才开始出现的。正如孙中山先生所言："古时所讲的'忠'，是忠于皇帝……我们在民国之内，照道理上说，还是要尽忠，不忠于君，要忠于国，忠于民，要为四万万人去效忠。"赵焕亭即便不是第一个怀着这种观念写武侠的人，也是第一批这样做的人。如果说，不肖生只是在《近代侠义英雄传》等个别作品中反映这一思想的话，赵焕亭则是把这一思想贯穿到他几乎每一部重要作品之中。

再谈谈赵焕亭在其武侠作品中关于"孝"的思想。首先，他把"孝"看作一个人为人处世、安身立命的根本。在《大侠殷一官轶事》中，作家借小说中人物之口，多次强调这一点。在上卷第23回中，康氏道："人只要孝顺，就是可造之才。"在下卷第13回中，大侠殷志学训责赵柱儿时说："同门相处，便是榜样，你看尤大威是怎样的事亲孝敬。人若孝道有亏，还讲甚么行侠尚义呢？"在作家笔下，诸如田禄（《奇侠精忠传》）、赵柱儿（《大侠殷一官轶事》《殷派三雄传》）或黄鼐（《北方奇侠传》）这样的人，虽武功高强，却是不孝之徒，最终都走上了纵淫、为恶的道路；而那些虽事贱业，或有恶习，但孝顺、赡养老父或老母的人，如《北方奇侠传》中惯于小偷小摸的傻二领，《英雄走国记》中的娈童陆香、醉汉毛儿，都是天性向善、可以改过从善的。其次，赵焕亭认为，"孝"作为人最根本的节操，当其与"忠"发生矛盾时，应当以"孝"为先。《大侠殷一官轶事》中，殷志学曾说："报国有怀，然当先尽孝道。"后来，友人燕骥邀其同行，去划尽天下不平之事，他又沉吟道："这个须待异日。俺有老母在堂，未能远游。"（下卷第6回）显然，这同君主时代忠孝不能两全时，尽忠不尽孝（例如所谓"夺情"）的观念是有区别的。

更重要的一点是，与清代小说相比，在赵焕亭小说中，"孝"的内涵和表现有了重要的变化。例如，《儿女英雄传》中的孝，不仅包括丧葬、祭奠、守制等方面的繁文缛节，也包括子女婚姻大事要听从父母之命。而赵焕亭小说中的孝，不但简化了传统孝道方面过于繁复的礼节，把子女的孝心集中表现为对父母、祖辈的尊敬、关怀和真挚的爱，还淡化了传统家庭中长幼尊卑的等级观念，并把晚辈的婚姻、择偶上一定的自主权利与孝道相调和。可以说，赵焕亭武侠的一个显著特点，是把孝道的意义和价值提高到明清旧说部不曾达到的高度，既赋予其新的内涵，又坚定地依附于我们这个古老民族几千年来伟大的道德传统。这不啻是作家对军阀割据时代世风日下、纲纪紊乱的现状的批判和抗议。

此外，在思想观念上，赵焕亭武侠与清代侠义或公案小说的另一个显著差异，是他有意识地把一定程度的男女平等的精神融入小说的故事情节之中。作家对女性、女侠的态度，乃是其进步意识和人文精神的重要体现。

赵焕亭的小说涉及下层社会普通妇女的情节描写，有时略显低俗、粗鲁，偶尔还夹杂个别侮辱性的词句，说明作家的女性观还多少带有传统的偏见。但他的小说中并无《儿女英雄传》后半部中的陈腐之气，与这部书所宣扬的男尊女卑、三床同好并无瓜葛。他的每一部小说中都有众多善良、质朴的女性形象，其中不乏艺高德馨的侠女，如《大侠殷一官轶事》中勇毅刚烈的何瑶华，《北方奇侠传》中冰清玉洁的剑虹娘，《惊人奇侠传》中洒脱随性的杜大娘，以及《英雄走国记》中剑术如神，心雄万夫的侠妓谢曼华。她们在小说中绝非点缀或烘托情节、场面的一般配角，而是同那些男性侠者一道，合演了作家所谓"英雄儿女""真性情"的人生大戏。当大侠面临生死攸关的危难之时，拯救他们的往往是这些侠女。《大侠殷一官轶事》下卷第11回中，写殷志学为营救侠妓琼仙，只身夜入恶霸宅院，飞登正房，由前坡跳将下去，方一奔房门台阶，便踏着滚板，跌入深坑，为护院众打手所缚。幸得琼仙的小姑瑶华出手，才保全了这位大侠的性命。《马鹞子全传》第13回中，写张安（马鹞子）匪巢被缚后，云姑、樊建业前去营救。樊建业纵火后，由云姑独斗匪首霍峻，樊建业才有机会去救出张安。第63回中，写马鹞子不听妻子云姑劝告，随同姜瓖谋反后，姜瓖兵败自焚，云姑亦毅然随其投火，临死前大叫道："丈夫，你须知得，今日俺甄云姑不负你所托哩！""说罢一耸身，翩然跃起，便如火鹁鸽般直投火中。"相反，马鹞子随后却归降了清帅八王子。两相比较，高下立判，清浊自见。应该说，赵焕亭的上述描写，反映了他非同一般的胸襟、见识，这恰是对女性地位、尊严的认同和褒扬。

值得一提的是，赵焕亭的武侠小说中，最早发表的武侠短篇《十八村》，最早成书的《蓝田女侠》和收山之作《荒山侠女》，写的都是女侠。他转向武侠后创作的历史武侠小说《巾帼英雄秦良玉》，也以女性为主角。20世纪20年代中期之后，民国武侠中的女侠形象开始广为人知，并成为众多武侠名家热衷创作的题材，这与赵焕亭武侠小说这方面的开创性贡献是分不开的。了解不肖生小说的读者可以比较一下，不肖生由《留东外史》始，直到较晚出的《留东新史》和《半夜飞头记》，所流露出来的对女性的态度、观念，与赵焕亭的境界实有天壤之别。

此外，赵焕亭的武侠小说，还具有一种既坚持儒家的道德信仰和行为规范，又追求个人一定程度的精神自由、人格独立的特质。他在故事、情节的叙述中，经常采用一种冷峻、嘲弄和反讽的手法，来烘托气氛，表达自己的判断和评价。例如，在《北方奇侠传》初集第4回中，大侠南宫生面对某大员的出仕之邀，慨然婉拒，并感叹道："如今国事，便是佛也救不得咧！"初集第5回中，店翁向某大员谈及南宫生时，则感慨说道："老实说吧，他就瞧不起如今的纱帽头，若非您老官声素著，休说是求他事体，便是见他一面都不成哩！"通过这种细致、平易的描写，便把大侠南宫生不满当道、耿介拔俗的形象呈现出来。这一点，《明末痛史演义》的编辑者在该书夹评中早已说得明白，乃是受益于《儒林外史》。事实上，赵焕亭由《儒林外史》所习得的，不仅仅是一种讽刺描写的艺术手法，更是一种儒家文人追求人格独立的精神境界。

综上所述，赵焕亭武侠小说的思想内容，固然有来自旧时代的保守的一面，但也有进步甚至领时代风气之先的一面。如果从宏观的文化史的层面看，这恰能够说明中国儒家文化两千多年的悠久传统，其精神境界和文化蕴含，并非僵化守旧、一成不变，并非止步于先秦、两汉或两宋时期，再无开拓创新，而是总能够随着时代的进步、社会环境的变化而不断地丰富、发展。这既表现为明清以来那些卓越思想家的儒学著述，又通过近现代那些以儒家文化传统为皈依的了不起的小说家的优秀作品体现出来。而赵焕亭无疑是这些小说家中重要的一员。可以说，赵焕亭的武侠创作，从属于以《儒林外史》为代表的儒家文学的悠久传统。这一传统以儒家思想为圭臬，并吸收了佛教和道家文化的精华，饱含着深切炽烈的人文关怀，实际上是以文学的形式，承载、发扬了中国古代文明最伟大的文化、精神内涵。

四、赵焕亭武侠小说的艺术成就

在评析赵焕亭武侠小说的艺术成就之前，不妨先思考一个一般性的问题，即上世纪三四十年代，北派武侠何以会骤然崛起，甚至仅凭天津一地，风头就盖过了整个南中国？

长久以来，这个问题并没有多少人深入去思考，更多是把这归因于天津本地的文化氛围，以及还珠楼主、郑证因等天津武侠名家的个人因素。但事实上，没有哪一个城市或地区向来就适合武侠文学的生长，也没有哪一个文学天才，可以无须从文学前辈处汲取思想与艺术的精华，凭空创造出与传统毫无关联的伟大经典。事实上，就天津来说，20世纪20年代，众多市民、读者最推崇的武侠小说家，恰恰是赵焕亭。赵焕亭的诸多作品，如《大侠殷一官轶事》《巾帼英雄秦良玉》《昆仑侠隐记》和《双鞭将》等，都最早出版于天津，而《山东二怪》《情侠恩仇记》《姑妄言之》《龙虎斗》和《白莲剑影记》等，也是在天津报刊上连载的。虽然赵焕亭的小说中，还有不少初版于上海，或在上海的报刊上连载，但他以北方人颇为熟悉、颇感亲切的北方方言进行写作，而且所写小说中包含了丰富的北方民俗，或许恰恰是这种"水土"因素，使得天津而非上海，更多地承继、汲取了赵焕亭武侠小说的精神营养。天津在30年代发展成为全国独一无二的"武侠之都"，赵焕亭无疑起到了重要的推动作用。而如果我们对赵焕亭小说的艺术成就加以留意，便可粗见赵氏武侠与三四十年代北派武侠之间的传承关系。

首先简略回顾一下剑侠小说的发展脉络。光绪二十二年（1896年），唐芸洲所著《七剑十三侠》初集6卷60回经上海书局刊行。这部被清人江文蒲称作"诚集历来剑侠之大观，稗官之翘楚"的剑侠小说，一经刊行，即"风行海内，几至家置一编"（月湖渔隐《七剑十三侠》二集序）。它既继承、吸收了中国历代剑侠小说的成就、精华，又以非凡的想象力，把剑侠小说的空间和视野提升到前所未有的境地。后来广为武侠读者所熟知的御剑飞行、飞剑杀敌、五行遁术、兵解成仙，以及炼剑成丸，吞吐自如，凡此种种，在该书中都已成为剑仙们的寻常家数。这部书写到精彩之处，仙魔两方放出的数十口飞剑在天空中盘旋飞舞，如游龙般夭矫相斗，场面甚为壮观。但是，在《七剑十三侠》中，唐芸洲虽然也说到了内工外工，却一笔带过，不甚了了；他虽多次提及仙家吐纳长生之法，并对自己所写的口吐光华、吹气成剑一类情节习以为常，却没有进一步思考：剑仙们口中之气何以有如此威力？这种威力与内工又是何种关系？《七剑十三侠》之后，受其影响，光绪二十七年（1901年），又有海上剑痴所著《仙侠五花剑》刊行。但该书除了强调"吐纳绝技"的重要，把这看作仙侠们的看家本领外，未再向前跨出一步。

　　事实上，恰从赵焕亭开始，剑侠小说的根基才得以夯实。其重要意义是不言而喻的，因为如果基础不牢，整个魔幻武侠便缺乏合理性，剑仙们何以能御剑飞行、飞剑斗法，便解释不通，无法自圆其说。在《马鹞子全传》第41回中，赵焕亭通过写马鹞子（张安）偷窥知白子与燕飞来斗法，绘声绘色地为我们解说了这一谜团：

　　　　白面人道："既如此，你便飞将来。"黄脸人应声一张口，倏的一股烂银似白气嗤然飞出，锋芒森射，却带点蓝莹莹的焰头，长可尺余，电也似高下盘旋，时时拂及白面人跟前，直照得须眉碧莹。只听"刷"的一声，高及配殿底尾，一个"投壶倒跃"式，向殿柱石础直注下来。只听铿然一声，火星四射，那光气一夭矫，便如彗星经天，又似个绝大月阑，绕了一周。白面人道："也还罢了。"

说罢眉头略低，倏然由鼻孔飞出三寸长短一缕白气，不过有箸儿粗细，却亮彻非常，具色正白，激滟如波。只略为东西游走，便如浮针淳波一般，十分凝重，却是寒气袭人，张安身畔的枝叶儿早一阵阵簌簌乱落。张安大惊，忙一看黄脸人那股光气，早锋芒顿缩。这白光略为近逼，那光气便低缩两步。于是两人各收光气，黄脸人抚膺叹道："原来火候之为功，是一丝勉强不得的。"……"方才所较便是剑术中之朝元聚气，养罡内功。因剑术以静为动，先戒张皇，实与道家用虚致柔相仿佛。"

赵焕亭把《马鹞子全传》中的顶级剑仙取名为"知白子"（即文中白面人），同《七剑十三侠》中"七子"的名字近似，似乎是在向唐芸洲这位文学前辈致敬。但他的剑侠写绝非对前人的简单模仿，而是完成了剑侠小说史上又一次里程碑式的跃进。知白子与燕飞来的上述斗法，明明白白地告诉读者：剑仙、剑侠、剑客们剑术的高下强弱，乃是由内功之高下、罡气之强弱所致。此前，尽管内功（内工）与外功（外工）的区分早已为人所知，"罡气"一词也曾出现在清代弹词小说《天雨花》和袁枚的志怪笔记《子不语》中，但是只有到了赵焕亭那里，这些词汇才与"武功"一词一样，被赋予了崭新的意义，进而形成了关于罡气、内功、外功、趺坐、调息、导息、运气等的一整套"学说"。赵焕亭把这套"学说"应用到他几乎所有武侠说部里，在《大侠殷一官轶事》《北方奇侠传》《惊人奇侠传》等书中，都有详尽、系统的表述。让人赞叹他除了能写出第一流的武侠小说，竟还有理论家的天分。

赵焕亭所成就的，不仅是一座由清末剑侠文学通向民国魔幻武侠的桥梁，而且是为整个现代武侠这座宏伟建筑奠定了"理论"基础。自《蜀山剑侠传》始，还珠楼主虽然构造了绚烂神奇的魔幻世界，其根基却离不开赵焕亭的罡气之说。赵焕亭对罡气的诠解，还深刻影响了金庸、古龙等新武侠代表作家的小说创作。而为赵焕亭创造性使用的"武功"一词，不但标志着"纸上功夫"从现实武术中分离出来，赢得了相对独立的地位，还将传统的内功、外功之说合二为一，使"武功"成为涵盖二者的统称。"武功"一词也为还珠楼主、白羽、郑证因等民国武侠名家所沿用。

值得一提的是，与日后还珠楼主的剑侠名著遥相呼应，赵焕亭描写剑侠的小说中，也有大量描写自然景观的精彩段落。在《英雄走国记》正编二集第19回中，他这样描写腾蛟和跃鲤赶路的情景：

> 腾蛟一面走，一面留神，但见窄径蜿蜒，荆棘弥望，四外价云峰合沓，目极处惟有草树连天。休说是人烟村落，便连个樵夫牧竖也没得。两人一气儿赶了一程，少作歇息。一瞧那淡淡日轮，业已荒荒的向西趓将下去，于是不敢耽延，只略饮壶水，仍复起行。不多时，峰回路转，突见两面铁青的石崖，相对价嶙峋拔起，高耸中空，俨若石门。其中一径萦纡，远望去飞龙一般，加以草树阴翳，势如云涌，这片奇丽光景已有劈开玉峡、飞出青龙之势。不想涛声刷耳，那左边石崖的上方，有一处石脉绽裂，势如斧裂，有一道水帘的悬瀑奔腾而下，声若雷鸣。这当儿，晚风暴起，萧飒有声，吹得那悬瀑飞花滚雪，竟似一匹白练徐徐摆动一般。腾蛟见此光景，不由鼓掌喝彩。

在《殷派三雄传》第3回末尾：赵焕亭写三侠分别在即，闲步时面对秋景：

> 这日，大威因合徐、赵相别在即，便在家置酒聚会。酒罢后，三人又到瞿县庵闲步一回，望望秋景。只见一路上天空气爽，烟林萧瑟。老本和尚所手植的一带树木越法的森森耸耸，凝烟耸翠，映带庵墙，便如一幅秋林萧寺图画一般。那一片峥嵘高原，草树连天，不断的秋声瑟瑟。

正这当儿，非空雁阵，嘹唳而过。大威叹道："咱此后却不如这群雁儿长在一处了，只好谨遵师训，各自努力。"说着，遥指那片高原道，"你看那里便是当年咱师爷瞿先生服盗之所。对此光景，真个长人志气哩。"

以上这类描写，在赵焕亭武侠小说中不胜枚举，俯仰皆是。虽多为简短的文字，但也不乏像《英雄走国记》续编二集中，描写群侠在东林观观日出那样的澎湃、恣肆的长篇奇文。赵焕亭对自然景观的描写，不但流畅洗练，文辞华美，而且能随时与故事情节和人物描写相协调、映衬，使得自然界与人物的行为、心理结成一个整体。这些自然景观既能让余腾蛟这样渴望归隐山林的侠者涌动潇洒出尘之想，又能激起尤大威这样的儒侠的宏阔心志。

再来看看赵焕亭与20世纪30年代技击武侠之间的承继关系。在《殷派三雄传》第27回中，作家以细致的笔触，描写了赵柱儿与一位武功高手之间的较量：

那知强中更有强中手。但见那人并不慌忙，刷刷刷一路跳跃，脚尖着地，真赛如蜻蜓点水。忽的跃起两丈高，直翻落赵柱儿背后。赵柱儿赶忙转身，就见白光一闪，那人一刀业已夹脑而下。好赵柱儿，急忙略仰身形，横刀格去，呛哴一声，那人刀势飕起，赶忙回缩。说时迟，那时快，趁赵柱儿横刀未起之间，那人一挺健腕，便是个"白蛇吐信"式。明恍恍一道寒光直奔柱儿咽喉。呵呀，险的很！这一着名为"叶底偷桃"，据说来，是罗家枪法中变化出来的，纯乎是以巧胜人的毒着儿。那知赵柱儿仗着眼捷手快，并不用刀去挡，只将脖颈一偏，故意使那刀擦肩半寸远扎空过去，他却就横刀之势飞进一步，拦腰一下。这一来不打紧，却将于捕头惊呆，只眼睛一合之间，那人用个"轻燕斜飞"式，健跳躲过。两人霍的分开，这才各用刀护住面门，使个旗鼓，彼此互一进步，各显能为。

我们再看《英雄走国记》续编二集第17回中祁六公子与清将蹼跤高手穆阿桂之间的手搏较量：

　　且说当时六公子略为一怔，那穆阿桂左手起处，格开来手，急进右手，一搦公子脖项。公子急低头，骈起右掌，削向穆阿桂胁下。掌势未到，却被穆阿桂掣回的手一拳格开，趁势一个连环进步，突伸一腿，插向公子两趾之间。方要用个"铁篙分船"式，拨翻公子，公子忙翻健腕，向他颔下便是个"鲤鱼托腮"。穆阿桂真是惯家，便趁那上身略仰之势，突起膝头，触向公子小腹，公子托的一闪，偏斜进步。这一来彼此的四趾交错，上面四手也便互相搭牢，各自喝一声，都使出撼山摇岳的力量，猛的一甩。那地上深深的陷下四支脚印的当儿，穆阿桂一变手法，用两手扠牢公子肩胁之间，下面腿势一抵，便是个"大绞手"。这一着儿又名为"倒拔桩"，利害得紧。若敌人脚下稍欠根柱，就可以头重脚轻的平跌出三四丈远。但是公子是何等的脚下工夫，当时公子被那一绞，只将身形略晃，便施展出点脉诸法，就彼此互相揽抱之势，想于中取事。那知穆阿桂也是惯家，偏晓得诸般解法，于是两人一阵价推肩靠背，扠腿墩裆，少时竟自搅作一团，四支手互相钩揽，给他个力摔力绞。正都用出全副气力，峥嵘两峙，便见穆阿桂一抖两肩，喝声"倒"，接着便用个"大鹏展翅"式，猛的甩脱公子两手，急飞左足，似乎要踢向公子兜裆。这里公子不知是计，急进两足，掩住裆下，来了个"夜叉探海"式，向前略扑。方要去抄他的飞足，那知穆阿桂飞起之足并不踢过，只就那足落的当儿，猛一挫身，右腿早起，"刷"一声，竟向公子进立之足直扫过来。但听"噗通"

一声，众旗兵一声喊，穆阿桂哈哈大笑之间，那三四个持绳索的搏手，早如飞抢进，便从地下将个虎倒龙颠的六公子捉缚起来。原来这一腿是穆阿桂从梅花桩上练就的生平绝技，扫过来，真有千钧之力。又趁公子向前扑探，进足力单之时，所以竟自侥幸取胜哩。

以上两段技击描写，一为各用兵器，一为徒手肉搏，完全以写实笔法详述双方搏斗的细节，写得连贯、紧凑、细致、逼真，与十多年后郑证因小说中招牌式的技击描写相比较，毫不逊色。在晚清侠义、公案小说中，这种技击场面的描写所占篇幅较少，只是偶尔出现，而在赵焕亭小说中，则已相当常见。其中不乏技击为主的章节，如《北方奇侠传》二集第23回中，三侠与阿鲁特之间的反复搏杀，以及《惊人奇侠传》正编中，杜大娘与丁顺的多次交手，都写得生动、精彩。

但是，赵焕亭的技击描写，却不总是完全走写实的路子。在《英雄走国记》中，还有这样的写法：

祁公故喝腾蛟道："你这厮好不仔细，怎便用脚伤人？快舞剑过来，给高帅爷劝酒。"腾蛟一声喏，拔剑当场，托的使个旗鼓，脚跟一旋，用一个"乌龙探爪"式，冷森森剑峰直奔高杰咽喉。只差分毫之间，忽的收回。这一来，便连祁公都险些儿酒杯落案。说时迟，那时快，早见腾蛟挫身旋步，一摆剑，光照满楼。登时前劈后跺，左格右拦，蹿纵腾挪，一步紧一步，那柄剑便如银蛇一般，飞绕满身，轻尘不起，一些声息也无。却是一决一荡都有排山倒海之力。末后舞到酣畅处，直分不出人剑，但见满楼中一团白气，有时滚到席前，逼得人毛发森竖。高杰又惊又爱，不住地鼓掌喝彩。正在满楼人恍惚当儿，忽见白光一掣，游龙似穿绕五柱，便听中楹咔嚓一声，腾蛟却卓然现出。再看那柄剑，已插入楹柱五寸余，兀自余势犹劲，战战有声。
直将高杰惊呆在座，将威吓祁公之念早吓到爪哇国去咧。

        ——《英雄走国记》正编一集第23回

　　这段描写，实写和虚写相结合，用变幻莫测的剑影，弥补了单纯写实手法的滞涩和笨拙，为读者留下了想象的空间。而在有些场合，双方之间的较量则完全采用虚写：

　　　　两人这一跤手，真个是工力悉敌，但见刀剑光芒，飞虹制电，七十二段小变化，三十六路大排场。这里是出奇无穷，那里是因势应敌，顷刻间翻翻滚滚，搅作一团。但见两堆白气倏忽离合，一片光华，满院分舞。

        ——《大侠殷一官轶事》下卷第16回

　　此外，在赵焕亭那些武侠、剑侠合一的小说里，对立双方之间的博杀往往超出了技击的范围，呈现的纯粹是剑侠的魔幻招数了：

　　　　狗儿大笑道："就是吧。"说着猛可的一抖铁环，这时朱吉两人哈了一声，双矛齐到。说时迟，那时快，倏见狗儿一跃两丈高，便有一团冷森森的白光随之而起，倏然一旋，便向朱吉两人头上直罩下来。这里方老等忽见铁环化为月兰似的一片剑光，正在相与大骇，便见朱、吉齐齐的呵呀一声，回马便跑。朱八是辫发落地，头顶上赛如血葫芦；吉二是大鼻削下，偏又连着一丝肉皮，却血淋淋的搭拉在腮嘴之间。

        ——《惊人奇侠传》第6回

　　赵焕亭并非武术的行家，他对武术的了解，主要来自武术书籍，前人所著侠义小说，他的武术家朋友的介绍、解说，以及自己四处游历时的见闻。但他凭借自己不凡的学习、领悟能力和出众的想象力，既能把完全写实化的技击场面描述得逼真、生动，又能以虚实结合或单纯虚写的方式描写打斗场面，使其小说中的"纸上功夫"显得颇为灵动、精彩。

事实上，赵焕亭武侠小说的上述特点，一方面启发、指引了后人，另一方面也为后人留下了充足的发展空间。自30年代后期始，郑证因延续了赵氏武侠中有关技击的写实笔法，完全走写实的路线，进一步拆分了技击的各个环节，把其中的每个动作，每个细微之处，都交代得清清楚楚，用直白、紧凑、富于戏剧化色彩的叙述，把双方间的搏击过程连贯在一起，描写得紧张激烈，跌宕起伏，并使得有关技击的情节、场面成为每部小说的核心内容，从而把民国的技击武侠推升到新的高度。

接下来，再炎谈赵焕亭小说艺术成就中一个十分重要的方面，即对社会风俗、世态人情的描写。

在《惊人奇侠传》第49回中，赵焕亭曾这样与他的读者直抒胸臆："诸公不要怙恼，作家弄笔多年，却从来不夹杂那玄虚笔法，只就'情理'二字描写些侠士剑客、世态人情。年来承海内文人谬赞，说是甚么北方小说家赵焕亭的著作能熔铸武侠、社会于一炉而冶之。见笑，见笑。这句话虽有些奖饰过当，但是也能道得出作者苦心。"这段话既印证了他为摹写世态人情、社会生活，确实付出了很大的努力，也表明他看待其作品的价值，首先由"情理"二字着眼，致力于真实、全面、完整地描摹、再现世俗生活。

赵焕亭武侠小说所构造的世界，接近于19世纪后半叶中国集镇和乡村生活的真实形态。在这个世界里，既有普通人的喜怒哀乐、柴米油盐、生老病死、奔波劳碌，可谓杂七杂八，包罗万象；又有盗匪之猖獗、贪官之狡黠、文士之耿介和侠士之勇健，可谓世道艰难，善恶并存。在他的小说中，除了有名有姓的角色在演绎故事之外，还有大量无名无姓的普通乡众、佣工、仆妇、店伙、猎友、僧人、道士、兵士、小童等，在自由传播他们的街谈巷议、道听途说。作家如此着笔，除了推动小说故事情节的发展之外，还增加了小说内容的厚度和视野的广度。

可以说，赵焕亭的武侠小说较为客观地反映了清末社会的原貌，为读者呈现了一种原生态的中国集镇和乡村生活图景。我们在《惊人奇侠传》第34、35回中，了解到了村民为祈雨而举行的诸般祈祷活动。在《英雄走国记》续一集第15回里，由老妇人之口，知晓了普陀山地区民间祭祀山神、土地、灵官爷的风俗。在随后的第17回中，又读到村众在香会时磕头发神驾，朝山遥拜，祈求观音娘娘保佑香会期间不落雨等内容。作家对南北方的这些带有迷信色彩的乡村习俗，虽然并不相信，却保持了一种理解、宽容的心态。只有当写到信女们想象观音娘娘同她们一样是小脚，而敬献三寸金莲时，才忍不住说她们无知。（《英雄走国记》续一集19回）这都反映了当时中国农村社会生活的一个侧面，固然有迷信色彩，但曾真实存在，具有社会学、民俗学的价值。

赵焕亭武侠小说中，还展现了清末乡村生活中轻松欢快的一面。《双鞭将》第1回中记述，每当新年，"大家恭喜发财，闹得不亦乐乎，一个个衣冠焕然，互相串门儿，家家预备各样食物，任客来吃。大家抹得油晃晃嘴巴，闷了逗纸牌、赶老羊，再不然拿出压岁钱，打个平浮。（彼此出钱聚餐，谓之打平浮。）大鱼大肉，白干酒灌得肚皮绷亮，非至日色平西，一个个吃得一溜歪斜，不肯便散。""闲着没事，大家去看卖艺的。有的大家花个吊八百，找个瞎先生说书，什么《李三娘打水》《孙悟空大闹火焰山》《白袍将征西》。鲜艳一点的，有《小寡妇上坟》《小姐两争夫》等等。"《山东七怪》第3、4回里，对泗水县泉林寺的庙会有生动的描述："每年春月间，这个庙会十分热闹，真是百戏杂陈，商贾云集。还有些江湖杂技之流，都不远百里，来赶生意。虽是五天的正庙，头三两日，那各处游人业已拥挤不开，红男绿女，真闹得锦川缛野。""各档子生意并江湖杂耍，一处处庋起棚幕，都环绕着泉林寺，直迤逦出二三里。"庙会上，卖解的，耍猴戏的，说书的，演象声戏的，踢毽汀丸的，摆食摊或开茶肆的，五花八门，无一不有。《英雄走国记》正三集第15、16回，写南京城洞霄观建醮之日，"真个是人山人海，热闹异常。因头一两日，各处的商贾小贩并江湖百戏艺人之流，早已就那观前左右，各占地势，各支棚场老远的望去，端的是棚幕云连，市声阗咽"。"只见一处处锣鼓鼗鞡，十分热闹。也有唱独班戏的，也有耍西湖景的，也有吱吱喇喇的傀儡台，也有扭扭捏捏的地场戏；卖药的摇铃晃招，卖艺的踢天跳地；还有许多的象声棚儿、说书场儿，每一场所都拥挤了若干男女；还有那各种小贩，吆喝起九腔十八调，只管就人从中穿梭般来往。"在《大侠殷一官轶事》中，亦提及了乡村中习见的多种艺术类型，如二黄、梆子、迸迸戏、叶子戏、痒痒腔儿、京剧、昆剧，等等。这都说明，清末中国的集镇、乡村生活，为中国传统的丰富多彩的通俗文化所浸染，普通人的生活因此平添了诸多生气、乐趣。

但赵焕亭的小说并不对当时集镇、乡村生活苦难、阴暗的一面加以掩饰或回避，而是如实记述，痛陈其弊。在《英雄走国记》续一集中，作家将李二相、李香云父女的苦难生活写得哀婉动人，令人唏嘘。作家对二相之嫂，即后来香云的鸨母之贪婪、凶恶，也刻画得入木三分。赵焕亭对这一段故事的记叙，已超出一般武侠文学的境界和内容，其深度和严肃性不亚于同时期一流的社会小说。而《双鞭将》中，在县官纵容下，捕头和乡中恶霸相互勾结，谋财害命，诬陷无辜的行径，读来更是怵目惊心，令人发指。赵焕亭小说中也不乏形形色色的江湖骗子和扒手。《英雄走国记》正一集第19回中，自称高阳子的江湖骗子，与《儒林外史》中的假侠客张铁臂同属一路货色。该书续一集中，更是详细描写了一个连环骗局。先是恶人胡伦杀死富户秦璐，劫走秦璐的美妾一娘。将盗取的钱财挥霍尽净后，胡伦用美人计，从故人杨二混那里夺得三千两银子。但二人在路过遥黛山时，狗衔食教狼吞掉，被一对以摆食摊为名充当盗魁眼线的夫妇用蒙药蒙翻，三千银两悉数被劫。二人后来又遇旧交侯明，侯明为接近一娘，谎称拥有巨资，哄骗胡伦将一娘拱手奉送。最后胡伦二次劫财未成，反被侯明骗色得手。作家所描绘的是一个凶险的江湖世道，其阴暗、丑恶和狰狞，在顾明道、还珠楼主和郑证因等人的武侠小说中，都不曾有过，只有白羽的社会武侠堪与匹比。

但在赵焕亭的武侠说部中，消极、阴郁的东西从来不会成为故事的主基调。作家始终让一种健康积极的精神占据中心地位，显示出儒家的价值观和乐观的入世态度在小说整体构思和基调控制上所起的作用。在《英雄走国记》中，香云和一娘的苦难生活，日后幸得谢曼华等群侠出手，才得解脱；《殷派三雄传》中，徐辅子得知温君甫与恶妻合谋，侵害同胞兄弟一事，及时设计匡正；《北方奇侠传》中，向坚面对耿氏虐待其婆婆的恶行，难抑怒火，出手逞凶。这都表明了大侠并非只管报国卫乡，也在庸常的人伦生活里，为救助良善、羸弱的一方，而毅然伸出援手。事实上，赵焕亭既坚信正义的力量必会战胜邪恶，又强调天道好还、天理必伸的结果不会自然而然地实现，而需要"英雄儿女"的行侠作义。

难得的是，作家没有把自己置于市井和乡村的普通百姓之外，而是以一种身在其中的视角来反映、描摹普通人的生活。他的这种富有同情心的笔触、贴近底层社会的写作风格，带来的不仅仅是所刻画、描写的人物、环境的真实感和浓厚的乡土气息，更重要的是写出了人生的沧桑感和道德归属感，表现了作家对看似平淡的伦常生活的肯定与执着。《山东七怪》第19回中，写庙中老道每每饮酒，都摆上亡妻的鞋子，以表思念与追怀。对这一情节的细致描绘，映衬出作家感时伤世、悲天悯人的情怀。《北方奇侠传》第三集中，通过向坚与德阿普、傻二领这样贫苦的满人的交往，说明生活中人与人之间的关心、同情和帮助，是超越满汉民族差异之上的。对于一部以反清复明为主题的武侠作品来说，作家的这种见识非同寻常。《殷派三雄传》第12回，写倒沟陀村众感激徐福子救得平姐脱险，并护送归家，大摆筵席，款待这位侠客，表现出当地热情、豪爽和淳朴的民风。其中，村头儿徐琼与庙祝之间的对话，更传达出了人与人之间的真挚情谊。

可以说，赵焕亭武侠小说所展现的浓墨重彩、绚烂雄奇的世俗生活画卷，其文学艺术上的成就，只有结合其思想内涵，从价值观和存在论的高度来看，才能真正领会和把握。他所描绘的旧时代的乡村社会，既是一个生活世界，又是一个伦理世界。在作家心目中，英雄侠女自然占据着这个世界的中心位置，成为小说中道德、正义、勇气的象征。但他们是被放置在更广阔、更宏大、更源远流长的生活图景与文化传统之中的。他们与自己所处的生活环境交融在一起，既践行着正义和崇高，也像一株株参天大树一样，深深植根在民族文化的土壤之中，并从中汲取全部的精神营养。

总体上看，后起的武侠名家从各自方面，将民国武侠的创作推进到新的境地，这既体现了文学艺术发展的规律，也出于后起的武侠名家的个人天分和勤勉。但赵焕亭武侠小说的艺术成就，对上世纪三四十年代魔幻武侠、技击武侠和社会武侠的发展，确实起到了重要的推动、传承或借鉴作用。而他的武侠小说所包含的伦理精神，对儒家文化传统的认同与坚守，以及反映社会生活的广度，都是后来的民国武侠作家难以企及、超越的。

当然，赵焕亭武侠小说中，也存在一些思想内容、布局谋篇和细节描写等方面的缺憾、不足。如部分小说的背景、结构和个别情节彼此有雷同之嫌；作家为了追求故事的真实、逼真和生动，对男女性事的描写，以及对涉及内急、如厕、积粪、洗浴等琐碎情节的渲染，有一定程度的自然主义倾向；在描写下层社会的生活细节时，小说中人物的方言、口语中包含一些低俗的词句；小说中人物所讲的故事中，也偶有虚幻、迷信，甚至荒诞不经的内容；部分作品故事情节的铺陈和安排，亦反映出作家思想中宿命论的倾向；赵焕亭对明清两朝若干史实、人物的认识、评价，亦与今世有别；他在坚定捍卫儒家文化传统的同时，对当时外来文化在中国的传播，也流露出一定程度的排斥心理。此外，赵焕亭习惯采用讽喻、讥刺的笔法，来烘托氛围，强化效果。但有时过分追求戏剧化，写得较为夸张，从而影响到小说的总体构思以及人物形象的塑造。这些不足之处，与赵焕亭武侠小说整体上宏阔高远的思想境界和独特的艺术成就一样，都是客观存在的，是其作品内容的一部分，相信读者在阅读中对此能够正确认识、鉴别。

对于文学作品来说，时间是检验其真实价值的最可靠尺度。在赵焕亭辞世六十多年后，他的武侠小说还能够再版，为今天和未来的众多读者所阅读、欣赏，并从中获益，便是后世对这位现代武侠开创者作品价值的肯定和褒扬。

2018年2月15日完稿于北京

凡　例

一、本套文集一般以民国时期初版或再版版本为底本，进行重排和校正。没有印行过单行本的，或文集编纂过程中没有收集到单行本的，则以民国时期报刊连载文本为校点依据。

二、民国原版本中，全部章回序号均依序相继排列的，不再保留原有的集、卷或编的划分。其他情况下，原有集、卷或编的划分以及相应章回序号，均不作调整，在目录和正文中注明。

三、民国原版本中的夹注，既包含赵焕亭本人对正文所作注解，也包含原书编辑所作评论，二者形式上未作区分。本套文集保留了确出自作家本人的夹注。对于明显出自原书编辑的夹注，除少数有一定价值的以外，一般不再保留。所有夹注紧排在相关正文之后，采用楷体字，以圆括号标明。

四、原书中的异体字，均改为现代通用字。原书中为隐去粗俗字词，而使用的符号"□"，改以符号"×"替代。

五、作家习惯使用的少量不够规范的词汇，如"倒眉""分咐""脸弹""罗索""旁晚""倭攘""顶咕咕"等，都改为相对应的规范词汇。

六、原书中作家在相同语境下混用的字或词，如："狠"和"很"，"付"和"副"，"楞"和"愣"，"梳装"和"梳妆"，"一交"和"一跤"等，编校过程中，每一组字或词，都相应统一采用后一种，即现代通行的写法。

七、原书中出现的带有繁体偏旁、但未列入《通用规范汉字表》中的字，如：絪，颵，轇轕，輈輖等，不采用无限类推简化字，直接沿用原字。

八、本着尊重原作的原则，原书中的以下情况，编校时一般不作改动：1.通假字；2.民国时期普遍采用的异形词；3.生僻字词，有确切含义、能够查明出处的；4.一些民国时期未作严格区分，今天看来不够规范的用法，如助词"的""地""得"的混用，"进"通"蹦"，"宕"通"荡"，"工"通"功"，"顽"通"玩"，"作"通"做"，"利害"通"厉害"，以及各种稀见象声词的使用等。

九、原书中一些字或词汇的用法，当时通用或赵焕亭一向习惯使用，既反映了民国时期字、词使用的特点，也体现了作家的写作风格，如连词惯用"合"，疑问代词惯用"甚么"，将指示代词"那""那里"等也作为疑问代词使用等。虽与现代通行用法不同，一般也予以保留。除上述字词外，这一类词汇在书中出现频率较高的，列举如下，请读者阅读时留意：

书中	现行	书中	现行	书中	现行	书中	现行	书中	现行
从新	重新	混名	浑名	旗竿	旗杆	白致致	白净净	谢天地	谢天谢地
撮唇	噘唇	犄角	掎角	梢公	艄公	黑渗渗	黑黢黢	光阴如驶	光阴如逝
搭拉	耷拉	机伶	机灵	稍为	稍微	火杂杂	火唰唰	欢迸乱跳	欢蹦乱跳
带孝	戴孝	焦燥	焦躁	身裁	身材	格崩崩	格嘣嘣	昏头搭脑	昏头奔脑
堤防	提防	脚色	角色	撕打	厮打	劳什子	捞什子	磨拳擦掌	摩拳擦掌
端相	端详	裂嘴	咧嘴	屯积	囤积	热哄哄	热烘烘	目定口呆	目瞪口呆
服事	服侍	落坐	落座	惟有	唯有	热剌剌	热辣辣	如法泡制	如法炮制
疙疸	疙瘩	毛腰	猫腰	哑叭	哑巴	水零零	水灵灵	手急眼快	手疾眼快
胡涂	糊涂	冒然	贸然	越法	越发	笑迷迷	笑眯眯	嘻皮笑脸	嬉皮笑脸
豁拳	划拳	模糊	模糊	约摸	约莫	兴匆匆	兴冲冲	眼花撩乱	眼花缭乱
回覆	回复	呕气	怄气	着数	招数	硬帮帮	硬邦邦	走头无路	走投无路

十、除少数后期作品外，赵焕亭的大部分小说以代词"他"指代一切第三人称单数的人或物。本次再版，对此未作调整。

十一、原书中如有脱文、内容上的明显错讹，或其他需要说明、提示之处，均以脚注的形式注明。

十二、原书中的排印错误或者作者笔误，经仔细核对后，予以校正。

十三、原书标点符号和段落，均按现代规范用法重标重排。

十四、有关原作的版本情况、本次再版采用的底本，以及其他需要说明的编校事宜，详见附于每部小说篇尾的《编校后记》。

总　目

目　录

下　卷

附录

自　序

　　古之善传剑侠者，莫过于唐之张说、段成式。其笔墨骞翥藻曜，另具异观，醇醇乎余趣隽永，使人洞心骇目。嘻，文亦至矣！嗣是踵其作者，不可胜数，然多矜奇过甚，邻于荒诞。沿及近代诸作，益俶诡不可究诘。文词既繁，事迹转谬，则好奇之过也。

　　殷一官者，蓟州大侠，声闻畿辅。生平轶事，至今父老能言之。予独慕其生平隐晦，为善于邻。被服儒素，毕世农业，侠其名，儒其实。以是为侠，乌有画鹄类鹜之虑乎？爰排比所闻轶事，以成斯编，俾知真大英雄，必富道德，岂仅侠之一途为然哉！呜呼！应时势之英雄，可以知所取法矣。

　　民国十四年阴历六月中浣焕亭氏序于潜庐。

1

上　卷

第一回

田盘山大侠托贻踪
辽东道红旗遭黠盗

侠士高人近一邱，田盘山下古踪留。

西风落日渔阳道，燕筑酣歌不可求。

这首诗，平平的二十八字，其中却隐含着一位大侠的事迹。叙将来虽动魄惊心，令人神旺，却是本领事故，近人情，合天理。并非像近来谈侠客的，过于离奇荒诞，如血滴子咧，七剑八侠咧，说得侠客竟如神仙鬼怪一般，反使读者疑惑，是文人耍笔锋儿，简直的世界上没这么档子事。这其间暗含着便打掉国民的尚武精神，不在少处。

作者为此惧，因取同光年间，畿辅地面人所共知的一位绝世大侠，编综成书。事实并非虚诬，武功可学而能，只要人企有余慕，便可以继武芳躅。再学到他的沉潜涵养处，简直的竟有儒者气象咧。清初时，如顾亭林、颜习斋诸公，生平便企慕此等品格的侠客。可惜时代限人，不及相见，也是段大大恨事。作者总角时，便闻父老们传说这位大侠的轶事甚多。至今那大侠的流风余韵，尚盛

3

播于燕蓟之间，里中少年，自矜意气身手的，都以殷派相夸尚。您道这是耍花胡哨么？

欲述大侠生平，当先作此诗注解。原来这首诗是清末时光，有位游士路经田盘山下，慨然留题的。侠士不消说是作者书中的主人翁。高人为谁呢？却是明末清初的逸民，蓟州进士李孔昭先生。这李先生本是畿东富家，国变后隐居邱园，抗志高蹈。起初也悲吟蹉跎，诗酒沉酣。一日静坐中，忽恍然有悟，汗如雨下。暗想："圣贤之学，不拘穷达常变，总以仁民爱物为志。今俺与其不胜痛愤，毁性戕身，自侪于魏晋酒徒，何如振起精神，利济为怀呢？"

从此，李先生嘻嘻哈哈，和光同尘，尽一岁所入钱谷，除家用外，都把来好行其德。如义田义塾、赈灾救荒，以至乡里缓急、亲族婚嫁，或本境蓄积建筑诸善事，没有一件不踊跃从事。春秋佳日，他老人家便骑头毛驴子，备条大褡套，一头是书卷笔墨，一头是钱物酒果，七乱八糟都带了。趁兴所至，不问远近，整日价在山椒水滨村落间游行自得。偶遇山水幽绝处，或一树一石生得清奇古怪，便下驴吟啸，命酒自赏。石壁、树身上，歪歪斜斜，题得都是诗。或行倦偶入山村，村人们听得驴行"得得"，便乱噪道："李先生来咧！"于是男妇小儿女一拥齐出，登时连驴带李先生一总儿捉入家。大家便喧喧围绕，急进酒食。小儿女都绕膝捉衣，上头扑脸，喜得乱进道："噫噫，今天可又听古迹儿咧！"

于是李先生掀髯一笑，便给小儿女讲段书，或说段忠义侠烈的故事，更将果饼钱物鼓励他们道："等俺下次来，你们那个懂得书理，记得事熟，俺还多把给钱果哩。"小儿女听了，越法高兴，竟有因争先背诵撒了酥儿的。久而久之，大家竟将"李"字掀起来，有时相问询，便道："今天先生在你家不曾？"

这李先生徜徉一生，年至九十余岁，无疾而殁。所行善事，不一而足。他寻常相诫子弟，便是使气忘身、轻剽游侠的行为，尝说道："这侠之一字，其中有道理、有学问，并须有真性至情为之主干。不然百弊层出，小则戕身，大则覆家。虽是丈夫事业，却恐失之毫厘，差以千里。便如俺壮年时，痛遭国变，常怀子房报韩之志，未尝不留意侠士，想有所作为。无如纯正侠士，实实难觏，因江湖中流派甚多，不可究诘，所以俺收敛奇气，归于平澹。虽无任侠之名，却有任侠之实。你看咱这里山水雄丽，民风朴茂而沉实。古语说得好来，其山峻朗而嵯峨，其水澄洁以扬波，其人磊落而英多。累世以后，未必便没有纯正大侠生于其间哩。"

李先生既殁之后，便葬在这田盘山麓，地名云谷。那所在风景极佳，距谷一里之遥，有一处名为龙泉坞。左临剑门峰，右带石鼓崖，山势宏敞，天然是个旗鼓门户的样儿。更妙在那坞对面高峰特起，云气飞扬，便是唐朝李卫公舞剑台的贻迹。当时曾有人说道："云谷地面，既葬高士，旷代而后，必有大侠与之为邻，方足以称其山川哩。"

果然同光间大侠崛起，殁后真个葬在龙泉坞，也可算得是巧合咧。因那大侠生平景慕的，便是他那位李先生。所以他后人从其志向，竟将古人梁鸿欲墓近要离这意，颠倒用来，闹个"侠士傍高人"。这便是那游士题诗的解说了。

说了半天，这位大侠究竟是张三李四木头六呢？北京人有话，您倒是来个甘脆呀！诸公别忙，您闷一会儿不要紧，刻下时局浑浑沌沌，您都闷的了，听作者胡诌白裂的这部书，便闷不了么？因作者腹稿儿虽然有在这里，只是一支秃颖也须一字字写来请教呀！诸公但欲快耳，那管作者腕折，这便叫骑驴的不知赶脚的苦哩！

闲言收起，书入正文。且说前清同光年间，发捻之乱粗定，四海粗安，畿辅地面入民也便安居乐业。虽间有盗窃，或碰明火打杠子的，也算不了甚么大事，若比起刻下年光，总算太平的多。虽如此说，那时节交通不便，行路艰难，要是富商显宦带了大批的款子上路，便是危险不过。因捻匪余党潜伏得各处都是，规规矩矩，须作点没本钱的生意，不但道途中，便是通都大邑，甚而至于京门脸子，辇毂之下，还往往有飞贼老哥显显手段。因此之故，这走镖一行甚为发达。

其时北五省合辽沈一带著名的武功家，后来作了镖师的，却属两人。一是山东武定府的"红旗李天杰"，一是京西保定府的"一条龙单刀吕大复"。两人武功派头，都是外家，便是少林宗派。主于搏击敌人，炫露能为，纯乎是硬碰硬，刚气用事。所以这外家拳派往往被人撅了尖儿，甚至于丧命结仇。因他不晓得以静制动，齿以刚折、舌以柔存之义。即如李、吕两人，都没得好结果。

李红旗创了一辈子，中年时在辽东道上，被一伙仇敌设计，栽了个大跟头，从此一气病倒，就没起来。身后萧条，只剩个女儿。你道这跟头怎么栽的呀？便是有一年，李红旗揽了一桩关东参客的镖项，方走到锦州附近县分，在旅店中打午尖。时当夏月，天气燥热，李红旗用罢酒饭，在院中树荫下闲踱。只见众车夫赤膊盘辫，黑汗白流，围了个栲栳圈儿。中间一张连案，上面堆着小山似的硬面大饼，大家一条条卷将起来，蘸着大黄沙碗内的盐汁蒜泥，吃了个喷鼻儿香。其中安详点的，捻过一条大葱，就甜酱盘一抹，"咽咽啍啍"，顷刻入肚。一人见李红旗，便笑道："这所在好体面饼咧，比咱山东面不含糊，您老也得一张儿罢？"一人笑道："喂，老黑呀，无怪人家叫你蜜嘴子郝老黑，你真会捧店家的场哩！"正在喧哄，恰好王第八的[1]一仰脸，只听"哑哑"两声，"扑搭"声一泡鸦粪正落在他额上，众人越法大笑。

李红旗抬头一望，见一只老鸦站在树尖，只管掉尾，"啦呀啦"的似鸣得意。那郝老黑便大唾一口，咒念道："啦呀啦，拉你

---

[1] 王第八的：旧时北方口语，粗话，形容人愚笨、犯傻。

妈。黑冠子，灰脖叉。拿刀来，剁尾巴。拿盆来，接血吧。"李红旗笑道："你祝禳他怎的？等俺打下他顽顽。"说罢趑入室，取出弹弓，就廊下觑准那鸦，弓弦响处，那鸦应声而落。众人喝道："好哇，无怪李爷名满北方，没有敌手。甚么狗强盗，敢来当老鸦呀！"李红旗趁着酒兴，也便擎弓大笑。原来李红旗长枪短刀之外，还善用弹弓，打出去势如连珠急雨，寻常百十个人近他不得哩。

当时大家欢笑之间，只见一个黑凛凛的汉子，绷腿凉笠，穿一身土色灰窄硬裤褂，由耳室中大踏步趑出，望得李红旗一眼，便出店门。李红旗也没在意。便随便坐在廊下长凳上，将弹弓倚向廊壁。

这一轮红日火也似的，车夫等挥汗道："好热的大锅儿呀！偏他娘的下半晌还有七十来里路，还须过阎王坎、尖林子等处。那所在时气一撇扭，便出岔子，头些日连奉天将军赴京打点的一票大银子都劫夺咧。"李红旗诧异道："俺听说这案子破掉咧，那贼头叫甚么'玉格格'，便是在旗籍的人，不是业已正法了么？"车夫笑道："如今官兵只会吸大烟、溜雀儿，再不然唬唬庄稼人，他们会捉住玉格格？教他们刷白薯去罢，捉住的那人，不定是那个晦气的哩。好在缉捕人只图领赏格，地方官只图破大案、顾考成，大家一合眼，模糊糊便算是玉格格就得咧。"李红旗笑道："既如此，咱们也须小心。"众人道："你老怕甚么呀！"

笑语正酣之间，却见个贫家小孩儿蹭到厅下，鬼头鬼脑的顽皮，手中拿半段香火儿，满墙上哧哧的画。店家瞅见，大喝道："还不滚你妈的蛋！"小儿一惊，兔脱而去。这里众人谁也没理会。

不多时尖罢，整饬车马，即便趱程。李红旗背弓挟弹，跨马当先，引一行车辆出得店门，便丹田集气，喊起镖来。那音调顿挫沉雄，声满大野，一口气喊出街坊，方才缓辔而进。据个中朋友讲究起来，这喊镖里面都是黑话，线上的朋友一听便知是那家镖到，便登时给镖师留面子。两下里即便撞个对厮面，彼此一答黑话，各走各路。但这是久创江湖的大盗，讲面子，交朋友，有时节，蹲下来没落儿，偶然间向镖师张张口借盘费，马上白花花的千八百两就缠到腰中。所以久当镖师的，一半儿仗真正武功，一半儿仗声望结纳。但打起本镖旗子，不怕教个小孩子去押车，都成功的。就怕遇着初出茅庐的大愣鸟，行中黑话并一切过节一概不懂，彼此一遇着，便不可开交咧。

当时李红旗率众前进，日色平西，已走到阎王坎。穿过这个小村落，只有数十户人家。其中有一草店，那店婆三十来岁，十分伶俐，挽起个漆光似的黑发鬏儿，两手叉腰，笑嘻嘻正在店首闲望。身旁一短衣汉子，一手提了个大石臼，粗估去便有数百斤重，遥见镖车到来，便向妇人道："喂，你接这家伙去，等俺去揽揽客人。"店婆笑道："你倒会捉替工哩！"说罢，轻轻接过，"磄"的声向院角一抛，李红旗一见，不由耸然，暗想道：这两个男女倒也尴尬的很。正在抖籔思忖，那马已到店门。

店婆一眼望见李红旗所背的弹弓，不由笑容立敛，微微作声道："哦，哦。"便俏生生趱近马前道："您老还不住歇么？依婢子看来，早住的好。"说罢，清锐锐的眼光又萦绕到红旗的弹弓上。那男子也直橛橛粗声暴气的道："尊客真个早歇住是正经，前面尖林子，那所在讨厌的紧哩！"李红旗一听，越法怙恓，因一挺腰板，向两人一抬首，长驱而过，却听得后面店婆娇脆脆耸声大笑。

李红旗鞭马走了一程，看看天晚，一望前途，早黑魆魆现出一带长林。关外地面村落稀少，四外一望，但见天如覆笠。车夫等便吵道："仔细呀，前面便是尖林子咧。由那里到荞麦洼，还有十来里，今天落店，早煞了也须二鼓大后。呵呀，这所在走黑道儿，真透着卖字号要骨头哩！"

正说着，车马走发，那李红旗一骑马先闯到林边。只听一声胡哨，扑扑扑跳出二十余个彪形大汉，一色的蓝布包头，土布短衣，各执明晃晃砍刀长枪，蜂拥而上。其中一个黑壮大汉，提一把泼风刀，跳踊指挥，便是午尖时耳室中那个客人。你想李红旗眼光心思何等敏捷，当时猛见，暗道不好，百忙中斜磕马腹，泼剌剌闪退了里把地。这里众盗业已大呼赶来，李红旗一面摘弓，一面喝道："瞎眼的死囚，你便不识得你家李爷，难道不见红色镖旗吗？"黑壮汉大笑道："甚么红旗白旗，今天管教你丧气。咱老子行不更名，坐不改姓，大闹关东玉格格的便是。李天杰，你若识窍，乖乖的留下镖银，咱们是好里好面，你还可以回老家，夸你的'红旗李'去。不然，管教你纸老虎顷刻破哩！"

李红旗大怒，回手掏弹，安上弦，尽力一拉。只听"拍"的一声，群盗大笑，火杂杂刀枪并上，原来那弓弦无端便断咧。好李红旗真是老手儿，虽情知有异，并不慌忙，便施展出平生本领，舞起那张弓，杀入盗队。一般的钩掠挑刺，呼呼风响。原来精于武功的人，能借器为用，不怕寻常一段麻秸秆，他都可以当刀剑对敌，全仗着神全力运，巧妙为功。昔人越女以树枝杪儿能刺猿公，便是这番道理了。诸公不信，但看会写字的人，拈一支秃笔，偏能写得龙蛇飞舞哩！

当时李红旗大战群盗，随手发镖，打倒两个。玉格格狡猾非常，虚晃一刀，跳出圈子，带领十余悍贼便扑镖车。呼啸一声，便如驱猪赶羊一般，拥了便走。按理说，凡车夫遇路劫，照例的抱定鞭儿，路旁一蹲。只是玉格格不遵此例，连人带车，一总儿打着便走，顷刻间转入深林。正这当儿，只听李红旗大喝一声。正是：

　　骅骝漫逞康庄步，世路由来多险艰。

欲知后事如何，且听下回分解。

第二回

孤村双侠良夜留宾
失事英雄荒山侦贼

且说李红旗见镖车被人劫走，这股火头儿就大咧，方大喝一声，要冲围赶去，只见余盗"唿喇"声纷纷四散，一面乱喊道："李红旗，你这番盛觑厚意，俺们也没具个领谢的帖儿，真抱歉得很！朋友改日见罢。"说罢，兔子般都钻入长林深草中，竟将李红旗木在那里。不由长叹一声，懊丧万状。

这时暮色已浓，野风徐起，四围草树飒飒有声，若嘲若讽，那一痕弦月也便渐渐东升。李红旗愤气之下，纵马登高阜，张望良久，通没影响。但见万山合沓，草树连天，歧路纷纠，更不晓得都通那里，是甚所在。这当儿要去追贼，如何成呢？思忖多时，颇觉进退两难，不由猛想起："那个店婆好生可怪，怎的他一见俺，便有许多鬼祟神情？又苦苦劝俺歇住，这其中定有缘故。巧咧，他合强盗一气儿，都未可定。若是平常女人家，如何有那等气力接抛石臼？便是那个男子，也虎也似的哩。看来这档子事须向他们身上寻个着落。"想罢，趁愤气勒马下阜，便奔回路。一连几鞭，那马四只蹄便如撒钵翻盏，将近五更，已到小小村落。

李红旗暗想道：那双男女定不是甚么善岔儿，与其力取，莫

10

如巧作，给他个冷不防，捉住他再讲。沉吟间，翻身下马，系在一棵野树上。一拾那废弓，好不颓气，便索性插置在鞍桥旁。幸喜腿裹中还有把尺来长的钢刺，便结束衣服，抽刺在手，一挫身，步法一紧，旋风似的直奔那店。原来李红旗所用的应手器械，如单刀、枪、矛之类，一总儿都在车上，所以那会子力战群盗，只好用那弹弓，不然那群毛贼如何会跑掉呢。这便是艺高人胆大之过，并素常价太恃名头，一向没失过事的原因。古人说得好，战战兢兢，日慎一日，人莫踬于山，而踬于垤。可见多大本领的人，一时疏忽，便不妙哩！

当时李红旗扑到草店外，由碎石短墙上探头一张，只见西房东间窗上业已灯光耿耿，并且磨声隆隆，便闻店婆娇叱道："你这厮不识好歹，牵着不走打着倒退，无怪人家给你带捂眼。你不好好的干你的去，反偷空摸空瞅老娘作甚？"李红旗怔道："这小娘儿好古怪，他这分明是乞苦我哩！难道我来作手脚，他便知道？"正要翻身跳墙，只听男子道："喂，家里的，你只管胡哼唧，到底给人个爽快呀！"

却闻店婆笑道："不用你急得猢狲似的，反正误不了天明卖货就是咧。咱两口儿长枪短剑的四海惯例，如今干这营生，也就叫拿鸭子上架，你如何催促俺呢！"那男子哈哈一笑道："别说没要紧，且卸下驴儿罢，他也歇歇工，咱也歇歇工。你看隐居散淡不算甚么，俺看比今天过云的甚么李红旗，还自在的多哩。他那会子耀武扬威的有兴，只怕这会子就……哈哈！"说着，两人身影儿在窗上乱晃。

红旗方恍然，他两口儿是操作甚么家事，但是听男子说到自己，并似已知遇劫，不由越法大疑。便提轻身势，燕儿似飘落墙内，脚尖点地，突突突趱近东窗，就隙缝向内一张。只见那男子撒袖扳鞋，光着脊梁，手持明晃晃韭叶窄刀，却在旁案上切打热腾腾

11

的大豆腐。土壁瓦灯旁还挂晾着新出锅的腐皮，壁下盆罐盛着腐渣之类，堆头垛脑。男子一面忙碌，忽转面向里，灯光射处，只见他后背偏左却深陷了一条沟，有半尺多长，似剜去一条肉一般。

红旗惊异之间，便见店婆儿猱头撒脚，挽着个懒鬏髻，连耳环也没戴，只穿件单背心儿，鼓蓬蓬玉乳隐约微露，衩着短裤，揎起两条藕也似的胳膊，一面向腐担上摆列腐块，一面笑道："你还说哩！依着俺，便明明指示他，你却一含糊，放他走咧。"男子叹道："你究竟是娘儿们见识。人在高兴头上，是拦不得的，况且咱合人家人生面不熟，遽然强聒些很有关系的话，坦白负气的人听了，不过笑咱们旗竿顶上拉屎，露得好高眼；若遇着多疑的人，他不疑你妄言恐吓，不怀好意，便疑你是通盗的索线。这不是一百个犯不着么？"

店婆嘴儿一撇，笑道："罢哟，你别这会子充老世故咧！自是你这时光，钻向螺蛳壳里，火气都退，不爱管闲事罢了。若在前三年时，你风风火火、哇呀呀的脾气儿，不但定然留住人家，巧咧，你准插一胳膊，同人家向尖林子顽一趟哩！"男子笑道："呵呀！你道俺那茅包性儿，是那个将俺指教过来的？"店婆道："噫，自然是背后缺条肉的缘故了。"

男子听了，哈哈大笑，因拍窗台道："李爷，别只管背地里听象声咧，请进来畅谈罢。"店婆道："李爷，莫怪俺满口胡柴的喝驴儿。起誓说，那会子俺只瞟见墙上有人探头，却不知便是李爷哩。"这一插白，李红旗暗含着挨的挖苦更添了斤两咧。当时李红旗虽惶愧难受，却顿然释却疑团，只得老着脸儿逡巡进室。那男子忙披上短衫，惟有店婆儿更大方不拘，便没事人似的一伸纤手，端起案上灯烛道："这屋里邋遢的很，请李爷西间谈罢。"

于是俏生生在前引路。三人入室后，彼此见礼，宾主落坐。红旗一眼望去，便见壁上挂着一鞘雌雄宝剑，再一瞧他两口儿丰姿气概，一对儿英伉无伦，便如太阿在匣，虽极力收敛光芒，总觉奇气腾踔。于是李红旗肃然起敬，便叩姓氏。

店婆笑道："李爷且慢闲谈，俺猜您这当儿似乎有点事吧？"说罢抿嘴而笑，那男子却结结实实瞅了他一眼。红旗听了，不由面红过耳，只得老老实实将失事情形一说，因道："俺因贤夫妇气概不凡，白日里又曾止俺歇住，微语示意，所以转来，就贤夫妇探问，玉格格那厮究竟是何等虫豸，巢穴在那里？"说着两臂一振，拍膝道，"咳，总是李某合当出丑，若非弓弦忽断，饶他千百个玉格格，也不够俺一阵打的。"店婆听了，裂开张小嘴儿，只笑的前仰后合。

男子瞋道："尊客在座，甚么样儿！"店婆忍笑道："唔，俺的李爷，您直怎的老实过分，无怪吃那厮（指玉格格）的黑痛疯（俗谓被赚也）。您想想，那弹弓怎便会断呢？您由这里过去时，俺们已见那弹弓弦儿有一处透出点焦黄色儿，便知您在来途，定遇着蹊跷事咧。"

红旗听了，略一回想，不由恍然，因顿足道："不错的。俺在来途午尖时，在店中便曾见那玉格格。其时谁也不认得他，这弦儿定是他暗使小儿烧焦的。"因将打老鸦一节事说了一遍，言下大恨道："俺李某闯荡一生，南北豪杰谁不晓得，如今却被鼠辈暗算。今不暇他说，便请贤夫妇指示俺玉格格巢穴所在，俺刻下便寻将去，剪除他们！"说罢，气吼吼站起，便是一揖。夫妇连忙还礼，不由相顾慨然。

店婆向男子微笑道："李爷这时的火头儿，也就不亚如三年前的你哩。"红旗听了，不解其意。男子道："李爷且消停，咱大家且从长计议。您奔驰半夜，想也倦饿咧，俺且略尽东道之谊何如？"红旗逊谢之间，见店婆儿翩然趋出。不多时端进酒膳，红旗一看，是烧酒炙兔，生葱大蒜，并且热腾腾的大豆腐，高耸耸硬麦馒头，以外还有椒盐甜酱一大碗，四只海缸碗满盛着金汁似小米粥。店婆儿一样样安置好，将手中托盘一顺，忽笑道："这位整个儿的兔儿爷，还须人服事！"说着秋波一转，忽望见红旗那把钢刺置在旁儿，因笑道："李爷这家伙且给俺使使。"说着拿起钢刺，将炙兔一阵裔割。男子笑道："你总是慌花儿似的，不裔切好端进来，却将李爷的兵器弄得油腻腻的。"店婆儿扭头微笑，一面用台布拭净钢刺，忽一翻手腕，"刷"一声向红旗刺来。红旗大惊之间，只见店婆手势一按，却将案角上舔食气的巨蝇刺落一对儿，还绷着脸儿道："我教你两个公然快活！"男子喝道："疯婆子，快快让客罢！"红旗暗想自己偷来本意，好不惶悚，不由愧赞道："贤夫妇有如此本领，真令人失敬。"

于是宾主落坐，饮起酒来。那店婆更无闺阁气，随意价大吃八喝，更捡精致兔肉给红旗布过。红旗有事在怀，只管闷闷端起杯来，又置在案。店婆偷眼瞟见，便用箸一敲男子的箸道："您看李爷这档子事怎么办呢？"红旗听了，趁势敛容请教。男子笑道："据您的意思呢，定须寻求群盗，夺回镖项。但这事儿恐不成功。假如玉格格是响当当的大盗，盘踞有所，巢穴有方，慢说李爷放他不过，便是俺们也愿相助。无奈玉格格是一个很烂污毛贼子，只在尖林子一带深山中出没无常。所有党徒也都散漫无统，忽散忽聚，便如群鸟一般。遇着腐肉臭尸，便群聚咕喳，膏血尽，又顾而之他。即如他们得了李爷这镖银，分赃后登时各散，总须抖搂净了，方渐渐互相聚拢，准备再结活儿，可不定发现在那里。一言抄百总，他们是没有准根据的。李爷请想，这情形就难办咧。"

红旗沉吟道："既在山中，总还可以寻求。"男子笑道："李爷往来辽沈，料非一次，难道不听得关外的谚语么？是'要走关外山，难似上青天。短沟八百里，小套转三年'。这等宽漫所在，要寻玉格格，真是大海捞针哩！"红旗听了，惟有搔首。店婆忽的恨恨一咬牙

14

儿，笑道："俺就恨这等毛贼，便如进蚤蚊虫，冷不防给你一乖乖，教你痒痒挠不得，他却躲向一旁，展翅儿舒腿儿去咧。"说着，拈起个大馒头，便是一口。男子笑道："你倒替李爷煞气似的哩！今天且饮酒，徐徐计较罢。"于是大家闲谈数语。

红旗道："贤夫妇如此英爽，为何隐迹村店？这段高致，真真可敬。便请见示姓族，一洗尘襟。"男子听了，鼓掌大笑道："姓族极没要紧，何须渎耳。俺三年前因一段事，也如李爷一般栽了个悬梁跟头，不但将朋友托资一概失掉，俺背上还受重伤，幸有性命。俺当时愤不欲生，创痕平复，便想雪耻。"说着一望店婆道，"虽有荆妻苦苦劝止，俺如何肯听。一夜里结束停当，便向荆妻诀绝道：'你但看四鼓后，俺不转来，便是与敌人同命咧。'正要慨然拔步，忽听邻家小儿唱歌儿道：'硬是软，软是硬，知得此理年寿永。君不见八十翁，舌头儿依然似孩童，牙齿一个也没剩。请君莫逞硬硬硬。'当时俺听了，便如冷水浇背，洒然有悟，登时将腾腾火气消归乌有。恰好山荆也将善刀而藏之意相劝，因此俺夫妇悉括家资，赔偿友人，便收拾家资，就此间隐居下来。虽自视贱业，倒也自在的很。"说着一望壁上宝剑，大笑道，"往日里俺这位肝胆好友，那一日也须拂拭几次。如今整整三年有余，俺不曾合他握手咧。一任他午夜虹光，风雨龙吟，俺只钻在黄绸被里睡自在觉哩！"说着举起大杯，一饮而尽。

店婆儿用纤指抹腮道："羞！羞！这会子尊客跟前，你又说嘴咧。去年夏月里，吉林大盗张玄坛闹的吃紧当儿，那某都统两次遣人来聘说你，你不说是痛快快谢绝人家，却无端的趑出趑进，热锅上蚂蚁一般，还向俺商量道：'你看怎么样呐？'"男子笑道："李爷须知，人乍收敛下来，总是心头跃跃，却是过些时便舒贴咧。嗣后李爷也自理会得。"红旗听了，虽心内佩服其说，只是心头火气总按不下，便向两人坚请姓氏。两人只笑而不语，少时相视慨然道："如今武功一途大有人在，像俺夫妇，何足置问呢？但是李爷能学学俺们，直然的不必寻玉格格咧。"红旗听了，默然无语。

须臾酒罢，曙色已分，李红旗究不甘心，便谢过两人，要赴尖林子。男子道："既如此，李爷请便。但俺嘱您一语，区区银物固不算甚么，便是人的名儿也须看淡些方好。俺当年若非看破虚名，早就气郁死掉咧。"说罢，两口儿殷勤送出，直至村外。李红旗解下马匹一看，那弓弦断处，可不正现出焦灼痕迹！这时店婆儿却带来一缕旧发，当即接纽好断弦，拉个满圆，然后递给红旗道："此弓还可用得，只怕草虽厚，赶不出兔儿哩！"

李红旗执手告别，扳鞍上马。店婆笑道："李爷仔细，此去得手也罢，不得手也罢，俺盼你再来聚会哩。"红旗应诺，一抖辔，如飞而去。这里两口儿也便携手趑回。

且说李红旗乘着愤气，以为山中虽宽漫，总有踪迹可寻。那知入山踏缉四五日，但见层峰叠岭，长林深涧，连玉格格影儿也没得。遍询山家樵子，通没影响。再入深邃处，鸟道诘曲，已非人境，却从山径中见两个车夫尸身，其余车夫是否生死，更不可知。李红旗越寻越气，加着连日劳碌，饥困交萦，不知不觉病根已伏。但是当时并不理会，直踏山十余日，方怏怏寻路趑出。反复思忖，竟没作理会处，不由遥望店婆儿夫妇居处，爽然若失。只得耐性赴北京，见了参行主人，报告情形，自认赔偿。

北京风气是捧起不捧倒的，李红旗遇到街坊，便自觉矮了半截儿。见人家偶然聚语，便疑惑是谈笑自己，所设镖局门前也登时可以罗雀咧。于是红旗连日里折售镖局，并先函致家中，变产准备，闹得心似油煎，昏头搭脑。

不多日，家中汇款到，连折售镖局之资，统计赔款还缺数百金。依参行主人之意，也就不要了。无奈李红旗好名一生，栽了跟头已经够瞧的咧，这当儿岂肯再落褒贬。自思结交了一辈子，在京

16

同行们委实不少，合他们商量一下子，这事儿便捧办过去咧。想的得意，不由跃然而起。正是：

交情自古春云薄，世事难期腊酒浓。

欲知后事如何，且听下回分解。

第三回

遭嘲讽气煞李红旗
折刚强计劫吕大复

　　且说李红旗主意既定，便在本局中大排筵席，广请镖师。届时大家都到，一个个扬眉吐气。坐将下来，李红旗猥琐琐捧过一巡酒，便谈致恳之意。

　　大家一听，一阵挤眉弄眼，唯唯诺诺。一人拍膝道："这点点勾当，还值得李兄如此客气。老兄老弟的，还不当效劳么？"一人道："正是哩！李兄这档子事，是时气赶的，老虎还有打盹时，不算甚么。别看这当儿时气撇扭，属看西湖景的，往后瞧罢，俺就不信甚么毛贼子竟撅了李老兄。"又一人义形于色，捏起油钵似拳头，"拍"的声砸在案上，冷笑道："可笑这参行东翁，一些面孔也不讲，寡认得大钱钞么？李兄别焦燥，俺们总得搁过这一场，一文钱也不少赔他的。臊臊这老悭的脸皮还不算，从此以后，他再请镖，"说着站起，向满座人一个连环大安请将下去，然后双眉一挑，大声道，"那位再答应他的镖，便赛如骂俺祖宗。那时节，咱们先得干一家伙！"众人都喊道："正是，正是。咱镖行若没这点义气，也不必在北京现眼咧。李老兄，您擎好子罢，今天晚上俺先将摊份送来。"又一人摇头晃脑的道："俺就怪煞了，李兄对自家弟兄，直推到今日之下才吐口风，不然这点事儿不早结了么？"说罢一阵喧笑。李红旗逊愧之间，他们已风卷残云一般吃喝起来。直吃的弯不下腰，方一个个挺胸摸腹，谢酒而去。

李红旗见此光景，方窃幸本行朋友毕竟不含糊，那知候了三四日，杳无信息。红旗焦急，只得登门去问，不想他们都约会过的一般，处处是挡驾不迭。直跑了两日，一个人也没见着。本行中却收到他们数封书，红旗一一拆看，不是这个告艰，便是那个哭穷，却咬文嚼字的说些义气话，或替红旗发阵牢骚，并且字里行间都挂着冷嘲热讽。至于讲到所以然，便是对不住，请你自己打主意。将个李红旗只气的干瞪眼，跺跺脚，丢书一旁，赌气子踅向街坊，沽饮破闷。

方一个人儿昏搭搭饮了两杯，只听隔壁轩中乱哄哄踅进一群酒客，要酒喊菜，闹得乌烟瘴气。红旗听语音厮熟，就壁缝一张，正是同行朋友一班人。一个叫戚大炮，一个叫黄二膘子，还有一个生得尖嘴削腮，两只圆红胡椒眼，抖抖擞擞，猕猴一般，却是海老四，绰号儿"海里迸"。三个人都是蝎尾紧辫，黑绒马褂，灰布长袍，脚下是绿皮挖云快靴，簇新新，好不意气飞扬。大家都很欢似的周旋一人。那人有四十多岁，五短身裁，一张堕腮脸肥而且紫，紫而且亮，一嘴短髭中龇出两排黄板牙。一身京油子打扮，讲了一句话，却闹了两个乐子。红旗细望，却是山西皮商"昌源和"的经理冯大器，此人在京专作关东皮货买卖，因此大家又叫他冯老皮。

红旗正在暗想道："他们又拉拢走镖咧，倘被他们张见俺，没意思的很。"正思量避去，只见戚大炮等业已众星捧月似的，将冯商安置在客位上。这时堂倌早笑吟吟哈着腰，在旁伺候，先给冯商打千道："冯爷大喜呀！这次喜镖又要东去咧，戚、黄二爷亲自出马，真个妥当不过。今天请放量喝一场罢，喝完了向'广德楼'瞧瞧程老板（长庚）的《大报仇》，真个写意哩！"说罢，随手儿捭捭座儿，请点菜。海老四道："你只来桌上好全席便了。"堂倌答应，先忙忙捧上香茗，一面价喊出去。

这里斟茗闲谈，不是那个姐儿新到，便是那家饭馆好吃。红旗张得不耐烦，方想溜之大吉，只听"海里进"道："喂，冯老兄，您雇俺戚、黄两兄的镖，不是俺当面奉承，您总算眼睛亮哩！这种年头儿，只听虚名儿不成功的。便如李红旗，嘛，那名头就大咧，简直北几省他就想平趟着走。你看他晃起膊儿，何等气焰，休说是外州府县的同行，便是在京这几家镖局，他又瞧的起那个？如今怎样，哈哈！"

红旗一听，登时觉得耳根内"铮"的一声，方一沉吟，便听戚大炮哈哈大笑道："弓要拉足了，帆要张饱了，定出岔子。本来李大哥近些年时气太旺，自己未免疑惑着本领够瞧的咧。俗语说的好，老手颓唐，不如新虎儿上场。可见时气太顺，也能毁人哩。"黄二膘子似乎嘴内含了一口茶，咽啯咽啯嗽了半天，然后如鸭子屙屎一般，"咕咭"声由牙缝中激喷在地，闷闷浑浑冷笑道："甚么时气顺能毁人呀，一言抄百总，李红旗耍了一辈子纸老虎罢了。但看他没脊骨，没气性，他那本领也就可想咧。自己栽咧，俗语说得好，胳膊折了袖内藏，牙齿掉了肚内咽，犯的着弄出吃会打穴的局子么？倒教人应酬也不好，不应酬也不好。不怕冯爷见笑的话，往后俺们这行人还有人拿着当大瓣蒜么？李红旗呢，算提不到话下咧。只是俺们同行同道的，暗含着跟他贴这么一脸大赤金，您说够多么撇扭哇！"正说的起劲，"海里进"笑道："黄哥儿别撇扭咧，俺猜不出这两日，李红旗还许抓挠咱们，那才透着撇扭哩！"冯商听了，不由鼓掌大笑。

这时李红旗早气得面目大变，浑身乱抖，不由站起大喝道："好哇！"一声未尽，业已"咕咚"一声，昏晕于地。于是堂倌等如飞跑来，戚、黄等听出是红旗语音，忙大家挤眼示意，乱糟糟跑过来一看，只见红旗双眸紧闭，面目尫白，是个气厥光景。大家没奈何，七手八脚，一阵招唤。

须臾，红旗长吁一口气，两目一睁，"哇"的声便是两口红痰。接着一望戚、黄等，忽笑嘻嘻点头道："原来诸位也在这里。"说罢，竟跃然而起。戚、黄等正没口子的客气，乱吵着移席同饮，红旗已直挺挺六踏步竟出店门。这里大家怔了一回，料背后一番胡嚼蛆，被李红旗听得去咧，不由砸嘴撮唇的一阵作鬼脸，依然哄饮。但是李红旗从此气郁呕血，竟自不起。身后光景，且按下慢题。

再说那"一条龙"单刀吕大复，更自可惨。他出镖以来，不讲结纳靠面子，但遇盗贼，决不轻饶。响儿虽叫咧，仇也结下咧。据说吕大复那把单刀实在经过名人传授，有七十二般变化，能因着敌人兵器改换家数。所以他自恃本领，目空一世，南至江淮，北达奉吉，以及陕洛等处，绿林朋友提起他来，真个恨入骨髓，怕到十二分。大家图谋毁掉他，也非止一日。无如吕大复精细机警，既不好酒，又不好色，每逢出镖，精神绝人，不但路途中无机可乘，便是他落在旅店，"一条龙"旗一插，闲杂人等休想偷觑狙伺。却有一样，他生平爱戴个高帽儿，但是你要满口里夸他武功，又拧了劲儿咧。便如阔人们不耐烦人家夸文字好，总须夸他扶危济困，剪恶除强，他方越听越入耳。便如劣蹶狸猫，你越抚摩他，躬声越大，不多时便偎着你，驯扰的甚么似的咧。

他最叫响儿是在邹、峄之间，大闹抱犊山，单身赴筵，气慑群盗一事。那时节，吕大复年方二十五六岁，正在气盛。本来脸膛儿也漂亮，穿一身青缎窄衣，横刀勒马，催动镖车，旋风一般。这当儿他的名头还未六起，不过在山东道上硬闯了两趟买卖。如大盗白大杆、霍云生等都死在他的刀下，声闻所被，便惊动了抱犊山的大盗翟五。

这翟五据有山巢，地名风溪崖，极其深峻。手下聚集着数百悍匪，出没无常，不时的打家劫舍。官中剿捕，反被他杀伤许多人。这翟五本领也自不凡，飞檐走壁，高去高来，自不消说。他还有一手绝技，是善用一条龙蜕金索鞭，舞起来呼呼风响，一片金光可以笼罩百十步外。这日，他探得吕大复镖车将到山下，便暗定诡计，杀下山来。两人见面，各不打话，登时恶狠狠交起手来。

翟五且战且走，顷刻间距镖车四五里，大复精细，便要不赶。翟五大笑道："你这厮既不敢来，俺便饶你过去。却有一件，你所带镖项，俺已经笑纳咧。"大复一怔之间，只听后路上隐隐一声喊，急忙回望，便见自己镖车旗儿影绰绰转入山凹，顷刻不见。急寻翟五，也不知那里去咧。但见万山丛杂，林木幽蔽，静宕宕连鬼影也无。原来翟五早伏人在镖车左右，自己却引开大复，当两人酣斗追逐当儿，盗党便劫车进山哩。

当时大复情知失计，只气得暴跳如雷。沉吟一回，只得且投宿处，访明山径，再作计较。恰好三五里外有片山村，大复奔将去一看，且喜有处野店，孤另另矗峙村落。店外有个老妈妈，坐在矮凳上，一面补缀旧衣，一面望望残阳，嘟念道："阿大怎么这当儿还没来？"忽见大复，不由笑吟吟站起，道："尊客敢是寻宿么？"大复下马，一面松松鞍带，略息马汗，一面道："妈妈，这里外边的伙计呢？"老妈妈道："不瞒客官说，俺这小店只母子两人经营，俺儿那会砍柴去咧。"说着端相大复道："客官既出门儿，为何一些行李也不带？"大复道："咳，不须说咧。到内歇息，俺还要借问路径。"于是老妈妈引大复入店，虽土墙茅屋，倒也十分干净。大复自家系马于厩，便就客室一看，室内还挂着兽皮腊肉等物。

老妈妈笑道："客官莫见笑，小店儿没甚生意，俺儿便每每入山，猎取野物，添补生计哩。"大复沉吟道："哦，他既常入山，山中路径自然很熟悉的了？"老妈妈笑道："俗语说得好，靠山吃山，靠水吃水。您想俺儿砍柴打猎，整日价长在山里，有甚不熟悉的？

便是老妇常听俺儿言讲，肚儿内也似有座小山似的哩。您说甚么风景儿、古迹儿、寺观儿，俺都略知一二。"大复喜道："如此说，风……"忽顿然缩住口。老妇道："哦，风景呀，好的很！客官若得闲，俺儿便引你逛个十天八天都不打紧。"说罢匆匆趄出，整理汤水，并喂好那马。

这里大复一面缓缓结束，到室外闲踱，一面肚内盘算。原来大复这时虽保镖未久，也颇知江湖勾当。这小店距山不远，保不定便非强盗眼线。所以他心思一细，登时将话儿按住。

正这当儿，只听门灶边老妈妈道："唔，阿大来得正好，快替替娘手脚罢。你看人家客人来到，里里外外是俺个老八叉，如何来得及！"说着恨道，"若不是风溪崖一干天杀的禁人到那里樵采，咱怎会日用不敷，崖不起伙计呢！"

大复听了，急忙望去，却见一个村朴少年，担了一担毛哄哄的草柴，趄进门，置在一旁，便道："客人在那里？娘且去整理菜蔬，俺在此炊饭罢。"老妈妈道："如此也好，你且将茶水面水给客人送去。"说着笑道，"你也学洒脱点，别见人就红脸，嘴里含着热蛋似的。"阿大道："娘又这般说咧！怎的前些日有一群侉声野气的男子，探问风溪崖的路径，俺略说说，娘便嫌俺多嘴淡舌的呢？"老妈妈笑道："傻孩子呀，你究竟少吃二年咸盐。话有几等说法，且须看合甚么人讲哩。那天那群人，一个个凶眉凶眼，三句话不离割割片片。依我看，都是强盗胚子，说不定便是向风溪崖入伙的那等人，你理他咋甚？像今天这位客人，体体面面，你没嘴葫芦似的，不让人家笑么？"阿大笑道："反正你老人家怎么说，怎么有理就结咧。"老妈妈笑唾道："拧蛋蛋子，别合我滴滴剥剥的咧，快应候客去罢。"

于是阿大直薇概端了汤水，便奔客室。一见大复，果然局促促的道："你老辛苦哇！"大复一笑，颔首跟入。阿大一眼望见大复所用的单刀，明晃晃置在案上，便登时眦毛栗子似的，置下汤水，回头便跑。大复唤道："你且这里来。"阿大应道："俺灶上添把柴就来的唷。"便见他飞也似的跑到老妈妈跟前，腰儿一哈道："妈呀，我的妈呀！"正是：

　　　　探险未知山盗窟，侦踪先到野人家。

　　欲知后事如何，且听下回分解。

第四回

抱犊山翟五张筵
风溪崖单刀赴会

且说大复眼光随望去，便见阿大哈着腰低声道："妈呀，了不得！您看这位客官雄壮样儿，也不亚如那天那群人哩！"老妈妈笑道："你这孩子倒吓我这么一跳，难道雄壮相貌的人都该不正经么？你看那风溪崖的大头子，有时节还斯斯文文，讲情说理的哩！"

大复听了，一肚皮想探问的话，更耐不得，便趱将去。方要就阿大细问山径合风溪崖贼巢怎样情形，并说明自己失镖一节事，只见一个短衣劲装的汉子，黑脸腔，鲜眼睛，两撇黄须配着张凹瘪嘴，很透机伶，一脚跨进店，先向大复眼光一转，"扑答"声向靠壁凳上一坐，大声道："喂，主人家快拿壶茶来，俺歇歇腿还去哩！"

老妈妈道："您来得恰好，刚有给先来的客人烧得滚水，便请吃杯罢。"说着一面泡茶，一面道："听您的语音，不是远客呀！"那汉子道："正是哩。"说罢，眨起两只鲜眼睛，吃了两杯茶，一个欠伸，竟自伏案假寐。老妈妈一努嘴，向阿大低声道："这准是个赌场朋友，顽倦咧，来歇困哩。"因向大复叹道："都是风溪崖一干人，招得地面上混混们窝娼聚赌，左近村庄混账的很哩！"

大复听了，便趁势将意中许多话一一说出。老妈妈母子一听，相顾大惊。老妈妈道：“不想吕爷竟遇这等事。风溪崖路径倒不难，当翟某人未占那所在时，阿大常去砍柴，其中道路一概尽知。只吕爷单身独骑，便想到龙潭虎穴中夺回镖银，呵唷，这事儿恐怕玄虚。那翟某人好不歹毒，手下聚集着数百硬帮手，你一个人就要去，可是要唱出《连环套》咧！”

大复听了，不由豪气飚举，哈哈大笑道：“只要令郎识路径，就好办咧。不是吕某夸口，今天在山下合翟某厮并，是俺人生地疏，一时大意，失却镖银。今凭俺一口刀杀将去，他是晓事的，还镖车，俺尘土不沾，拍腿一走；他若不知好歹，俺教他们一窝儿都是死数。刻下江湖中，谁不知俺‘一条龙’单刀吕大复哇！”说罢，顺手一拳，“砌”的声碰在壁案上，“哗啦”一响，那汉子面前的茶碗也翻了个儿咧。

阿大连忙收拾，方恐那汉子惊醒发作，只见那汉子跳起来，一抹眼睛，向大复抱拳道：“幸会！幸会！原来您便是‘一条龙’吕爷。俺此来专诚相访，不想方才打个盹儿，几乎当面错过。”大复敛容道：“足下何人何事来见访呢？”那汉子听了，登时双眉一挑，哈哈一阵狂笑，黄须掀动道：“吕爷不必多问，俺家翟山主便料吕爷定要枉驾敝山，恐兄弟巡山卤莽，有惊台驾，所以遣俺来持书奉邀。但是俺来时，山主说得明白，如吕爷心头不甚坦然，也就不必勉强。”说罢，笑吟吟掏出书札，双手奉上，却是脚下一攒动，业已微微踏开门户。大复接过书，冷笑道：“好，好。便请足下为俺致意翟山主，明天傍午时分，俺定要拜访。”那汉子笑道：“既如此，俺先代山主致敬。”说罢抢上前一握手，但见大复剑眉一扬，手腕略振，那汉子已跄踉倒退数步，因大赞道：“好哇！明天清晨，俺便在山口恭候就是。”说罢，一翻身踅出店，脚下加劲，顷刻间影儿不见。

这里老妈妈却惊得舌挢不下，乱吵道：“不想这人竟是风溪崖遣来的！俺想筵无好筵，会无好会，吕爷千万别去上当。不但明天不必去，便是今夜晚间，您也须挪挪地处方好，知他们揣着甚么歹意呀！"因向阿大道："你赶快送吕爷到你大姨家去，他那里严实些儿，谁也寻不到哩。"大复笑道："妈妈不必吃惊，俺自有道理。"说罢，再看那书札。只有"洁樽候教，翟某拜订"数字。这时，阿大业已慌慌张张闭上店门。须臾，客室中掌上灯烛。大复用过酒饭，沉思一回，将单刀置在枕旁，即闻得阿大不断的在院中筳来筳去，一会儿又到窗下听听动静。大复暗笑，也不去理他。

次晨醒来，方蹶然下榻，不由大惊。只见自己那把刀却移置案上，压着张大红字柬儿，上写"翟某带驾"四字，并且字仿鲁公，十分雄劲。大复暗想道："翟五这厮既这等作怪，揣其意不仅在劫取镖银，大概诚心要折俺名头哩。此去必须看事作事方妙。"于是盥嗽罢，结束停当，佩起镖囊，背插单刀，索性舍骑而步，大拟步便出店门。老妈妈合阿大随后送出，老妈妈道："吕爷仔细，那么叫阿大送送您罢。"大复笑道："不消了，昨天那人说得明白，他还在山口引路哩。"于是道声再见，施展开飞行工夫，嗒嗒嗒直奔山口。老妈妈望得出神，向阿大道："真是艺高人胆大，你看吕爷脚尖儿，便似不沾地似的。"

不提这坒娘儿俩惊惊诧诧，且说吕大复一路思忖，提起浑身精神，直奔山口。乍践这虎狼巢穴，如何敢不当心，真是觇前顾后，五官并用。须臾已近山麓，穿过两重林子，岚光开处，早已到那山口。峭壁双峙，俨如石阙。只是山势险恶，削土立石，嵘峥突兀，便如锋芒一般。原来这座抱犊山，其中逶迤周回，方圆可数百里，跨连充沂一郡，久成盗薮。其中山民也有千余家，却是大半儿为盗所用，简直说可称盗户。便是有清定鼎以来，此山便闹过两三次大乱子。如妖匪李希孟之乱（事在嘉道间）更为凶实，每次都被官军剿杀个土儿平，却是不消数年，依然罪徒充轫。便有精于地脉形势的说道："此山狠戾之处，全聚在风溪崖那所在，气象凶恶，实为五箭之地。怎么叫"五箭"呢？堪舆家讲的明白，是土块干燥，囊壅轮囷，是谓土箭；瘦林怪木，阴森幽杳，是谓木箭；直涧飞瀑，流驶矢激，是谓水箭；沙石竦扬，凝结如铅铁，是谓金箭；蒸岚湿瘴，灼地燔空，是谓火箭。五箭之地，必出大盗。那风溪崖还有一主盗高峰，名为"蚩尤旗"，便在崖后。孤峰特起，峰头却有片悬岩，隐如旗帜，从远远望去，便如山寨后一杆坐纛一般。所以翟五占山以来，十分得意。这堪舆家言虽不可信，却是这节异闻也足资谈助哩。

且说大复逡巡间步入山口，四外一望，但见窄径纷错，更不见昨天那下书汉子。正要拨草寻路，只听对面高树上丁丁有声。大复仔细望去，却是个少年樵子，腰绳戴笠，骑在树杈上，正扭着脸儿，抡起斧头砍树枝儿，却一面随口作歌，趁和斧儿声响道：

凭俺一柄斧，砍却冗枝树。

任是金刚汉，须买过山路。

大复听了，不由暗笑道：真是俗语说得好，邻家有屠户，孩子学宰猪。你看这村人樵子，已染盗风了。因停足举手，翳额高叫道："小哥借问一声，从此赴风溪崖，走那条路哇？"那樵夫一听，登时转面大笑道："吕大复，你没瞎掉眼，明明大路，如何来咭吵人！那个是小哥，俺却是你爸爸哩！"说罢，手儿略扬，"飕"的声，便是一镖，直奔大复咽喉。好大复忙低头，用一个"猛虎退涧"式，退闪之间，急忙掏镖回打去。说时迟，那时快，樵子喝声："着！"第二镖又已发出，但听铮然一声，火星四射，两支镖碰个正着，都滴溜溜斜落在草地里。

大复方在一怔，只听高树后哈哈大笑道："吕爷端的了得！唐突莫罪，便请移步罢。"身形一晃，跳出一人，正是昨天那致书大汉。这时树上樵子也便跳下，雄赳赳拱手而立。于是大汉致词道："俺两个都是山主遣来，奉迓吕爷的。昨夜速简，俺山主业已亲致在案了。"大复夷然道："山主盛意，俺都理会得。少时晤面，自当尽力周旋。"

大汉听了，合樵子相视而笑。撮唇一呼，登时由道左林中转出一昇两人山舆，俱拱手请大复登舆前进。大复如何肯示馁，道声"有借"，昂然竟登。大汉合樵夫左右夹趋，便风也似直奔崖路。大复一面留神路径，一面看大汉合樵子，步下工夫也委实不弱。直转过两层山岭，那窄径林木越法险峻深邃。须臾折过一条天然石梁，下面涧水奔腾，隐隐如雷，那路径却渐行渐宽。遥望树隙峰腰间，一般有山家窝落，鸡犬相闻，最高处如在云端一般。大汉遥指道："吕爷请看，那一带白蒙蒙山气中，仿佛有雉堞逶迤的样儿，便是山寨的圩墙了。"大复望去，果见蜿蜒高下，如水面上一条蛇儿。正这当儿，忽闻一阵鼓角隐隐，大汉笑道："俺家山主正在聚寨众迎接吕爷。"大复听了，心中又加沉吟。

须臾，望雉堞越然明了，还有楼橹旗帜等，影绰绰的。这时樵子早已风趋先去，似是禀报去咧。大复四外延望，不由暗笑道："你这等阵仗来吓那个！须知吕大复手砍盗头，还够沙僧串几副项圈哩！"原来道旁树上很挂着些干枯人头。大复暗笑之间，大汉厉声道："吕爷见么？这都是贪官污吏并蠹绅狼捕的脑袋，却被俺山主生喳喳的切将来，挂在此处，倒也好顽的很。"说着凶睛一闪，指着一个头颅道，"您看这个，便是河南镖师邓元敬哩！"大复大怒，却抚掌大笑道："岂有此理！怎的你家山主请得许多客来，自己却不来相陪？今天没别的，俺这恶客却要强拉主人咧！"说罢，目光如电，直射到大汉脸上。连两舆夫都猛吃一惊，撒脚便跑。

不多时，将近圩门，便见圩门外黑压压两溜人，雁翅排开，都是高一头炸一膀，便如雷震。就这声里，一人徐步而出，中等身裁，精神四映。头戴便帽，穿一件天蓝缎百蝠流云的长袍，外加缺襟儿青缎马褂，腰佩荷囊，足端云履，斯文文迎上来，正是翟五。

于是山舆立驻，大复一跃而下。彼此一抱拳，翟五笑道："足下夜来端的睡得安稳呐？"大复正色道："俺吕某堂堂正正一片心，先自安稳，自然魂梦恬适咧。但足下黄夜辱临，未免近于儿戏。"说罢，一回手抽下单刀，盗众一怔之间，只见大复笑吟吟将刀递给那大汉道，"今带刀赴召，端的不敬，且烦您为俺佩带如何？"说罢，挺然握拳，神威凛然。盗众一见，不由一个连环大彩，声震山谷。翟五竖起大指，狂笑道："好，好，这才是俺翟某好朋友哩！"说罢，上前携手便走。

大复从白刃丛中一路留神，须臾步入圩门，又是一番光景。大概部署的井井有条，便如梁山泊一般，险隘门户，十分齐楚。大复暗想道："无怪翟五雄据此间，看这番光景，寻常官兵济得甚事。"不多时，进得内寨，只见许多悍目都严装带刀，夹道而立。由寨门直接广厅，一色的悬灯结彩。广厅中摆列十余席，东西相向，居中一席只设宾主两座，业已盛筵罗列。这时阶下乐工便鼓吹呛呛，奏过一阕雄壮之曲。不多时，众悍目纷纷入厅，各就东西。翟五揖大复，便就客位。

左右健儿斟过一巡酒，大复道："俺是一莽男子，不晓得酬酢礼数，足下便不宠召，俺正要趋承台教哩！区区敝镖，足下看如何处分。大复虽弱，还能生死不避，惟力是视哩！"说罢，目光一瞬，笼罩满座。翟五笑道："吕兄这等豪杰，如何还不脱婆子气？区区镖银，何足置念。但是俺不作此狡狯，只怕吕兄不肯枉顾。须知翟五也是意气男子，托足此间之故，亦不必向人饶舌。自俺居此以来，喜来时恤贫济困，怒来时放火杀人，取不义之财，资游侠之举。浩浩落落，天不拘，地不管，凭俺白铁赤血，自在游行。大丈夫生世，且贵快意，但是这等享用，恨不与豪杰共之。今吕兄驰骋世途中，空淹没一身本领，不消说豪情侠骨，没人识得，便是说剑谈兵，又那个能领略呢？依我看，您不如……"

大复听了半晌，早暗笑道：这小子好张利口！这时忙拦道："足下不须废词，大复生命气力，以至区区武功，无非出于'天地君亲师'，立世处身，总须对得住这五个字儿。古语说得好，道不同不相为谋。足下奈何以此相戏，难道世界上有畏刀避剑的吕大复么？"说罢，抚掌大笑，声震厅壁。四座悍目登时作出些磨拳擦掌的光景。大复用眼角一丢，只重重唾了一口。

正这当儿，只见翟五双眉轩动，杀气横飞，猛的大喝道："快与我取刀子来！"众皆大惊。正是：

矛头淅来剑头炊，险语惊人足破胆。

欲知后事如何，且听下回分解。

第五回

山东道壮士显威名
太平村镖师遭暗算

且说大复见翟五猛喝"取刀子来"，不由带怒站立，运一口气，单臂一攒力，便如铁石一般，冷笑道："你待怎样？"翟五手拈箸儿，微笑道："吕兄且坐。你我相逢，用不着弄把戏，俺这是敬客之意呀！"说罢，举箸向大复肘弯轻轻一点。

于是大复恍然意解，心内也是一惊。他两个只管针锋相对，暗地里较量，颈头儿却将众盗都装在坛子里。原来大复暗露的便是铁布衫法，罡气所到，坚如金铁。一指戳去，能穿牛腹。偏巧翟五也是行家子，颇明点脉穴道，所以箸儿一下，大复登时气泄。当时两人四目相视，倒仿佛小儿瞅笑脸儿似的。好半晌，翟五道："俺说话粗心，倒教吕兄虚吃一惊，您看突的不是刀子来也！"大复望去，只见一个壮健喽啰端定一大盘整酋牛炙，上插两把雪亮的牛耳尖刀，如飞走来，安置在正中席上，侧身而退。

这时四座悍目正在欢呼痛饮，喧呶不已，于是翟五站起，又奉了大复一巨觥，向四座悍目道："尊客在座，怎只管胡噪，都忘所事？若教你等遇吕爷，一个个都是死数哩，还不与俺快去准备！"说罢，脸子一沉，顷刻间簇起杀气。

大复冷笑之间，便见四名悍目嗷应趋出。须臾取到数方油布，并短绳数条，"扑喳"声掷在筵前。其余悍目也便凶神似手按刀柄，目注正席。大复暗笑道："这班鼠辈做作得令人长气，我看你要打那个包儿！"（盗中肢解人曰打包儿。往年畿辅间颇沿此风，或豪猾相仇杀，或捕盗相报复，往往侦仇独居，则集人篡取以出，公然于通衢肢解之。打包毕，分携上马，呼啸竟去。今则此风已革，盖民国以来军队日增，乡里豪暴半入军界，俗所谓要骨头者日见其少矣。）沉吟间，昂然站起，只见翟五狞笑道："尊客在座，非整献亲割，不足将敬意。吕兄不弃，且尝这块如何？"说罢，取刀在手，戳起一块肉，肘势一撒，直挺挺便送向大复嘴中。呵呀，险得很，您看这劲儿多么霸道！吕大复要是稍微含糊点，马上便被人打了包咧。

好吕大复，真称得起浑身是胆。你看他眉头不皱，运足气，口儿一张，"格嘣'声咬掉刀尖，一口唾去。于是厅内外齐声喝彩，恍如春雷。就这声里，翟五已扑翻身形，纳头便拜道："吕兄端的名不虚传，俺翟某敢不佩服！"大复连忙还礼，两人不由握手大笑。大复道："今蒙宠召，实已不胜杯杓，便请见还镖项如何？"翟五道："当得，当得。"于是目示众盗，众盗趋出。这里两人依然就坐，这一番觥筹交错，好不淋漓酣畅。

两人谈起武力，越法入港，大复因道："方才足下劝俺入伙，俺倒要劝足下改就正业哩。"翟五大悦道："好，好，俺便当遣散山众，以谢君意。"正说着，悍目来报，镖车都备。翟五站起，慨然道："吕兄他日过此，倘见翟某踪迹，俺便当刎首与你。"

大复听了，不由鼓掌痛赞。竟从容告别，督镖车回至村店。细检银箱，竟原封儿没动。从此，大复声名越法翔起。往来南北二十余年，没丝毫挫折。却是暗含着结仇甚多，大复意气之下，都不理会。

不想有一年，又当向河南道上走镖。大复这时家财充裕，优悠闲居，但以恤济穷乏为事，壮年雄心也便稍减。遇有寻常主顾，便遣门下弟子们去，只揭起“一条龙”的镖旗，便不会出岔子的。这次走镖本也拟定某弟子去，方商酌停当，那知顾主某商寻将来，非请大复去不可。大复一问所以，某商道：“俺不晓得，刻下车行中正在缺车，恰好有几辆乡下车儿被俺顾着，他们只知您的大名，有您去，他们便觉着安如泰山，踊跃从事。一说您不亲去，便个个搭垂了脑袋。你便加倍出车价，他们只乱噪道：‘河南道上强人们既多且凶，捉住人椎埋割剥，是顽的么？吕爷不去，对不住，这镖买卖俺不敢应。如今交割这货款有期限的，所以还请您辛苦一趟。”说罢，连连作揖。大复碍着面孔，只得应允。这一去不打紧，竟闹得名震当时的吕大复死无下梢。原来那群车夫并非乡下人，是侦知车行缺车，来某商跟前弄玄虚的。他们都是燕赵间剧盗的亲属，想暗图大复也非止一日咧。

　　当时大复那里晓得，依然兴匆匆督镖上路。走了四五日，甚是安稳。这日下午后，走到登封地面，那天色阴蒙蒙，只管落雨。大家催趱一程，那雨却渐落渐大。大复望前途杳无村镇，只见岔道上三二里外，却有处小小荒村，从一片大野烟雨空蒙中望去，宛如一只篷船儿泊在那里。这时众车夫泥头泥脑，都水淋鸡子一般，百忙中却噪道：“咱今天拼着干，总要奔上店站，这漫洼野地可了不得！”一人道：“吕爷的大镖车怕甚么呀！便丢在此过三天三夜，也不打紧，不过雨淋的难过，只得没命的赶站罢了。”一人笑道：“你拿锄杠的手，一脑袋的高粱花（俗嘲村农）还没落，又懂得谈讲吕爷咧！”那人道：“嚇，尿罐儿都有只耳朵，吕爷大名，便如飞镖打虎救驾的黄三太一般，那个不晓得呢？”又一人扬起鞭儿，“刷刷刷”打着骡儿，一面道：“你这话倒不含糊，俺乡里讲起吕爷的本领来还不出奇，独有讲说起吕爷行善好义，没一个不念百十声阿弥陀佛的。”

说着屁股一闪动，"咕咭"声跌落泥地。众人道："唷，大兄弟苦恼哇！"那人道："众位别不知足咧，俺曾冒大雨拉过一趟买卖，落了店，气都缓不过来，那位老客还只管发咆燥哩。那像吕爷菩萨似的体恤苦哈哈呀！"

这一阵米汤灌冷来，登时搔着大复的痒痒筋。再一看众人雨淋样儿，也委实狼狈，便命且投荒村，觅店避雨。于是大家乱哄哄奔到那里。且喜有处牲贩草店，主人家正在那里咳声叹气，怨天恨地，并有鲜亮亮半爿肥猪挂在架上，馒头菜蔬堆案盈几，烧酒罐业已打去泥头。原来今天是各牲贩集会之期，照例的大吃八喝，主人家老早的准备停当，不想却落起雨来，主人家方愁酒食没处销卖，却恰值大复等撞来。

当时大家入店，纷纷安置。众车夫询知主人准备酒食之故，不由一阵价挤眉弄眼，交头接耳。中一人向主人道："活该你不赔本，这些酒食停会子俺们给你用了罢。"主人听了，登时喜得抓耳挠腮，便忙碌碌伺应大家，十分周到。

只是那雨势依然不止，大复自在客室歇息良久，望望天色，约摸着业已不早，方在盘算今夜行止，恰好主人亲送灯烛，大复随口道："你这村儿叫甚么呀？属登封县管么？"主人道："俺这里登封西乡，虽非大道，却是游玩嵩山的必由之路，地名儿叫太平村。往来客人除牲贩主顾之外，便是文诌诌的相公们为最多。再就是好武功的朋友，仰慕少林寺的名头，不差甚么，都去逛逛。您不信，看满墙上的字儿，都是相公们题的哩。俺虽不懂，只是听客人们念起来，合辙押韵，怪好听的。"大复望去，果见满墙上歪歪斜斜、片片串串的都是字。（旨有滑稽子，嘲旅店题壁云："大屁放满墙，险把墙崩倒。为何书不倒，那边顶住了。"附录一笑。）因笑道："咱别谈这个，俺且问你，如今少林寺寺规教法还可以么？俺听说也不像老年间咧。"

主人道："唔，还好的很哩！这当家主僧叫卧云，佛儿似的，蕴藉的很，真是举步怕伤蚂蚁。不多日子，曾送个客人下山，大家哄传那客人的武功比卧云还高，说就是直北京东一带的人，那相貌儿就像个灰朴朴的庄稼人。"大复凝想道："哦，如此说，那位客人莫非姓殷么？"主人诧异道："原来吕爷认识的呀！"大复笑道："俺久闻其名，却不曾会晤过哩。今少林寺既还可以的，倘明天雨止，俺倒要耽搁两天，趁势去逛逛。真个的此间地面还安静么？"主人道："吕爷这是笑谈了，这里离少林寺不过百十余里，甚么歹人敢在这里伸腿递爪的呀，可是吃了大虫心肝豹子胆咧！"大复听了，不由鼓掌大笑。

正这当儿，只听窗外两车夫喊喳道："你只管去请吕爷，咱左右尽份穷心，他老人家好不和气，不会瞧不起人的，管保你擦不了脸哩！"大复方在倾耳，两车夫已蝎蝎蜇蜇的蹭进来道："今天俺们略备水酒，请吕爷解解闷。俺们这一路承吕爷体恤万分，实在过意不去咧。"大复忙道："你等苦哈哈的赚几个钱，快别妄费咧。况且路途中不宜饮酒，等咱们押镖落地，再痛快快喝一场，倒还使得。"店主一听，惟恐酒食没主顾，便道："吕爷好歹赏诸位个脸罢，只当是照顾俺。众位一进店便订下酒咧，若不是今天落雨凑巧，小店中也没酒肉哩。您老方才说乘便游山，今日是个阴天儿，正好吃酒解解劳倦哩！"

大复听到游山，不由高起兴来，即便颔首应允。车夫大悦，便登时引大复直入前室。大复一看，业已酒炙罗列，于是众车夫乱糟糟将大复请在上座。大家四面一围，吩咐主人道："你只去照看车辆牲口，此间伺候吕爷，自有俺们哩。"于是先把大碗斟起酒来。这里主人逡巡退出，便自去照看车牲，却遥闻得前室中欢呼笑语，十分热闹。

这时雨声业已渐住，不多时，湿云透月，天空如沐。店主在院中趓了两趟，也便回到自家屋内，越法听得前室中轰饮如潮，众车夫七言八语，无非是称颂大复。少时，却闻得两个车夫趓出来，就院中小解，恰好离三人窗外不远。一人低语道："俺看是时候咧，老大准备的那活儿下在壶里了么？"一人道："悄没声的！"那人"拍"的声一拍脑道："这当儿，咱还怕那个！"一言未尽，只听前室中"砰拍""噗哧"，一阵大闹，店主大惊。正是：

　　　　虎落陷机失威猛，龙游浅水困飞腾。

　　欲知后事如何，且听下回分解。

第六回

蛰龙峪大侠挺生
瞿昙庵异人流寓

　　且说那店主听两车夫一阵低语，很透着不仿佛，方在一惊，只听前室中大复猛喊道："鼠辈敢尔！""哗哴"一声，似乎踢翻酒案。说时迟，那时快，院中两车夫早大呼抢进去。这时前室中"砰訇"乱撞，已闹得天翻地覆。店主硬着头皮抢近前室，方要张望，只听大复大叫一声，众车夫喘吁吁的喊道："好了，好了，好利害的'一条龙'！若非咱蒙药力量，便坏了醋咧！"说罢，火杂杂各执短刀，一拥而出。

　　这时店主大腿筋只管望后转，早已呆在那里。众人喝道："俺们冤有头债有主，不干你事，但这当儿却放你不得。"说罢，将店主一把揪翻，捆缚定，并堵起嘴来，不管三七二十一，"礕哧"声抛入室内。大家整理车辆，呼啸而去。

　　村中人虽闻得动静，那个敢出头。直待众盗去远，方救起店主。一看吕大复，项断肢残，脑血涂地，好不可惨。大家只得赴官报案，不必细表。吕大复、李红旗两个外派武功家，驰名当时，结果如此，都应了"太刚则折"那句古语儿咧。

　　其时却有一位绝世大侠，决不矜赫赫之名，生平以韬晦为志，行侠尚义，可称侠中大儒。虽与李、吕齐名，其实那襟怀气度比李、吕截然不同。你道此人是那个？便是死后葬在田盘山下龙泉坞地面，与高士为邻的那人了。

原来蓟州地面有一名胜之区，便是盘山，又叫作田盘山。因三国时义士田畴曾率其族众，在此山隐居避乱，四方人民依他保全的甚多。那田畴节义风概俱载正史，今也不必赘述。后人思慕其行，遂以名山。当日陶清节先生曾有诗云："晨兴夙严驾，当往志无终（今玉田为古无终邑）。闻有田子泰，节义为士雄。"又有甚么"乡里沿其风"之句，可见山水钟灵，自古便多节侠之士了。这田盘风景奇秀，甲于北方。俗语云：南有西湖，北有盘山。其中行宫点缀，宸藻题咏，一时也说不了许多。

单表那盘山脚下，迤西南方，有一片大大山村，地名蛰龙峪。负山面溪，田土沃衍。因山麓流泉甚多，大家便设法沟洫起来，种些稻田，弥望青葱，俨如江浙水乡。距村北六七里，却有一道长堤，是防那北来山水冲激的。原来堤东北正当金沟要路，六七月间，山水盛涨，斗大的石块滚如弹丸，水声"哞哞"的怪响，雷也似的。因此这长堤俗呼为金雷坝。每年各村醵钱修整，非山水霖雨，一时交盛，轻易不致出险。但一出险，就不是顽的。

这蛰龙峪足有数百户人家，大半是锄头传家。除交纳官租外，便过他熙皞日月。更趁着山水清幽，真如世外桃源一般。自春雨扶犁，以至秋场登获，大家黑汗白流的闹一年，听到腊鼓冬冬，那算是休息时候列。你看大家嘻嘻哈哈，瓦盆盛酒、宰猪杀鸡的过门相呼，互为宾主。都吃得醉醺醺，眊起眼儿，或讲回零碎新闻，或谈回断烂朝报，各本着不完全无意识的怯见解儿，瞎评一阵，真也是个乐子。

这村中顶殷富的便属着一位老头儿，其人姓殷，大家都呼为殷长者。这殷长者累代务农，自其祖父便多善行。邻里间村事会事，不消说都是殷姓承首去办，久而久之，居然是一乡之望咧，这殷长者越法厚道的没入脚处。他曾偶然入园，撞着一贫苦村人正在那里偷蔬菜，吓得他回头便跑，半日价起坐不安。后来探听得贫人笑哈哈将蔬菜换钱，他方才放了心咧，原来他是恐贫人羞愧自尽。又一日，家中失掉只肥鸡儿，家人侦知，确是邻家摸去。大家暗诅一阵。恰好次日邻家一只花杂儿忽然飞过来，大家悄悄捉住，便七嘴八舌的议论道："吃亏的人老天有补敷，咱给他个直拉直，吃了这鸡是正办。"有的道："依我看，咱羞羞他那老脸子，给他恭恭敬敬送过去。"正在莫衷一是，只见殷长者摇手道："吃掉既自比于窃，送去更使人难堪，都非厚道居心。依我看，这只鸡儿还是悄悄赶过去为是。"噫，您看这两段小小事儿，足见殷长者为人怎样了。

这殷长者四十来岁上，方举得一子。且喜身格坚实，相貌端厚。八九岁上，已如寻常孩童十余岁光景，并且不好儿戏，终日价笑面虎似的，偎着父母操作农务。天生的膂力过人，家中所雇的佣工们都不如他。有时节戴笠持锄，下地工作，大家都笑道："你这位小打头的（京东乡俗呼领佣工的为打头的）倒不错，又肯出力，又不要工钱。"又有赞叹的道："活该殷家发旺，就有这样的把家儿。"

殷长者听了，甚是得意，便合妻子康氏商议道："俺看如今读书一道也无味的很。虽说是希圣希贤，学成了治国安民，其实刻下读书人都为是骗取功名富贵，于国无补，于人无益，倒不如咱们庄稼人实实在在，是天地间生利的人。再者中会作官，也得坟地里有那颗蒿子。咱家好在温饱，便教孩儿传袭俺那把锄头，倒也罢了。"康氏笑道："虽如此说，也得认几个字儿，将来封租纳粮，拿起串票来，两眼乌黑，闷不煞人么？便如去年，咱街坊家求人写封家信，倒大摆开桌的请了一席酒，好不麻烦。再者，咱虽不贪作官，便是支应门户，也是有个念书的人好的多哩！"殷长者随口道："那么我便胡乱先教他认号儿，随后再说。"康氏听了，不由噗哧一笑。殷长者觉得咧，便笑道："俺肚内的字，这些年就饭吃掉，委实不少。如今约摸起来，西瓜大的字，俺石八斗总还有的。"夫妇笑了一场，也便丢开不想。

过了几天，殷长者被一个泼皮秀才结实实讹诈了一家伙。这一激刺，不由暗想妻子所说支持门户的话，不为无见。从此便风风火火，特求村中老先生们给孩儿取名志学，表字念一。后来志学侠名大起，人便呼为殷一官。此是后话慢表。

当时殷长者广乇亲友，与他物色饱学先生，束修从丰，自不消说。不几日，请到一个苗先生，生得尖嘴削腮，胁肩耸背，落落拓拓的，只会恭维内外东家，并哄学生号上几句书。你背也罢，不背也罢，他却三不知钻到佣伙屋内，撩天唁地，不是他书启上怎样漂亮，便是他会计账目上怎样能干，意思想给东翁管管事，闹分兼差才好。偶遇阴天下雨，必亲自将志学送入内宅。或逢康氏客气两句，他那番受宠若惊的光景好不难看，直头三两日得意的独坐自笑，不住用瘦指向空画大圈儿。殷长者见这先生来头不对，只过了三两月，便乇故辞掉他。

又请的先生姓吉，是邻县人。据他自己说，还是个副榜老爷，可也没处去证实。这吉先生好修边幅，生得机伶，很有个胎貌儿。只是性儿乖张，又吸口鸦片烟。上馆三两日，饮膳之间，便挑了许多眼，将个馆童儿熏得乌眉吊嘴。本来殷长者虽是富裕，总不免庄稼勾当。一日，厨夫弄了一碟血贯肠，给先生端上去咧。肠儿本不稀奇，无奈刃摆的有点不像话。原来那厨夫片片切好，又紧凑凑起摆了一长段。更将那肠折回的圆突头儿摆在顶尖。吉先生一见，竖跳一丈，横跳八尺的大怒道："这都是给俺用的么？俺要用的惯这东西，还不教学哩！"

于是一迭声清出殷长者，就要辞馆。经殷长者连连赔礼，大骂厨夫一顿，方才了事。以为先生脾气虽大，总还能循循善诱，那知过得两月，殷长者偶问志学的书，却白了十来个字。细一查考，方知吉先生除在馆吃喝睡觉之外，便是在外寻烟友儿下下烟馆，钻钻狗洞，再不然便钻头寻缝的干预人讼事等等。

又一日，落起雨来。殷长者以为这等天气，先生当然在馆咧。方趄去，要谈谈天儿，只见吉先生正忙碌碌换上旧鞋子，披了长衫，眼张失落的拾起把雨伞，糢糊糊吩咐志学道："好生念呀！回头背不熟，我是会打的。"说着一脚跨出，正逢殷长者，便道："东翁请进去少待，俺去去就来。"说罢，一个呵欠，眼泪纷纷，便这等踏着泥水，一路"咕咭"，扬长而去。

殷长者怔了一回，逡巡入馆。问回志学的书，还是六月里的田草，生上加生。正在闷闷，只见志学道："爹吩咐里边的婢媪们都穿一色的鞋子方好。"这句话劈空而来，殷长者不由说笑道："怎么呢？"志学道："爹不晓得，俺先生常问俺道：'那个穿蓝色鞋儿的是谁呀？那个穿浅紫鞋儿的，有二十几岁，是谁呀？'有一日，俺娘送邻家姆姆出来，他还问道：'那个穿鸦青鞋儿、高高身量、白白致致的，便是你娘么？'吃我丢了他一眼，也没理他。所以我说都穿一色的鞋儿，省得他邪眉乜眼的只管胡问。"殷长者忍笑喝道："不许向人胡说，我叫你娘吩咐婢媪们便了。"

父子谈了一回，直至天晚，吉先生也没转来。殷长者见这吉先生又要不得，赌气子也辞掉他。过得个把月，虽有荐先生的，都不相宜，殷长者甚是闷闷。

一日傍晚时光，殷长者偶合村众聚在村头大树下闲话，只见远远的山脚下有两个穿长衫的人，在那里瞻望指画，一面巡走，一面讲话。大家也没理会。少时，殷长者便说起物色先生，委实不易。村众凝想道："咱左近真还没有相宜的先生。虽有开大馆的，你家志学一个人儿，又不值得专请。倒是左近有开散馆的，附去上学，也还将就的。"大家一面胡噪，一面望那山脚下两人。只见一人掏出个圆物件，忽的蹲在地下，随手抛出一根线。那人接了向西便走，约摸有百十步，也蹲在地下。这边的人安置好圆物件，便站起来，哈着腰儿，歪着头儿，一面吊线，一面向远远山冈儿只管连连点头。

村众见状，方恍然是两个地师先生。一人便道："那座冈儿倒是有讲究的，他们叫作甚么'玉屏开嶂'，说是藏风聚气，正遥对咱这村儿。并且说若是冈儿震方上筑个小塔儿，便能东引文笔峰的余脉。咱村中虽不必准出文状头，巧咧，就许出个武状头哩！"一人笑道："你又几时学的会捣鬼咧，沙水龙脉的胡嚼蛆！俺就不信这些玄虚事。"那人不服道："你道是俺胡嚼么？这是山脚下瞿昙庵内瞿先生说给俺的。"

又一人跌脚道："咳，我就忘死咧！方才殷老兄正愁着志学上学，我想跟瞿先生去念书，便再好没有。瞿先生虽是个外路人，你看人家言谈举动，又蕴藉，又潇洒。他自言是山东莱阳人，却决不像俺哥儿们橛头橛挝。你若合他谈起天来，两只脚子便像绊住一般，一百个懒怠走。人家那肚腹真是经经纬纬，无所不有。谈文讲书不消说，便是望气占星，天文地理，都难不倒人家。再说到朝政典故并名胜山水，嗐，你听罢，管保饭都忘掉吃。你看人家到那里，真是见甚么人说甚么话，和易不过，却又非常耿介。头两月才到咱这一带，布衣草笠，一肩行李之外，只有个旧书篓。大家以游士看待他，便有人酿些钱米周济他，他坚辞不受，只写副对联儿卖钱糊口。那字儿古古怪怪，劲气的很，决不像秀才老爷们写出字来，羞手缩脚，大闺女似的。（所谓俗书趁姿媚也，即当时盛行之馆阁体。）俺还曾得到他一副对联，写的是：'黄金结客惟心热，白首还乡付梦游。'当时瞿先生卖字之外，便在那瞿昙庵落脚。好在老本和尚也和气不过，两人竟越说越对劲儿，便给瞿先生攒了个小馆，大概有七八个学生。"

殷长者疑想道："是呀！怪得俺街坊李家孩儿，常喊甚么瞿先生开了学咧，俺却没理会。既如此，那位陪俺到庵里，先去望望。"村人道："当得，当得。"于是相与各散。

次日午饭后，殷长者果然同了一位村人慢步赴庵。未到庵门，已闻得书声琅琅。这座庵甚是宽敞，分东西两院。那老本和尚从童时入庵，这当儿已有六十来岁咧，却依然硬帮帮的。庵左右，手栽树株业已成林。从庵左岔道东去五六里，却有一高高土阜，四面草莱丛杂，十分荒僻。在先原是某大家舍的块义地，捐入庵中，而今却开放了作个公共畜牧之所。当时殷长者合村人穿林过去，早望见那庵一带红墙。村人道："您看这所在好不清静，在此念书真个再好没有。"殷长者道："正是哩。"因四顾林木，慨然道，"真是百年树人，十年树木。你看老本辛勤种树，如今笼罩那庵，好不威实。便像咱们苦苦求师，培植子弟，也同树林一般道理。但是树大起来，人也就老了。"村人笑道："老本这和尚真是好些的，这座庵重整起来，还不都亏了他么？要像他师爷觉慧那么浪宕，单是女干亲家就认了一大堆，这庵儿早就败落咧。"

殷长者笑道："若说起觉惠秃厮来，笑话大咧。和尚家内穿大红兜肚，绣着鸳鸯戏水，青缎僧鞋上用青线扎成暗春宫，被尘土一滋，便真的透出妙画儿。有一日因逛庙会，被十几个青皮围住咧，打了个山摇地动，归根儿都被他打的鼻青脸肿。"村人笑道："他那般没人样，就仗着他手脚真来得，好体面一身把式（俗谓武功日把式）哩！老辈人说他少年时真参过少林寺，用过苦工。后来当行脚时，在路上很剪除了几个大贼。就是一住这瞿昙庵，便渐渐往下坡溜咧。您不信问问老本，提起他当年挨的打来，至今还有毛拧绳儿咧。你想老本笨牛一般，他如何学得了把式，无奈觉惠偏想传传他这分衣钵，这其间老本吃的苦头儿便大咧。俺听说觉惠还有手抄的一本书，大概是讲究把式的，想还在老本手中哩。"

两人一路闲谈，方到庵门前，只听里面唤道："唷，师父莫生气，俺就晒粪去咧。"说着急匆匆跑出一人，不容分说，向殷长者屁股后面便钻。正是：

师范未曾瞻道貌，行童先已见宗风。

欲知后事如何，且听下回分解。

第七回

殷志学入塾得明师
蛰龙峪习武防暴客

　　且说殷长者合村人方到庵门，只见一小沙弥跑向自己背后，如小儿捉谜一般。殷长者正在逡巡，只见老本和尚尘头土脸，拾着长柄竹帚，气愤愤赶出来，自语道："你这孩子只管学懒，却不耽搁你一世？两个院儿俺都扫罢，庵后那点点粪你还没动手哩！"村人忙笑唤道："呵呀，本师俺，真佩服你！你出家人还这等的兢兢业业过日子，不愧煞俺在家人么？"这时本和尚早笑吟吟的迎上来，先用大袖将头脸一阵抹，然后道："见笑得紧！怎的您二位来得这般巧？"因指沙弥道，"咳，这孩子越法惯的不成模样儿。"因喝道："你还不快去泡茶！"于是将竹帚递给沙弥，然后让殷长者等直入禅房。

　　大家寒温落坐，谈过数语，殷长者便将自己来意一说。本和尚拍膝道："殷檀越若早示知延师之意，竟可以将瞿先生请到家去。如今志学只好在此迁就咧。"因望望日影道，"瞿先生每当午时，必要静坐一霎，就仿佛僧家入定一般，不知道这会子静坐不曾。那么咱们先去谈谈，回头再这里便坐罢。"

　　于是三人站起，出得禅房，由角门便入跨院。只见碎石砌路，净无纤尘。青翠翠长松下，低覆着那学塾，轩窗四起，颇敞豁幽雅。那学塾一连五间，紧东头一间，便是先生寝室。这时诸生读罢，正在习字，一时间静悄悄的，只有两只鸽在房檐上"咕噜噜"的叫，瞅着人来，"扑剌"声飞向屋脊。

正这当儿，一个小学生悄手蹑脚，从茅厕出来，向东间一吐舌，方要进塾，不堤防一株矮松后隐着个大学生，猛的跳出，悄喝道："这次俺看你再说是拉稀破肚，没别的，咱们禀老师去。"说着捉住小学生，一阵扯把，登时由他怀中搜出个纸画的鬼脸。小学生急得要哭，两人方要争竞，一抬头望见殷长者等，那小学生登时将大拇指插入嘴里，眨着眼呆望，这时大学生却笑嘻嘻迎上来。本和尚便道："你先生没静坐么？"大学生听了，只笑着向东间儿乱指。于是本和尚趄去，就窗隙一张，便退回，向殷长者道："咱还是禅房暂坐，少时再来罢。瞿先生秃脑门上亮澄澄，甚是光彩，正坐得老比丘似的，好不妙相哩！"大学生道："众位且就外间坐罢。瞿先生静坐都有时刻，这当儿也快下榻咧。"殷长者致敬道："不必惊动，俺们还是回禅房暂候罢。"

正说之间，只听东间内步履有声，两学生急忙跑入。便闻瞿先生响亮亮的謦咳一声，道："你两个怎不知让客，却就院中说谈？"说着东间儿帘钩一响，须臾由塾内步出一人。有五旬年纪，秃着头儿，穿一件灰布长袍，布履高袜，拾一根挺长的旱烟筒，那烟锅儿足有黄酒杯大小。生得身似寒松，面如满月，清疏疏两撇髭须，光炯炯一双虎目，眉宇间精光耿耿，却搀一种和蔼气象。殷长者料是瞿先生，觌面之下，不由肃然起敬。

这时本和尚早为彼此引见过，宾主相让而入，便赴东间。大家从新施礼落坐。殷长者先看那室中，除几榻卧具之外绝无陈设，案上却有几卷佛经，因笑道："原来先生还用本师的一番功夫哩！"本和尚合掌道："阿弥陀佛。俺虽算佛家子弟，除傻吃闷喝邋遢睡外，那里晓得甚么经卷。出家人不许诳语，俺只会多念《心经》，不过准备着寻常作佛事应酬施主，骗骗香斋钱罢了。倒是瞿先生偶然谈起佛理，俺听着怪有意思的。却有一件，俺还是不懂得。"说着一摇光头，哈哈大笑。村人笑道："和尚晓得的，想合俺差不多。甚么耕种刨锄，甚么喂猪造粪，这些勾当一定明白。"瞿先生正色道："人能本分本色，便是一半儿佛哩。俺偶看佛经，也是消磨闲日，谁又晓得甚么无明真如呢，不过自觉心地倒是澄静许多。"

殷长者听了，不甚了然，当即自陈志学来附读之意。瞿先生并不推辞，慨然应允，因问道："那么令郎现读何书呢？"殷长者愧谢道："小儿愚鲁得很，如今《四书》方念《上论语》，将来须大费先生启迪训诱哩。"瞿先生笑道："书何须多，人能念一句，实行一句，半部《论语》还能治天下，何况一己的立身接物，真个终身用不尽了。"村人笑道："先生这话不对罢？怎的俺看读书相公们，今日也买书，明日也购稿，恨不得将脑袋埋在书堆里。及至进场考试，还大包小裹的挟带进去呢？"瞿先生道："他们那读书，志在为人，得功名就罢。咱这读书，却是为己，志在明理修身，好好的作天地间一个人，济人利物，无愧无作罢了。"

殷长者听了，虽不甚了了，却觉从前许多先生没有这等谈吐。心下暗喜之间，那村人却笑道："俺早知读书不用多，为甚小时节抵死不肯上学？如今俺家神主龛上还有两本《论语》，就是俺小时念的。那么俺也来拜先生念书罢。"本和尚笑道："如此说，你念那两本书，定然滚瓜烂熟，掀的篇儿大概可以拌豆腐吃咧。"村人嗫嚅道："倒也不哩。如今那两本书还齐整整新出版一般，因为俺一总儿没掀篇哩。"大家听了，不由都笑。

少时大学生端进茶来，大家饮过，殷长者便细询瞿先生行踪。瞿先生只笑而不语，忽的两手一合拳，格吧吧骨节山响，随即拾起长烟筒，一面装烟，一面微笑道："随缘且住，随缘且住。"说着"哧喻"声，将烟筒递向和尚。和尚道："唷，这大家伙，俺可顽不克化。”于是大家一笑，即便兴辞。瞿先生直送出庵门，方合本和尚转去。

过了两天，殷长者亲送志学入塾。一切奉贽、拜师繁文，不必细表。从是日起，志学早出晚归，有时逢雨天泥滑，先生便留志学在庵。转眼间，半年有余，师弟甚是相得。殷长者待师殷勤，每逢过岁时令节，或偶待宾客，必请先生相陪。久而久之，蛰龙村人没一个不敬爱先生的，因瞿先生和易之中，更为通脱，爱说爱笑。偶徜徉于村墟间，或为村人说说书理，或为儿童讲段故事。偶至农忙时光，他老人家便帮人看看场，饭饭牛，甚至于翻麦插梗，且是煞利。且志学十分鲁钝，半年工夫，只念了十来篇书。瞿先生决不发燥性，只慢慢与他讲解，务使一字字嚼出浆汁方罢。好在志学虽然愚钝有余，却也谨厚的过火，若说合同学的猴儿学生们逐队淘气，是没有的事。同学们看他憨厚，凡有费力气的事儿，都推他去。

一日，塾中买了些山柴，众学生相与堆垛，志学自己背了一大捆。一个学生使促狭，便赞道：“你看殷兄弟真有劲头儿，管保加上这捆儿，也没事人似的。”说着“拍喳”声加上一捆。又一学生笑道：“好个‘二郎担山’呀！咱再闹个‘三辈聚顶’。”于是又加上一捆。志学腰儿一扠，方要负之而趋，又一学生笑道：“喂，老兄弟，你索性闹个‘四海名扬’罢。”说罢，一捆柴飞向当头。大家一望志学，全身儿隐在柴草中，只露着半张面孔，双眼灼灼，便如刺猬驼枣一般，不由相与乱笑。他们却不晓得这斤两儿多么沉重。你看志学并不理会，方拔步如风，直趋柴垛，只见瞿先生手拾大烟筒，笑吟吟踅来。一见志学，登时神色间似乎耸然，因微笑道：“你这膂力、姿质倒好的很。”说罢，将烟筒往地下一墩，一手搔着秃脑门，略似沉吟。

那知志学猛见先生，惊得脚下一蹶，就要跌倒。瞿先生忽然一个箭步，过去扶住，随手拈烟筒挑起一捆柴，向垛上便抛，只三四抛，志学肩背上业已干干净净。这时志学离柴垛还有四五丈远，那柴捆损煞了也有数十斤，瞿先生只如抛草茎一般，众学生但觉好顽得紧，那晓得所以然。惟有志学，只乐得抓耳挠腮，只望着先生憨笑不止。其实他也莫明其妙，以为先生壮健罢了。当时瞿先生因是垛柴，也不深责他们淘气，只吩咐道："你们好好的堆垛余柴，不可捉弄志学。"众学生唯唯之间，先生已徜徉而去。这里众学生登时又乱作一处，便乱噪道："你看先生多么喜欢殷兄弟，惟恐压坏他，自己慌的连鸭子步都忘掉，便这等'飕'一声，鹞儿一般。那烟筒刷刷的，更是煞利，敢想他也有点劲头儿。"

其中一个最大的学生四外一望，然后说道："咱先生那个烟筒古怪的很，竟可以治贼的。俺族中有一个无赖子，专以偷偷摸摸，跳墙剜壁，全挂子本事。他说咱先生不曾攒馆当儿，合老本和尚住在一室。老本有点积蓄，三不知被他惦上咧。有一夜，淡月朦胧，三更多天。（正是偷儿专顾当儿。某名士以咏梅得名。其词云：三尺短墙微有月，一湾流水寂无人。轻薄子嘲之曰：此绝妙一幅偷儿行乐图也。附录一笑。）他便悄悄跳入庵，伏听一回，幸无动静，从墙阴下跳进禅房。方哈着腰儿，轻着步儿，要推摸那隔扇门作手脚，忽觉脑后热味溜的一家伙，烫得生疼，急忙回头，眼见个火烟筒一晃。四下张望，却不见人。于是他橛起屁股，又要移那隔扇。方拉开骑马式，两手上掀门笋儿，忽觉后腔沟子、尾巴骨之间，热热的又来了一家伙。这一来，他情知事儿蹊跷，便顾不得偷，拔脚便跑。那知影绰绰的，烟筒儿只不离他前后左右，晃来晃去，闹得他眼花撩乱，单是翻筋斗便跌了无数。他便疑惑是庵内的狐仙老爷子，给他见过儿咧。于是一面跑，一面祝告，便如《乌盆计》内张别古许愿一般，甚么'两块豆腐熬白菜，明天送来'，正在乱嚼间，撞近庵门，便见烟筒一晃，豁然间庵门大开，门影后闪出瞿先生，用烟筒稍叩其胫，微喝道：'俺且饶过你这厮！'他没命的跑出，诧异得甚么似的。后来他怙愦着，许是瞿先生会些奇门壬遁的勾当。你看咱先生说那个高冈子上筑个小塔儿，蛰龙村便发旺，这不也沾些数门儿么？"众学生笑道："你真说得有鼻子有眼的，俺就不信咱先生的大烟管会作怪。那偷儿贼人胆虚，眼一离眵，不知见了甚么，只当是咱先生哩！"大家胡吵一阵，当即各散。便是志学也没理会，依然逐日上学。

转眼两年有余，这志学只读会上下《论语》。却有一件，只觉满肚皮都是道理。因此他性儿越法醇厚。殷长者夫妇喜欢，自不消说，待那瞿先生自然越法忠敬。殷长者偶然合先生闲谈起来，但一问及他家中景况，先生便拿话打岔。有时便苍茫四顾，慨然长叹。大家见惯，也便没人问他咧，不过暗暗纳罕罢了。

便是那年秋间，秋禾未熟，忽的左近村庄很不安静。因那盘山接近燕山，那燕山西接太行，东达辽沈，首尾蟠注，势将千里。古诗说得好，燕山如长蛇，可想山势深远了。这其间藏垢纳污，未免成了盗匪的巢穴。大批的却只作关外的营生，便是俗称的"胡匪"。嚇，那乌布儿（谓势力也）就大咧，动不动千八百人成群，攻城戕官，再不然缚人勒索，如吃家常便饭一般。小股的多则数十人，少则十余人，趁青纱障起的当儿，他们便在关内近山县分作耗，路劫咧，明火咧，也闹的十分凶实。觇准了那庄富裕，冷不防便照顾一下子，一屁股钻入山巢，休想寻着他。官中办不着案，活该鼠窃合中等的笨贼倒楣，便胡乱提将几个去顶案完事。因此近山村落每逢山中盗匪闹的紧了，只得设法自保。那自保之法，无非是团练、乡壮，或意气少年等集合了，练练把式。无非是个敲山震虎的预备，其实盗匪来了，还不是平趟么？

这年，蛰龙村□少年因地面不靖，便集合了练习武功。村中怯耍儿，无非是花枪单刀，再不然闹几路大杆子，也就算顶呱呱的咧。自六月直至八月初旬，每天下午时分，大家便在村中间一片广场中跳闹得不可开交。其时别的村中还有特请教师的，有时节也邀请来指点，众少年越法高兴如狂。这也不在话下。又过了十余日，农事将毕，幸得村中平静。这日，众少年便置备酒肉，请那教师吃喝一顿。酒后兴起，大家一窝蜂似的又拥了那教师，到场中练习起来。这且慢表。

且说志学因大秋农忙，塾中照例放几天假。他闲在家里，见新小米窝窝头蒸得来赛如金塔，十分有趣，不由暗想道："俺先生整年价合老本搭伙吃饭，那老本专以压新粮吃陈粮，像这种新鲜米味是吃不到的。"于是禀明父母，装了一大篮，给先生送去。刚出大门，只见三五同学笑哈哈的跑来，道："喂，殷兄弟走哇！今天武场中好不热闹，俺听说那个乌教师还要耍大杆子哩！"志学随口道："你们先去，俺随后就到，俺还要到先生那里哩。"一个学生瞅瞅提篮，登时合同伴作鬼脸道："噫，咱别邀人家咧，怪得先生判殷兄弟的字仿，那大圈儿只管连连串串哩！少时看完热闹，咱也回家蒸窝窝头去。"说着撮唇怪啸，掉臂而去。

这里志学一径到庵，只见先生方在院中负手散步，并闻得本和尚在跨院中吆吆喝喝的道："众位快吃饭，今天晚半晌还簸米上囤哩。俺和尚家比不得阔哥儿们自在，忙碌碌的，却拿刀弄杖，踢跳着顽。"（指村中少年。）正说着，一阵风吹过，微挟喧呼之声。于是志学恭敬敬走上，便致父母之命。先生笑道："你父母又怎的费心。"因随手拈起一个窝窝头，一面吃，一面叹道，"这物儿倒像俺家乡风味，但不尝此味，转眼十余年了。"

志学听了，也不敢问。于是师弟相与入室。志学方置下篮儿，便听得武场方面雷也似一声喝彩。正是：

　　　较艺群儿等游戏，沉埋剑气吐光芒。

欲知后事如何，且听下回分解。

第八回

戏教师微露身手
谈剑术畅论源流

且说志学听得喝彩，便道："先生怎不散散步，到武场子里看看呢？俺听说还有别村的教师也在那里。他们说打起拳脚，比戏场上武把子还好看哩。"瞿先生笑道："如此，咱就去看看。"于是拾起烟筒，合志学慢步出庵。

方近那场子，已见黑压压一群人四面围定，都拔起脚尖，张大了口呆望。但闻里面"哈哈"的齐叫口号，并跳进的咕咚咚山响。少时众人道："好哇！您看这'满堂红'，这才叫把式哩！"瞿先生合志学挤进，便见众少年卓立上场，有六个人作一排，各使大杆，拧得怪蟒相似，正在缩身退步，"哈"一声向教师便扎。那教师一抖手中杆，纷纷拨开，趁势一进步，来了个"乌龙搅水"。那杆头旋光儿便似月阑，忽就地一落，众少年纷纷跌倒。那教师收住杆，好不顾盼得意，因说：'你们须知大杆子这器械利害得紧，少说着，有四十二着大撒手、七十二着小变化。其余扫阑咧，掠阵咧，种种毒着儿，不可胜计。使发了，无论敌人用何器械，都可以兜掠过来。却有一件，用这六杆子，非工夫深至、'手眼身法步'面面都到不可。稍一含糊，自己手中的杆先料理不开，抖过了劲，自己就许闹个跟头哩！"

众人听了，都瞎赞一阵。这教师得意之下，又说道："如今这大杆子用法几乎失传了，俺这路数可还是马兰峪保八爷的传头哩！"原来这保八爷是个满洲管陵的官儿，在嘉庆末年很有武功名儿，曾在通州地面单身擒剧盗十四人，便是用大杆子叫的响儿。因此京畿间习大杆子的，都以保派相夸尚哩。

当时那教师绷着面孔，大吹特吹，正在得意，只见瞿先生用大袖一掩嘴，向志学道："咱们去罢。"那教师不悦道："喂，瞿先生，您道俺是瞎嚷么？谁不晓得保八爷呢？"瞿先生笑道："保八爷诚然有的，然而保八爷自是保八爷哩！"（相传有一笑谈云，有豆腐店媪死，有人为大书丧榜曰：文华殿大学士、礼部尚书隔壁沈阿奶，享寿七十之丧。今某教师，毋亦沈阿奶之类欤？）那教师微嗔道："你先生家晓的甚么？这格巴巴的气力工夫，不同你们子曰匠，可以含糊骗人的。便是俺方才一席话，可有一句唬利巴（俗谓门外汉也）么？"说着一抖手中杆，气势虎虎。

瞿先生微笑道："你说的那番话，虽也略沾谱儿，但是说甚么器械都能掠夺过去，似乎没这道理。"说着笑哈哈一拄烟筒道，"这根烟筒跟我多年，我弄的手儿熟，似乎也可以当器械用用。今咱们赌赌戏，顽一下子如何？"说着一勒大袖，晃摇摇十分好笑。众人一望，诧笑得没入脚处，以为瞿先生定是多贪了一杯，因笑道："你别说，先生那大烟锅儿若落在脑颗上，比兵器也不累赘。"

这时那教师已然怒不可遏，便道："如此俺便奉陪玩玩。"说着一闪身，霍的使个旗鼓，杆势一拧，望先生心窝便搅。只见瞿先生并不躲闪，反趋势鼓起肚儿，向前直撞。只听"味"一声，那杆头早向左胁偏滑过去。众人眼光霍霍之间，便见先生舞烟筒，循杆猱进，三不知烟锅起处，那教师后手腕上业已挨了一下。教师赶忙缩身取势，无奈瞿先生直然成了一贴老膏药，贴住他前后左右，再也不肯离。教师大杆狂舞越凶，先生那烟锅也越法神出鬼没，实拍拍东戳西顶，没一下落空。因为那杆子只在远处撩乱，通与他没相干，所以教师竟成了死挨打之势。原来这大杆取胜是在乎纵横决荡，护紧门户，若敌人短兵袭进，便是败着咧。

当时两人颉颃良久，瞿先生只有意无意，那教师却使出吃奶的气力。众人看得起劲，只顾拍手打掌，都笑道："真是织布娘子弄机梭，秀才相公耍笔管，习甚么，有甚！你看瞿先生终日不离烟筒，竟可以当兵器顽顽。要说瞿先生真会把式，那个肯信呀！"正在胡吵，只见瞿先生忽然跳出圈子，喘吁吁蹲在地下道："不成功咧，再玩一会儿更接不上气儿咧！"于是那教师也便趁势下台阶儿，抛过大杆，却笑道："俺倒没想到瞿先生有这等工夫。"瞿先生道："甚么工夫，俺不过比尔会吸两烟筒烟罢了。"于是大家一笑，也便陆续各散。只有志学一路上怔怔的，直到家，还是心头怙惚。过了几日，依然上学。

俗语说得好，事怕留心。志学既见先生戏弄那教师，不由便处处留神。果然不多日，已被志学觑出些意思。原来，瞿先生子午两时必要调息跌坐。从先志学也同别的学生一般，概不理会，如今暗觑先生，每见他鼻息呼出，线也似的笔直，并且徐徐收缩，驻没如意。每跌坐将毕，便见他秃脑门上十分光彩，竟似有热气游走一般，那浑身骨节时或珊珊作响。志学虽不甚了然，却也听得长老们谈过武功家有运用罡气之说，不由登时羡慕得甚么似的。只是没空儿暗叩先生。

也是志学合当以武功成名。一日，先生偶然染病，诸生都各归家，殷长者惦念先生，便命志学在塾服事，那药饼、饮食等物流水似送来。志学昼夜服事，困得两只小眼儿通红，先生甚为过意不去。一日晚上，更道："俺这病也就好咧，多承你父子厚意，你便可家去，为我致谢你父亲一声。就势儿，你也在家歇息几日。"志学道："不，不。先生在这里既没亲人儿，俺弟子们便如孩儿一样，理当服事。俺父亲吩咐过，须得先生大好了，俺才转去哩。"瞿先生笑道："俺也就好了。如今只是骨节微觉酸酸的，想是多日不曾静坐之故。你且给俺捶捶腿胯何如？"志学听了，触动叩问之意，便坐向榻脚，一面捶，一面怙慢这叩词发端。那知先生这当儿也有一番感想，暗念志学天性果然醇厚，只是读书鲁钝，却生有异力，若就武功一途，倒也事半功倍。

正在思忖，那志学拳头早雨点似落下来，先生颇觉着很有斤两，不由失口道："你这气力若会用，只消一年工夫，那个甚么教师便非你敌手哩。"志学趁势道："先生看那教师本领怎样呢？"先生大笑道："江湖滑派，称甚么武功，倒好去卖金疮药骗人哩！"志学道："那么先生，想你通此术哩，不然一只烟筒儿怎如此受使？"先生沉吟道："俺又晓得甚。你看庄户人拿锄杠，分外溜煞，便是这个道理了。"志学摇头道："恐怕不哩！那么先生怎又会跌坐工夫，那不是运用罡气么？"先生矍然道："你从何晓得？"志学道："俺曾暗觇来，好歹请先生教给俺方好。"先生笑道："别胡说咧，俺跌坐也非一日，怎的别人没这般猜疑呢？"说罢，双眼一合，微露倦态。志学不敢再问，当时捶罢腿，各自安歇。

又过了两天，先生病愈，照旧开学。一日先生买只鸡儿，准备下夜酒，单单命志学去宰割。志学面色上顿然的老大不忍，当着先生，只得趑趄着脚子，提鸡入厨。先生暗跟去，悄悄一张，只见志学正对着鸡子发呆，摸摸厨刀，又复置下。恰好厨夫趱进，志学喜道："你快替替俺，这刀儿好生难下呀！"那厨夫故意逗他，只是不肯。急得志学连连作揖，好容易等得厨夫应诺，志学慌张张便跑，一面回头道："你等我出去，再下刀罢。"先生见了，暗暗点头，却还不肯便冒然。

一日塾中有个游学书贾来咧，货篓之外还有搭裢，装着些钱钞。当时出脱了些笔墨书纸，也便趱去。众学生方在互比所买之物，只见书贾坐处遗下两串钱，于是大家悄议藏起匀分。志学道："依我看，央去追还他。拾人遗钱虽没甚不义处，但咱心中总不安贴哩。"正在执争，瞿先生一脚踏进，不由笑吟吟向志学道："好个主张！人应当如此存心的。"于是立刻遣人将那钱送还书贾。

便是这日，散学后，先生便留志学在庵。夜深当儿，先生对他说道："你累次问我武功之术，俺非吝惜于你，实因欲传此术，必先择心地醇厚并光明正大性格之人。不然恃术恣恶，便是害人戕身。今俺细查你心性，倒还可传此术。只是一时间没得传习之地，俺又甚不愿他人皆知。无端扰我这一节，却费踌躇哩。"志学喜道："这不打紧，俺家中颇有闲院落，并且宽敞。等俺禀明父母，收拾停当，下午散学后，先生便赴俺家，就可传授哩。只是往返间劳动先生，却不方便。"瞿先生笑道："这点路儿，俺举足便到，只是你家人却须口头严密。俺如今名心都淡，惟务韬晦哩。"

志学听了，连迸应诺，只喜得心花大发，冒然道："只如今先生何不便将跌坐功六先教给俺呢？"先生失笑道："你如今就学跌坐，管保不出十日，就要通身拘弯咧！凡事都有次序，须外体的工夫作到，然后及内。今且不须说这个，从明日起，先作外体工夫。今俺且将武功的源流宗派说个大概，凭你性之所近，自家随意学那派便了。"志学听了，忙恭恭敬敬拜将下去。瞿先生慨然道："难得，难得。学者求师固不易，须知师觅弟子亦甚难哩！俺如今晦迹此间，倒遇着你这堪传我术的弟子，也就可喜的紧。"说罢，眉宇间十分欣然，命志学站起。

剪剪烛花儿，听听村柝，正打三记，那一片月华水也似泻进窗隙来。于是瞿先生道："如今武功派头虽多，大约都由两派中展转脱化。那两派分内家、外家。外家派便是如今盛行的，其派起于少林寺僧，或有称为太祖拳法的，因当年宋太祖甚能此术。相传太祖微时，偶过华山下，路逢猛虎，数拳毙之。因拖虎从酒家媪贳饮，甚自矜诩。酒家媪熟视死虎，微笑道：'你这汉子端的好笨气力，为甚伤虎许多处呢？'太祖怒道：'你这妈妈子好生胡涂！难道这样凶物，一拳两脚就停当么？'

"酒媪笑道：'客官莫怒。只俺在此开酒肆，山中的花斑子被俺打煞不知多少。如今俺卖虎皮，还剩下一个，您若不信，且自看来。'说罢，从别室寻出张大虎皮，只一抖之间，太祖不由大诧，只见那虎皮却正当额下穿了一洞。酒媪笑指道：'这一洞儿，便足毙虎了，还用合虎拼命么？'太祖听了，虽然吃惊，却还有不信之色。酒媪笑道：'你且饮酒，少时俺弄个花斑子你看看。'于是匆匆卷叠起虎皮趱出。

"太祖这里鲸吸数碗酒，正在沉吟，只听酒媪在院中叹道：'客官，咱弄虎去呀！'太祖跄踉起出，只见酒媪业已结束得浑身伶俐，不带寸铁，捻着一枚啸子似的物儿，青帕包头，腰系软带，脚下却踹着双包钢尖的鞋子。但看步履之间，已透着十分矫健。于是太祖诧异中，带上朴刀，即便从行。酒媪笑道：'你那朴刀不带亦可。'两人出得肆门，但见那酒媪飘然若风，直奔山径。太祖竭力追随，方才能及。

"不多时，穿过一片大树林，趱进一座山冈，但见衰草连天，乱石纵横，左有深涧，右有百十株大杉树，参天翳日，好个荒僻所在。酒媪道：'此涧旁边便是虎径。因他时或往来饮水，客官且登高树，看俺料理此物。'于是太祖猱升大杉，就柯叶茂密处隐住身儿。便见酒媪四顾徘徊，趋就一片软草场中，忽的撮唇长啸。便觉清风徐起，林木为摇。接着吹动所持之物，发音洪亮，响动山谷。说甚么龙吟虎啸，简直的那种异声穿云裂石，洞心骇魄。

"太祖大骇之间，便听涧左旁大吼一声，山风暴起，四面草木喤喤有声。登时由窄径莽莽中跑出只杏黄纹花脊短项虎，四爪一缩，一颗头直抢到地，尻后蟒也似的大尾巴，'拍拍'的鞭得山石一片声响，那电也似睛光早已直注酒媪。酒媪大喝道：'孽畜，那里走！'语音方绝，那虎'哮'的一声，跃起三四丈高，直扑过来。太祖既惊且惜道：'这妈妈子好不量力，这光景准丧虎中咧！'正要拉刀跳落，便见那酒媪趁虎跃悬空之势，忽的身儿一挫，风轮似就地一滚。说时迟，那时快，酒媪身儿方隐入虎肚下，那虎落势已将及地。

"太祖惊喊道：'好孽畜！'一声未尽，只见酒媪用一个'平地升雷'式，一跃而起，趁耸奋之势，一脚飞处，可可的钢鞋尖儿利锥一般春入虎颔，单足一挑，那虎竟跌落丈余之外。太祖忙看酒媪，业已影儿不见，但见那只虎痛得狂奔乱跳，四围草莽践蹂了一大片，方才仆地死掉。太祖正望得目定口呆，只听头顶上酒媪笑道：'客官，您看如何呢？'太祖仰首惊望，只见酒媪却好端端竦立在最高枝儿上，竟不晓得他几时飞上去的。于是太祖惊极，忙合他下得树，一看那虎洞伤处，与那只虎皮丝毫不爽。

"于是太祖恍然若失，料那媪定是异人，便拜叩其术。勾留酒肆数十日，尽得其秘。从此太祖武功绝伦，所以一条杆棒等身齐，打得四百座军州都姓赵。"

志学听到此，正在凝神，只听书案下唧溜溜乱叫起来。正是：

空堂说剑谈奇术，因敌为功见伏狸。

欲知后事如何，且听下回分解。

第九回

瞿先生传授内外功
殷志学巧遇风尘客

　　且说志学正听瞿先生说得有趣，只听书案下鼠儿乱叫，便见一个大花猫衔了鼠儿，呜呜而出。瞿先生笑道："俺已张见多时咧。"因接说道，"从此太祖留下这外家拳派。但这段话近于野人之语，其间诧为神授，更为荒唐。大概因太祖善武功，后人便添枝加叶的以神其术罢了。依俺看来，外家派还以少林寺僧为可信。至今少林寺代传拳派，这是凿然可据的。外家派纯讲先发制人，以动袭敌，主于跳踉奋搏。但是其弊在一'疏'字，往往气力先疲竭，这时便为人所乘。这外派不但对敌时是这样，便是处身接物都是如此光景。但恃意气，炫肆已能。这其间结仇贾恨，在所不免。总言之，纯以刚胜，终归挫折。

　　"外家派在明朝末年，有个边澄，甚为著名。这边澄苦身学艺，曾变姓名，投身少林寺。执炊饭之役三年之久，尽得其秘。后来遨游南北，名显当时。曾应募海上防倭，杀敌甚多。又曾在北京与京营健卒千余人校艺，都被他一人压倒。只是后来不知所往，或以为隐去，或以为终被人害，也就无从考查了。

　　"至于内家拳派，却起于宋朝道士张三峰。三峰修真在武当

60

山，甚有高行道术，并善调息呼吸静功。故老相传，徽宗时，三峰道行达于宸听，于是下诏征他入都。行至中途，恰逢群盗千余大掠州郡，道路阻塞。三峰于是直冲盗队，竟以孤身杀贼数百人。从此以武功声闻天下，他派中有张松溪等人，甚为著名。

"内家派是敛神息照，以静制动，主于御敌不取攻势，非遇困厄当前，不复发动。但一发动，敌人立败。因以柔为用，自己先立于不败之地了。内家派功力深至，更不以跃耸为能。只因势赴敌，行所无事，一举手一动足之间，往往制人死命。因这派中善讲穴道，拳无虚发，便是世所诧异的点穴法了。这穴道，有木穴、晕穴、哑穴之分。最利害的是死穴，一指戳去，其应如响。非敌人凶恶之极，眼睁睁害及己身，不得擅点死穴的。

"最要之法，还有'敬紧径勤切'五字。这五字却非技术，便如兵家的'仁信智勇严'一般，非以为用，却以神其用。至于习内家派的人，他处身接物，不消说必以谦退和易为德了。所以这派人和光混俗，绝无赳赳桓桓的形迹可求。江湖间尽有混迹风尘的。"说着目光一瞬，烂若崖电。

志学静听至此，早已喜得抓耳挠腮，忽怔怔一沉思，便道："弟子晓得咧。便是方才那猫儿捕鼠，一任那鼠左右跳踉，他好像睡着一般，忽然蓄足势，一扑便得。这大概是以静制动罢。"先生喜道："你这话很得其理，真真可教。但内家筑基，须内外兼修。外功便是炼体炼目、超耸击刺等功夫。讲到内功，却须调息养神，运用罡气。虽不像道家，讲甚么三回九转，聚顶朝元，但是吐纳呼吸之间，也很有节次火候。由活筋骨通脉络，以至降秽浊，升清虚，再至于气走满身，顺心所欲。譬如气聚一掌，则直搠可洞象腹，横斫足断牛项。到此境界，已经足用。天下能人虽有，却不虑自己挫折了。"

志学听了，便如贫儿忽入富室，急切间那里辨得清金珠宝贝那件儿好，只孜孜憨笑道："那么先生索性都教给俺罢。"先生大笑道："贪多嚼不烂，转没受用处。我看你性质谨厚，便学内家派倒也罢了。"志学大悦，连忙称谢。先生道："从明日起，你便禀知你父母，收拾静院，择日从学。俺当教你内外兼修的工夫。却有一件，你须耐得性，受得苦，对同学诸生更不可泄露一字。"志学唯唯听命。

当晚，师弟歇息后，志学喜得精神百倍，再也睡不着。一合眼，便如先生教自己打拳踢脚。次日散学后，忙回家禀知父母一切情形。殷长者还在沉吟，那康氏已吵道："可了不得！你先生几时又会起把式来咧！我就晕孩子们拿刀动杖、细筋脆骨的，是顽的么？我又不盼你考武拉瞎，将来作巴子都元帅，平白的习那家子武哇！"志学一听，只认是学不成咧，刚要撒酥儿（哭也），殷长者向康氏道："俺看这节事也可以的。刻下年头儿不安静，咱住在乡下，又搭着有碗粥吃，家里孩子会点把式，不算无用。要是志学光蹶骡子似的半吊子脾气，咱怕他合人斗殴招是非，不使学也罢。如今志学性格儿倒不必担扰他这一层哩。"

康氏笑向志学道："你老子既这么说，就由你合先生胡闹去罢。却有一样，你劈了腿子，摔了胯骨，可别向我哭天抹泪的撅大嘴。也是呀，本来你老子一向受人欺负，如今却盼着儿子给出气哩！"殷长者正色道："你这话却不像教训儿子咧，学把式本为防身保家，对外面多行义举，岂可逞强报怨？咱虽一向被人欺，也没损掉一根寒毛哩！"

志学听了，甚是欢喜，这才心头一块石落地，便登时扭股糖似的拉住他娘，催促收拾静院。康氏道："唷，你这孩子倒像吉了屁（俗谓性急）。那跨院中粮粮米米，缸儿瓮儿，也得慢慢安置清爽。便是陈囤老垛的，一旦挪移，也须祷告祷告老黄爷子、花姐姐呀！"（谓黄鼠狼、长虫之类，迷信妇人如此。）左右先生来教艺，还须择日子哩。便是咱家中这些舌头，也须一一用线拴住，都得俺吩咐到了哇！"殷长者道："正是，正是。如今咱村中少年们终日熬打气力，正高兴的了不得，若知得瞿先生教咱孩子，还不一窝蜂似卷来么。那真个将人吵漏了哩！"志学听了，喜悦而退。

次日，殷长者果然命佣伙们收拾出跨院儿，只向南五间大屋，素为堆粮之所，院中宽敞，甚是相宜。过了两天，殷长者亲赴庵中去请先生。从此，每日下半晌散学后，瞿先生便合志学同赴跨院。次早又同赴庵中。只说是借地静养，倒也没人理会。于是瞿先生先命志学练习外功，除弯腰吊臂、踢腿蹲步之外，就是沉着脚跟，深隐气息，务令他拳脚发出，结实有根。然后又授以练目之法，用小小绿豆一颗，悬在室隅黑暗之处，命志学凝神注视。久而久之，那颗豆渐如胡桃。直待视至如西瓜大小，然后向明处远望诸物，真个无微不见。看家雀儿，便同老鹳。这时眼光已能暗中视物，志学大喜。先生道："这目之为用，还有不尽，须令如斗鸡凝视，方为神全。"

于是令志学冗匝心意。初用毛羽试拂其睫毛，渐次用刀尖作势猛砍，那睫毛都不眨动。然后命他务习纯熟，又授以练体之法，便先从手足练起。其法先用硬皮黑豆两斗，装在一高器中，命志学骈起掌来，下戳那豆。诸公请想，那手指何等痛苦，不消两日，早已甲秃皮胀，指缝中微微津血，赛如刀割。志学都不理会，过得三五日，也便忍得，因怹手上业已磨成极厚的老皮儿咧。直待一掌下戳，直洞至器底，便如探土一般。然后另换铁沙。这时掌力直可穿透坚壁。

至于练腿脚功夫，便是为耸跃飞行。那练法更加吃力，便是用细铁沙装作大小布口袋，约八九个，顶大的盛铁沙十来斤。先取最小的缚在两腿胫，直待走动起来如平人一般，然后换稍大之袋。以此迭换至顶大沙袋，奔走时毫不吃力，这才解将下来。试一迈步，嚇，您瞧罢，简直的飞一般，更不消用神行太保的甲马咧。世界上何尝有甚么飞毛腿，便是这法儿练成的了。

再说到耸跃练法，越法有趣。便是掘一大井，口似坎陷儿，初时深一二尺，渐加至三四丈深。带了大沙袋，次第上跃。若到平地上，除去沙袋，只身儿略挫，双足一踩，"飕"一声，便如起火钻穴，那怕数丈高楼，便能一跃而上。再如许多的柔软功夫，如攀援跳越之类，也都一一细为教导。且喜志学合武功有缘，真个声入心通，并不烦难。若比起他读书来，却大不相同了。不消说诸般兵器件件都学，志学最喜的却是宝剑。这剑法在武功中本是头儿脑儿，又搭着瞿先生本是剑客，只略出绪余，业已高出寻常百倍。

以上诸般功夫略得门径，这时瞿先生便授以内功调息运气之术。这一来，却将志学急燥坏咧。入手三两日，先是趺坐静念之功，志学那知就里，便兴匆匆依先生趺坐之法，坐将下来。还没一盏茶时，闹得背疼腰酸，腿脚麻木。须臾只觉得耳根蝉鸣，少时沙沙然又如重车碾那平沙软径般。志学燥性发作，方暗念道："这事儿倒闷人得很！"此念一起，登时觉耳轮中喤喤有声，如考钟鼓，只震荡得心头乱跳，六神无主，一时间诸念纷驰，便如十五个吊桶打水，只管七上八下。这时目眩神昏，几乎支持不得。偷眼一望，对面瞿先生坐得佛儿似的，好不妙相，并且神致恬适，就仿佛舒服得了不得！

志学不由自奋，暗道："怎的先生便耐得，俺就耐不得？俺偏要坐煞在这地方罢。"于是把心一横。给他个百样不想念。那知这一来，倒误打误撞的对了劲咧。原来这趺坐第一先须澄心渺虑哩！当时志学恍然有得，静到极处，忽然通身汗下，不由欢喜鼓舞。先生道："趺坐内功不但益人精力，强人筋骨，并可以燥释矜平，和人性格哩。"于是依次更教以调息运气之术。那呼吸滚走之间，都有深浅迟速的度数。不消两月余，志学已能操纵自如，自觉罡气所到，坚如金铁。那身体轻捷，自不消说。

话休烦絮，瞿先生教志学整整四个年头。志学武功业已大就。

俗语说得好，纸包不住火。本村并左右一带，早已人人皆知。起初很有少年们想来从学，瞿先生一概谢绝，并自言自家所能，无甚奇处。原来瞿先生早嘱咐志学，不可眩能于人。所以师弟有时节当众较势，只以寻常示人。大家见没甚奇处，也就不来缠扰咧。

光阴迅速，转眼志学已十七岁咧，所读之书依然是上下《论语》，塾中诸生又换了一班小人儿。原来大些的学生，因瞿先生不谈举业，（如剑客谈举业，倒是件奇事咧！）早改从他师去了。便是这年春间，殷长者偶染时疾，因误服了拉药斗先生的一服虎狼反剂，竟自长逝。志学痛不欲生，竟至形貌伤毁。还亏得康氏主持一切，哀痛中办过丧事。

一日，母子议起家事，康氏道："如今你爹去世，这副重担儿便到你身上咧。你别只管一心扑在学艺上，等你服满，便须先完婚事，好歹也替替俺手脚。"志学道："娘说的是。孩儿学艺是性之所好，原不想求取名利。好在咱家颇足温饱，孩儿但愿常在母亲膝下哩。"康氏喜道："这便才是。"从此志学一禀母训，仍然绍祖父农业家风，那俭朴谨厚法，更过于殷长者。每逢农忙，仍一般的短衣草笠，往来田间。只有暇时，方寻瞿先生讲求武功。

转眼三年服满，志学已二十岁咧，好一个昂藏少年！他的妻子便是同村杨姓之女，乳名福姑。两家还是七八岁时结的亲。福姑父亲名叫杨坦，在京经商，很有家资，自置的体面房舍，全家儿都在北京。却有一件，这杨坦是下等包衣旗籍的人，这等人便是清初被俘虏的人，赐与满洲勋贵为奴的。这奴籍一入，永世无替，任你子孙发达到甚么地步，见了本主儿，依然是亲执奴才之役。你不怕作了官，外而监司，内而丞郎，那主人依然是呼来喝去，闹他的臭排场。最令人难堪的，就是主人偶到奴才家，便如到他自己家一般。居必正房，食必盛馔，奴才一家儿惴惴侍奉。至于铺床叠被，扫地掸尘，端唾盂，提夜壶，逼定鬼似的伺候一天，直至主人夜间安歇下，大家才敢出口气儿。你有花枝般闺女媳妇，都须去伺候着。遇着正气的主人，这算万幸；倘遇着不要脸的，他只须瞅你家妇女一笑，得啦，这算糟透咧！当夜晚间，你就须扎括得妇女们花脖鸽似的，老实实给他送去。他若抓个干俏，只命陪陪酒，或烧两口鸦片烟，那算是你祖上德厚，不该丢丑。他倘若再一高兴，咳，便说不得咧。因那时节主奴名分甚严，如有叛出奴籍的，主人家就可以登时捉将来，打死无论。

由此看来，主人家威福任意，可谓得意之至，快活到家。那知他也有说不出的苦处。原来凡奴籍的人到主人家，家常子一般，是不消说，并且都归主人豢养。主人家道富裕，自然不理会。就怕是勋贵之后，数传凌夷，你这里只管穷得要命，偏偏群奴穷得更要命，他不管三七二十一，都跑来垂手一站，有饭便吃，当主人的还得拿出老爷面孔。真是群奴口里嚼一嚼，主人心头痛一下，便如蛆附瘦体，非咕嚓到根根露骨不可。至于穿房入户，他暗地里也是有缝就钻，不过主人是明来，他是暗作罢了。您说当初这奴制定的够多么糟呢！且幸杨坦这位主人很正气，就是家道消乏些，但一时间还局面如故，也不在话下。

且说康氏见志学服满，便择日与他完婚。两家都富有，婚礼一切自然十分风光。福姑入门后，婉顺异常，志学母子欣慰，自不必说。过了满月，新夫妇又同到北京去了一趟。回到家，接着又须酬待远来贺喜的亲友。

一日，志学方偷空儿合瞿先生闲谈半晌。下午时分，由庵趄向家，方走到村中间，只见一家门首围拢了许多人，大家七言八语之间，还夹着妇人吱吱喳喳。志学走去一望，不由要笑。正是：

侠徒发轫从今始，豪士无端一旦来。

欲知后事如何，且听下回分解。

第十回

孙侠士偷富济贫
殷一官探奇遇敌

　　且说殷志学当对挤入人丛一望，只见那家门首四平八稳的坐定个打卦先生。有四十多岁，生得拱肩缩背，弯虾一般。一头长发赛如囚犯，脑后垂拖着一堆羊尾似的乱发，似辫非辫；脸子一扬，垢污得小儿似的；圆眼彪彪，趁疙疸眉，断梁须；穿一件肥大破衫，七补八绽，踹着两只打板鞋子。正在那里点头播脑，合一个中年妇人唔呀唔呀的乱吵，一面伸出老鸹爪似的瘦手指画。

　　志学一望，几乎失笑，原来那先生指甲竟有六七寸长。便见妇人道："你这先兰特煞不讲理，你说二百钱一卦，俺这里都是京东怯钱（按：怯钱十六文算一百）。俗语说的好，钱使地道，你如何硬要二百老钱呢？你可没少要了，这一下加上六倍去咧！"先生道："俺通不晓得甚么怯钱，只知十个十个算一百哩！俺路过贵处，劝你不要欺生罢。"妇人急得红着脸，还在分说，当不得众人作好作歹，妇人没法儿，只得赌气给他二百老钱。

　　那先生拾起，扬长便走，眼看他踅入一处酒肆中去了。这里妇人还拍手打掌的道："今天合该呕气，清晨起来，便踏了一脚臭烘烘的鸡屎，三不知却遇着这瘟打卦的！"众人笑道："某大嫂哇，财去

67

身安，算不了甚么。"妇人道："不是呀，怪让人长气的！"正说着，忽一个蓬头小厮从人背后跳出道："某婶婶，你老人家再花上二百老钱，俺也给你算一卦，管保比那瘟先生说的话，你听了还要舒服。他算着俺大叔不出十天准回家，俺说马上就到，如何呢？"众人听了，哈哈大笑。妇人笑唾道："猴儿崽子，你也学得油嘴滑舌的。"那小厮挤眼一笑，跳跃而去。

志学也便随众趱去，一路上却听众人讲说道："这个打卦的准是新来，不懂咱本地钱法。"一人道："俺见他好几次咧，只在这一带村落寻生意。"又一人道："别谈没要紧，昨天俺偶然进城，听说是围城左右很出了几起窃案。东街王乡绅失掉传家的紫金爵，南横弄李半州家失掉古玩无数。连西门外吴老太太家，珠金首饰一古脑儿也失掉咧。官中验盗路，通没形迹。这几家都是高墙深屋，这些宝物又都是压箱压柜，锁得结实实的，就会都失掉了。要说是外贼盗去，须得有黄天霸、窦二墩的本领才成功哩。如今晚儿，只怕没那样人咧。"

志学听了，也没理会。趱到家，只见妻子合母亲正在收拾礼物，志学问其缘故。康氏笑道："俗语说得好，媳妇娶到手，新郎满处扭。州城里还有两处世交儿，你须亲去，给人家谢谢劳乏，方是道理。"志学应诺。次日便备了头口，带了礼物，匆匆进城。先寻客寓住了，便赴两处世交那里，敬伸谢意。

主客款洽，谈论间，志学果然闻得人说，近来城左近累出窃案，那州官将捕头屁股敲得稀烂，通没捞着根贼毛儿。次日，两世交处照例的请酒应酬。志学周旋毕，本想便趱回，因久闻人说蓟州地面很有些古迹儿，有李太白写的独乐寺匾额，有戚继光的兵书崖。更稀奇的，还有翠屏山上潘巧云的小脚印儿。大家还说，那独乐寺匾额影儿，竟可以照到高丽国海港中。因此每年到北京的高丽客人，定要迂道来觇太白遗笔。他们常说道："畿东有二绝，一是独乐寺匾，一是邦郡（蓟州镇名）烧酒。"志学一时高兴，便在店耽搁两三日，连日纵游。

那知天下胜景只可闻名，不可眼见的。便如刻下的甚么伟人志士，据传说起来，简直的比孔夫子还有学问，比如来佛还有神通，那知见过金面，接过高论的，无不大失所望，只落得大家咂咂嘴道："咳，原来如此。"那蓟州胜迹，正是这般光景。原来"独乐寺"三字，乌乌黑的，仅可辨认，笔势平庸，委实不敢说是唐人笔法。至于是否太白的墨宝，更无从考据咧。戚南塘的兵书崖，也不知是那个好事者，硬仿蜀道中武侯兵书峡的样儿，弄个粗笨木匣儿，用铁索系在山崖缝中。土人相传，每当风清月朗之夜，匣中必有奇气腾灼，光烛霄汉。但是崖下百岁翁一总儿也没看见。再说到潘巧云的金莲印迹，更是笑话。也不知是那个石匠手儿闲，或是看翠屏山那出戏看得入神，揣摩到海和尚手握的香钩，于是运斤成风，就山径上这么一凿，那尖尖印迹少说着也有一布尺长。可笑居然有些傻子们到此徘徊题咏，就仿佛美人贻迹，余香犹在一般。

志学游观得嗒然兴尽。这日日色平西，独自到城西射虎原散步一回。只见残阳疏柳，乱石峥嵘，北望寒云，千里超忽。从乱山高下中，隐见长城一线。志学不觉慨想古今豪杰，觉得胸中突兀，奇气盆涌，只觉喉咙作痒，要高唱一回，夸夸眼前风景方好。却苦于一字也道不出，思索良久，忽想起瞿先生常念的一首诗，因奋袖低昂，拍手乱唱道：

翠微西接古并州，万里犹存列戍楼。
边月照残千岭雪，寒砧催起满城秋。
人居燕赵多豪气，癖在烟霞愧壮游。
莫向渔阳山上望，北平犹是未封侯。

志学唱罢，又徘徊良久，方才转步。刚趑近西城根树林边，忽见一人从岔道上徐徐而来，一面走，一面高瞻远瞩。志学仔细一望，却是那个打卦的先生，依然穿着落拓敝袍，手持卦板。便见他走到一洼积潦跟前，那积潦长广足有三四丈，势须迂道而过。志学方一眨眼当儿，却见他四下一望，忽的笑一声，一跃而过，那轻捷法就不用提咧。志学当时一怔，暗想他如何竟有这等工夫，正在纳罕，只见他跃过之后，依然慢条斯理的直趋入人丛中。

　　志学方悟他方才一跃，是因左右无人，于是疑心大起，便觑准他，跟向背后。只见他直着脚子进城后，便奔向贴城根一条长弄。须臾到一所大宅后墙外，只管敲动卦板，趑来趑去，一面价东张西望。志学离他半箭来远，便见行人笑道："你这先生也不会寻生意，这是元和当夏老板的私宅，老西们的后门是永远不会开的，你在这里打一年卦板，也没账哩！"说着嬉笑而去。那先生稍为徘徊，也便东去。直穿过两条街，志学仔细一看，已到自己寓所咧。便见那先生晃摇摇直入一小小客店，距自己寓所不过隔五六家光景。志学逡巡趑进小店门首，只见店伙向那先生道："您老今天利市呀！正好用晚饭罢。"志学踏准他的住址，也便回店用晚饭。

　　歇息一回，不多时，天交二鼓，方想去踏看那先生，却闻得别室客人们高谈城左右失窃案件。一人道："今天捕头马四把又挨了顿大大的屁股板子。俺听说他遣人到北京大班上（北京捕役俗呼为大班上）邀人去咧。远来和尚会念经，或者就许破破案咧。"

　　一人笑道："也未见得。京中捕役不过比别人会撇京腔，一遇事更是稀松。往年飞贼戚六太爷大闹五城，单给捕头抓豁子，连巡城御史的伽楠朝珠，都明大明的挂在法源寺塔尖上。后来还是三河县有个捕役来出计策，买通了戚六所匿的妓女，叫三姑娘的，用酒醉灌他，方才就缚。却是三姑娘也被戚六一脚踢穿。小肚肝肠儿都流将出来。当戚六绑赴菜市口就刑时，官兵簇拥，好不热闹。那戚六猱头狮子一般，反剪双臂，坐在车上，大骂捕头。恰好走过一座石坊，他忽的一伸脚钩住石坊柱儿，赶车的力鞭两健骡，休想动得分毫。两旁观者人山人海，登时一声好儿喊将上去。（北京人真有此高兴。）只见一人秃头紧绔，敞披青绸衫，足下踢死牛的搬尖洒鞋，手弄两个大钢球，大扢步走来道：'喂，姓戚的，别耍骨头咧！是朋友，不好那档子事（指狎妓），你这被捉由头儿，不透着漂亮呵！'戚六凶睛一睖，呼呼冷笑道：'好朋友，俺总算劳动你咧，咱们那辈子再见！'于是脚儿一松，那刑车如飞而去。那人便是三河县的捕头。您说戚六那厮，浑身腱子肉疙疙疸疸，听说他在窑子内被捉时，竟挣断两条皮绳，几乎跑脱哩！"

一人唾道："说了半天，这些捕役们平日欺害良民，如栽赃唆诬等事，何曾有些天理？也得有能贼大盗，送送他的忤逆哩！"众客听了，各为一笑，志学听得怪有趣的。

逡巡之间，便已三更左右。这时店人都已熄灯入梦，于是志学悄悄从店墙上跃出，径奔那小店。匆匆中也没带防身器械，因他这时是一片好奇心、少年性儿，还没看得那打卦先生准是歹人。当时志学就小店墙外立定，侧耳听听，杳无动静，知大家都睡，便一跃悄然而入。只见各客室都已熄灯，惟有紧靠后墙小单间儿内，尚自灯火明晃。并哗哗啷啷水声响，仿佛有人洗浴一般。志学悄悄逛近，就窗缝一张。可巧正是那先生。业已将长衫扎拽起来，勒着两只宽袖，正在临窗案上面盆中，用热水烫洗长爪，那挺长的指甲都已软韧透明。便见他根根卷起，戴上两只薄皮制的手套儿，"扑"一口吹灭灯。志学大骇，忙一伏身当儿，便见一条黑影比鹰隼还疾，由室门飞上正房屋脊，略一眨眼，早已飘落到店外。志学那敢怠慢，紧跟着追将出来，那黑影已如弩箭离弦，在数十步之外咧。

志学一面思忖，一面紧追，顷刻间飞过两条街。那黑影更不稍停，直奔那夏老板的大宅后墙外。略一停顿，"飕"一声跳将进去。志学赶近，却不敢冒昧。张望一回，没作理会处，便隐身一家影壁后，且觇动静。不由暗想道："我看这先生颇颇形迹可疑，难道近来窃案，便是他不成？等我捉住他，阴功阴功捕役，倒也有趣。"沉思半晌，不错眼珠价注视墙头。良久良久，还不见他跃出。夜深微月将落，照着自己如逼定鬼一般，不由暗笑好没来由。方唾一口，要蹩去，只见那黑影倏然间升上墙头，略一徘徊，即便飘落。这次却不奔来路，竟向城西北隅一片黑场中奔将去。原来蓟州城虽然阔大，却荒落得很，如城隅幽僻所在，一般的种起麦禾，沟陇纵横，便如野地。这西北隅却有一所颓败的娘娘宫，土人相传，为当年辽后萧氏驻跸之所。虽缭垣都尽，草莱没膝，其中高台杰阁还有三两处，欹侧于墟莽之中。志学纵游名胜时，也曾到过这里。

当时志学暗想，他定是奔赴废宫，寄顿赃物。那所在他一入去，再寻他，便费手脚咧。思忖间，脚下加劲，堪堪便离那黑影儿十来步咧。这时正到一片荒墟，志学正想喝他住步，说时迟，那时快，只见那黑影"格噔"声一站，登时现出一人。微月映处，可不正是那先生，摇摆两只大袖，便如纸人儿一般，向志学微笑道："你这小哥也特煞作怪，只管趁俺作甚？你若是夏宅人，俺不怪你，俺取来区区之物，你便将去。你若不是夏宅人，请你莫自讨苦吃。"说罢，目光一闪，十分尖锐。

俗语说得好，初生犊儿不怕虎。志学这时自负本领，那里把那先生搁在心上，喝道："你的行藏，俺已觇破。朋友，你的案件该犯咧！"那先生夷然道："如此说，你是官中捕役了，居然有这机伶来趁俺。也算罢了，俺便随你到官走一趟，卸你责任如何？"志学喝道："甚么捕役不捕役，俺只捉住你再讲。"那先生大笑道："你这疯小厮，原来是没相干的人。既这样，却饶你不得。"

一言未尽，志学已摆拳猱进。先用个"双劈太华"式，两拳

72

一分，放开门户。那先生微微一笑，只单足一踔，业已风也似卷迎来。一指起处，早钢锥似戳到志学手腕，只听"蹭"一声，却偏滑出去。那先生方失声喝声好，志学已放开浑身解数，前超后耸，拳脚到处，着着老当。那先生却不慌忙，一面格斗，一面不住的啧啧称奇道："唔呀，怪的很！你这小厮是从那里学的内家拳派？咱不须斗，且说明了再讲。"志学锐气方张，正打到酣畅处，如何肯放松。当时便步步逼紧，顷刻间将那先生逼到一株大树跟前。正是：

后生意气殊堪畏，前辈风流亦不凡。

欲知后事如何，且听下回分解。

第十一回

娘娘宫一官遇前辈
团林集二捻拒官差

且说志学趁着一腔盛气，将那先生逼到大树跟前，只见他并不躲闪，几乎将脊背贴向树。不知怎的，两袖翩翩略动，任志学极力跳荡，总是打不着他。他却连喝道："你且住手！你这内家拳派端的从何人学来？"

看官须知，志学若是稍知世故，见敌人如此从容，定知是个劲敌咧。无奈志学是个初下山的生虎儿，当时见敌人随意应付他，便如引逗、戏弄他一般，竟登时引起愤气，因骂道："你只弄嘴舌，想逃向那里去！"说着觑隙猛进，用一个"黑虎掏心"式，一拳揣去。这一来不打紧，只见那先生双足一并，"飕"一声上升树杪。志学这当儿方才略一沉吟，知敌人很是个硬脚色咧。原来这不须耸跃、平地上升之法，在武功中名为"一鹤冲霄"，非运用罡气纯熟，身轻如羽不可。志学是见瞿先生示过他此法，自己委实办不到哩！

当时志学怙惽间，刚一仰望，只见那先生已霍然翻落于数十步之外，一转眼间，由襟底抽出一柄亮晶晶的短剑，迎风一晃，寒光耿耿。志学恍悟一时仓猝，没带兵器，当时急迫中只好施展"赤手夺白刃"的本领，便双拳一张，一径的抢上前去。你看他这一路兔起鹘落，窥瑕抵隙，竟将全身隐入敌人剑光中，赤手纵横，全无畏怯。满想着分风擘流，夺取短剑，那知那先生一柄剑神出鬼没，上下翻飞。志学但觉冷森森一团白气在自己左右，兜裹得风雨不透，休说是破绽，便连致人的身影都不清爽咧。你想赤手夺刃，原是个冷不防的巧妙急着儿，若一持久，如何当得。

当时志学逡巡之间，那剑光在志学脖儿梗上"嘶嘶"的绕过两周，吓得志学不由直橛橛立定，忙迫中竟不敢动。这时一腔盛气也不知吓到那里去咧，只得一翻身跳出圈子，恭敬敬向人家敛手示服，便一说瞿先生授艺之由，并深谢自己卤莽。那先生听了，哈哈大笑道："怪得你会内家拳法，原来他也落在这里。俺们自中州一面后，又有好些年不见了。"说着一掀襟，收入短剑。

于是志学情知他是异人，便进前施礼，并叩姓氏。那先生笑道："那见作贼的还留名儿？但俺游戏到此方，虽富者有损，贫者却未必无益。今都不须多说，你既是瞿先生弟子，便代俺致意，但说老孙久候起居。自别之后，老孙还颇颇长进哩！"说罢，略一扭身，已在十数步之外。志学忙道："孙先生慢去。您既合俺瞿师认识，正该过访叙旧，如何便云呢？"那先生笑道："俺两个性儿各别。他那老比丘样儿，俺不耐烦见他哩！"说罢，大袖飘忽，顷刻去远。志学耸望一回，恍若有失，方懊悔自己卤莽。恰待移步，只见那先生又匆匆转来道："今有句后，烦你寄声瞿先生，叫他莫忘掉五月五日呀！"说罢，身形一晃，瞥然不见。

志学叹诧良久，只得悄然踅回店，业已将敲五鼓。稍为将息，便已天明。方在室中净面，便已听得店人传说，昨夜夏老板私宅内又复出了窃案。志学匆匆结束毕，先到小店中一访那打卦先生，店人回说，他从五更头起来，说是赶辛家镇的集去咧。志学心下明白，更不再问。当下匆匆回家，见了母妻，也不提这档子事，便奔向庵中，向瞿先生一说所遇。

瞿先生惊道："你怎的撞着他咧？他说'别后长进'的话，倒也不错。若是他十年前的燥性子，你就险得很咧！此后你切记，凡异服异貌、举动殊常的人，都不可轻惹的。因风尘中奇士尽多，更以剑客一流人往往好混迹市尘。即如这老孙，便是我的同辈，但是他生性过怪，十数年前也合我在中州混了一场。如今却回首前尘，不值一笑了。"说罢，慨然长啸。志学不敢深问，因又说起白光之异。瞿先生笑道："这便是剑气合一的作用。你不须羡慕，但功力深到，自会悟得。"于是志学又转致孙先生"五月五日"之语，瞿先生听了，突的面上霜色凛然，只微笑道："他倒留这份心哩！且自由他，且自由他。"

志学听了，只好肚儿内撒大疙疸。自经此异，越法专心武功。虽自己极力收敛得大闺女似的，无如实之所至，名亦随之，这志学把式之高，早已倾动远近。声气相应，未免就有同道的慕名来访，久而久之，这蛰龙峪一片村落，便隐然有猛虎在山之势。不但左近青皮们轻易不敢来踏脚，便是山巢中大批强盗，也都远远敛迹。志学不消说，自然应了一乡之望咧。但是瞿先生还时时以韬晦诫他。

也是合当有事。一日，志学因事入城，回来路过团林集，觉得口燥，便随步趑进一家茶肆。只见冷清清只开着两扇肆门，那肆主人正在那里眼张失落的探头探脑，一见志学，忙摇手道："尊客改日来照顾罢。今天对不住，全肆座儿有人包去咧，少时人家便到哩！"说着便掩门，不想志学一腿迈入，肆主人忙道："您不晓得，这里就要血淋淋的打饥荒咧，刀儿枪儿没眼睛，撞一下子，该裂着嘴叫妈咧！俺告诉你是好话。"志学听了，岂肯不问所以，因笑道："如此，俺便不吃茶咧，但你这样蝎蝎螫螫，到底是怎样档子事？"

肆主人搓手道："我的二大爷，好啰唆！"因耗子似的四外一瞧，然后小声道，"嚇，了不得！如今大贼罗二捻落在这街东头大店中，州里捕班上朋友缀缉下来七八个。那官中眼线来知会俺，说

76

他们班上人都到此聚齐。您一个老实庄稼人，还不躲的远远的！"说着向西一望，顿旦道，"来咧！来咧！好祖宗，您快请罢！"志学随他视线堂去，果见街西头远远堇来一群。一个个挺胸胂肚，结束劲健，都披着长衫儿，腰间鼓鼓囊囊，似各藏兵器。这时肆主人恨不得来扠志学，不想志学更顽皮，反向正座上一屁股坐下，眙起眼睛，笑吟吟一言不发。

肆主人急道："你这是诚心搅哇！官人们骚嘴烂舌，咱叫他骂两句，合得着么？您要一定吃茶，且随我来。"于是拖了志学，走进靠厅旁一所小小复室，一面抹汗，一面将志学按坐下，道："您可悄没声的，等候吃茶。这房儿是俺媳妇子住的，他闻说罗二捻到来，便吓得跑向娘家去咧。您看俺是说瞎话么？"说着随手放下门帘，如飞而去。

这里志学四下一看，果见靠墙桌儿上镜台、衾具一弄儿俱全。炕上衾枕也颇整洁，墙上还贴着张《月下佳期》的年画儿，睡眼儿开得甚是得神，果然是杨柳青画店中的地道货。画儿下角还插朵纸花儿，志学堇手拔来嗅嗅，居然有些沙油气息。不由一笑，插向原处。方要喊肆主快泡茶来，便听得肆厅中人语嘈杂，并肆主人奔走周旋，乱成一片。

正这当儿，只听"哗啦"一响，一人笑道："李老太，莫怪人家说你是瞎摸海。你百忙中甚么兵器带不得，单单弄条索鞭来，窄巴巴街道，领施展不开咧！"便有一人怪声怪气的乱笑，似乎是李老太。又一人笑道："李老弟本领都在嘴头子上，他哗啦啦耍起索鞭，再加上胡吹乱嘹，定然将罗二捻吓个跟头哩！武大郎架夜猫子，甚么人顽甚么鸟，他这种淹缠人，便用这种淹缠兵器，猪八戒单会打钉钯，这个别人管得了么？"众人听了，一阵乱笑，便有一粗重语音说道："喂，伙计，别只管鸟乱，这当儿宝坻金四哥还没到，这案子怎么办呀？"众人吵道："头翁莫着急，金四爷便不到，咱们好歹也干他一下子。难道案子落在店里，还拿滋了不成！"

志学听了，暗揣罗二捻定然利害得紧，方逡巡间一掀帘儿，要踅出张张这捕头是那个，恰好那捕头一脚跨出，却是志学素来相识的俞友三。原来这俞友三新当捕头不久，所以志学并不知得，当时两人乍见，彼此一怔。只见俞捕头眼睛一转，只乐得大跳大笑，不暇言语，便一把拖住志学，附耳良久，然后连连作揖道："你的本领俺是晓得的，无论如何，你须帮俺一胳膊。如今俺约的宝坻金四这时不到，咱也不须候他咧。"

志学沉吟道："我没见过阵仗，这怯要儿能成功么？没的拿滋了，倒费手脚。"俞捕头发急道："我的殷兄，你用不着客气，你只当救救俺的屁股如何？"志学听了，不由技痒，正在微笑踌躇，只见众捕伙也便一拥都来，不容分说，将志学拥入肆厅中。那个李老太先嚷道："得咧，今天活该咱头子叫响儿，殷爷在此，还等甚么金四金五！"说罢一跳脚，"哗哴"一声，那索鞭又从他腰中拖下半截。众人笑道："你真是猪八戒带腰刀——累赘兵！"

一言未尽，只见一个短小机伶的捕伙匆匆跑入道："诸位该预备咧，那点儿（捕役呼贼犯曰点儿）饮得乜惺惺的，不差甚么咧。嚇，众位要小心呐，他那柄背厚刃薄的鲫鱼头长刀，要让他照顾一下子，可不是顽的。"众人一听，登时有些毛手毛脚，咕咕咚咚，乱抄家伙。百忙中，李老太一拧身，那半条索鞭又缠住腿。俞捕头跺脚道："别乱，咱须想个布置。"志学向众人一望，因笑道："依我看，你们众位都去店四外巡风，只着个眼儿。俺伏在店门外，专等捉贼。至于引贼出店，却须李老兄去挑逗他一下子。并且那店对过，便是极高的奎星阁，最好瞭望，便请俞老兄亲去巡哨如何？"众人道："妙！妙！错非殷爷，也不敢单战敌人哩！"

李老太一听，一搔长瘦脖儿梗，大嘴一裂道："呵呀，我的佛爷桌子，你们一边扇凉风，自然嚷妙，我一家伙钻进店去，要被罗二捻识破机关，一把捉牢，当哴哴那鲫鱼头刀子一响，我这小命儿便似不不登（玻璃质判，甚脆，一名鼓荡子，小儿顽物。博山所出）咧！"众人笑道："这不打紧，谁不晓得你是长脖子。李老太，你只须站在店外，伸脖儿过去，就得咧！他若捉你，赶紧便缩给他个王八着儿看看，定然写意哩！"李老太笑骂道："放你娘的屁！"

大家浑笑之间，志学已随手要过李老太的索鞭，只振腕一抖，"刷"一声打于去，趁势一回兜。说也奇怪，那九节索段只"砰拍"一响，早折叠得齐齐整整。李老太啧啧道："怪呀，真是会家不忙！这家伙俺弄了他许多年，他也没这般顺手过哩。但凭殷爷这一手儿，罗二捻定然倒楣。"于是一拍脑门，登时拿出无赖神气，将小帽一歪，大衫一敞，一弯腰，掏出把腿插子，带在腰间，向志学一挤眼道："走哇！您只远远在店门外瞅着，但看那姓罗的狗娘养的有些不仿佛，您可须照顾俺呐。"志学笑道："就是罢。"

这时俞捕头业已率领众人，分头自去，于是李老太一溜歪斜，拔步出肆，白瞪起两只眼，一路唱起《滦州影》，踢哒踢哒，直奔街东头。这志学远缀在后，便见街坊上两旁店面"砰拍""噗咻"，一阵关门，只有些胆儿略大的，趁定李老太拥去。原来市坊上已风闻得州中捕长前来办案咧。

且说志学张得李老太趔进街东大店，急忙跟去，就门首大槐树后隐住身形。抬头仰望，便见俞捕头在阁儿护栏内蹲伏着，目注店中。两下里彼此一会意，便听得李老太喊道："呃，店伙计，你这是怎么咧？凭他是甚么鸟人，也须讲个先来后到，怎么俺订的客座儿，你叫他占去呢？简断捷说，你叫那鸟客人马上滚蛋，不然李太爷今天高兴，要毁孩子顽顽哩！"

店伙忙央道："呵呀！李爷千万别骂俺，后面还有雅座儿，您屈尊些罢。"李老太骂道："放屁！你就叫他滚出去，好多着的哩！"说着"拍嚓"一声，踢翻一条板凳。志学忙望，只见李老太凶神似站在一个客人案前。那客人有三十来岁，生得长躯伟干，淡黄凹削脸，扫帚眉，蛤蟆嘴，两只凶睛赛如牛卵，懒龙般一条大辫缠住青绸包头，便如印度人模样。穿一身青绸短衣，左倚长刀，右置毡笠，正一只脚踏着椅子，大碗价据案饮酒。一瞟李老太，反倒哈哈大笑道："俺罗某就喜欢人敢骂俺，因为敢骂俺的，便是有骨头的好良朋。但俺看你样儿，强煞了也是个大青皮，俺不值合你呕气，你便扰俺一杯何妨呢？"

李老太还未及回话，店伙早猢狲似的一挤眼，向李老太道："您老请坐，俺给你二位取热酒。"说罢，撒鸭子便跑，一头钻入柜房中，"砰哧"声先关上门。罗二捻登时横眼道："噫，这事蹊跷哇！"一言未尽，李老太一甩大衫，丁字步一站，"飕"一声抽出攮子，大笑道："好小子，你真明白过来，今天捕爷李老太正要捉你哩！"说罢，向罗二捻虚晃一攮，回头便跑，一路大叫道："来来来，咱的人呢？"

志学正在好笑，便听得俞捕头一声胡哨，店四面喊声大作。吼声起处，罗二捻已提着泼风似长刀，火杂杂抢出店门。不容分说，向李老太后心便刺，只听"呵呀"一声，红光崩现。正是：

  剧盗跳梁看此日，大侠发轫在今朝。

欲知后事如何，且听下回分解。

第十二回

擒剧盗志学显奇能
防水患父老议坝务

　　且说罗二捻一刀刺来，李老太一面躲闪，一面大叫道："殷爷爷快来吧！"正这当儿，恰好一个屠肆伙计掮了一担血贯猪脬胞，匆匆走过，被观者奔避，一阵挤，那肆伙吓白了脸，没命一撞。可巧担儿一悠，正撞二捻刀锋上，噗哧一声，那猪血便如激筒，正喷了二捻一身一脸。其余脬胞满地乱滚，被大家一践踏，登时鲜血淋漓，红了半条街。这时李老太已奔向大槐，一张脸子比腊渣还白。二捻步势一紧，一把抓去，李老太一个"妈呀"未出口，只听"哧"一声，后衣襟儿已被二捻撕掉一块。于是李老太情急大叫道："殷爷爷，你这壶子筛的好不热！你再不出来，俺可要骂咧！"

　　语声绝处，忽见罗二捻耸然却步，用一个"凤鱼反跃"式，向后蹿出丈余远。说时迟，二捻脚势方落地，那时快，索鞭一晃，银光乱飐，那志学步法如风，早从槐树后直卷出来。趁势"刷刷刷"贴地三兜，便如个极大月阑，铺地流走。好二捻，曲踊高跃，势如飞鸶，一气儿刀锋下插，护定足趾。方跳出圈子外，彼此间各使旗鼓，护住面门。二捻定睛一看，大喝道："你这村小厮，好不自量！"

志学笑道:"姓罗的,你是朋友,跟人家到案罢。左右你跑不掉,倒落个硬汉名儿,那些不好?"二捻大怒,一摆刀,用一个"晴天放鹤"式,飞砍而进。志学微笑,略拎索鞭,早已放开浑身解数。须臾渐舞渐紧,便如雷光乱掣,直将二捻裹入鞭影中,只相距十步远。二捻一柄刀上下翻飞,专用削掠挑掣之法,想破索鞭。无奈志学鞭法神出鬼没,一些破绽也没得。二捻刀势休说是奋斫进身,便连索鞭都砍不着。那志学舞到酣畅处,又加了一番身段,简直的不辨人索,但见霍霍生风。二捻转怒,也便紧紧刀,施展出平生本领,这一路耸跃劈剁,两人顷刻搅作一团。

不多时,驰逐来往,二捻气力不支。恰好趄近阁子,二捻一跺脚,"飕"一声跃上第二层阁檐儿。方在那里略舒气息,忽觉脑后似乎黑影一晃,二捻急转身,只见志学在第三层阁檐上大笑道:"朋友,你的脚步怎这等懒?没别的,我援你一下罢。"说着用一个"独钓鳌鱼"式,一拉手中鞭,怪蟒似直奔二捻。二捻大怒,急伏身躲过,弯着腰掏镖在手,趁志学收索当儿,他这镖便随着发出,恶狠狠一咬牙,劲头儿真是十足。只听"噗哧"一声,志学大叫道:"不好了!"二捻喜望之间,只见志学一手握肚,攒起眉头,那支镖竟直竖竖挺在他肚儿上。

这时阁下众捕不由失声大叫,百忙中李老太也大骂道:"姓罗的好歹毒!"说罢,一扬手飞起攮子,那知用力失当,只有远下里,没有高下里,"呛"的声平抛出。恰好阁左边有个卖熟食的老太婆,本来就聋天痦地,当殷、罗两个交手当儿,直然把他吓呆。这时只两手护着食摊子,两只老腿索索乱抖,口中颠三倒四价念豆儿佛。正没作理会处,忽见明晃晃大攮子横空刷来,不由大叫一声,连身扑倒。摊倒物毁,鸡零鸽碎的闹了一地,甚么芝麻糖咧,烂酸梨咧,倭瓜子咧,夹糖糕咧,还有小儿顽的泥人土马,并破筐中盛的针头线脑、破鞋烂梳,大概他一份家当都在这里。

当时老太婆一阵心痛，直比要他命还难受，登时把心一横，吓也忘掉，方母夜叉似的爬起来大哭大骂，这时罗二捻忽狂吼一声，一个倒栽葱，早由二层阁上滚将下来，"吭咪"一声，正摔在老太婆身旁。虽摔得发昏，还要挣扎逃命，方晃荡荡忍痛站起，老太婆大叫一声，业已扑上，不容分说，先照脸"呃嚓"一把。罗二捻脸上登时五个指甲印，热血直流，方要摆脱，已被老太婆拦腰抱定，一个坠都鲁，两人同倒。老太婆豁出死力气，拖定二捻，满地乱滚，再也不放，遂向二捻肩头脖项上乱咬乱啃。于是众捕役蜂拥齐上，刀背铁尺一阵响，先将二捻双胫敲折。

这时老太婆闪在一旁，还是大哭，李老太方要拖开他，只见俞友三顶着一脑袋尘土蛛网，乐得手舞足蹈的跑来，道："不打紧，他损坏之物，俺都赔你就是。"众捕一望，知他吓得在阁子内乱钻乱藏，便都忍笑会意。便七手八脚将二捻捆定。一看他胁下，却有一处镖伤，鲜血流注。众捕方在略怔，俞捕头却眉飞色舞的说道："你们见事就迷，吓得模模糊糊，那里晓得这厮跌落之由。俺在阁内预备着打接应，瞅得好不仔细哩！便是罗二捻见那镖挺在殷爷肚上的当儿，他一惊之间，殷爷便取镖回敬咧。哈哈，殷爷本领，你们是摸不着大门的，他那肚皮竟可以吸住钢镖，便不是金钟罩，损死了也是铁布衫法儿。你看这些路数，瞒得过俺这双眼么？"众捕听了，不由暗笑，便吵道："不用说别的，便是你老这副胆子，也是顶呱呱的。只合二捻隔一木槅儿，既留神打接应，又瞧得这般仔细，非神闲气定不成功哩！那么殷爷究竟跑到那里去咧？"

一句话提醒俞捕头，这才仰首四望，并且喊唤。那知乱了半晌，通没人答腔，只有李老太那条索鞭挂在奎星阁匾额上。于是大家惊惊诧诧，爬二两人，去取下索鞭，绕阁喊了回，也是不见。大家正在猜疑，恰好那茶肆主人跑来道："殷爷命俺致意众位，请自办公罢，他已蹓去好半晌咧。"于是大家痛赞志学一阵，便押解二捻进城。这且慢表。

且说志学趁高兴捉获罗二捻，本没搁在心上，那知到家的次日，他这段事业已传遍村中。大家争相探询，甚是麻烦。初时志学还不肯认账，不想过得三两天，那俞捕头竟盛具礼物，踵门道谢。这一来，志学隐瞒不得咧，登时远近村落中，添枝加叶的传说起来。顶讨人嫌的，是本村人顷刻都拔起腰板，但提起志学，乐得他屁股都要笑。每逢集会，定要快谈这档子事。其中老年人便掀髯笑道："如今咱这一带村庄，可不怕北边一带村庄来欺负咧。提起此话，有四十年光景。那一年山水盛涨，咱这一带村庄是集合人，守护金雷坝。北边村庄人是想偷决金雷坝，三不知他邀了一伙打手来。"说着沉吟道，"那打手头儿，俺可忘了叫甚么咧，总言之，扮到戏场上，不像华德雷，也像费德功。那小子胳膊上怪肉横生，小鬏一挽，光着贼脊梁，提一把泼风刀，一跳丈把高，直不容咱们的人去登坝。后来归根儿被他们决坏坝，咱这一带都吃了大苦头。虽两下里打起官司，将那打手头儿打了解递，咱们这场横亏总算白吃。如今咱村里有志学，这等亏是吃不着的咧。"

大家胡吵不打紧，康氏知得此事，早吓得腿儿都软咧。一想自己只靠着志学，如驾海金梁一般，他这等轻身忘亲，倘有疏失，那还了得。当时又是怕，又是气，不由愤悒不食。志学夫妇慌了手脚，便两口儿长跪榻下，志学痛陈知悔。康氏流涕道："你忘掉你爹命你习武功，是为防身保家么？古人说得好，亲在不许友以死。肝胆性命之交，还须为亲屈，你合俞友三不过寻常相识，便这等忘身殉名，倘或你有失闪，真个一死，等于鸿毛哩！细按起来，你纯是好勇斗狠之行，似此立身处物，安得不令人忧念呢？"

一席话说得志学后悔不迭，便道："娘呵，不须忧念，孩儿尽已知悔，此后但当学一忍字，谅不致忧及亲心了。"康氏道："这又不然。俺虽没读书，不识道理，但俺常听你念诵《论语》，有甚么

'见义不为，无勇也'的句子，可见是真正大勇，须由义起，若义之所在，俺又何尝不许你好勇呢。即如你帮俞友三捕盗，未尝不沾些义气，但这义字未免太狭隘，就流于意气用事了。"志学听了，欣然受教，康氏这才欢喜，起居如常。

不想瞿先生知得此事，也大大不悦，瞅空儿将志学诰诫一番，大概便如康氏言语，又说道："吾术甚尊，何得这般亵用？倘救人生死，或捍卫地面，或除一恶，一方蒙其惠；或行一义，天下被其泽，如此用吾术，方为得当哩。即如吾回忆当年，自揣来还不算亵用吾术，然而至今俺还自憾太露光芒哩。所以你遇的那个孙先生，还特特的烦你寄声，如今想起来，当年也未免孩子气哩！"说罢，默然趺坐，但见炉篆徐袅。

这时为七月望后，月色如昼，跨院中一片空明，树影被地，柯叶凌乱。志学一面屏息侍坐，一面怙惕那孙先生端的好剑术。须臾瞿先生张目便坐。志学不由问道："怎的那孙先生，便能剑气合一呢？"瞿先生道："唔，他的本领原不在我下。"志学不敢再问，当时辞归内室，只见妻子福姑对了案上一封信沉吟闷坐，志学因问道："那里来的信呐？你为何闷闷的呢？"福姑道："这是俺父亲托人寄来的信，请你有暇赴京顽顽。末后提起俺家那主人家来，不幸那老主人去世，少三人吃喝嫖赌，很不正经。刻下便渐渐向俺爹伸手儿，勒索钱文。我看将来是块活病哩。"志学取信一看，果然有这段话，因笑道："公子哥儿脾气，将来经经事故，也许变好哩。但俺没事没故，去逛京作甚？"夫妇谈了一回，也便安歇。

从此志学一心羡慕剑气合一之法，便纳着头练习工夫。等闲价更不出门，偶有以武力过访的，志学只谦退不遑。便是这年七月末当儿，忽的热不可当。赤日灼空，人如坐在蒸笼内一般，一连三四日，大家都瞻云望雨。村中老辈人便说道："热极防霖雨，这须不是好兆头哩！咱们宁坝防工，须早些操持，不省得临时乱抓瞎么？"

众人道："正是，正是。"于是村中父老登时便召集村众，在本村社庙中商议起来。好在防坝会务都有老底账的，某姓管某段，各有定规。便是应用器具，如竿挠春畚之类，也都存的现成，只须着手扎缚塞漏柴料，且搭盖守坝的棚铺，便停当咧。

当时由两位首事父老分派一切，众皆唯唯。志学站在人背后，方听得怪有趣儿的，只见一位首事拍膝道："哟！俺就忘煞咧，如今还有一件要紧事哩。"大家听了，不由一怔。正是：

未雨绸缪虽作计，一方保障属何人。

欲知后事如何，且听下回分解。

第十三回

徐辅子侨探韩昌庄
小白龙凶抢金雷坝

且说大家一正之间，那父老道："如今诸务粗备，只须准备北边各村人再来使坏咧。倘不幸果有偷抉坝的，北村人一定还是恶作，集拢些无头光棍，前来厮并。如今北边习气更坏，各村中聚赌窝娼，混混们单讲'杀打砸拉（平声）创'。其中很有些著名的大混混，也打得好拳脚，平日价带刀横闯，没人敢惹。如小白龙吕二，阎王舅高长腿，还有花胳膊丁八，都是从血淋淋盗案里滚出来的。倘北方各村招集这些人来硬作，咱们也须想个计较才是。"

大家一听，许多目光不约而同的都集在志学脸上，于是同声道："这不须再议，只好烦殷兄单当此任了。殷兄只须站在坝上，真比写一纸'姜太公在此，邪神退位'还灵哩！他们便吃了大虫心肝豹子胆，敢来怎样呐？罗二捻何如呢？"志学听了，想起瞿先生并母亲诫训之语，连忙谦逊，并陈己意。父老齐声道："这不打紧。如今捍卫桑梓，正是义举，俺想尊师合令堂一定许你去。"说着，便公推出两位父老，即刻走瞿先生处并志学家，用合村名义，恳陈一切。

这里众人依然分布防务，一般的订口号，约明水警鸣金，贼警吹箫，一切进退悉听志学指挥。更选善泅水的十余人，担任坝上坝下巡缉，每人一杆八尺长的白蜡杆，提灯持具，准备夜间擎灯护坝。又于堤中间议筑瞭台，以便远觇金沟来路的水势。

正分布得井井有条，那两位父老已忽然趱来。大家一见他两人颜色，便簇推志学道："这事定然成功咧，你便登坛点将罢。"志学笑逊之间，两父老一说瞿先生并康氏之意，果然是慨然应允。却有一件，不许志学伤人。志学听了，颇为踌躇。众人便噪道："俗语说得好，打蛇打七寸，叫他知咱们的利害便是咧。好在殷兄手法，轻重间很有分寸，不会失手的。"一人道："哼，这也难说。如果打起来，枪儿刀儿的硬碰硬，难道器械上还有眼睛么？"先发话的那人便道："不是行家，少说利巴话。你想殷兄手法，连人身上点点穴道，都一点一着，有甚不会拿筋节的？你当是像你锄大地、耍锄杠，没些分寸？"两人一阵顶嘴，都有些粗脖子红脸。

正这当儿，只见座中站起两人，哈哈大笑道："你二位莫争执，俺倒有个浑打算。只须俺两个跟定殷兄，殷兄对敌，但往水里打落，俺两个便如鱼鸳子，专管捉活鱼如何？"众人一看，却是赵甲、钱乙两人，素常在州东滦河地面捕鱼为业，水势精通得很。那滦河中有个极深所在，名为偏凉汀，水黑如墨，时露光怪。据土人传说，其下有个戴缨帽、拿小锤的"大哥"（俗谓王八精，必作此状。一笑）。钱、赵两个都曾在此处显过本领，那赵甲有个儿子，方八九岁，名叫赵柱，已然在水中如住姥姥家一般哩。当时众人齐声道："妙，妙，这捉人法儿再雅致没有咧！"

志学思忖一番，也便无话。一看父老们已分布停当，志学便建议公推一人，专任侦探，赴北方各村打听消息。父老赞道："这正是要着，俺看这事儿须得徐辅子去咧。"此语脱口，大家眼光又集到一人身上。只见墙角下父老座后，站定一个瘦筋干骨少年，有十六七岁，生得黑渗渗的脸膛儿，高鼻梁，深眼睛，两腮如削，碧荧荧双睛，委实有些精神。穿一身粗布短衣，间有破绽。全副精神都注在志学身上，时或低头整整衣襟，似乎叹息。原来此人便是徐辅子，为人机警伶俐，更兼老成。他本是京南枣强县的人。他父亲携他卖笔为生，在蓟州一带流转，合蛰龙村人甚是厮熟。所以在村中置几间草房儿，就落起户来。徐辅子十三四岁上，他父去世，本没积蓄，只得卖却房儿，办过丧事，辅子便在村中胡乱作个短工儿，将就度日。且喜他不但勤事，更且很有气力，工资既不计较，饭食也不挑剔，并且千伶百俐，凡吩咐他作某事，一提头儿，他就知尾。因此合村人都喜他，每日佣工，再不脱空。他是个饱尝困苦的少年，所以历练得机警非常。

当时众人道："好哇！这探子一事，非他去不可，只须扮个拾柴的小厮便好哩。"辅子微笑道："既是诸位伯叔用俺，俺自有道理。"于是诸务粗定，大家又互相策勉几句。那歪脖儿太阳真烘得火似的，大家不免又替禾稼担了回忧，即便挥汗而散。议定如有大雨，便着手护坝。这且慢表。

且说志学一路思忖，趱回家，见过母亲，康氏自然又叮咛一回。须臾晚饭毕，那热气蒸得人屋中坐不稳，便大家露坐天井中，扇不停挥。初更过后，忽的凉飕飕起了一阵微风，但见西北上涌起几点黑云，在空中略略舒卷。福姑在康氏背后，挥着扇儿道："这光景，还许真有雨哩。"一言未尽，那风势渐来渐大，突的一个大旋风，黄塔似的，势如奔马，由东南刷向西北。顷刻间，旱埃弥空，长风四起，寥寥萧萧，越刷越大。天空絮云登时四面乱翻乱扰。再看西北几点乌云，业已横铺开，齐压压黑了半壁天，随着风势，隐隐隆隆，声如闷雷，并兼黑云下一片白茫茫，下接平地。转瞬间，云头箭驶，布满天空。那风声怪吼，简直像排山倒海。

这时志学早扶康氏入室，康氏道："天气不好，你们也歇息去罢。"福姑方忙碌碌移进坐具，合志学奔向己室，只听得"劈劈拍拍"一阵响，胡桃大的雨点夹着栗子似的雹子，业已疏落落下了一阵。志学方掌灯下窗，便听得"刮剌剌"一声霹雳，风势顿收。只有那雨倾盆似倒将下来，一条条电光闪闪烁烁，从湿云中奋迅而出，那闷雷合雨势便如万鼓骇震。福姑便觉小屋摇摇，如浸在无边波涛中，不由竟有些怕将起来。志学拍掌道："果然老年人见识到，你看真个有雨，那护坝的准备，就许用得着哩。今晚且睡个凉爽觉儿罢。"

于是夫妇就枕，一丝丝雨气吹入，好不快活异常。但闻那雨声时紧时慢，福姑便道："雨虽大，只要不连日淫霖，便不要紧。俺但愿坝上没事故，不然拿刀动杖的打起架来，是顽的么？那一年北京混混们打降，俺父亲在店门首，亲眼见一个混混被人斫的血葫芦一般。他还摘下大腿上的烂肉，嗍嗍的唤狗喂哩！将来你到北京，千万不可惹他们。他们是死蛇缠腿，讨厌得紧，合你硬不过，便来软的，非把你算计了不可。"

志学道："俺听说他们里面，也很有意气男子。如许茂德毁家返成友之丧，吴介石徒步送亡朋之女。这些事儿，上些年很倾动一时的。不过他们里面鱼龙混杂，鸟眉画嘴，正经人不去接近、教训他，所以人看他们都如臭狗屎一般。其实也不尽然。像许、吴两个，不是响当当的好脚色么？"福姑道："虽如此说，终是披沙拣金哩。俺听说一段事，好不歹毒，便是南城里有两个混混，为争一个娼妇，一个混混财力兼大，那娼妇未免偏爱他点。那一个怀恨在心，一日持刀，闯入娼妇室中。"志学惊道："定然伤人咧？"福姑恨道："伤人是不用说，但他那刀子单穿人家不便所在哩！"志学道："唔，唔，这倒是混混本色了。"

夫妇一面闲谈，一面倾耳。雨声业已落得不紧不慢，但闻檐溜玎玲，阶下潺湲。志学起来，从窗中望望，康氏室中业已熄灯，方从新困倒，酣然睡去。

次晨醒来，福姑业已梳洗得光头净脸。雨势虽住，只是那天色浓阴得就似滴水，微溜溜东南风一催，早又潇潇飒飒落将来。志学合母亲吃过早饭，方想取雨具，赴社庙中望望，恰好会中两人冒雨跫来道："今雨势不妙，怕闹淫霖，会中业已先遣徐辅子赴北方各村咧。如明日雨势不住，大家便从事护坝哩。"说罢，又分赴别家知会一切。志学望望天色，雨势又密。过午之后，便似翻江倒海，直落至日平西时，方才淅沥渐小。院中水流不迭，竟有入屋浮灶之势，闹得志学当晚也没好生睡，便准备出雨衣帽。次日绝早爬起，幸那雨势已微，便匆匆奔赴社庙。出门一望，只见全村已涵浮在雨气空濛中。一路之上，便遇着六七村人，都是赴社庙去的。

于是大家奔去，会中人早已十到八九，大家正在那里刮刮而谈。众父老便已分派一切，一见志学，都道："咱们今日便须轮班守坝，就看这雨势，端的危险哩！"于是鸣钲聚众，各携应用之具，纷纷登坝。那赵甲、钱乙早已跫来，便跟定志学，登坝指挥。这时大家先分筑各段棚铺并中段瞭台，不过用杆木纵横支架，上覆芦席。俗语说，众擎易举。不消半日，都已停当，便又七手八脚，扎缚塞料。好在大家都有"其鱼之惧"，不比磨官工儿。

话休烦絮，一连两日，都已粗粗就绪，那雨也始终不止。看那坝下，早已一片汪洳。便是村中平地下，也竟时时冒出泉水。大家知雨气引动地气，大有发水光景，越法慌了手脚，便赶紧加了夜班儿。灯笼上虚覆油笼帽儿隔雨，入夜之后都挂在白蜡杆上，十余步一人，一条烛龙似布满长坝。那瞭台上更置三个大红灯，没事时只升一个，如有水警，便三个都升。原来这一带的村人都来协守，不过推蛰龙峪作个主脑罢了。共计不下数百人，钲柝相闻，好不热闹。村中妇孺都执炊饭送饷之役，一个个泥头泥脚，大筐小篮的，更番到坝。便是如此光景，又过得三两日。那雨虽不大，却淋淋浪浪，更无休歇，水气涵空，上下一色。其中解事父老，便知不妙，百忙中还不见徐辑子回报信息。

这日天色将晚，瞭台上忽然群噪起来，登时鸣金警众。志学大惊，倏登坝上，向北一望，只见那金沟接山之处，有十数条白蟒似的水线，由山腹奔注，回旋顺势而下。须臾如铺白练，直压金沟，隐隐然有似风雷。众人失色之间，但闻"哞"的声，吼音极大，水头平蹙起丈把高，登时飞花滚雪，白茫茫直灌下来。那奔驰之急，不可言喻。中经沟口窄狭一束，水势怒飞，前排后蹙，比及出口，漫衍平刷过来。须臾触到坝，反震之音恍若雷鸣。幸得不没坝，有二尺余光景。

　　众人正在乱噪，各作准备，志学东望坝头，只见聚了一群人，忙下瞭台，却是众人围定徐辅子。那徐辅子浑身便如泥母猪一般，扮作个小贩模样，辫紧衣短，十分煞利，手中提着只熟食篮儿，只跑得喘吁吁，气息不定。一见志学，便道："您来得正好，今夜须准备人来偷抉坝。今夜他们便不来，明日准到。俺自到北边，串了好多村落，今早在韩昌庄，方探准确信。他们已集合了数十打手，由小白龙吕二、花胳膊丁八带领，准备了大筏，前来扒坝。那'小白龙'还通点水势，须防他今夜来作手脚。"

　　赵、钱两人这时也跟在志学身后，钱乙道："这不要紧，水中勾当都有俺合赵兄哩！"一言未尽，只听后面一个孩儿奔噪道："钱叔叔，可好挈带俺顽顽么？"志学一望，那孩儿有八九岁，圆团团面孔，十分伶俐。扎着两只髻角儿，上穿油布背心，下面挽起短裤，手持一根戳蛤蟆的铁籖儿，舞得风车似的跑来。志学认得是赵甲的儿子赵柱，方笑道："这等雨势，你如何还来坝上玩耍？"赵甲道："您不晓得，这孩子淘气异常，见了水，通似抓着香饽饽。这两日只跟在屁股后头。"志学不由暗暗称奇，于是合赵、钱并徐辅子走告大家，加意警备。

　　这晚幸得雨儿稍住，志学不惮辛苦，便通宵巡坝。口号相闻，声达里余。三更时分，坝西段乱了一阵，原来墙下坎陷处拉挂住两个浮尸，影绰绰似乎有人。经钱乙下水细看，方才释然。当夜幸没事体，大家闹了一夜。

次晨早食罢，志学合赵、钱方上瞭台，只见数只大筏一字儿冲出金沟口，趁着水势，驶如箭激。不多时，尖锐锐数声胡哨，筏上人一声呐喊，列如麻林，明晃晃刀枪耀目，直奔坝下。为首大筏上站定两人，前一人有三旬余年纪，生得黑紫面皮，虬髯如猬，倒吊眉，大眼睛，赤着脊梁，仅穿一条蛇皮纹的油布裤。右手提一把簿刃厚背的大环刀，左手执一面小红旗儿，迎风乱舞，胳膊一举，早已露出涅青雕花的小青龙儿。这里村众方惊喊道："花胳膊丁八……"

一声未绝，筏尾上一人一振明晃晃三锋钢叉，大叫道："你等认得俺小白龙吕二太爷么？"大家看这吕二，有二十余岁，生得中等身裁，明眉大眼，倒是个漂亮小白脸子。头挽一个得胜髻，上插一支月季花儿，微微颤动。穿一身白绸短衣裤，敞着前胸，里面露出大红缎绣花儿肚儿。这当儿筏势临近，志学更不慌忙，先掏镖在手，觑准中筏儿上一个大汉，"飕"的一镖，那汉应声便倒。于是筏上人一声喊，众筏立驻。赵、钱两个便就台上用一个"顺水投鱼"式，"噗通通"相继跑到坝下。吕、丁二人一怔之间，便见瞭台上飞落一个少年，宝剑一摆，早山也似卓立坝上，微笑道："水灾流行，须想正当防御之法。你这般以邻为壑，情理上可说不通。今日之事，不如好聚好散，免伤和气。"这时筏儿业将抵坝，丁八一望，那少年朴实实的，只当是村中寻常少年，因喝道："少说闲话，便是殷志学出头，都不成功。"志学大笑道："在下便是殷某，咱们结个好相识如何？"

看官须知，光棍眼睛是亮的，又道是光棍不吃眼前亏。丁八这小子是个老光棍咧，甚么风色看不破，他虽不认识志学，但见敌人一种从容神气，不由心下犯起含糊。方在沉吟当儿，那知吕二这厮新创光棍，本是大毛包，满打算这次偷坝，大露其脸，又搭着合雇主们吹嗙得乌烟瘴气，白花花大银子先入了腰包。这时忽见丁八猪尿胞扎针眼，有些泄气，不由哇呀呀一声怪叫。正是：

　　漫笑蜉蝣偏撼树，会看布鼓过雷门。

　　欲知后事如何，且听下回分解。

第十四回

赵柱儿大闹王八坑
瞿先生思瞻斩蛟剑

　　且说小白龙吕二见丁八略一沉吟，便大叫道："喂，丁八哥，你是怎么咧？人家大金大银大排筵，宴请咱们吃喝罢，拣可意的小娘儿搂着睡，端的为甚么呀？好么，这当儿犯含糊！你且闪开，看俺的。漫说甚么殷志学，他便是三头六臂的哪吒三太子，俺也怕不着哩！"说罢一摆叉，就要抢近筏首。

　　丁八一听，这是挤到脸上来咧，于是提刀一跃，飞身登坝，合志学彼此一拉门户，道声："请。"登时刀剑并举，交起手来。但见剑花错落，刀片缤纷，往往来来，吆吆喝喝。剑到处，风雷进响撼三山；刀举时，鬼神哀号摇五岳。换形移步，水银泻地盘滚珠；变局分形，健鹘摩空凌苍昊。两人这一场酣斗，坝上筏上人都看呆咧。丁八武功在外家派中不错，所以耸跃如风，格外显精彩。大家看志学，似乎只能力得招架似的。那知志学纯是后劲头儿，这当儿只用了三分气力。看官须知，内家派专蓄后力，所以终能制胜，断断不用马前抢开门炮的。往大里比一下子，你看当年楚汉分争，那霸王扛鼎之雄，叱咤生风，终不如个浪浪宕宕、老牛筋似的泗上亭长，便是一样的道理了。

当时志学颉颃间，正要一变剑法，不想吕二从筏上看得起劲，喝声好，一摆钢叉，也便一跃登坝。不容分说，竟抢向志学背后，飕飕飕，一路撒花盖顶，只不离志学项背之间。好志学，剑光起处，步法顿变，一路钩拦格拒，力敌两人。身形飘忽，捷于鹰隼。少时全身竟隐入剑光中，但见滚滚白气将丁、吕两个逼得手忙脚乱。

正这当儿，吕二忽听自己筏上一阵嚷乱，百忙中望去，却是钱乙领了蛰龙峪善泅水的数十人，各持短挠，向筏上人腿胫便钩。扑通扑通，顷刻钩落水三四个，就水中捉鸭一般，都捆起来。这一来，登时提醒吕二，暗想道："我好发呆！下水偷抉坝是正经，和他苦斗怎的。"想罢，跳出圈子，一个虾蟆钻入水，从百十步外一冒头，撮唇一哨。其余筏上会水势的，早各持铁锥铁抉，"嗯喇"声跳下六七人，但见水线一起，都跟吕二直奔坝东头。原来坝东头有一处坝身稍薄，往年间出豀子，就在那里。

瞭台上人看得分明，极力鸣箫。只见水线前浪花一卷，登时冒出个半截人儿，头戴鱼皮分水帽，腰带一根三棱铁刺，拦住吕二，大笑道："喂，你这厮那里使促狭去？"众人一望，却是钱乙。原来他早从底下拦截去咧。当时吕二大怒，趁着水势，端叉便刺。只听"哗哴"一声响，却被钱乙闪开，趁势儿撦住叉杆，两下里各逞气力，一个风转磨，将浪花儿溅起丈把高，便如座小小银山突然涌起。钱乙单手捉叉，提右拳便打。吕二喝声好，接住他手腕，只一拉，钱乙趁势撒掉叉，左手一扬，便是个"单风贯耳"。吕二举那只手一格之间，手势略慢，却被钱乙一翻手打落那叉。于是两个揪扭住，各使解数，登时豀的分开，接着便拳脚纷纭，打成一片，水花四溅，闹了个翻江搅海。

钱乙武功虽不及吕二，但他水中工夫却占了上风儿。不多时吕二鬓儿上那朵月季花已被钱乙拔去，却故意的衔在口中，摇头晃脑。吕二大怒，猛用一个"鳅入麦窠"式，往下一沉，意在下取。那钱乙略一偏身儿，却被他捞着腰间的铁刺。这一来，钱乙只得斜刺里泅出丈把远，以避其锋。吕二趁势一个蚱蜢投向东。钱乙方要赶去，只见吕二所率余众一齐拥上，钱乙东拦西挡之间，早望见花胳膊丁八被志学杀得走投无路，那赵甲已磨拳擦掌的准备捉人。说时迟，那时快，丁八被逼至坝沿，猛的一转身，挺刀刺去。志学喝声"着"，一足飞处，呛哴哴踢落那刀。趁势一挫身，来了个"鸳鸯进步"，只听"噗通"一声响，丁八、赵甲同时落水。

这时坝上人呐喊示威，声闻数里，众筏上人早吓得不知怎样才好。于是志学大呼道："诸位好乡邻，不须害怕，此事全在丁、吕，将来自有官中处置，快可本村，自防水灾去罢。"众人听了，登时如群鸭散河，各撑筏子，没命的跑掉。再看赵甲，业已将个淹缠缠的丁八平举起来。于是坝上人拖上丁八。赵甲跃上道："这厮吃了几口水，殷兄快命人给他排水，并唤醒他。俺且去帮钱兄捉吕二来。"说罢，仍然入水。

这里志学连忙命人给丁八控出水，拍唤良久，悠悠醒转。见了志学，只好干瞪眼。于是志学唤人将他送入本村社庙，听候处置，自己忙巡行长坝，一面张望赵、钱两人。好大半晌，却见两人就水中一冒头，赵甲道："你不是追吕二向东去了么？怎的不见呢？"钱乙道："怪呀！俺一点儿没放松他，虽被他带领的人耽误会子，也没多大工夫。莫非他误打误撞的，钻入王八坑里面了么？"原来坝东头有一处塌陷的窟窿，里面不但深杳，更且弯曲，水到这里，就呼呼的打旋涡，俗呼为"王八坑"。

一言未尽，只见浪花微动，赵甲喝道："你这孩子真顽皮煞人，谁又叫你跟来咧？"志学望去，却是赵柱儿挽起两髻，赤条条的只穿件花兜肚，一舞手中蛤蟆签儿，大笑道："那'小白龙'好张大屁股，却被我躲在王八坑外，用这签儿噗哧的一阵好扎，扎得那厮一

97

径的钻入王八坑内去咧。"钱乙大悦道:"好孩子,真是将门出将子。如此,咱快去,时候大了,怕吕二闷煞在里面。"柱儿大喜,一回头,手足分波,早又泅出多远,赵、钱两人也便一径跟去。坝上许多人不由都称异赵柱,有的便道:"健犊能破车。这孩子拧性得紧,将来好了也是他,不好了也是他哩!"

不提众人乱噪,且说村中首事父老们见志学捉获丁八,便先押他同赴社庙,商议处置之法。丁八横眉怒目,大跳大叫,便有个庄汉气不过,提起根大杠子,向他腿弯便敲。丁八咕咚声躺在廊下,趁势儿破口大骂道:"呸,小子们服事爷爷,须给人个痛快,这不是搔你娘的痒儿么?"正在鸟乱,只听庙门口一阵大乱,便有人哈哈大笑道:"丁八哥,你偏我受用了几下儿呀!不打紧,咱们自本自利的骨头肉,卖给他们四两半斤的,胳膊折了袖儿内褪,牙掉了肚内咽,脑袋斫去碗大的疤拉,再过二十年又是这么条大汉子,咱哥儿们满不在乎哩!"

众人一望,却是小白龙吕二,反剪双臂,在王八坑内钻撞的披头散发,泥垢满脸,屁股后头有四五处签子伤眼,鲜血淋漓,被村众簇拥定,喧嚷而来。一见丁八横卧着海骂,便笑道:"丁哥儿,你到底骨头点呀!哈哈,这本是卖命的勾当哩!"正说着,志学赶到,父老们方才起迎,吕二早喊道:"殷志学,俺总算佩服你。但今日之事,请你给俺个爽利,或杀或剐,俺们决不皱眉。却有一件,你要拉俺们到官府跟前,合那群没人味的打交道(骂煞官吏),须防我橛(俗称骂也)你祖宗哩!"说罢,气昂昂挺然而立。于是志学趋进,立释其缚,并扶起丁八,都拉入室。

大家随意坐定,志学道:"丁、吕两兄合俺们并没嫌隙,今不过意气用事,为人所使。方才之事更不必提,便请歇息饮酒,咱们结个认识何如?少时回到北边各村庄,便请代明俺们自卫之意。同是桑梓乡井的好兄弟,那里说的上甚么胜负来。"这几句话好不摔脆和婉，众父老方合声道"正是""正是"，吕二站起，一拉丁八道："丁哥，别装大麻木咧。这才是好朋友哩！你看北村人说的话，都是鸡肠鼠肚，有这等体面交代么？"说罢，两人向志学便拜，志学慌忙扶起。吕二拍胸道："殷爷但瞧着俺们，就此转去，给您传名。将来殷爷若有用俺们处，只须吩咐一声就是咧！"说罢，向大家一拱手，就要拔步。大家还要拉他两人饮酒，两人坚辞而去。

这里大家议论一回。都夸志学处置得宜，便又相与登坝，守护起来。这当儿欢跃了赵柱儿，一个劲儿的向水中翻筋斗耍子。大家见雨势已住，不至出险，皆为欣然。次日天气放晴，水势顿落，原来山水虽猛，是过而不留的。于是大家心头一块石落地，即便撤却防务，各自回家。康氏合瞿先生知事毕没伤一人，更没结怨，自然欢喜。原来瞿先生近年来越法静气，除闲看佛书外，便是静坐。所以护坝时闹得一塌胡涂，他老人家竟没向屋外踏一步。

也是他师弟两人合当缘满。这年八月初十前后，秋稼登场，邻村中有座龙王庙，每年照例的有台戏，甚是热闹。这一带村庄都过这个庙。怎么叫"过庙"呢？说起来是太平风光，却也是一桩弊俗。便是无论穷富户，到过庙这天，大吃八喝，富户们所雇佣伙不但散工，还须准备大酒大肉，请他们吃得惺惺醉眼，毛不下腰，然后每人分给钱文，损煞了每人两吊。他们便一个个穿上新的毛蓝布衫，年轻好俏皮的，便穿身短裤褂，敞披小褂，露出酱紫色的胸膛，逢赦不宥的定要穿牛扎花兜肚儿。这兜肚上面的谷草儿便大咧，甚么鸳鸯戏水咧，四季花儿咧。再考究的，扎成戏出儿，不是甚么《青云下书》，便是闹出《翠屏山杀和尚》，真个神情儿活的一般。这等针工少说着也须半月工夫，都一个个扎括得庄家张生一般，嘻天哈地的去赶庙看戏。

于是本村人更忙得一塌胡涂，先一日，便须大车小辆去接亲眷。无非是七大姑八大姨之类，都扎括得花娘子似的，带着一大群孩子爪子，咭咭呱呱，吵的人脑袋要漏。便这般扭将来，向炕上一坐，专等着吃香喝辣，外带着准备如刘二姐逛庙，就戏场中大出风头。一扰主人家，便是三五天，都吃得油唇抹嘴，临走还须车送驴驮。因此村中有个笑话口语是：接闺女，犒劳作活的。可见劳民伤财，也是件弊俗了。所喜的，就是点缀升平。咳，像如今这等年光，您想这等鸡豚社酒，市有醉人，如何能够呢。

当时那邻村戏场既开，逛庙的红男绿女好不热闹。志学偶然高兴，便向瞿先生道："吾师好多日没出庵门，不闷倦么？今天邻村庙会，何不散散步儿？"瞿先生闻知是龙王庙，忽笑道："真个的哩！俺久闻那庙中有把斩蛟剑，悬在殿梁上间，铸就七星，形如北斗。说是国初时，袁了凡先生（按：了凡先生累任畿东各州县，任宝坻最久，至今父老能言之。相传宝邑署中有一小阁，即先生得道著书处云）曾作过蓟州州官，特铸此剑，以镇蛟患。果然有这事么？"志学一听，不由肚里好笑，却恐怕阻了先生高兴，因笑道："俺也闻得有此剑，却一向没留神，今何妨看看去呢？"瞿先生听了，欣然站起，随手拎起大烟筒，即便同行。

师弟出得庵门，便见游人作队，水也似向邻村流去。瞿先生一面合志学闲谈，一面矫首四望。经过村头一块大坐石，忽慨然道："光阴好快！俺记得初到此村时，曾坐此石歇息，转眼又好几年了。"志学随口唯唯。方到邻村头上，只见自己街坊上一群妇女，手持高香，从岔道上慌蝴蝶似的趔来。一见志学，都扭头折项的笑道："殷弟弟合先生逛庙也高兴么？这倒巧咧，少时到戏场中，有那种没人样的半标子，见了女人家便直眼，专以挡人道儿，挨挨擦擦。殷弟弟前面开路，给他个打着走不好么？"说罢，一路嘻哈，小脚儿跑得飞快。其中有个小女孩，梳着双髻，跑过去，忽回头瞅着瞿先生，悄笑道："偌大年纪的糟老头子，还逛庙哩！"

瞿先生听了，不由大笑。于是慢步进村，先到戏场下徘徊一番，只见男男女女，喧杂如市。忽有一群少年联臂一挤，将志学隔开。瞿先生退闪之间，一抬头，却遇着本村两个父老，不容分说，拖着瞿先生便进茶棚儿。瞿先生推却不得，只好大家茗谈起来。这且慢表。

且说志学从人丛中张望一回，不见瞿先生，以为先生意在斩蛟剑，必趓向龙王庙去咧，于是也便一径赴庙。刚到庙门前，只见围了许多人，乱嚷乱闹，有的攘臂道："甚么鸟游学的，不去串书馆，却在这里撒野，先敲断他腿再讲！"正乱着，群人一闪，"唵"一声，挤出一队妇女，嘻嘻哈哈，挤得身儿都似个莲蓬老。一面整衣掠鬓，一面乱笑道："好晦气！好容易来逛逛，偏逢着野行行子来捣麻烦。你看主持和尚本是个酒糟赤红脸，如今气得愣怔着眼，只管颠头播脑，好不难看。咱们快绕向庙左角门儿去罢。"

志学一望，便是自己街坊们，方要进询所以，其中一个小媳妇子累得粉黛淫淫，两腮红红的，百忙中鞋子倒褪脱，赶忙弯腰提好，不由咬着牙儿恨道："俺万辈子也不逛庙咧！怎的殷志学这蛋蛋子也没到，他有把子气力，若在这里，咱们先挤进去咧。"于是志学从人丛中一冒头道："噫，某嫂儿莫抱怨，俺方才趓到哩！"小媳妇登时脸儿飞红，方要没口子诉说，只见众人"唵喇"一闪，突的亮澄澄先冒出个光头，却是本庙主持，业已气得红虫一般，只管颠倒价勒那大袖，乱噪道："好么，你是甚么野人，就想搅闹庙场？给你两串钱还少么？既这样，俺去寻会首，拴起你来！"

志学跑近一问，那主持气急败坏，只管干张嘴。于是志学分开众人，向庙门一看，却是一个瘦皙皙的汉子，生得骨干森耸，眼带凶光，满脸风霜狠厉之气，是个常涉风尘的光景。头戴瓜皮便帽，却不见辫儿拖下，左颊上一处剑瘢。穿一件石蓝粗布长衫，脚下却穿双很时样的青缎新快鞋。左手持一卷对联，右手挂一柄铁把伞，似乎游士，又似泺乐一苔的把式匠。正堵着庙门，冷笑道："俺历过多少州县，只有你们这所在不开眼。一副字联，只挣你几钱银子，如何还向俺掂斤播两？难道十方施主的香资，只供你出家人吃酒赌钱养婆娘？俺今非要十两头，便不去咧！"说罢，素性掖起字联，一手扠腰，山也似站在庙门，推搡众游人，一阵跌滚。

志学见此光景，更耐不得，便趋进道："朋友，你这便不对，此是公共庙场，如何扰得？依我看，快去寻书馆卖字儿是正经。"那汉子一瞅志学，理也不理，良久冷笑道："俺只待和尚交代，甚么鸟人也管不得。"志学一听，不由气往上撞，因伸手去拖他道："你且躲开这里，再说没要紧。"手儿到处，那汉子顿然一惊。正是：

　　　方拟隐居堪避世，谁知狭路又逢仇。

欲知后事如何，且听下回分解。

第十五回

龙王庙狭路逢仇
豫南道一朝结怨

且说志学伸手去拖那汉的扠腰胳膊，那汉一进力，登时硬如铁柱，滑似水鳅，却见志学手势下处，也就很有斤两。当时彼此一犯怙惙，志学还没在意，那汉子却冷笑道："你这村厮，难道还会些武功么？既如此，咱便较量一下子。"说罢，就庙门倚住铁伞，一个箭步蹿向当场，托的使个旗鼓，将左手搭在右腕，形如木鸡。志学一看，不由耸然，便知敌人也深谙内功。于是一抱拳，趋就下首。那汉子道声"有僭"，即便挥拳而进。

原来较拳一道，都有个礼让的光景，以示好整以暇。志学是本地人，所以趋占下首，暗含着有个宾主礼节。当时志学一摆拳，即便交手，顷刻间各展能为，打了个龙争虎斗。这一来，围拢的人山人海。看到酣畅处，连珠好儿只管震天价叫起来。四下里游人乱挤，争看这场有声有色的全武行。这且慢表。

且说瞿先生在茶棚内正合两父老吃茶闲谈，只见众游人一阵大乱，都水也似向庙流去，一面乱噪："那里的野游学的，竟敢合殷志学放对儿！"瞿先生一听，不由诧异，因辞却父老，匆匆趱到广场前一望。一来人多挤隔，二来志学合那汉搅作一团，瞿先生急切间望不清敌人面目。但见他矫健非常，步法手法真个兔起鹘落，合志学可称旗鼓相当。那拳脚到处，十分有根柱，真比志学还老到几分，不由越法诧异。正这当儿，只见两人从拖扭中霍的一分，各跳出圈子。那志学方要一变拳法，乘势而进，瞿先生一眼望清那汉，不由失声喝道："志学不得无礼！俺瞿某在此，贾朋友久违呀！哈哈，真累你寻俺到这里。"那汉子望见瞿先生，登时眼如熛火，仰天大笑道："原来咱两人一般有相遇时哩！"

这时瞿先生业已排众而进，更不合志学搭话，拖了那汉便走。妙在那汉也不说别的，只拖着瞿先生，取了那柄铁伞，拔步便走。两人脚下一样的着地如飞，顷刻间如两点黑子，没入荒野远林中，竟自不见。大家见了，好不诧异。志学也不敢冒然追去，正在沉吟，百忙中主持趱来，向志学连连称谢道："这汉子好生古怪，若非殷施主撵掉他，这时光还弄不清哩！"

正谈着，游人香客一拥进庙，主持不容分说，一定拖志学到方丈献茶。志学却他不过，只得跟入。偏偏方丈中，许多有头有脸的村人都在那里品茶闲谈，汗气熏蒸，加着各种俗臭气，令人顷刻耐不得。志学心头只怅惘着瞿先生合那汉子，那里坐得住，只吃了盏茶，应酬数语，即便辞出。

方出庙门，想张望瞿先生，只见里把地外林影疏处，瞿先生已徜徉趱来。志学大喜，跑迎去，便问道："先生莫非认识那汉么？您跟他作甚呢？"瞿先生道："俺两个不但认识，十数年前还有点过节儿。如今他特地寻来，只好由他。等回庵再细谈罢，莫误咱们看斩蛟剑是正经。"于是依旧兴匆匆，合志学随众进庙。

这时瞿先生打叠起全副精神，要赏鉴了凡先生留贻的古迹儿，进到殿内，不由睁着眼四下乱望。只见些泥塑的风伯雨师，并尖嘴雷公、大妈妈（俗称乳也）闪电奶奶，好容易望到神龛旁侍女捧着一柄光辉夺目的金鞘剑，用手一叩，只"扑扑"的响，却又是木削成的。

瞿先生直着眼只顾乱望，不堤防侍女脚下坐着个肉瘵似的胖婆娘，方扨伸着鲇鱼脚，嘴里嚼着半段大稍瓜，脆生生吃得正起劲。瞿先生脚儿一抬，可巧踏了他金莲尖儿，只痛得他攒起眉头，恶狠狠瞟着瞿先生，吵道："你这老爷子，望你娘的甚么呀？"志学赶忙拉过先生，仰指殿中正梁道："您瞧，这斩蛟剑突的不在这里？"先生一望，不由合志学相与抚掌。原来那梁上只雕刻成一柄剑靶儿，上篆着"斩蛟"两字。于是瞿先生嗒然兴尽，携志学匆匆回庵。

志学急欲叩知郧汉子的原委，累起请询。先生偏笑而不语，只连日价合志学讲究武功。又从本和尚索得其师觉惠的贻书，先生细看一遍，倒逼真是少林真传。便命志学端正录出，道："此书之义，颇与吾授你内功之术相为表里。俟俺去后，你但潜玩此书，不愁不武功名世。今有切嘱者，吾术切勿妄传，总须其人正大光明，堪以受术，方不致孽由我作哩！"志学凄然道："先生真个就舍弟子去了么？那么毕竟为何，又去向那里呢？"先生笑道："因缘生法，本无固定。缘至则聚，缘尽则散，不算甚么。迟两日后，俺当示汝一切。"

志学摸头不着，便连日宿在宿中，合先生寸步不离。先生却神致如常，不是合村众聚淡，便是合本和尚下棋。原来本和尚生平酷好下屎棋，只要有人对局，他饭都忘掉吃。在瞿先生手下，本是败军之将。这日，瞿先生一面合他谈笑甚酣，一面对局。及至三局棋罢，日影已斜，却都是本和尚赢咧。和尚这一乐非同小可，只裂着肥嘴，向先生傻笑不止。先生起携其手道："俺到此多年，久承吾师高谊。"本和尚笑道："你又来咧，白不赤的客气怎的？"

先生一笑，便携他步出庵门，徘徊一回。又遥望那义地高阜，沉吟良久，忽问道："那里荒冢废圹，想还不少罢？"和尚道："有的是哩！那年六月后，大雨时下塌两处，惹的乌鸦野狗上下价乱啄乱刨，讨厌得紧。"瞿先生面色一肃，忽遥指林影夕阳道："您看咱们两个徜徉此间，便如画图，倘日后有画师写生，只好单写吾师，方觉雅致哩！"说罢，哈哈大笑。本和尚是一蠢人，也不解先生语意。

两人归庵，业已天光薄暮。这时，便是中秋节前一日，不多时，一轮皓月，清光如水。本和尚自归跨院，料理俗务。这里瞿先生便合志学移坐中庭，相与倾谈。先生望月色，慨然太息道："古诗人说得好，良时不再至，离别在须臾。今俺狭路逢仇，业已合他克期在今夜三鼓时分，就那片义地高阜间，一决胜负。负固不必说，胜后俺便当去此咧。"志学惊道："莫非那汉子是您仇人么？如此，弟子便替先生了却他，更不必劳动先生咧！"

瞿先生笑道："你真是少年性儿。你休小觑了他，他从败在俺手中，潜心学艺十余年，志在报复。所以跋涉间关，寻俺到此。俺看他合你较拳时，业已本领大进，幸得俺比年造诣，颇足自信。少时他若不知进退，吾当飞剑立抉其首。你悄悄跟俺张看，倒还使得，切勿轻出，反坏我事。"

志学听先生要去，想起数年师弟并传授武功情意，不由感恩伤别，那泪珠早被面而下。先生笑道："不要作此儿女态。人生离合，何足介意？以后你行吾之术，正大立身，利人济物，作一个侠中正士，便如常在俺跟前侍坐了，何必拘拘形迹呢。但俺还未及传你剑气合一之术，如今只得留为后图。日后俺重来，亦未可知。"志学听了，心下稍为洒然。此时再也耐不住，便询问先生家世、流传异乡之故，并合那汉子究竟是怎么回事。

先生叹道："此节说来话长咧！但俺说与你，却不必张扬于外。俺本莱阳大姓，族中人颇有科第宦游的。俺少年无赖，好习拳勇，以致不为乡里族长所容。便是你所遇的那个孙先生，就是俺那时结识的朋友。他的性儿更加燥暴，合人眦睚不合，即便挥拳。俺两个时时把臂，酣饮于莱阳市中，厌恶得乡人们都攒起眉头，老远的躲开，真有顶风儿臭四十里之势。

"这时莱阳还有个很凶淫的少年，绰号儿'穿花蝶'。但听他这浑名儿，其为人可知。那厮生得漂眉俊眼，专在人家闺阁中用工夫，所为淫恶不一而足。因此莱阳人暗含着，称俺们三人为'莱阳三害'。又有轻薄少年，编成几句口号道：'一杆旗，东门瞿，茅厕石头孙居西。其中有个穿花蝶，翅儿落处娘行啼。'大街小巷间，时时唱动。孙先生听得，气得不可开交，便向俺商议道：'"穿花蝶"这厮如何配跟你我并揾，咱不如除掉他罢。'俺笑道：'那厮多行不义必自毙，咱们且检点自己罢。'当时说过，也便丢开。

　　"也是合当有事。恰巧俺族人有个显官，因贪墨罢官还乡，搂的造孽钱委实不少，在家中广置田园，恣意声色。正快活的没入脚处，不想一病死掉。继室夫人只得二十六七岁，很有姿色，本不是个端正妇人。显官既死，他便张致得甚么似的，不是郊外游春，便是庵庙烧香，打扮得妖妖娆娆，如一朵白牡丹一般。早被'穿花蝶'看在眼中，于是黄夜间施展出纵跃工夫，闯入那妇人室中，居然污占起来。吓得俺族中人连大气儿都不敢出。可恨那妇人不但不羞，反甚是中意，便纵容着'穿花蝶'明来明去，竟时刻离不得他。不消说谤声四塞，远近皆知。

　　"俺那时方应人之聘，在左近县里帮人办点事体。闻得这事，正要趱回家，除掉'穿花蝶'，一洗瞿姓之羞。不想过得几日，忽闻人纷纷传说，'穿花蝶'被人剖腹断肠，死于城外僻道上，凶手无着落，很有人疑是孙某。并说那妇人廉耻全无，像'穿花蝶'的妻子，自应当向官痛哭，请缉捉凶犯。可笑那女人竟居然也奔赴'穿花蝶'被杀之处，哭的死去活来。俺那时听得，倒不以为奇。因那显官死后的当儿，俺曾率领族人，微讽那妇人慎重举止，因那时妇人业已有两个百首的宠奴咧。后来为日不久，终被俺率领族人，硬生生撵掉那两个奴才。

　　"当日．俺闻得传说此事，只怙恃着凶手是孙某，倒有因儿。

正要向友人告两天假，趱转去望望孙先生。一夜晚上，方在独坐凝想，只见帘儿一启，孙先生健跳进来，一身行装，业已背了个包袱儿，劈头便笑道：'痛快得紧，如今方出俺一口恶气。瞿兄，若容俺早除掉'穿花蝶'，贵族还不至包羞哩！如今俺因本县中风声颇紧，要远避些时，咱便别过罢。'说着一拱手，就要拔步。

"俺一见他这番光景，那'穿花蝶'被杀一事，也不须再问咧，便拉他坐定道：'你不必远避，便在此替代俺几天。等俺回县中探探风声，再作区处。好便好，不好俺便索性儿连淫妇杀掉，咱大家走他娘的。反正区区乡里间，也非咱两人久困之所。'孙先生大悦道：'俺缺了一着儿，你便找补上，倒也不错。'于是孙先生暂住俺朋友家中，俺便匆匆回县。

"好狠淫妇，他一见俺，忽想起俺撺掉他宠奴之事，便暗生毒计，竟使人撺掇'穿花蝶'的家人道：'孙、瞿两人原是一鼻孔出气，如今孙某跑掉，这凶手便须着落在瞿某身上。'一面引诱'穿花蝶'家人告官，一面暗使金资，买嘱官中，一番狠意，定要作翻俺。俺抵家方两日，早被官中一索捉去。拷问之下，暂监入死囚牢。"内志学听到此，不由怒气勃然。

瞿先生笑道："俺至今想起来，真同一场儿戏。但是若非这场风波，俺和孙先生也得不到这等剑术。总而言之，还是缘法当然哩。当时那鸟官一连研问几堂，俺虽没供招，他却要含糊定案。俺自思这般死法委实不值得，正要设法越狱，一日早晨，只见禁卒吆吆喝喝，牵将孙先生来。俺在囚室中方在愕然，那孙先生已大笑道：'瞿兄，你将俺新媳妇似的闲置在朋友家，自己却躲在这里受用。须知老孙作事，专讲甘脆，如今俺又宰掉一个，看那个混账东西还能诬赖你么？少时当堂，您要合俺犯执拗，便不够朋友咧！'

"正说着，禁卒牵索手势略重，孙先生瞋目大叱，登时吓得禁卒逼定鬼似的，只嘟念道：'好晦气，俺又遇着个犯人祖宗！'原来自俺入狱，那禁卒通没得着俺好气儿哩。于是孙先生自就别所囚室。俺急欲询知原委，便一迭声的怪喊禁卒，便听得孙先生在别室中大笑大骂。

"少旺禁卒赔笑跑出，便喊小牢头道：'你们小心着伺候孙爷呀！'说着跑到俺跟前道：'瞿爷大喜呀！您这位朋友真算交着咧，这才是格崖崩的好朋友哩！宋江坐楼有话，一人作事一人当，莫教连累马二娘。您猜怎么着？昨夜四更时分，这位孙爷跳入您家那显官家内，捉住那个显官夫人，"咣嚓嚓"便是一刀。登时提了头，奔赴县衙。因时光尚早，便将那人头血淋淋的挂在县衙照壁上。他却踅入县前王老娘豆腐坊内歇坐，一看热腾腾的大豆腐方才出锅，百忙中便要饮酒。王老娘见他脸色不正，略一打沉儿，孙先生笑道："你敢道俺没钱沽酒么？今且给你个当头儿。"说罢，奔到照壁前，提下人头，一径踅回，向王老娘跟前一掷。王老娘猛见，不由失声大叫。这当儿，天色大明，左右公人等闻声齐集，一见光景，只认是甚么双头案件，便向孙先生道："喂，好朋友，但是那对儿的脑袋呢？"孙先生哈哈一笑，略说情节，大家方知，便是"穿花蝶"之死，也是他杀的。如今又杀掉显官夫人，特给您白诬，自甘认罪哩！当时，他到堂，已自家详述一切。少时官儿提您对质后，必然开释，您说不是大喜么？'

"俺听了，思忖半晌，料孙先生是闻俺被诬，他岂肯悄然遁去。但杀却淫妇一事，本是俺意中欲为，俺又岂肯独累良朋呢？正在思忖，官中业已提审俺两人到堂。不消说，争自认罪，但究竟死的两人是孙先生手刃，那官儿只好归罪于孙先生，定了斩决。俺也一时不能释出，便是这数月囚禁，倒将俺火气磨去许多。可见人稍经患难，不算不幸。"

正说着，那本和尚烹了一壶香茗，亲自送来，志学连忙接过。瞿先生笑道："和尚且吃一盏去。"本和尚道："今天准备本寺雇工们明日过节，忙的很，明日再陪先生赏月如何？"说罢自去。这里瞿先生目送良久，方师弟饮过两杯茶，瞿先生笑道："此间井水也被俺吃得够了。但是乍去，这醇朴方外老友，倒令人心头热剌剌的。"于是接说道："当时俺两人在狱数月，恰值恩赦，不消说照例释出。这时乡里间人见俺两个，便如枭鸟一般。于是俺两人慨然出游，孙先生赴山陕一带，纵观终南、太华之盛，俺却浮海，东达辽沈，并流转于燕南赵北之交。所交朋友，不一而足，所以直北一带，俺甚是熟悉。

"后来在邯郸卢生祠内，得遇一云水诠真。年已七十余，紫髯奕奕，走及奔马。见俺偶谈武功，不由大笑，因授俺以内功并及练气剑术。俺留滞邯郸四年余，方要别师他去，恰值满洲大员胜将军保，奉朝命督师剿捻，方招致奇材异能之士，破格录用。俺当时投赴军门，果蒙赏识，便命俺领一队亲兵，护卫左右。从此驰驱于山东河南地面，剿捕捻众。每值悍贼，胜将军便命俺特领健锐，以挫贼势。累次积功，俺已擢为守备职分。

"一日在固始地方，忽逢孙先生领了数千悍捻，势欲包围大营。俺惊诧之下，便忙见胜将军，一说孙先生生平，慨然以招抚他自任。胜将军大悦，即便奖俺数语，立写就招降檄文，命俺亲去说他。那知孙先生早已探得消息，当时孙先生盛陈军容，接俺进营，握手之下，欢悦非常。孙先生座后，侍立着一排妙龄女子，一个个舒眉展眼，略无戚畏之色。

"俺方暗想，难道像孙先生这等人，竟会中途变节，公然作贼么？孙先生已大笑道：'俺只当惟有俺乘兴作贼，原来你也乘兴作了官咧。咱两人这等顽法，倒也别致。'说罢，拖俺入座，屏退左右。先询俺别后一番光景，喜得他手舞足蹈。然后自述游历情形，俺方知他在华阴地面也偶遇异人，授以剑术。俺两人印证所能，竟是一派。由此看来，世界上尽有异人。志学，你须切记，以后遇着，切不可轻视。当时俺各叙契阔，款洽异常。俺方略说胜将军招抚之意，孙先生取过那檄文，粗阅一过，微笑道：'他也配招抚我？'说罢，丢在一旁道：'这小事儿，俺已有定意，咱痛饮后再细说罢。'于是立命备酒，揎俺就后帐款筵起来。

"酒至半酣，孙先生忽笑道：'咱两个别只孩子气，走咱们清秋大路罢。'说着皱眉道，'俺何尝真作贼，俺那性儿你是知道的，兴之所至，便要顽顽。自俺入贼中以来，暗地里也不知保全了多少良善，即如方才那队少女，却是俺硬生生从各悍贼手里夺得来的。如今俺便回避胜将军，早晚间俺依然遁迹。但是瞿兄在官军中，若认真去奔功名，便大错咧。那胜将军有名无实，骄奢虚憍，并暴愎异常。瞿兄何苦自寻苦恼，咱就此作个漫汗游，划尽人间不平事，杀尽天下不义的丈夫，岂不妙么？'"

志学听了，不由耸然动容，因道："那时先生定从孙先生的话咧？"瞿先生拍腿道："俺若从他的话，岂有后来许多波折。"

正说着，只听村柝两下，先生道："为时不久咧，今简断截说。当时俺略一沉吟，孙先生也不再劝，他竟自引众而去。俺如此这般回复了胜将军。将军听了，且信且疑，只得与俺记大功一次，立擢游击职分。过得数月，又转战鲁豫交界处。这时，俺方信孙先生观人不差。原来胜将军果然奢暴非常，大军所过，也不亚如捻匪凶淫。又曾于元旦佳节，大宴军中，因厨子炙熊掌不熟，竟立刻斩掉厨子两名，血淋淋献首阶下。（此系实事，当时文人笔记中数载之。）至于赏罚，任意虚耗国帑，更不消说。俺那时虽略萌去志，还未决然。一日，俺引一队，追逐著名悍捻任天柱于曹衮之间。任贼本已将就擒，却因有一亲兵队长吴守备，被他股悍贼追下来，十分危急，俺拨队救援之间，任天柱趁势免脱。当时俺两人合队一处，进见将军，一说接仗情形。将军自然是叱斥吴某，奖励于俺。那知吴某以德为怨，暗向将军说俺一片坏话，说俺受贿通曲，所以放掉任天柱，并引前时俺去接洽孙先生为证。原来吴某为将军心腹，比俺在军中为先，见俺累立功绩，所以见忌。当时将军不察，竟欲见戮。幸有左右人透给俺消息，俺思忖一番，便留书谢别将军，飘然而去。不想行在豫南道上，竟撞着一伙万恶的凶徒。为首的那厮，便是今夜这个仇人了。"志学听了，不由勃然站起。正是：

　　　　侠徒往事从头数，恶客今宵劈面来。

　　欲知后事如何，且听下回分解。

第十六回

除凶伧迹隐鸿冥
踏御道嗔遭虎视

且说志学勃然站起，瞿先生笑道："你且静听。俺当时虽仗义除恶，却因那厮通念胡为，有碍军事，不止是一方之害，不然谁耐烦去料理他。今且先说那厮生平。

"原来那厮姓贾名佩琪。本是大盗出身，劫夺富裕起来，便一变面目，成了当地土豪。不消说鱼肉良民，走动官府，甚至于抢男霸女，视如寻常。不久捻匪乱起，官中命各处兴办团练，佩琪便借此名目，大招旧党，充作团丁，其余团丁也都是本地匪人。他每出入，前呼后拥。那威势法比本地官长还胜强十倍。那一切的借端苛敛，并威福任意，就不必提咧。譬如恨着某人，便硬生生说他通捻，便登时领人去抄杀净尽。那知他却暗含着受了捻首小阎王张总愚的伪札，署为头目咧。所以官军中消息并本县官的举动，捻匪中无一不知。因此豕突狼奔，闹得豫南一带天昏地暗。

"这时某镇台方奉胜将军之命，统率健锐，合悍捻毛琳相持于豫南。某镇台所倚重的，却是个奇女子李玉姑。这玉姑本是许州农家女子，生有神力，精于弓马，并且警慧非常，深通战术。某镇台慕其名，以礼延聘入军以来，甚得其力。这玉姑生得白皙长大，惯骑劣马，用一柄三尺长刀头的双手带马刀，挥霍如风。每次临敌，总要杀个尽兴。南阳关之战，玉姑领数百官军，却悍捻万余人之众。当时大家传说，玉姑实实有些异术，所以他每逢接仗，总先瞻测天象，并选吉日。但是有人问他这节，他却笑而不答。俺那日行到豫南客店中的当儿，却正是某镇台方才大败，可惜玉姑也被贾佩琪设计陷害杀咧。

"原来佩琪党羽布散得无处不有，便是某镇台左右，也很有几人。于是佩琪一面使人在某镇台跟前诬谤玉姑怎的跋扈，怎的淫恣，将来势力大了，便不可制，怕闹出妖妇唐赛儿的故事，又一面使人在胜将军大营中流言道：'某镇台偏信一个滥污女子李玉姑，不但败事，亦且有伤体统。弄得妖妖娆娆，不像百花公主，便像使芭蕉扇的罗刹女。马前马后，总要跟十几个面首的少年。所以大军中竟如儿戏。'于是胜将军震怒，登时飞札，将某镇台申饬一顿，并命逐去玉姑。某镇台本是个颟顸人，当时接到此札，还没作理会处，不想玉姑早已探得此信。

"这当儿，毛琳方领大股贼众，想要蹿入豫西。当时玉姑早已料及，于是匆匆见某镇台，请作准备。那镇台秉烛危坐，怙惚自己被申饬一段事，有些不耐烦。一见玉姑，惊惶中另有一番妩媚岚姿，不由叹道：'玉姑，你且安静些，如今快莫卖弄这些本事咧！近来因你外间很有些风言风语，竟弄得大帅申饬于俺。今也不必细说，稍停几日，俺当资送你回家去罢。'本来年轻人儿耐不得军中苦熬的，这几句话不打紧，直将玉姑气得面似朝霞，不由蹙起娥眉，慨然道：'怎镇台也这般没主张？但俺感镇台知遇之惠，必有以自见，以杜谗人之口哩！'说罢，匆匆退出，暗作准备。果然这夜贼来劫营，亏得玉姑尽力杀退，虽小有损折，也就徼幸的紧了。从此镇台又一时间离他不得。

"那知玉姑愤己身见诬，已有必死之志。这日探得贼众将蹿豫西，先两日，他便将在军所得的赏给，都侭散于手下人。当时他明知出战不利，却向众将下拜道：'今贼蹿豫西，又将祸延邻省。俺欲遏其冲，以拯一方民命。但俺死后，请诸位急夺还俺的尸身，免遭贼手，保全俺个清白女儿身，便感恩不尽了。'诸将中颇有知他遭诬蔑的，不由都慷慨应诺，立整部下，结束从行。其中惋惜玉姑的，便慌忙报知镇台，欲止其行。

"镇台大惊，忙使人传命，不得擅出。那玉姑已单骑如飞，一声娇叱，明晃晃马刀舞处，早踹向贼队去咧。于是镇台急调大队接应继进。这一来，贼众大败，死伤如麻，一气儿退却数十里。那西蹿要路，已被官军扼守住咧，从此贼势不至西向蔓延，便是玉姑一人之力。可惜玉姑也便力竭而死。众将夺还他尸身，只见面色如生，浑身衣服缝了个结实实。镇台痛惜之下，方恍然自己上了人的恶当咧。这更是佩琪那厮一番奸谋。

"俺到豫南客店的时光，李玉姑方死掉没多日，客人们都盛传这档子事。俺当时暗想，佩琪实非寻常土豪可比，势须诛却。方想探明他住址所在，夜取其首，可巧那厮率领了百余悍党，押了一队头口，上装米粮、军械等物，正要去接济贼众，一窝蜂似的闯来，也落在别的官店中。这时贼众距此数十里，方被官军四围，堪堪不支，若一得接济，岂是小事。

"当时俺探明底细，便伏在要路一处崖隘之后。次日巳分时，佩琪果然横刀跨马，率众而来。当时俺不欲多伤人，便仗剑跃出，挡住去路，大叫道：'俺瞿某非来多事，贾佩琪通贼害民，理当诛却，余众无罪，快丢下头口，各自逃命！'众贼一怔之间，却有两个悍贼喊一声，挺刀而进。俺登时大怒，剑起处，斩掉两人。余众大惊，便乱纷纷向崖右一条河汊旁四蹿。

"这时佩琪便呀一声，拨马抢来。原来他也久闻俺的名字，当时他一面大喝道：'你这厮是个逃军，自己不量，还来多事。今日之事，有你没我。'说着抢刀便斫。他武功虽然不错，但到俺眼中，便不值一笑了。当时俺两个刀剑相见，不消数十合，被俺一剑砍伤马胫，那厮跌落，情知不敌，便没命的奔向河汉，泅水逃去。俺跟寻无迹，只放起一把火，将接济贼众之物烧掉，也便他去。

"后来过了三二年，偶遇孙先生于嵩洛之间。他依然随意游戏，专作些扶危济困的勾当，兴致如昔。因见俺有隐晦之意，因笑道：'俺颇闻江湖人传说，贾佩琪那厮因你阻坏他的事体，以致毛琳见疑于他，竟率领人将他全家都抄杀咧。佩琪幸而逃脱，因此恨你深入骨髓，誓在必报，已下了死命工夫，到处里寻师结友，习学本领。'"

志学恍然道："怪不得孙先生命俺寄声，莫非您截斗佩琪那日，便是当年五月五日么？"瞿先生道："正是哩。当时俺听孙先生说过此事，也没在意，便别过。他任意云游，时时于江湖间留意佩琪，却没声迹。不想事隔多年，他忽然寻到这里。"说着，眉峰间霜气凛然，冷笑道，"想是他恶贯既盈，特来寻他结果场所，都未可知哩！"

正说着，二鼓将尽，那一天月色皎然四彻，瞿先生笑道："咱便去罢。"志学听得这一声，真个黯然魂销，便道："先生除掉那厮，何必定要便去呢？"先生道："你不晓得，他非止一人，业已从见俺之后，便纠合他的党羽去咧。"说罢站起来，略为扎拽衣服，拾起大烟筒，装满烟，火腾腾的吸着，就要拔步。志学诧异道："难道先生不携剑去么？"瞿先生笑道："不须咧。若至不得已，要用时，俺自有在这里。"志学猛悟先生剑气之用，不由暗暗的欣羡得了不得，于是入室内取柄短剑，即便随行。

先生道："你只一旁作壁上观就是。除佩琪外，俺甚不愿多伤一人。"于是师弟两人厮趁出得跨院，瞿先生还遥呼本和尚道："和尚，且命人掩上庵门，俺合志学踏回月就来。"说着趄出庵。行得一箭远，不由回望道："此庵名瞿昙，却隐合俺姓儿，看来也非偶然哩。"两人谈话之间，直奔那片高阜。此时月影穿林，由柯叶间筛银簌玉，但见瞿先生辵步如飞，那筒烟未曾灰烬，已抵高阜。先生就旷敞处徘徊一回，便命志学拣株大树爬上去，就叶茂处隐住身儿。先生道："你无论见何情状，不必下来。"说着，就树身"拍拍拍"磕烟一筒，忽的集气长啸，声振林薄。

须臾，南面上胡哨相应，志学倾听去，便如群鸦掠阵一般，"刷刷刷"一阵响，顷刻卷到二十余个彪形大汉，一色的蓝布包头，土色短衣各，执明晃晃单刀花枪，呼啸而至。当头一人，结束得雄健伶俐，浑身青衣，手执铁伞便如一柄绝大的葵藜骨朵一般，便是贾佩琪。一见瞿先生，便喝道："姓瞿的，你休装惫懒，既来决斗，为何不带兵器？你莫指望俺打起不打倒，须知今天咱是生死交关哩！"说罢，目视众贼，就要齐上。

瞿先生道："却又来咧。你既不按决斗规款，俺何须带甚兵器，便七乱八糟顽一回就是咧。你们便都来，满不打紧。但据你自家说，用了十余年的苦工，若不单独露一手儿，未免淹没本领罢？"佩琪听了，气得只管咬牙，于是举伞一挥，众贼便闪向四围这一片广场里。树上志学只一瞬之间，瞿、贾两人各喝一声请，登时放开门户，都摆动手中特别器械，顷刻交起手来。

志学留神瞿先生这身奥妙武功，只喜得心花大放。但见他钩拦刺掠，从容之至，全是因势为用，浏亮超脱，霍霍生风。器之外更无人，人之夕都是器，那里还辨得出是烟筒是剑。再看佩琪那柄铁伞，也是家数非常，时而以剑法用之，时而以刀法出之，再变化起来，还能用棍棒之法。两人这一路腾踔追逐，顷刻结成一团风气，时露闪闪铁光。这时志学两只眼睛兔起鹘落，看到得意处，几乎失声大叫。

正这当儿，只听瞿先生喝声："着！"佩琪应声便倒，方健跳而起，众贼业已要一拥齐上。瞿先生喝道："俺手下留情，只掉转烟嘴儿，挑穿他鼻孔。你等若不知进退，俺每人赏你一烟锅儿。贾朋友，俺不合你一般见识，你再去学艺十来年，再见如何呢？"众贼一听，只气得乱骂乱噪。正闹着，只见佩琪曲踊大叫道："姓瞿的，咱两个今生算没账咧，俺复仇不得，何必苟生！"说罢，倒提铁伞，向额盖一戳，登时仆地死掉。

于是众贼大呼，四面齐上。瞿先生一看这干浑愣儿，不由又气又笑，便"飕"一声飞起丈把高，大喝道："你们好不知死活！"一声未尽，便提大烟筒，向当头两个大汉略略一春，那两汉包发连薄薄一层头皮早已春落。于是众皆大惊，连忙罗拜于地。瞿先生喝道："你等作贼，本应诛却，此后能洗心革面，俺便饶过你等。"众贼一听，没口子声言悔过。瞿先生道："既如此。你等便将贾某尸身掩埋在破冢之内。"

这时志学业已由树上一跃而下，抱定短剑，站在先生身旁。众贼一望，越法惊骇不定，便都爬起来，七手八脚，将佩琪拖入一处破冢，掩埋停当。其中一个黠贼向余贼使眼色，似乎留意，瞿先生料知其意，因微笑道："你等若不怀好意，想着将来讹诈本村，俺且给你个榜样看来。"说罢，骈起两指，向身旁大树上只一戳，立穿一洞。因大笑道："你等头皮若比此树坚牢，只管来试试。"于是众贼连称不敢，鼠窜而去。瞿先生一抛烟筒，向志学大笑道："且给你作个纪念儿，咱们也别过吧。"

志学猛闻，竟呆在那里，不辨心头是酸甜苦辣，方叫得"先生"两字，只听远林禽噪处，先生已影儿不见。只有那大烟筒卧在月光下草地上。于是志学凄然四顾，村墟阒如，恍恍惚惚，便如作梦一般。良久神定，不由十分感恋，只得拾起烟筒，一步一叹的趱向庵来。这时光入夜已深，便不去惊动和尚，索性趱到家，安歇一宵。

次晨向母妻一说昨夜情形，都各惊叹不置。志学懒懒的趱向庵，只见本和尚正在门前闲望。志学一说所以，吓得和尚颤抖抖的，又是难舍瞿先生。志学携他进庵，先略述先生生平。和尚惊道："怪道瞿先生如此本领哩！"这时志学颠弄着那烟筒，只管出神。和尚道："这件宝物真足以永镇山门了。"如是恭敬敬收藏起来。志学也便踅回。

不多几日，瞿先生大侠之名，传遍远近。志学声名，自然因之大起。久而久之，四方武功家竟有不远千里，命驾造访的。一聆志学议论，莫不心乔。很有些年辈相悬，欲拜志学为师。志学一概逊谢，只家居奉母，以乐田园。循循出入，便似老实庄稼人。

那知这当儿，却有两人倒能经常亲近他。一个是徐辅子，一年中倒有半年在殷家雇工；一个便是赵柱儿。赵甲合志学是前后街坊邻居，柱儿小孩子价，便常来走走。两人但见志学练习武功，都喜好的没入脚处。志学偶然高兴，便合他们略说门径，并都教给他一套寻常拳脚，打着顽顽。这也不在话下。

转眼间过得三两年。这年春天，恰逢东陵上有谒祭大典，苏州正当跸路，照例的须办皇差。这差使非同小可，稍一办糟了，连直隶总督都有处分。当时该管官吏那番忙碌，简直的放屁都没工夫。头个把月，便起民夫，修筑那叠高的御道，数十步设一水桶，扫夫两名，以备常川洒扫之用。距蛰龙峪村头二里多地，便是御道，里正便按段摊派了，修筑起来。不多日，都已完竣。村人踅去一望，果然坦坦荡荡，并且洒扫的净洁非常。道两旁植有标记，只许人行，不许车马等践踏。这时验道的小委员儿还没下来，虽有标记，偶有个牲口走走，也没人管这闲账。按理说，是御道怕踏坏了，其实銮舆到来，前面上千上万的百官扈从，那一阵马龙车水，早践踏得一塌胡涂咧。君主时代，就是这等臭排场，好笑得紧哩！

一日，志学拉了条葱白的叫驴，驮了五六斗大青豆，想给西村里油坊中送去。出得村头一望，只见御道旁有个人，穿着缺襟儿长

119

袍，天青缎马褂，足踏官快式的京靴儿。摘下官帽，一面抹脑汗，一面合洒扫夫说话。志学只当是州里办差的人，也没在意，便一拍驴屁股，直奔御道。一面思忖道："就此横穿过去，好不捷便，若是绕着走，就有十来里远近。"合那驴厮赶之间，那驴已长鸣一阵，前足一奋，竟上御道。志学方骂道："好畜生！"一声未尽，那人已怒吼吼的奔将来，不容分说，向志学劈面便是一个耳光。正是：

相逢无意成结纳，从此京华踏软红。

欲知后事如何，且听下回分解。

第十七回

殷志学游戏惊人
张安仁豪华结客

且说志学见那人一掌掴来，连忙闪开。那人骂道："混账东西！你敢是不要脑颗？这是甚么遢遢儿，却来跑你娘的驴子！拴起他来，交给州里。"志学一听，那人一口摔脆京话，料是个当小差的委员，便故意的怯头怯脑的带住驴子道："你老莫怪，俺是个京东怯白帽子（吾乡俗语，谓村人也），不懂得规禁。"那人喝道："你难道没眼睛，不见标记么？你问问，甚么人的牲口敢走御路。"

志学逡巡道："那么人是可以走的咧。"那人喝道："你这厮还来装傻，人自然是可走的。"这时那扫夫也便踅来道："殷爷，绕两步儿不结了么？"志学笑道："你不晓得，俺这位驴朋友骄养惯咧，走两步，便须俺背他两步，不然他长耳朵一耸，一撅蹶子，脸子一搭拉，是会发暴燥的。"那人听了，方一干眙眼，只见志学忽的一蹲身，钻入驴肚儿下面，两手揩住驴前腿，平站起来，向扫夫道："伙计，豆儿口袋倘滑落了，你给俺拾拾呀。"说罢，举步如飞，竟过御道。恰好那驴嗓子发痒，在志学头顶上只管大叫，这一来招得道旁人无不大笑。那人猛见，也惊笑的了不得，忽一沉吟，赶忙追望志学的后影儿，然后向扫夫询知志学，越法沉吟，便匆匆的又询知志学的住址，方才欣然而去。

过了几天，皇差过罢。这日，志学在家闲坐，只见雇工传进去一个名刺，上写"张安仁"三字，并有四色体面礼物。志学以为又是远方慕访的，只得一面开客室，一面迎将出去。相见之下，转是一怔，原来就是那个查御路的小委员。两人相揖之下，志学还没开口，安仁已大笑道："殷兄端的好武功哇！便是那天御道上一番游戏，也就足见神通了。俺那天唐突之至，恕罪，恕罪。"志学连忙笑谢，便合他相让入室。

宾主落坐，茶罢后，互相款谈起来。志学方知，他世居北京，是汉军旗籍的人，现为工部内的笔帖式。家资富有，性好结纳，为人洒落爽快。谈起武功，也略知一二。宾主谈了良久，竟自十分投机。安仁拍膝道："顶龌龊的所在，就是北京。人要在那里住久了，活跳跳的人都没生气。像您这里，山明水秀，无怪地灵人杰。殷兄这等慷慨人物，北京是没有的。俺这次回京，稍理俗务，还要邀殷兄到敝舍盘桓些时哩。"志学只当他是寻常客气，也便随口逊谢。当时置酒款待，自不必说。随他来的一仆一马，自有雇工们管待。

当时酒罢，安仁还定要以子侄之礼叩见康氏，并见见福姑。志学却他不得，只得领他进见。茶话良久，方才退出。这时外面仆马已备，志学挽留他住两日，他却笑道："不久咱北京见罢。"说罢，长揖便行，忽又回头问道，"殷兄贵村北路上，有个小白龙吕二么？"志学笑道："有的，您为何问及此人？"安仁笑道："左不过闲话罢了。"说着已到大门外。志学看他那仆马，甚是鲜明齐整。于是安仁拱揖告别，上马而去。这里志学也没在意。

不想过得十来天，安仁真个的专人赍书，来邀志学，并携来丰盛礼仪。以外还有八色针黹，敬献康氏。志学看了来书，十分踌躇，因为总是新交儿，岂可便去实拍拍的扰人。当时只得收了礼物，厚待来使。方合母亲商议，要准备回书并礼物，谢却人家，不想杨坦忽的来书，也邀志学到北京望望。并言自己身体有些啾唧，福姑能同来更妙。志学一想，这倒可趁势儿赴京走走，在安仁处只住一两日，圆圆面孔，便搬向岳家，岂不甚妙。只是母亲跟前离不得人，福姑不去也罢，料身儿啾唧，不是甚么大病哩。于是，便置备土仪。外县乡间没甚么稀罕物事，只好像唱《瞧亲家》似的，一头扁豆角，一头大倭瓜，春帚茗帚拿上七八把，并带了两石蛟嘴香稻，分送两家。这种稻是本村的特产，入过贡品的，美其名曰龙泉稻，合玉田县的暖泉沙都著名京师。

当时志学禀明母亲，料理都毕。当夜小两口儿灯下茗谈，福姑叹道："俺料俺父亲身儿啾唧，定是因俺那小主儿不知又怎的找寻人哩！这两年俺父亲那里来人，话前话后，便提俺那小主儿业已将家当花的不差甚么咧。甚么古董儿、书籍儿，都一文不值半文的卖掉不消说，便是三尺高的古铜炉、丈二长的铁梨儿，都抬出去换麻酱烧饼、油炸烩吃，整个的是二憨头、破败星。累次找俺爹硬索钱，这才是个填不满的大漏坑哩。这次准是他又出了花样咧！"

志学道："真奇怪，你说他像个憨头，怎的偏会摆布人呢？"福姑唾道："提起来恨煞人。他虽没用，却有许多京虚子，看他是块肉，早就围着他傍吃傍喝。如今见他没有大油水，便给他出坏主意，讹得钱夹，六家快活哩。他自己倒是个提起一都鲁，撩下一堆的没用货儿。若没那干人狗蝇似的钉牢他，俺爹也早就破笔大钱，给他安置个下半辈咧。如今却真真难办。"志学笑道："他本人既是这样，还可料理。俟俺到京，看事行事，总要免去他缠扰方好。"

福姑喜道："若能这样儿，俺先谢谢你。"说着，真个站起来，道个万福。不想辰氏要由京打件簪儿，特拿个簪样儿来给志学，恰好这当儿，一掀帘儿，倒将福姑脸儿羞得飞红。忙跑过来，接了簪儿，要挽婆婆进来。康氏道："不须咧，志学明天还上路，你们早些睡罢。"说罢，含笑而去。呵呀，您看这作老人家的，多么会体贴小人儿呐！便知这深深一福，不宜老人问及，那么作者也就少说闲话，来个夫妇安歇，一宿无话罢。

且说志学次晨起来，结束停当，一面命御者阿二装车，一面拜别母亲，并叮咛福姑数语，即便起行。自己不耐烦车中闲置，便令来使坐了车子，他却骑了来使的马。不消两时，渡过燕留河，便抵通州。

这北通州是京东的水旱冲衢，三街六市，十分热闹。四十里长的石头大道，直接都门。那时节，南来之粮还没改海运，都由运河中连樯到此，卸载装车赴京。地面上设仓场总督，专管运务。河岸上码头栉比，各有段落。某码头专卸某帮粮船的载，各有一定。当地的脚行夫子等，衣食这条河道的，何止万人。每当日落时分，您到城外运河下瞧吧，真是樯桅如密麻，灯火若繁星。靠河两旁几条大街，嚇，那热闹法就不用提咧，真个是阛阓阗咽，百货山积，娼楼戏园，酒肆赌馆，不一而足。直至三鼓后，还是灯火彻宵，歌吹沸天。更妙的是粮船上的南婆儿，都扎括得淡淡梳妆，说一口脆生生苏州白、扬州话，掩映于灯光水色之间。河风一吹，趁着那衣香鬓影，简直的是到了江浙地面咧。引的许多三五少年，穿梭似的联袂张望，嘻嘻哈哈，无非品头评足。所以这所在，无赖光棍也比别处不同，单把持各码头的，就很有几个哩。

当时志学等就城外落店。午尖饭罢后，偶在店门首闲望，恰好那来使也趸来，因笑道："殷爷骑那马还将就的么？下半晌要进大城咧，还是小人骑了打顶马，方像局面。如今俺且到河边大街上，买条新马肚带去。您何不去散散步呢，反正骡儿喂饱，还须一大会子哩。"志学一笑，即便随他举步。一路上很见些花拳绣腿的少年，联臂嬉游。来使悄笑道："殷爷请看，这都是在北京上不去台盘的乏货，只好在这里充他娘的朋友，各赌场里只好养这群大爹哩。"

正说着，趸近一处大码头，两丈长的大木标上，写"隆祥码头"四个大字。来使一望，登时一阵点头咂嘴。恰好有一群脚夫送一个黑渗渗的少年，方下码头。那少年生得四方脸膛，剑眉虎目，口可容拳，顾盼之间，精神四射。穿一身青绸夹衣，手内搓着两个大钢球，合志学交臂而过。众脚夫遥说道："尤爷，您不须劳步咧，过两天这月份的规例钱，俺头儿便给您送去咧。"那少年遥应道："就是罢。"吐音之间，十分洪亮。

志学方在瞩目，只见脚夫有一人忽见来使，便笑嘻嘻的跑来道："您老好哇！敢又是奉公出来么？如今咱们张老爷可好哇？"来使道："好是好的。"说着拉了脚夫，趄出数步，一阵附耳喊喳。末后，但见脚夫攒眉道："俺只是胡混罢了。这主儿可是善岔儿？那里像张老爷，真体恤苦哈哈呢。他也不论忙月闲月，定规是一月一交现规例。你没见，他方才又喝骂了一阵去咧。多早晚，他倒了霉，俺们还伺候张老爷才好哩！"正说着，码头上直喊脚夫，那脚夫便应声跑去。这里志学不便询问，又合来使兜了个圈子，看他买好马肚带，即便回店。

匆匆上道，果然合来使互易车马。这次志学猴在车子里，老爷派虽装得十足，那知暗含着上了好体面的大当。原来那四十里的石头道，自国初以来，一总儿没翻修过。您想终年轮蹄踏轧，有个不凸凹的么？人在车子里，那颠簸磕撞，别提多么难受咧！作者少年时入都应试，还曾亲尝这种滋味。别的我不晓得，只是下车后，头额上疙疸累累，两手把车柱，磨去油皮，腰胯是酸疼的。更有桩苦处，是屁股上发烧火燎。那像而今大汽车一坐，"哗"的声到咧。可见物质文明没有底止。如今觉着汽车舒服，安知后来不妙法愈新，看汽车如同骡车呢。由此看来，人要求舒服，须从精神上讲文明，人人注重纯洁高尚之道德，自然世界和平，无乱可捣了。

闲话少说。且说志学一路上高瞻远瞩，果然国门气象，又是一番光景。须臾都门在望，便就驱车而入。那来使便一紧丝缰，先去报命。这里阿二也便展施出庄家把式（吾乡俗谓御者曰把式）手段，小辫一撅，腰板一挺，"刷刷刷"接连几鞭，骂那骡儿道："妈拉巴子的，还不快走！"便这等吆吆喝喝，一路好跑。须臾已进张安仁住的那条街坊。

　　志学车中望去，见来使合两个体面仆人在一家大宅门指手划脚的说话，便知是安仁宅前咧。于是跳下车，徒步而进。须臾到门，仔细一看，那宅势十分阔绰。这时两仆业已趋进请安，一个便去安置车辆，一个合来使便引志学进宅。由二门旁一条箭道，弯弯曲曲，又绕了一阵，方到一处小小跨院。里面花木扶疏，帘栊幽静，甚是宽敞宜人。志学入室坐歇，香喷喷上好新茗早已泡好咧。那仆人伺候着净面拂尘，好不殷勤。一望客榻上枕帐衾裯，更是整齐。于是志学向来使道："令主人在那里？便请引俺去见。"来使笑道："您且歇息，主人事忙，敢好也就来咧。这院子坐落在内室后面，是主人习静之所，特给您来下榻，以见敬意哩。"志学听了，只得且嘱来使，将自己带来土仪呈送主人。来使唯唯，即便搭趁着出去咧。

　　志学歇坐半晌，忽想起岳家那里须命阿二去知会，兼送礼物，便唤过仆人道："你且将俺那御者唤来，俺有话说。"仆人垂手道："您有话，只吩咐俺就是。到这院内，须经过内室，不方便哩。"志学不便问其所以，只得说明自己意思。仆人唯唯自去。

　　志学闷坐良久，随手就书架上拿本书翻看，却是《施公案》。正翻到"黄天霸单身入探连环套"一段，方看得有些意思，只听娇嫩嫩一阵笑语，登时进来花脖鸽似的两个妇女。志学大骇。正是：

　　　　燕姬侍客传游侠，豪致浑如太子丹。

　　欲知后事如何，且听下回分解。

第十八回

矜意气燕姬侍客
试品格复壁窥宾

　　且说志学看到黄天霸气慑窦二墩一段豪致，方在眉飞色舞，只听帘钩一响，香风飘处，登时趄进两个妇女，都有十八九岁。前面一个生得丰容盛鬋，含睇宜笑。后面一个却小巧多姿，十分伶俐。一色的华美时装　都笑嬉嬉趄进前，叩头道："俺们是内院侍婢，主人怕殷爷寂寞，特命俺们来伺候哩。"

　　志学一见，到好生不得主意，只得命他们站起。一问名儿，后面那个抢说道：'他叫玉筝，俺叫金锁。殷爷若嫌不热闹，咱索性连珠儿、蝶儿也唤来，他两个头儿脚儿，都比俺煞利的多哩。"志学忙道："快不用罢，只你两人也就此回避为是。"玉筝方掩巾一笑，那金锁已摇着头儿道　"唒，你可是没的说咧！俺主人吩咐了，俺如何敢擅自进去。俺们模样儿便似丑八怪，您也只好耽待些咧。"正说着，仆人端进四色精致荤素茶食，金、玉两个不容分说，便勒出藕也似玉臂，连忙摆在案上，放箸的放箸，酌茶的酌茶，只服事的团团转。志学没法儿，只得由他。

　　少时用罢茶食，两人又整理几席，一会儿请吃茶，一会儿请吸烟，闹得志学书都看不下去，索性抛书，合他们胡拉八扯一阵。那玉笋憨憨的，还稳重些。金锁见志学有说有笑，便登时上头扑脸，一面瞧志学，一面向玉笋笑道："玉姐呀，您看殷爷这气概，不消说别的，便是脸膛上这饱满红光，就比下那黑小子好几色去。他慢说又邀了甚么小白……"

玉笋听了，恶狠狠一瞅他道："死妮子，别胡呲咧，仔细主人揭掉你皮！"金锁一缩脖儿，便搭讪着道："殷爷闷得慌，俺给您唱支曲儿呀！您老便听二黄，听梆子，都成功。可有一样，您老要听迸迸戏、痒痒腔儿，却不成哩！"志学笑道："快不必罢，俺生平不爱听曲儿。"金锁道："那么取骨牌来，咱们闹个打牙牌，再不然合俺玉姐顽一回。"玉笋笑唾道："小蹄子，干么呀！"金锁一撇嘴儿道："下盘象棋呀，你倒想着干别的哩！"玉笋笑着扑过去，一把揪倒他在榻上，便搔他胳肢窝。金锁笑得格格的，在榻翻滚，两只半大脚乱蹬乱踹。

志学笑着拉开玉笋，金锁唧噜爬起，业已脸红发乱，有点急不哧的，摇着头儿，手抹鼻梁，向玉笋笑道："好么，当着殷爷，俺不抖搂你就是咧。那天，咱主人单单叫你到屋内，足有两顿饭工夫，一些声息也没得，你当俺不晓得么？这会子却浪张致。"玉笋听了，笑着要打他，却被志学隔开。玉笋向金锁道："咱别闹猴儿咧，你我织花线顽顽，给殷爷消遣吧。"说罢，由抽屉内取出一根花线，两人对坐于榻，四手递接，口内念着歌儿，便纵横变化的织将起来。原来这织花线，是小儿女闺中雅戏，俗又呼为"织卧箪"，一翻手变一花样，都有名儿，老驴槽咧，马鞍子咧，倒像而今的政局左变右变一般。当时志学负手闲踱，见他两个颐指口念，极目送手挥之致，四只耳环宕来宕去，十分有趣。

逡巡之间，不觉夕阳西下，却还不见主人出来。志学便道："你家主人怎的这般忙碌？"金锁道："俺主人这会子恨不得有分身法接待客人哩！"玉笋听了，便将膝盖儿暗顶他一下，抹搭他一眼，手势

128

一慢，登时搅了个大线团。金锁大乐道："唶，玉姐姐，你可输与俺咧！"说着一跃下榻，两只手插入襟底，向外便跑。不堤防那仆人端了酒馔盘儿，恰一掀帘，赶忙唤道："慢着撞！"金锁一挫身，便从仆人肘下直冲出去。这里玉筝悄骂道："这妮子，就似个慌花儿！"说罢下榻，将酒馔逐样接来，摆列在案。

志学望去，端的十分丰腆，因向仆人道："你家主人怎还如此客气？"仆人道："不成敬意。殷爷想用甚么饭菜，尽管吩咐内厨里，顷刻就停当。"说罢，拎盘退出。这里玉筝方提起壶儿，想给志学酌酒，只见金锁两手击着腰带，一脚踏入，不容分说，便取酒杯。玉筝忙道："小姑姑，搁着你的罢，你那两只手请收拢着罢。"金锁道："一个人撒泡溺，碍着手了么？难道你就不撒？"玉筝笑唾道："呸，等我撒你那张尖嘴！"两人一面说笑，便请志学用过饭，伺候着净手嗽口都毕，两人方将酒饭撤到外间去吃。

这时光业已掌灯，志学歇坐一霎，以为他两个饭罢，也就进内去咧。那知两人虽然入内，不多时却又踅来，并且晚妆得花朵似的，各抱着锦衾绣枕，眉欢眼笑的，向榻上一放，便各自铺设起来。志学一看，这档子事可顽不克化咧，便道："你两个快些退去。俺有个毛病儿，有人在榻，俺一夜也睡不着。"金锁道："不打紧，那么俺便打地铺，您再睡不着，俺玉姐姐还会一手好按摩，您只管仰卧下，叫俺玉姐姐去奉承您一阵，保管周身骨节毛孔眼都是快活的。"志学笑道："实不相瞒，俺是乡下人，不惯你们伺应的。并且一榻挺卧着，也不雅相，你们快快进内为是。"

玉筝听了，便道："金妹，殷爷既如此说，咱便先进内禀知主人，再说罢。"金锁道："俺不去，没的又惹的他（指安仁）吆吆喝喝的，只嚷陪睡，甚么意思呢！好殷爷，只当俺两个是哈巴狗儿，偎着您，有甚么不雅相？"

志学没奈何，沉吟一回，反倒笑了。索性合他们围烛共坐，品茗闲谈。不由问起安仁，既是一工部微员，为何这般阔绰？玉筝道："俺也不甚晓得，只是俺主人家隔个把月，就赴通州去一趟。每次回来，便携好几千金，想是通州有甚么粮产买卖哩。但是近来，有两月余不曾去咧。"金锁接说道："你晓得甚么，咱主人好交接，整年价帮那个，周这个。俗语说的好，人心换人心。每次携来的银子，就许是朋友们送的哩。"

三人谈话之间，已交二鼓。志学料主人今日不出咧，即便解衣就枕。金、玉两个还在灯下鼓捣了一阵牙牌，又给志学递了一杯茶，方才息灯掩帷，登榻同寝。须臾，志学、玉筝都已鼾然，只有金锁窸窣良久，恨的一推玉筝道："你就像几辈子没睡过觉的，真是火绒脑袋，沾枕就着。难道殷爷就吞了你，却只管向人这边偎靠！"嘟念之间，也便沉酣入梦。

看官须知，这虽是一段小小事体，也就是块大大的试金石哩。看官中那位有志学这股子忍劲儿，一定要点头称叹。惟有那种假充文明的朋友，必要笑道："这算甚么，如今男女防撤，光俺的女朋友就够坐几桌的，那个不合俺耳鬓撕磨，携手揽腕？你看俺这忍劲儿，比殷志学总大的多吧？"

且说志学次日起来，金、玉两人伺候着梳洗已毕，便都入内装束。须臾趸来，志学已整冠束带的，命那仆人传话，要请见主人。金锁笑道："依我看来，殷爷随便更衣罢。"玉筝听了，又悄捏他一把。不多时，仆人转来说，主人命他先代请安，午后便出。志学只好呆等。及至午后，仆人回说主人有要公，又赴部里去咧。逡巡间，一日又过。

话休烦絮，便是如此光景，一连四五日，主人通不出来。那饮馔之盛，一切供给之侈，却掉着花样儿弄将来。志学屡想到岳家，并出去散散，一来碍着须穿主人内室，二来那仆人推三阻四，只说是"主人有话，倘殷爷自家出去，便敲折俺腿"，没口子央及拦

130

阻，恨不得杀个鸡给志学看。志学无奈，只终日合金、玉厮混，却也测不出安仁是何用意。

一日，志学委实闷极，便向金、玉道："你家主人盛情，俺已都领。但如此软禁于俺，实实令人当不得。你等便去请主人，如再不出，慢说这矮矮墙垣，便是高大如宫禁的院子，俺都能飞行自如哩。那时俺只好不面而去了。"哈哈，这一急不打紧，却将志学看家本领急出来咧。

那知语才脱口，只见白壁上一幅条单画微微皱动，忽的"拍达"一响，竟由左向右，推入墙内，现出个精巧的小门儿。哈哈一笑，从里面步出一人，正是安仁。不容分说，向志学纳头便拜道："好个殷兄，这才是坐怀不乱的鲁男子哩！只此一节，敢不佩服！俺虽没陪着面谈，但是您清言绪论，俺在复室内领教已多了。"

志学一怔，正在还礼扶掖，香风飘处，从小门内又扭出个三十余岁的佳人，穿一身家常衣，甚是落落大方。后随一个二十余岁的婢女，手捧螺钿广漆盘，内贮黄金百两，大缎四端，笑吟吟置在案上，向志学叩罢头，便合金、玉站在一处。金锁悄笑道："珠妹妹，你每日急得皮猴似的，今天可瞧俺殷爷罢。"纷纭之间，安仁指那佳人，向志学道："这便是贱荆。俺如今讨个大，您便认认这嫂嫂罢。"于是志学慌忙长揖。那妇人笑盈盈万福不迭，一面道："殷叔叔，这几日可闷坏咧，都是你哥子好摆八卦阵。俺前些时，听你哥子说起叔叔来，便知是个英雄哩！"说着又起居过康氏、福姑，安仁便恭恭敬敬指着金、缎道："今俺有事故相烦，区区微物，不敢说是聘仪，不过聊表鄙意罢了。"

志学笑道："岂有此理！无论何事，俺只要办得来，无不从命。张兄若如此见待俺，只好请从此辞了。"安仁还待恳让，那妇人却一瞟他道："这何必忙在一时，且给叔叔收起就是。"说罢，命那婢女端起金、缎，依然从小门而入。"拍达"一声，这画儿又推复原处，还是光光的墙壁。原来这门儿设有精巧机括，内是复室。北京中大宅门儿为防偶值变故起见，常有这般设备的，不足为异。

当时安仁等宾主落坐，那妇人客气数语，便笑道："今天待俺自作几样菜，请殷叔叔用罢。"说着向金、玉道："你两个别只管木头棍子似的站着，且跟我整治菜蔬去。"于是携金、玉由院门穿入内室去了。这里安仁即便合志学相对深谈。志学一问安仁，端的有何事相商，只听"咕咚"一声，安仁登时矮了半截。正是：

　　　事急不妨求友助，情殷何惜拜人忙。

欲知后事如何，且听下回分解。

第十九回

倭仲太一味吹牛
殷志学单指取胜

　　且说志学见安仁长跪于地，惊得忙来拉扶。安仁道："愚兄所求事件，准能办到。如不见许，俺便跪煞在这里。"志学道："就是罢。只要俺力所能为，无不从命。"

　　安仁大悦，这才站起来，从新落坐道："这事儿说来，都因俺有眼无珠，用人不当，以致把偌大一桩进款，硬生生被人夺去。便是愚兄有桩码头进款，还是先祖所留贻的岁收规例，不下数万金，便如地主起地租一般。其实那片码头也并非自己置的基业，实说来，便是凭气力硬占来的。譬如某人占这码头，便须打降许多大小地痞，字号站的住，然后那码头上的脚行头方交你应得的规例。先祖当时很有名气，交接甚广，便延聘了一位镖行中的朋友，名叫白凤亭。一半儿仗气力，一半儿靠面子，占得一处码头。到手之后，直到先父手中，一向相安无事。这时光凤亭已死，护持俺家码头的，便是凤亭之子白英韶。英韶本领也还来得，就是财上黑些儿。俺一切供给虽然如旧，英韶却不甚愿意，便吐露口风，有挟索之意。"

　　志学道："这也是小事一段，但酌加供给就是咧。"安仁扼腕道："谁说不是呢。当时俺念凤亭之谊，也便如老弟这般设想。不想俺门下有个要骨头的朋友，叫任子厚，暗含着想挤去英韶，他插一胳膊。当时他便对俺大扒英韶，说英韶希望甚奢，将来他架着别人，夺你这片码头，都未可知。俺听了未免生气，便厚赠金资，将英韶善言遣去。任子厚方趁势自荐，能以护持码头。恰好有人闻俺遣去英韶，便荐得一个朋友来，名叫尤大威。"

志学听到此，不由"哦"了一声。安仁道："当时俺思忖一番，一看荐书，真将尤大威夸得本领高强，性复耿直。正没作理会处，任子厚知得咧，便笑道：'这姓尤的滥污得很，是九城里没人理的，外号儿火蝎子，谁一接近他，便挨一钩子。'俺当时不加深察，便模糊糊谢却尤姓，就命任子厚护持码头。

"安稳稳过得月余，也没生甚么枝节。不想任子厚得意之下，在酒馆中大吃八喝，请他一干朋友饮酒。中间肆口矜夸，并讥笑得尤大威一钱不值，末后竟假惺惺拿拳砸案道：'尤大威甚么骨头，也来钻门子弄荐书，想天鹅肉吃。你当是白使人大钱钞么？说声有事，真得卖两手，红的是血，白的是汗，给人家挡风挡雨呀！像姓尤的那两手狗儿刨，还在孙子辈儿里哩！'事有凑巧，恰好尤大威也在隔壁座上，同一班朋友饮酒。当时怒吼吼奔过来，就要合子厚厮并，幸得大家扯劝开。大威顿足大骂道：'三日后，你是朋友，咱们二闸上见。你配给人护码头么？巧咧，这码头还姓尤哩！'子厚挤到脸儿上，如何能说不算，只得合人家嚷骂一场，订期三日后，两下里在二闸那里打降。

"俺那时没料到尤大威甚是了得，不然托别位朋友调停一回，也便没事咧。果然三日后，两下里一到场，您猜怎么着？任子厚这现世报爬着回来咧，遍体鳞伤，头面上都是血，并且吐血不止，裂着嘴只管叫妈。俺没法儿，一面送子厚到家，加意调理，一面托人向大威处转圜，情愿送他数千金，求他莫占码头。大威道：'俺合张姓并没嫌隙，俺也非但认银钱。只是俺被你家任朋友挖苦透咧，若这般容易交你码头，俺也对不起帮场的朋友。今简断捷说，只要你寻到能人，打俺一拳，踢俺一脚，俺尘土不沾，拍腿就走。话既说明，不必牵藤蔓葛。'便这样将去人赶将出来。至今，他竟占住那片码头。这种事体，积习相沿，是光棍们互相把持。在官中一方面，每年价还收有陋规。向来是听其自然，不去过问。惟今之计，只好还是寻人折服尤大威。老弟本领，俺过贵乡时早已闻悉，今不必推辞，便请鼎力扶助罢。"

志学一面听，一面点头，至此忽笑道："说了半天，您那片码头究竟在那里呀？"安仁哑然道："你看么，真也把俺闹胡涂咧！那码头便在通州河下，叫作'隆祥'。"志学沉吟道："如此说来，那尤大威俺或者已经见过哩，不是黑渗渗脸膛，很透着精神么？"安仁道："对，对，老弟从郏里见过他？"于是志学一说在隆祥码头边所见，遂问安仁道："这尤大威怎的个来历，张兄能略知一二么？"

安仁道："俺也说不甚清。但那封荐书上说，他祖籍还是淮安人，世习枪棒，并以打猎为业，自其父便在关内外并滦、乐一带流转。其父曾日毙双虎，因此那一带人都称他为尤双虎。其父死后，薄有积蓄。大威因投亲入京，久而久之，便流寓下来。他只有一个老娘，已七十来岁，母子便寓在南城一个小巷中。这大威有一桩好处，事母极孝，打猎所得，尽供甘旨。那南城一带混混们通不敢去拨撩他，很有镖局中人要罗致他，更有京内外大家主聘他护院，他却因老娘离他不得，一概谢绝哩。"

志学道："如此说来，此人倒不像凶猾之辈。他如能听俺劝说，便不须厮并。"安仁道："呵呀，这个怕不成罢？"志学道："张兄失却码头，怎的至今日才想折服他？"

安仁皱眉道："咳，别提咧！俺想他占码头一月，便少进若干银两，岂肯今日方想折服他。俺自任子厚被他打伤后，何曾一日得闲，各处里不惜重金，物色能人。如今也物色到四五位，现都供养在西跨院中。看各人的长相儿、口气儿，都似乎可以，并且大包大揽，满应必胜。只是讲到何日去折服大威，他们却沾皮带骨的，没个所以然。不是这个说：'须等等俺那位朋友，方万无一失。'便是那个说：'俺方学了几手绝户着儿，还未纯熟。'只如此延宕下去。可恨俺是门外汉，武功上岂能深知，只好听人家怎说，便怎好哩。却有一件，他们脾气都大的很，每日总要溜画眉、下茶馆，戏园咧，娼楼咧，随脚子踅进。隔三两日，还须玩玩走马、跑跑热车。一支费用，每人就得十几两。回到院中，不是赌博消遣，便是饮酒作乐，吃饭时一不高兴，便顽个大翻桌。气得你嫂嫂暗骂道：'咱拼着码头不要，也不供养这群祖宗咧！'吃我劝道：'你莫小气，人家既有过人脾气，定有过人能为。'正这当儿，恰好俺被差去验御路，天可怜见，遇见老弟你咧。他们共四五人，不知足供指挥否？"

志学笑道："且莫提'指挥'二字，俺如何肯压人头上。若没有他几位，俺一个帮手也不用。既有他们，俺只好作个后援了。张兄放心，左右俺定不误事。"安仁道："好，好。那么他们现在西跨院，咱就去大家厮见，斟酌办事罢。"

于是志学随安仁便赴跨院。刚一脚迈入院，便闻得正室内有人撇声撇气的道："你瞧咱干这档子买卖，总要拉个下岔儿，太拿足劲头儿，也怕是崩了。如今主人特又寻个怯哥儿来，远来的和尚会念经不会念经，且耽在一边，咱总须作作脸，别让人家叫了响儿去。"众人道："对，对。有你这位老英雄，俺大家一定要沾光露脸哩！"那人登时拉着长声道："你瞧，俺既站在这个辈数上，还用众位嗃场么？"说着愀然长叹道："如今讲绑的力的，那里找当年俺那一把子人去？像西城里沙九爷，后门上阿四爷，还有彰仪门外灶王爷于四把，都是跺跺脚四街乱颤的脚色。像那当儿，俺只有二十多岁，站在老兄弟位子上，只要说是要降服谁，大帖一撒，那人早屁滚屎流的来叩头服罪，那里还用俺动手哇！甚么话呢，创的是名气哩！"众人都笑道："不错！不错！这把子老辈爷们，真是顶呱呱的，如今您真称得起老英雄咧！"那人拿出很沉重的话音说道："是甚么英雄，不过老古董罢了。"众人道："老将出马，一个顶俩。将来去会尤某，俺们先将您的名头揎出，不怕他不尿滚屁流哩！"说着哄堂大笑。

就这声里，安仁等相让入室。只见靠北窗大榻下，横躺竖卧着四个人，正在那里乱吸大烟，弄得烟气腾腾。对厮面躺着两人。那两人一个半压着人家的大腿，那一个抱定双膝，猴在人家屁股后头，四只眼睛都注在烟枪上，看光景业已猴急。都一色的青蓝绸短衣，光头紧辫，横眉溜眼。靠东壁大案，却大马金刀的坐定个五旬光景的人。生得圆油油一张紫脸腔，两撇鼠胡，翻眼撩睛，身穿灰布长袍，盖屁股的四镶倭绒马褂。正眇着眼，似笑非笑，一面点头，一面闻鼻烟道："你们也别说，但一报俺的名头，姓尤的心内损死了，也得折俩个儿。"

正嗙得起劲，榻上四人望见安仁等，早一哄而起。靠东壁那人初见安仁，还略欠尻股，继见志学，只微睠一眼，反索性坐下来。于是安仁引志学向他指引过，又向志学道："这位便是北京驰名的倭伸太倭三老爷，好体面一身硬工夫，的确是当年肃王爷《大力易筋经》的正传头哩。"那倭三听了，慢慢站起，向志学点头道："请坐，请坐。恕俺腰胯硬，不施礼咧。"因向安仁笑道，"老弟，你又给老哥哥装面子，当着远客，又是位大名公，不惹人笑么？真个的属唱《翠屏山》的石伙计，你酒也喝咧，饭也吃咧，有甚么事，该办着咧！（按：该剧肆伙丑脚有此白话。）俺们业已扰你多日，到底咱们那档子事怎么办呢？"安仁道："俺今正以此相商。"说着相与落坐。

这时烟榻上四个人一堵墙似的排坐榻沿，瞅了志学，登时一阵挤眉弄眼。安仁道："依倭兄意思，如近些日高兴，俺们便约定姓尤的，还使得么？"倭三笑道："老弟，为兄要罚你！俗语说，事事由

137

东。俺们干么来了呢？怎还闹使得么？俺就知你一向乌吐着，必要寻到高手压阵，方才发作。如今殷兄既到，还不快露一手儿，难道还等贴金字报条么？"因向志学道："殷兄，您说是不是呀？便请指挥俺们，敬候驱策哩！"安仁笑道："岂有此理！殷兄早说过咧，他不过作一个后手，正场面上，倭兄如何推诿得。"倭三听了，面色稍和，便道："既如此，俺便合尤姓订期便了，顶好还在二闸那里叫他栽跟头，便在作脸地面才写意哩。"众人都哄道："还是倭爷想的周到。咱露劲头，必须如此，方才十足。若在别处，人家只当是寻常打降，便不甚理会咧。"

大家乱过一回当时，便在跨院大排筵宴。饮酒中间，倭三只当志学真个是怯哥儿，于是信口胡柴，畅谈武功。末后唪的高兴，竟正色道："俺如今上了年岁，不爱玩狡狯把戏。若当俺二十年前，合这姓尤的较量，只消脱出俺那话儿，便把姓尤的吓倒哩！"众人惊笑道："那么倭爷创了一辈子，全仗那话儿了。"倭三道："你们那里晓得，俺一运罡气，那话儿简直是从四大金刚身上脱下来的，凭你用铁锤来砸，都没要紧。"说着越法高兴，又畅论回拳派。志学一听，全是江湖溜口，只暗笑得肚痛。当日宴罢，志学仍回旧室，安仁便遣人示意大威。不必细表。

这风声一播，早已哄动许多人。到了两家见面之日，真个是观者如堵，一片拳场中，登时万头攒动。须臾，一阵潮涌，由东面大踏步趱来三人。当头一人穿一身劲装青衣，趁着黑而且亮的脸膛儿，好不精神，便是尤大威。众人喝声彩，一闪之间，大威用一个"丹凤展翅"式，两膊一振，率帮打朋友跳入拳场。一眼便望着倭伸太，端定老褚彪的架子，敞披青绸衫，站在指挥地位上，合那四人正在指手划脚。四人背后却有个朴素乡人，拱手而立，只是双眸炯炯，却异寻常。

大威稍为沉吟，那四人业已揎拳勒袖的嚷道："就是罢，只要你老人家掌住俺们的腰眼，俺们便先上一场。"说着公推一人，向大威一摆拳道："今天这个场儿，也不必鸟交代咧。尤朋友，简直说是你毁我，是我揍你吧。"说罢，也不晓得放门户，只"哈"一声，一捺拳，连蹿带进跑过来，向尤大威便是一拳。大威微笑，身儿略侧，随手带住他手腕，一个顺手牵羊，那人"噗哧"一声，便是个嘴扢地。便有两人接喊道："喂，姓尤的，莫逞强，着家伙吧！"说着四拳一奋，分左右攻上来。大威并不招架，只忽的一矮身形，两人四拳落空，正乱柴棍似的交喵着，未及收回的当儿，不堤防大威趁势一个扫堂腿，其疾如风，两人一声"呵呀"，顷刻栽倒一对儿。恰好先倒的那人方挣扎要爬起，被他两人这一搅，又就势儿躺下咧。三人粪蛆似的一阵闹，观者都哈哈大笑。

倭三一见，真有点挂火儿，偏巧他跟前剩的那一人，见堪堪轮到自己头上，不上云不够瞧的，要上去铁准挨打，便一面盘辫一面道："倭爷，好歹接后手哇！俺看姓尤的，巧咧，就是白莲教，怎么三个人一上场就倒呢，这不邪败气么？"只管噪得起劲，但是那条辫子滑上滑下，寻也盘不停当。倭三一见，不由气往上撞，因骂道："滚你妈的蛋吧！"说罢，一甩敞衣，向那人没头没脸的一扔，"飔"的声，一个箭步，便奔大威。姿势儿虽然猛俊，暗含着早笑坏志学。俗语说得好，利巴看热闹，行家看门道。原来倭三一跃之间，脚底下虚飘飘，并没根柱。这便是扰俗眼的花拳绣腿，如戏场上的漂亮把子，真要打架，巧咧，就许挨捶哩！但是观者那知就里，便登时一个连环大彩喝上来。这一来，倭伸太被捧上台，天字第一号的跟头算是栽定咧。

当时两人道声请，一拉门户，便自交手。这一阵拳脚纷纭，彼此间钩拦格拒，好不有声有色。这时倭三带的四人又已聚拢在原站的地位，一面直着眼替倭三使劲，一面向志学道："喂，朋友，您今天开开眼罢。倭爷这身本领，便是御扑营（八旗锐健角抵之处，见

《啸亭杂录》）的上脚儿都佩服的，业已多少年不露咧。将来您回家说古去罢。"正说着，只见大威手脚稍慢，只招架引逗，合倭三绕了两遭场。大威所带的两个朋友登时摩拳作势，又一面张望道："怎的吕朋友还不见到，难道半路上耽搁住了么？"这里四人一见，越法得意，便喊道："任你有甚么鸟帮手，俺们也不在乎！"

一声未尽，只见大威虚晃一掌，顷刻间拳法立变。这一阵前超后耸，精力弥满，一口气将倭三逼得吁吁汗喘，只管倒退。志学一望，不由暗暗点头道："这人拳派门径也还罢了。看他气象沉着，在寻常武功中也算上等了。"怙惚之间，只见倭三尽力子一脚蹙去，大威喝声好，一闪身，随带着手势一翻，托住他脚跟，只一掀，众人大叫道："倒也！倒也！"志学拔步抢上之间，便见倭三登时被掀出两丈多远，"吭哧"声头颅抢地。大威方赶去要打，志学已从容抱拳趋上，道："尤朋友，且消停。俗语说，相骂没好口，相打没好手。如今尤兄面子也算十足咧，好在您合张安仁并没过节儿，俺便给你两家杯酒言和，业归故主，从此结个好相识，岂不甚妙？"说罢，笑吟吟连连拱手。

大威乘着胜气，将志学细一端相，质朴朴的，并不见甚么精神。因冷笑道："足下想是替张家作说客的。但是尤某有言在先，须得人来打俺一拳，踢俺一脚，俺方折服。码头小事，直然提不在话下，足下横来干预此事，莫非能赏俺一拳一脚么？若自忖来不及，请你快躲开，须知俺拳头没眼睛哩！"说罢，气势虎虎，提拳而立。志学微笑道："打你一拳，踢你一脚，虽不难办到，但终究不雅相。俺今抖胆冒犯你一指儿，应应景儿如何呢？"说着，直挺挺伸出一指。

这大威要是久经世故，深谙武功的，定知此中必有蹊跷，无奈他少年负气，又一向在瘸子队里显快腿，便登时怒喝道："你这人如何藐视俺！"说罢一撒身，奋拳便打。志学一笑，便因其拳势，合他颉颃几趟。虽一些矜张不露，但那步履间，风旋云止，早已引得众人相顾动色。北京人委实有个好充董（懂同音）二叔的毛病，于是大家便纷纷议论，有说是少林拳的，有说是浙僧派的，又有说是满洲勇士费家拳的（赀扬古）。

正在捣乱，只见大威风也似越打越勇，偏那志学就像条老牛筋儿，只慢条斯理，从容肆应。有几回险着儿，大家分明见大威拳脚定然中敌，不知怎的，志学就如一团虚飘飘的轻气，手脚落处，他早瞥然而过。少时大家竟不及眨眼，但见大威前后左右都是志学，引得大威东扑西撞。便如狮滚球、火龙戏珠，放出浑身的解数、气力，好不有趣。

正这当儿，只见大威用一个"猛虎扑食"式，两臂一张，直取志学中路。志学瞅空儿一挫身，风趋而进，一指起处，早点到大威胁下。众人一声喝彩，只见场外一人大叫跑来。正是：

不是雌雄决胜负，岂能师弟结因缘。

欲知后事如何，且听下回分解。

第二十回

施老仆演说呆公子
小白龙侨作村厮儿

且说众人一声喝彩，只见大威顷刻拳儿扬着，腰儿探着，脚儿迈着，便如个木偶人，纹丝不动，并且目定口呆，满头上大汗直流。正这当儿，只听场外有人大叫道："尤兄莫卤莽，这是俺常合你说的那位殷爷呀！"说着，由人丛闯进一人，志学一望，却是小白龙吕二，业已跑得满脸是汗。

志学略怔当儿，吕二已进前，匆匆拱手道："万没想到殷爷也在这里，今且请宽恕尤兄再说罢。"志学点大威一指，本是晕穴，但时光一久，也不可当。于是不暇答话，便走去，照大威后腰轻轻一戳。说也奇怪，便见大威呼的声长出一口气，登时转动，一抱头蹲在就地。这时张安仁也便带仆人匆匆到场，志学便道："俺方才合尤兄说得明白，本要给你两下里解和的，无奈尤兄定要见个高下。今都不算甚么，便请都到张兄府上吃酒如何？"

大威听了，站起来瞟定志学，只管沉吟。那时倭伸太头面上还沾尘土，登时又大剌剌的趱进道："殷兄真有你的，你这嗝场甘脆法，就同俺们老辈人儿一样。都是自己兄弟，甚么事还有过不去的么，何必结个老大疙疸呢？来来来，等老哥哥腆个老面孔，也作个和事人如何？"安仁听了，只皱了眉，瞟他一眼。这里志学方向大威拱手道："方才儿戏，唐突尤兄，幸勿见罪。"吕二也道："俺早知殷爷在此，如何放尤兄来呢。"

一言未尽，只见大威猛的一跳，吕二只当他悻悻不服，忙拦道："你这便不对咧！"大威道："甚么对不对，今遇殷爷这等英雄，还不该拜师父么！"说罢扑翻虎躯，纳头便拜。众人拍掌道："好哇！这样能服善，才是朋友哩！"这一来，慌得志学搀扶不迭，只逊道："岂有此理！"于是两下里大家唱个无礼喏，登时合在一处。倭伸太扬扬得意，便如他战胜一般，一晃膊，当头拔步，向观者大笑道："诸位有甚么贵干要公，请忙着吧，如今大轴子已毕，要煞台咧。"

正这当儿，只见一个老仆人由人丛匆匆挤入，满脸愁闷之色，手内拎着一副药裹，拉着志学道："姑老爷几时到京，怎不向俺主人家去？俺主人盼姑老爷夫妇，好不着急哩！"志学细看，却是杨坦家老仆施升。仓猝之间，不便细语，便向安仁、大威等道："诸位先行一步，只且告个便儿。"于是合施升直出打场。

二闸地面本是京都人士赏玩野景之所，小河汊两岸上竹篱茅舍之间，夹着许多茶馆酒肆，都收拾得雅洁非常。每当夏秋，京都人士或赏荷花，或玩红叶，都携樽提榼，命俦啸侣，来此间徜徉终日。间有文人题咏，都夸得那所在西湖一般。其实不过一洼子潦水，趁着两旁蒲芦，有些空明寥廓的野意儿罢了。皆因北京人整年价钻在黑尘土里，偶到这里，自然心神一变。便如困于腥膻的人，忽然尝着山殽野蔬，自然觉别有风味了。当时志学合施升步入一家酒肆，拣僻处坐了。泡上茶来，志学指案上药道："你给何人去打药呀？你家主人近来好哇？俺这次到京，本想隔三两日，便到你主人家去。不想事儿缠住，一直到今。"

施升道："真个的，那张爷安仁，俺主人也认识的。"说着忽然站起道："施升也被人气胡涂咧，今竟这等放肆，合姑老爷对坐起来。"志学笑道:"随便吃茶,又没外人在座,何必拘泥?"因望望日影道,"咱也散罢。"于是喊堂倌会了茶钱。两人出得肆门,施升道:"姑老爷,明天早去呀!"志学应诺,便匆匆直奔张家而来。

不提施升归去,且说志学一路上低头盘算道:"怪不得安仁前者访俺时,问及小白龙吕二,原来他认识尤大威的。看大威光景,倒是个绝好少年,可惜在北京胳膊场中混,也出息不了甚么。"思忖之间,已到张宅跨院,只见大家正在厅中大说大笑,只有大威却牵了吕二,两只眼盯住人家的嘴,听他演说志学怎的本领了得,只喜得大威神气都怔。吕二面向里,说到高兴处道:"嚇,人家那本领,今天只露了针尖大一点罢了。你要细听来,三天三夜也说不清爽。"说着大晃脑袋道,"总而言之,他要谁脑袋,那口宝剑便愣会飞到你脖儿梗上。"

正说着,志学一脚踏到他背后,给大威帮场的两人便笑道:"喂,吕二哥小心脑袋呀!"吕二一听,登时一摸脖,吶喊站起,见是志学,便恭敬敬的垂手道:"殷爷是不喜欢俺这颗狗头的,若喜欢时,早就取去咧。"因草草将自己偷坝被擒一段事一说。大威方听得眉飞色舞,只见吕二一摸自己屁股道:"呵呀!俺至今恨煞赵柱儿那蛋蛋子,他弄他娘一根蛤蟆签子,单向要紧处尽力子戳。若非俺小白龙身子灵,便真个属黄蜂的,屁股头儿拖一根针哩!"说着绷着脸儿,就厅中大蹿起来。众人望他神色,不由大笑。原来吕二素性诙谐不过,志学在家时也耳有所闻,当时不由心有所触。

大家让坐之间,安仁便道:"今幸得诸位光降,又承尤兄慨然让步,俺还准备些小意思,为尤老太太祝祝福寿。尤兄却不可推辞。"大威听了,登时拱立道:"张兄盛意,俺只心领。家母待弟严正,每有入款,必问所自。今俺负气这节事,岂可使家母闻知呢?"安仁坚致再三,大威只推却不受。志学见了,不由暗暗点头。

不多时,别室内盛筵已备,安仁便请大家依次落坐。亲自奉过一巡酒，便大家高谈阔论，欢呼畅饮起来。这其间谦抑的是安仁，安详的是志学，欢然而沉思的是大威，猴头猴脑、信口诙笑、酒到杯干的是吕二。更有一个腆着牛脸，不住的胡吹乱嗙，依然不失他老前辈的架子的，却是倭三爷伸太。其余只好如耗子一般，溜溜瞅瞅，缩项捧杯，喝个没滋拉味的便宜酒罢了。

须臾酒罢，大家一哄起辞。倭三爷舍不得这受用所在，也只得白不赤的随众告别，百忙中还由大烟篓内寻了包烟灰，揣将起来。吕二也要合大威同去，却被志学暗肘一下，于是吕二乜起眼儿道："真也作怪，俺今天没觉着喝多呀，怎他娘的两只鸟腿只管不作干？那么诸位先走一步罢。"说着向榻一歪。大威道："吕兄有暇，先到俺那里，俺还有要事相托。吕二糢糊道："就是罢。"这里安仁合志学便送客而出。

须臾趑回，吕二跳起道："莫非殷爷有甚么吩咐么？"志学笑道："你且消停。如今众人都去，咱们可以细谈咧。"因向安仁道："张兄事体了结咧，俺舍亲有件事，却又纠缠来哩。"于是三人落坐，志学便一五一十，将所闻施升之话一说。安仁诧叹道："竟有这等事。您令岳俺也认识的，这真是块不治之症，老弟怎样办呢？"吕二愤然道："这东西（指杨坦的小主儿）真不要脸，等俺赏他顿拳头，硬生生打跑他就是。"志学笑道："若讲蛮打，也不须借重吕兄咧。今俺有一粗计较，须用文武劲头儿两来着，咱并且叫他两家永远相安。"说着，便如此这般一述己意。吕二没听毕，业已笑的打跌道："俺的殷爷，亏你怎么想来，就知俺惯会不害臊耍泼皮。如今那东西算交给俺咧。"安仁也抚掌道："妙！妙！俺等你二位作到筋节上，便出头拥场就是。"

于是吕二也索性住在安仁家中。次日改扮停当，便随志学直赴杨家。一叩门，施升出来，一眼望见志学背后跟着个携礼物的村仆，那模样儿真是难画难描，方暗诧道："怎的殷姑老爷用这等一个漂亮管家，若是唱《三疑计》，倒好取王先生的书僮儿。再不然取杜二老老爷的跟班的，更妙不过。"（见昆剧《北平府》。）正在笑吟吟瞅定村仆，那村仆梗着脖子，瞟定施升，偏会眼珠不转。志学一看，几乎要笑，便附了施升耳根，匆匆数语。施升大喜道："如此，吕爷便请进吧。"一言未尽，只见那村仆"嗨"的一声，脚跟不动，就是一个团转转儿。正是：

　　妙手医人在调剂，牛溲马勃显功能。

欲知后事如何，且听下回分解。

第二十一回

访泼皮忽逢叶小脚
恶摆布大闹福祥居

且说施升见那村仆，便似走马灯儿一转之后，仍是一语不发，招得他不由大笑。志学赶忙摇手道："快别提名道姓，你只称他'阿二'便了。"说着三人进门，便由前院大厅旁箭道中，直奔跨院。

刚趄至中间，只听内院中有人撇声撒气的骂道："这不入斗的烟是给俺用的么？你叫杨坦那奴才快与俺熬大土去！"说着"当哴"一响，似乎是摔碎烟缸。施升切齿道："叫你且快活一霎儿！"须臾引志学等直进跨院。那杨坦妻子合朱姨方在廊下愁眉泪眼的仰面发怔，忽见志学，不由齐齐"哼"了一声，那眼泪便似珍珠断线般直滚下来。忽见村仆，不由伤心中又是诧异。

这时志学业已趄进施礼。那施升早没头没脑，将志学来意并作用草草一说。两个妇人好不欢喜，百忙中也向那村仆万福道："这倒屈尊您咧！"这当儿，村仆肩上手中都是礼物，没法儿回礼。朱姨道："施升，你也喜胡涂咧，怎还不给吕爷接过来。"于是施升趄上，乱嘈嘈接置廊下，这才大家相与入室。

那知杨坦病人耳聪，施升在窗外喊喳的当儿，他已听得明白，遽喜之下，登时精神立爽。及至志学进室，他竟撑着披衣坐起，将

147

朱姨慌得忙取枕靠好他。这时志学在榻前行个平礼，杨坦忙道："这位是吕兄了，请坐，请坐。"村仆这时再也忍不得咧，便道："殷兄，你且在此叙家常，俺且泡制那主儿去，少叫他快活一霎，也是好的。"

杨坦为人素性长厚，便道："此计方才俺已听明，但吕兄须拿个筋节儿呀，使他知悔就是。"朱姨恨得咬着牙儿道："吕爷只管摆布他，给他留一丝儿气，他才知姜是辣的，黄连是苦的哩！不然狗改不了吃屎，不空费大家一片好心么？"村仆笑道："不瞒您说，俺们胳膊朋友要说是诚心泡制人，没个不妥当，你们擎好罢。"说着命施升引路，便赴正院。

这里杨坦等便向志学大诉苦楚并起居。康氏询问福姑为何没同来，并详问志学折服尤大威一段事，甚是欢喜，因叹道："张安仁也合我似的，都是个老好子，偏就有人骑脖儿来拉屎。看起来武功一道，不可不学，俺将来若有儿子，先叫他跟姐夫习武去。"这句话不打紧，只见朱姨脸儿一红，搭赸着去检点那廊下礼物。原来杨坦因为膝下无儿，方纳了朱姨。

当时大家情话一回。志学用过茶点，刚要去唤施升，恰好他忍笑踅来，道："如今那主儿业已犯了怙慆咧，好吕爷真抹的下脸儿。"志学笑道："事不宜迟，俺也就办事去。但是那班无赖聚拢在那里，你可晓得么？"施升道："晓得的。这两天，那主儿身体有些不自在，才没找他们去，不然每天也须罚俺两趟腿哩。他们不在私窑子叶小脚家聚赌，便在'福祥居'饭馆中吃喝，都鳔成把儿，苦思恶想的算计俺主人，简直成了桩正事咧。如今寻他们，管保是全窝儿，半个也不少哩！"

志学道："他们里面顶混账的属谁呀？"施升道："讲坏水多，是驼背马大。讲泼皮浑愣儿、耍胳膊，是'大头海麻子'。其余无非是些王八兔子之类，躲开家里娘儿们作生意，他却人前高摆的混充朋友。"志学一听，不由哈哈一笑，暗想道："今无端合这些人打交道，真有点不值得。但因亲戚份上，也说不得。"便道："如此，咱就去罢。"说着站起，就要拔步。杨坦忙道："志学，你还须带件兵器吧。他们都是腿插子、短攘子不离身的。"因拍床道，"朱姐儿呀，你快把大箱中那把松纹古绽剑找出来，磨磨锈，还许将就用得哩！"志学大笑道："对付这群鼠辈，何须兵器。"说着合施升拔步便走。这里杨坦等又是喜欢，又是不放心。这且慢表。

如今且说志学一径的跟施升踏过几条街坊，须臾至一大胡同内。只见一家门首站着个十七八岁的大丫头，打扮得乔眉乔眼，怪模怪样，一见施升，便嚷道："喂，施老头儿，怎这两日没来呀？"施升没好气，便唾道："我老人家没气力，来不及了。你收起你那浪样儿，俺只问你。驼背马大等在此不曾？"那丫头道："唷，你这老物儿，就像个橛巴棍子。马爷等在此，俺还有空闲站在这里？"施升道："可知你闲不着哩！"说着合志学回身便走，一面道："他们不在叶小脚家，定在'福祥居'。"

两人方趄出胡同口，只见迎面来了个妖娆妇人。容长脸，碎白麻子，一扭腰儿三道弯，趁着尖翘翘两只脚，打扮得浑身美丽。一见施升，便笑道："唷，可了不得！怎不到家坐坐呀？"说着，水零零两只眼瞟向志学，便道："您想是马爷等的朋友吧？如今他们在'福祥居'顽哩，您要是寻他们呢，少时咱一同去。若不专为寻……"说着扭着头，"格格格"只管笑，竟俏摆春风的扭过来，拖住志学。

施升冷然道："喂，叶大姐，快放手，大街上甚么样子！"志学略一沉吟，便道："施升，你转去吧，俺自有道理。"那妇人趁势道："甚么理不理的，且吃杯茶去。"说着，携志学竟入胡同，招得街上人都微微含笑。有的便道："如今人们脸皮都特煞厚咧。人都说上海野鸡惯拉客，而今咱北京也满街上抓孤老咧！"施升听了，只好干瞪眼，暗想道："难道姑老爷也好这档子事么？不能！不能！"逡巡之间，只得慢慢转去。

且说那叶小脚拖定志学，一路上眉欢眼笑，暗中捻了志学手儿，只管使劲。志学暗笑，也不理论他。须臾到门，恰好那大丫头又哼唧着小曲儿，跑将出来，见了志学，便笑道："怎的这等巧，您便遇见俺娘咧？那施老头呢？他糊里胡涂的，不说是客人寻俺娘，倒横着眼儿说寻马爷等。"说着转身前导，便奔正室。

志学一路留神，只见院中窄逼逼的，凌杂不堪。方上台阶，那大丫头已将室门上花布帘儿高高揭起，便有一股非腥非臭的气息直扑出来。志学偷眼向内一望，两只脚不由逡巡不前。原来里面一张大榻，上面的衾儿枕儿横七竖八，至少也有四五人的卧具。一张大赌台便在对榻，上面赌具、什物，杂货摊一般。两具大食篮也挂在室内，油垢外滋，色如厨司的腻布。满墙挂的长衫短袄飘飘荡荡，还有两只半旧女鞋由榻帏下出拖一半。更讨厌的是四五份烟具，便如临潼斗宝一般，都堆垛在靠榻的几儿上。迎门一幅条单画，画着《王二姐思夫》的戏出儿。一副火爆暴纸色的对联挂在两旁，那字俗恶，已到不堪。上联是"千种风流万种意"，下联是"一夜夫妻百夜恩"。还落着"惜花主人"的款儿，下面印着肉红色的图章，细看却是"护封"两字。

志学趑趄之间，已被叶小脚牵挽而入，慌的那大丫头便去泡茶，志学忙道："不须茶咧，俺还有事哩。"叶小脚一丢眼儿道："您这不是上门怪人么？俺这里真个便沾污了您的屁股？您便是寻马爷等，他们这会子还文齐武不齐的哩！且在这里歇一霎，咱一同去不好么？"说着，将志学按坐于榻，他也就亲热热的偎将来，百忙中抬起一脚，乜起眼儿，笑道："俺见您贵客临门，慌的连鞋都踏了污土咧。"说着一弯小腿，就想搁在志学膝上。志学赶忙略闪身，恰好那大丫头端茶踅入，竟登时似乎两腮上微泛春色，抿嘴一笑，赶忙置下茶，回头便走。

志学但觉飕飕飕一股凉气，直上脊背，好不肉麻。因想探探马大等究竟怎样撺弄那小主儿，便勉强坐下，登时换出一副笑脸，只说是合马大等甚是相契，又道："俺听说，他们又得到杨家许多油水。方才俺寻向杨家，那施老头儿却引俺这里来哩。"

叶小脚笑道："可不是么，马爷等近来给那呆瓜（指小主儿）设计，不久便撺掉姓杨的一家儿哩。"志学道："既如此，那呆瓜定然厚谢马爷等，可知有油水哩。"叶小脚笑道："他们要等那呆瓜谢，也成了呆瓜咧，他们早已算计好，单等呆瓜一得手，他们便一窝蜂似的圈上去。那时节杨家世业大家把过来，能赏那呆瓜一碗饭吃，便算一百个够朋友哩。说别的，毁掉他只如碾个臭虫。"志学道："哦，如此说来，你总沾补点油水罢？"

叶小脚一撇嘴道："提起来，可不鸟腥气！不必说呆瓜的钱只会冤，不会作面孔。便是马爷等一干人，也都是干锅爆豆的脚色，只管许愿许的热闹。又谁见他们的大钱钞来？倒占在俺这里，耽搁许多生意。"说着站起来，斟碗茶递给志学，随手搭着志学肩头，吃吃而笑。忽向外张张，将嘴儿凑向志学耳根，也不知说的甚么。但见志学笑道："唷，这俺可来不及。"叶小脚一听，便似笑非笑的咬着牙儿，狠狠一指，戳到志学额上。志学笑道："你不必忙，左右俺还来寻你哩。今咱们且寻马爷等，俟我弄点油水来，先把给你些，再讲落交儿，不好么？"小脚听了，这才欣然。但是志学手中那杯茶，始终没敢入口。

于是两人厮趁出室，唤大丫头掩了门户，便直奔"福祥居"而来。好在只隔一条街坊，顷刻便到。堂倌一见两人，先向志学一垂手，然后向叶小脚道："您才来么？马爷等都在正厅里哩。"于是转身前导。志学跟定叶小脚，一路留神，只见院中凉棚高揭，十分宽敞，还庋着青石板的长几，一溜石鼓式石座儿，预备院中乘凉的。

那石几长可丈余，粗估去也有千八百斤重。

两人方才及阶，便闻得厅中乱得春潮一般，一人大笑道："今天这席酒才痛快哩！一来是咱妙计成功，二来咱们麻子哥惦着小脚儿，早就脑门上撅了个大疙疸，这便算先吃他两个的扶头酒，更写意哩！"众人大笑道："吃酒没要紧，小心着驼老哥吃醋哇！"叶小脚听了，便笑嚷道："你看这群短教训的蛋蛋子，怎么背后嚼说你娘呐？"一言未尽，那堂倌笑着掀起帘儿，里面诸无赖一见，哄一声跳跃而出，不容分说，围住叶小脚，乱抓乱啃，咂的人家嘴巴子啧啧怪响。末后两个更来得扎实，一个从小脚背后拦腰抱起，那一个便一抄小脚两脚，向里便抬。那小脚连嚷带笑，鬓都滚乱，便骂道："还不放手，当着来寻你们的朋友，甚么样子！"众人乱望道："谁来寻呐？"

这时志学却闪在堂倌背后，双目炯炯，早注定厅内两人。一人身量高大，搭着一颗大脑袋，果然凶实。正斜身坐在烟榻上，合卧着的一人讲话。卧者有四十余岁，瘦筋干骨，双睛暴露，趁着一部络腮胡，满脸的天官赐福，弯虾似合着眼，只糢糊笑道："您放心，那傻孩子（指小主儿）还不好编发？不是老哥夸口，只要俺比诸位多偏一点儿（指攘窃杨坦之产），有甚岔子，都有俺哩！"坐的那人道："正是，正是。若讲心眼快，谁也佩服你老哥。"

志学一望，料是马大合海麻子两个宝贝，方要拔步而进，只见众无赖跑上来，乱噪道："朋友找谁呀？怎么似乎面熟熟的，急切里想不出是那位来呢？"志学也不理他们，便昂然步入。叶小脚便喊道："俺给你二位引个朋友来咧。"马、海一听，赶忙都站起来，一看志学，都不认识。又见志学衣冠质朴，便扬扬的道："朋友贵姓呐？何事光降呢？您却要恕俺们眼拙，不记得从那里会过。"说着，两下里随便落坐。

志学笑道："马、海两兄，大名如雷贯耳，所以俺特来拜访，还有点小事商议。俺姓殷，名志学，家居蓟州蛰龙峪。在那片小所在，还算小有声望。因家岳杨坦被他小主儿非礼勒索，堪堪家毁，素知两兄合那小主儿甚是相契，言听计从，所以招得志学来，代求两兄，在那小主儿跟前善言开导，就此离却杨宅，各安生业。既可全他主仆之谊，又见两兄排解之能，作个响当当朋友，岂不妙呢？咱今天一言为定，就这么办罢。"说着两手叉腰，挺然而坐。

那马大是个老油子，一见这光景，业已怙惙，也搭着他事事留心。他在杨宅帮唁时，已恍惚听得施升等说过，志学武功十分了得。他闻话之下，正有些不得主意，可笑浑蛋海麻子一点风色不识，以为志学既来求他们，必然准备下大东西作酬谢咧，因绷起麻脸，姑问道"那么令亲既有此意，俺们应得的谢意，是几千几万银呢？论说他这份世业，还值得多多，但您既出头，怎么说呢，为交朋友，俺们也只得算着咧。"志学哈哈大笑道："那还用说么，准让众位过得去。"

海麻子一听，登时大乐，一瞟叶小脚方坐在筵席旁发怔，便跳起来道："殷兄倒也爽快。如今有花有酒，咱们且喝个认识盅儿。"一言未尽，只见马大匆匆的披上大衫儿，往外就走，一面道："众位先就座慢饮，俺寻个人说句话，马上就来。"这海麻子方一张胳膊想拦住他，只见志学站起，轻轻牵住他肩臂，向座上只一推，笑道："您便有天大的事，今天也须陪俺饮两杯。"马大登时一阵龇牙裂嘴，几乎痛的叫将出来。这一来，越法瞧料。当不得海麻子浑透腔，依然乱噪，请大家就座，便一叠声的喊酒唤菜，十分高兴。又特将叶小脚置在志学挨肩，便大杯价劝起客来。

志学一言不发，只笑吟吟瞧着海麻子那颗脑袋，因笑道："海兄好贵相，便是这脑颗，若请下，称称分量，也与寻常不同哩！"说罢，目光耿然，又射到马大面上。马大刚暗道不好，只见海麻子大笑道："你不晓得，俺吃香喝辣，全仗这颗脑袋哩！殷爷不信，少时俺玩一着儿你瞧瞧，上几把的铁皮树，俺一撞就折哩！"说罢，连饮两杯，又道，"说笑别当了谈正经，今大家在座，殷爷请将令亲见酬之数示下罢，俺们大家也好有个斟酌。"

马大听了，急得暗中跺脚道："好浑蛋！这事儿姓殷的明是找碴儿，还不想设法先弄出那呆瓜，架着他合他们官面上见，却在这里撕捬姓殷的面孔。"正在两只眼急得乱翻，便见志学扠手不离方寸，说出几句话来。正是：

猛虎当关狐兔伏，神龙戏海鳝鳅藏。

欲知后事如何，且听下回分解。

第二十二回

豪客挥拳狎客伏
伧人入座傻人惊

且说马大正在料事不妙，只见志学微笑道："酬数呢，倒也有些，无非是像《探亲家》（昆剧名《探亲相骂》）傻小子的话咧，烧饼麻花糖三角（隐喻嘴巴拳头窝心脚）。并且俺说了，就算数儿。"马大忙笑道："可以，可以。俺们专以交朋友，和人了事，何况又有殷爷出头呢。"说罢，目示海麻子，甚是着急。不想海麻子一张脸气得红猪头一般，一拍案，顷刻碟翻碗倒，大喝道："殷朋友，你是来消遣俺们么？"说着一捻拳，就要动手。叶小脚忙道："这是怎么咧？"

海麻子喝道："快闭了你那鸟嘴！"志学笑道："你们这干混账东西！且细想去，你等不但帮虎吃食，祸害杨家，并想将来连那呆哥（指小主儿）也摆布了。俺既是杨坦至亲，岂能坐视？从此以后，便不许你们再踏杨家门限并寻呆哥儿。那个不服，俺这里恭候领教。"说罢，剑眉剔起，昂然离座。叶小脚只道得声："我的妈呀！"海麻子大怒，提起锡酒壶，隔座飞去。志学随手接住，没事人似的置在案上，便道："你是好些的，院中来见。"说罢，用一个"云中放鹤"式，踔向厅院。

众无赖齐声喊道："打呀！"于是海麻子当头，"扑扑扑"相继跳出。这当儿，却闻得叶小脚嘤咛一声，急唾道："可罢了，俺的马爷咧，你也不嫌背晦气，俺刚换了身上呐！"纷纭之间，早招了许多酒客并路上行人，都挤来看。堂倌们拦阻不得，只急得乱嚷乱央及。

正这当儿，海麻子已一甩大衣，露出一身劲装打衣，油钵似拳头一摆，就要动手。众人一望志学质朴样儿，都替他捏一把汗。只见志学走进大石几前，随便用脚蹩得石鼓坐具各处乱滚，一面脱下大衣，略一卷，四面望望，微笑道："北京剪绺的是多的，俺这衣服须藏妥当。"说罢，马式蹲稳，左手挟衣，右手掀住石几一头儿，默运神力，喝声："起。"众人大惊，登时个个吐舌，连大气儿都不敢出。只见千数斤的青石几，竟掀起二尺多高，志学左手塞入衣，"蹦"一声几落压好，然后转身向海麻子道："朋友，便请赐教吧。"

这一声不打紧，众人顷刻暴雷似一声好儿，全数眼光都注在海麻子脸上。这小子一张脸，便如五月黄霉天气一般，登时闹得阴晴不定，那股悍横之气早有些撑不住咧。却是挤到面孔上，也说不得，只得硬着头皮，挥拳而上，一阵蛮拳怯脚，倒招得志学气将起来，便放开手脚，打得海麻子斤斗连连，山嚷怪叫。末后志学一脚踢翻他，便进踏其背，拳如雨点，却捡他不致命处。这时诸无赖见事不妙，趁乱中都想溜之大吉。志学大喝道："那个敢动，便当杀却！"

诸无赖吓昏咧，一声喊，反向厅内乱挤。志学扠开五指，向海麻子面前一晃道："你这厮，仗这颗大脑袋，便帮人吃香喝辣，俺且教你尽量受用。"说罢，满脸耳光，尽力的刷去。您想志学掌力是磨过铁沙的，岂同寻常，只四五个耳光，那海麻子脸上业已青一块，紫一块，胀猪一般，并且深痛骨髓，不由失声大叫，哀告饶命。这一来，光棍资格于是取消。

原来北京混混创字号，不怕被人打割的一丝两气，血葫芦一般，只要不输口哀鸣，便算朋友，从此才有人捧场。但一哀告，这光棍便算完咧。当时志学见海麻子业已输口，便不肯再打，只喝道："你且爬在这里，稍一动，咱从新揭个二遍锅。"

这时海麻子惟有宛转哀鸣，志学也不理他，便大踏步进厅，去寻马大。众无赖正在厅中挤热羊似的藏躲，一见志学，都吓得跌撞不迭。志学喝道："马大在那里，只管说来！"众无赖实实不知道，正在张口结舌，只听榻帏里面叶小脚道："呵唷，真他娘的丧气！马爷别拱咧，够瞧的咧！"志学奔去，"嗯"一声揭起榻帏，只见叶小脚撅着屁股，猬缩在内，那马大爬在他后面，一颗头便偎在他臀上。众人一见，不由都忘掉害怕，反笑起来。

于是志学拖开叶小脚，将马大揪将出来，先劈面两个耳光。马大抖着道："殷爷给留脸，俺没得罪您呐！"志学喝道："都是你这厮弄得好玄虚哩！"说着拖到海麻子跟前，令他对厮面爬定，马大略一挣扎，志学"嘣"一脚，便踢向他驼背，大喝道："今大众都在这里，你须将祸害扬家许多奸计从实说来，也见俺殷志学理当管这不平事哩！"马大那里肯说，便道："您且高抬贵手罢，杀人不过头点地，俺一切从命，也就是咧。"

志学听了，登时拎起一个石鼓，压在他驼背上。这石鼓少说着也有五十斤，只压得马大"吭哧"一声。但是他还咬定牙，不肯说。志学笑道："既如此，俺索性治好你这驼背，且是妙哩！"于是又压上一个石鼓，只弄得马大乱翻白眼，汗如雨下，没奈何，大叫道："俺说就是，请你别压板鸭咧！"于是从头至尾，将撺弄小主、苦害扬坦之事，细细兑出。观者听了，都各乱唾其面。这时海麻子瞅着马大，呻吟道："呵呀，今天可完咧！"

于是志学喝道："从今之后，你等再不改过，俺还是如法泡制。"

于是观者一齐相劝，志学这才恕过马、海，由无赖等扶掖了，鼠窜而去。志学由石几下取出长衣穿好，拔步出得"福祥居"，后面叶小脚也紧跟来。志学道："你且自去，将来俺还要借重你，点醒一人哩。"于是出得这条街，直奔归路。

方到杨家，便见施升笑容可掬，正在门首张望。一见志学，便迎上来，笑道："如今那主儿有些不自在咧，那一方面完了么？"于是志学一面走，一面向他草草一说，喜得施升手舞足蹈。志学到跨院见了杨坦，自有一番叙说，并为那小主儿计划，不必细表。至于施升承主人之命，给那小主儿安置一切，也不必提。

如今且说那小主儿。那日将午时分，正因大烟吸得不爽利，大发脾气。正执定细瓷杯，一面品贡品龙团，一面拍案喊寻杨坦。只见施升在帘外略一打转，跟手进来一人，便如傀儡一般，直橛橛跳到他跟前，一龇牙儿道："你要甚么呀？都向俺说罢。"小主儿一看，吓了一大跳。只见那人浑身邋邋遢遢，便似新下炉房的打铁匠，又似刚出窑的煤黑子，并且闷闷浑浑的，迷齐两眼，满嘴中娘儿脏儿的，又似个醉鬼。不由十分诧异，因喝道："你是干么的呀？快出去！"

那人微笑道："得啦，大少爷，俺特来伺候您哩！"说着一溜歪斜，竟坐在对面座上，不容分说，伸出老鸦爪似的黑皴手，端起案上时大彬的宜兴壶来，嘴对嘴，便是一气喝，一面前仰后合的道："人家东家有话，因你老人家娇哥儿似的，一刻也离不得人伺候，因俺最能服事人，真是眼里出气，连眉毛都是空洞的，所以这件美差派了我咧。不但日里伺候，便是夜里也伺候，总之您的吃喝拉撒睡，满交给我咧。甚至于你要放个屁，也须问我，不然寻个木橛，塞上您眼子，也是俺责任当为，义不返顾哩！多咱服事的您白白胖胖，舒服不过，俺这差使算完。"说着，便奔烟榻，端起全副烟具，趸出室门，一古脑儿摔碎在阶下。大笑道："俺东家说来，这捞什子害人不浅，请您保养贵体，别吸咧。"

小主儿一见，真诧异到一百二十分，因喝道："你这厮敢是疯汉，滚出去！好杨坦，竟敢使人戏侮俺，这不是反了么？"说罢，气吼吼出来，便奔院门。用手一推，叫声苦，不知高低。原来院门业已反锁咧，于是气得跳踉大叫。那人笑吟吟赶来道："说话多了是伤气的，端须俺来驱事。"说着擒鸡子似的拾过小主儿，掬起一把土，向口便塞，登时壹得小主儿白眼直翻，大叫不止。那人又道："这又须俺给您捶背，觑是伺候人，敢嫌麻烦么？"于是提起拳头，向背上便是几下。

那小主儿有生以来娇生惯养，只知吃喝嫖赌吸大烟，这种滋味是没尝过的。当时跳叫之下，不由悟到这人来的事出有因，还痴心抽空儿寻他那大骆腆马大等，再作道理。于是索性儿一言不发，撅着大嘴，趑回室中。那知那人偏似蛴螬摆果碟儿，你越厌恶，他越上样儿，竟偎在身畔，顷刻不离。不是胡拉八扯，口沫星儿直溅到脸，便是脱下垢袜，臭烘烘便搔足垢。小主儿要躲开，都不成功。便是这般光景，转眼过了一日。饮食粗恶不用提，并且由墙洞中递将过来。

这还不打紧，惟有大烟绝粮，真个制了小主儿的死命咧。到晚上，眼泪鼻涕，只瘾得一齐出，浑身便似抽了筋一般。没奈何，忍气睡下。方合了眼，心如油沸，想设法寻出路，只闻得鼻尖上一阵奇臭，睁眼一看，却是那人一只脚伸到，想要起来躲开，又恐他乱捶瞎打，只得闭了气息，且思出路。这当儿，不由想起："自己是何等根基，都因行为背谬，以致受此奇辱。俺本想得杨坦一笔钱，安个小小家舍，也便罢咧，却被马大等撮弄到今日之下。细想来，所得钱钞也被马大等花光，这是那里说起！"

怨艾一番，偷瞧那人，似已沉沉酣睡，便悄悄起来，拔关而出。望望院墙，甚是高峻，忽想起那墙洞，或者还可以想法子，因跑到那里。方在张望，忽觉脊梁上"拍"的一声，登时由后面跳出一人。正是：

　　　　请君入瓮莫相笑，恶人自有恶人磨。

　　欲知后事如何，且听下回分解。

第二十三回

设谲谋感悟纨绔
拜师尊引动英雄

且说那小主儿方思量去钻墙洞,忽觉背上结实实挨了一掌。顷刻间,那人跳过来,不容分说,拖了便走。直按倒在榻,用腰带捆缚停当。小主儿怒极,便拼命大喊大骂,那人一概不理。冷不防,用他的垢袜塞在小主儿口内,他便依然睡自在觉去咧。直至次早,方给小主儿去了束缚。

话休烦絮,便是如此光景,转眼五六日,那小主儿连续受摆布,业已奄奄一息。那人知是筋节儿咧,便道:"你既瘾得要命,怎的你那群好朋友都不照面呢?"小主儿长叹捶床道:"俺如今也不怨你咧,只怨马大那班人害得人好苦哇!"那人听了,忽然点点头儿,大大的一伸懒腰道:"俺的大少爷,你也明白过来咧。既如此,俺给你寻两人来谈谈。"于是出室,在院中大呼道:"殷爷等请进来罢,俺可要消差咧。"

一声未尽,只听墙外有人哈哈大笑,一阵步屦繁动,院门启处,登时趸进三个人,鱼贯入室。小主儿猥琐在榻,仔细一看,前面那人是杨坦,后一人衣冠朴洁,相貌堂堂。及至看到末后一人,越法大诧,原来就是那乔眉画鬓的叶小脚。当时那小主儿模样儿,业已如小可怜一般，一见杨坦，不由良心发现，竟羞得两手掩面。杨坦凄然道："主人不必如此，您受人愚弄，祸及杨坦。若非俺女婿殷志学设法两全，力除群小，这时节真不堪设想了。"因将设计原委并折服马大等，暨马大等秘谋一说。叶小脚道："马大等想据有杨家后，便设法摆布您，这是千真万真，俺都听他们话前话后商议过的。"于是那小主儿如梦方醒，不由"哇"的一声，撇了酥儿咧，又一面反手自挝，愧悔不迭。

杨坦道："以后主人能习正成家，所有资助都在杨坦身上。俺近日已将您典出的房舍赎回一所，其中日用百物，都安置停当，便请您择日入宅罢。却有一件，您这件嗜好须要戒掉哩。"叶小脚乱噪道："可不是么，吸那歹毒洋药，大半是年轻人儿。在玩笑场中入的瘾，据说是增精力，发身量，比甚么海狗肾还有劲儿。其实瘾一入，倒弄的成了面筋咧，这些事能瞒得过俺么？人家杨爷这片话真是苦口良言呐！"众人听了，倒为一笑。于是那小主儿爬下榻来，向志学翁婿纳头便拜，慌得两人还礼不迭。

正这当儿，一人抚掌而入，业已结束得漂亮非常，向小主儿拱手道："恭喜！恭喜！难得你幡然大悟，可还用俺阿二伺候么？"大家一看，便是小白龙吕二，不由相与大笑。正这当儿，只见施升进来回道："外面张安仁张爷来访主人并殷爷。"杨坦道："快请。"不多时，安仁随施升进来，大家厮见了安仁，便报告赎小主儿房舍等事。原来杨坦自闻志学折服马大之后，便命志学托安仁办这事去咧。那小主儿问知所以，越法愧悔，安仁便趁势也苦劝他一番。叶小脚笑道："如今俺证明了马大等奸计，将来他们要寻俺晦气，众位可得着个手儿。"吕二道："是了罢。叶大姐你不放心，俺跟你捎叉杆如何呢？"众人听了，又是一阵笑。于是小脚辞去。

这里大家方谈过数语，只见施升又来禀道："外面一人，自称尤大威，来寻张爷并殷、吕两位爷哩。"志学沉吟道："甚么事呢？"于是合张、吕都趑向前院客室。这里杨坦又切实实劝了小主儿一番，便命侍仆等好生伺候，专待择吉入宅。这且慢表。

且说杨坦欣然回至跨院，不多时志学趑来，问起张、吕二人，业已各散。志学一说大威见寻之故。却是大威之母闻大威说起志学，好生钦慕，便亲自在家治具，特邀志学并张、吕款洽一番。因大威系奉其母命，大家不好推辞，也便应咧。杨坦道："便扰他一回也使得的。"当晚杨坦夫妇欢悦非常，惟有朱姨更为欣然，忽的悄到院墙下听了回，趑入室，低笑道："那小主儿还似乎哭泣哩。"杨坦叹道："这便是他诚心悔过发表处哩。"大家谈论一回，各自安歇。

次日志学同了张、吕，便赴尤家。须臾尤母出见，举止大方，言词间很明道理。见了志学，连连伸谢训诲大威之意。一双老眼只管端相志学。少时辞入内院，却听得他隐隐笑道："儿呀，这等人你不去拜在门下，还等甚么？"大家听了，也没在意。

须臾酒馔齐备，甚是精洁。大威肃客就坐。饮过两巡酒，忽见尤母裙儿衫儿的扎括着，恭恭敬敬趑近席前，万福道："俺今日一来致谢诸公诲爱小儿之意，二来老妇冒昧，欲令小儿拜殷爷为师，便感恩不尽咧！"志学一听，方慌得谦逊不迭，只见大威业已离席拜倒，一连四个头，口称"吾师"，登时侍立席前，不敢再坐。志学没奈何，还是搔首，忽一眼瞅见吕二向大威一使眼色道："既是弟子咧，快敬老师一杯，俺们还等着起贺哩！"志学不由笑道："岂有此理，原来都是吕兄捉弄俺。"于是吕二大笑道："这话奇哩，俺何曾给您揽徒弟来！但是尤大威性情端正，俺敢作保的。"这时大威业已恭恭敬敬给志学斟上酒，又给张、吕依次斟毕。尤母又欣然含笑，向大家万福，方才辞入。百忙中，安仁的贺杯也便向志学飞过来。志学没得说，只好当人之患咧。当时传杯弄盏，尽欢而散。

过了几日，杨坦病已大愈，那小主儿也便择吉入室。志学本欲回家，不想他因折服尤大威等，闹得名动京师，便有许多游侠子弟纷纷来访。各镖局中也便争欲识荆，颇有愿出重金，请志学入局的。志学一概逊谢，便向吕二道："俺志在家居奉母，今久滞京华，很没意思。但大威拜俺为师，两地分居，如何能授艺呢？"吕二道："人家尤母早打算好咧，他这所房儿便托俺照管，所有存铺生息的银两，也托俺经理，他母子便当移居贵村。俺本是游僧无庙，如此一来，倒很便当。"志学道："如此也好。吕兄你不晓得，这收徒一事，也非等闲，只是俺看大威还是端正一流人，所以才收下他。"吕二道："正是哩！殷兄明正来京吧，咱热闹几天，跟俺到乐亭海沿马市上逛逛去，且好耍子哩。那所在风景既好，又是市场，每年二月末有个把月的大庙会，凡关外的生马贩并京东各县赛马的朋友，都去赶会，热闹的很。俺想趁势贩几匹马来京出脱，多少总赚些钱。"志学随口道："俺那时倘来京，定然奉陪。"当时两人别过。

隔了两日，志学定期回家。大威先趸来，便述移居之意。志学道："就是吧，俺村中颇有闲房，赁居甚易。俟俺到家，给你找妥房子，听俺信再动身吧。"大威去了，这里杨坦夫妇也便给志学治装饯行，忙碌起来。这其间，御者阿二在张、杨两家大酒肥肉，竟吃得白白胖胖，居然将酱紫皮肤色儿退了许多。这当儿也置了两件新布衣，京式的鞋子穿在横宽的脚上。问起他每日干甚么，他却笑的抹蜜似的，但道："明正主人来京，千万还命俺赶车呀！怪不得人要上京下卫，原来真有个乐子哩！别的还在其次，惟有那遮遮掩掩的小胡同儿，真有个逛头，那花不溜丢的小娘儿们，他怎么单瞧俺对眼呢！越说不进去，他们越拉，嚇，以下就别提多么快活咧！"杨宅人听了，都各大笑，便道："你小心着明春春气发动呐，这会子甜不过，到那会子，就许苦哈哈哩！"当时笑了一场。

不多时，张安仁命人来请饯饮，志学只得去应酬。酒酣之后，安仁定馈重金，志学坚辞不受。安仁没奈何，只得盛备水礼，凡京中著名食物用物等，如王麻子的剪子咧，六必居的小菜哩，夹七杂八，几乎弄了一大车。志学只得收了，长揖告别。及至次日临行，张、吕、尤三个直送出东便门，方才踅回。

且说忘学一路上寻思，这次赴京办得两件事，倒也爽快。到家后，见了母妻，细述所以，自然大家欣喜。惟有福姑知那小主儿业已悔过，更加欣慰．因道："那个尤大威既是北京混混，却不当轻易收他。"志学道："大威事母至孝，人又端正，倒还罢了的。"福姑听了，方在沉吟，康氏道："人只要孝顺，就是可造之才。咱后街上郭太婆婆媳俩，住不了许多房子，方要招赁房的。尤家租住那里，倒很便当，你早晚给大威母子去信就是。"

志学道："娘说的是。却有一件，孩儿这一教人武功，只怕还有缠着拜老师的。娘只说年老，当不得家中烦扰，一概替孩儿推出去，就得咧。"福姑笑道："别人且莫提，我看有两人早就撺着红，要跟你学艺哩。"志学笑道："娘子且慢说是谁，俺猜准是徐辅合赵柱儿。"福姑笑道："谁说不是呢。"志学道："徐辅子是佣工，俺看他人性儿真还不错。至于赵柱儿，就怕是过于伶俐，将来性气不定哩。这个徒弟，俺可不敢冒然收他。"康氏笑道："那孩子就是属劣性骡儿的，性儿上采，便是他爹都喝不住他。将来知识大开了，也许好了。"

母子们谈了一回，志学趁空到村中相识走走。又踅赴后街郭家，问妥房儿。及至回家，业已薄暮。只见福姑正合母亲检点他的归装并带来的礼物．一份份匀出些来，准备送庄亲们。更支使的徐辅子并阿二穿梭价飞跑，徐辅子奔走之下，面有喜色。原来阿二是个破扑折嘴，早将志学收尤大威一段事告诉他咧，所以徐辅子暗暗心喜。

当时一家儿晚饭罢，志学侍母，谈回都中风景，方才归房。就灯下修书一封，唤大威来村。又与张、杨两家写了回信，方才合福姑灯下品茗，闲谈杨宅事体。这且慢表。

且说徐辅子既知志学收了大威，命他来村学艺，且喜自己趁势学艺，很是机会。仔细一想，不由又觉不安起来：因自己身既贫贱，又是佣工，倘志学不允授艺，这才是既到宝山空手回哩！难道俺这身铜筋铁骨，便佣工毕世不成？思念及此，不由烦燥得抓耳挠腮。正在兀坐如痴，只听得院中疏落落下起细雨，不由顿然触起那日护坝之事，暗喜道："那日俺主人甚是称赞于俺。便是寻常教俺们打拳玩，俺看主人也偏注着俺，不同赵柱儿一般。由此看来，还有希望。"

　　于是逡巡出得下房，搬了个柴草移入内院厢廊下准备，明天炊饭不潮湿。方趄进志学窗外，只听志学道："娘子，你如何也落寻常之见？人只要有材质，贫贱何害？俺看徐辅子倒是个结实少年，他从贫贱困厄中来，那性气便定得很咧！"这句话不打紧，喜得徐辅子脚下一滑，几乎栽倒。便匆匆到厢廊置下柴，悄然而出，回卧到榻上，只管愣怔怔的。忽然想起个切实着儿，不由跃然而起。正是：

　　　　师倘诚求无不得，人能立志自成材。

　　欲知后事如何，且待续编接演。

下　卷

第一回

收弟子志学得三雄
约良朋吕二传一柬

本书上编交代到徐辅子学艺心切，惟恐自己出身微贱，不得预志学弟子之列。焦燥之间，忽得一计，竟喜得抓耳挠腮。原来，他知志学天性至孝，凡康氏有所吩咐，真是百依百顺。

当时辅子欢喜安歇。次日早饭后，方怙惚去求康氏，又惟恐康氏万一不允所求，自己这一辈子便没发生咧。正在心旌乱摇，皱眉深思，忽觉冰凉的两只手从脖后抄来，掩上眼睛，辅子一怔，便见赵柱儿跳蹿蹿的从椅后转出道："徐大哥，你不对呀！怎的殷大叔要教徒弟咧，这等喜信，你我都是好机会，如何连个屁也不放给我，就这等的独性？"辅子正因自己这档子事不靠实，未免不高兴，只淡淡的道："你怎的晓得呢？"柱儿突骂道："老奸滑，你虽闭了你那鸟嘴，俺一般也长着耳朵哩！俺只用四两烧酒、半斤猪头肉，便从赶车的口中探听得明明白白，那个北京的尤大威敢怕早晚间就来咧。你还瞒我呢，我劝你少独性些儿罢。殷大叔一个羊也是放，两个羊也是放，难道便多着我么？"

辅子听了，气得转笑道："我劝你小小人儿，须学厚道。俗语云，嘴奸心不厚。你整天价淘气玩耍，一来俺没空儿寻你，二来俺心头有事，比不得你十拿九稳的，只要殷大叔收徒弟，其中便有你。像俺这个，便难说咧，所以俺没高兴告诉你尤大威一段事哩。”柱儿听了，颇露得意之色，嗗碌碌小眼一转，忙问道：“你有甚么心事呀？”

正这当儿，只听内院佛堂中清磬冷然。原来康氏自殷长者没后，便吃准提斋，念《高王观世音经》，每日饭后定到所供的观音大士前焚诵一回。这时辅子一听磬音，不由站起来，在屋内乱踱，一面道：“谁没点心事呀！譬如你只顾憨跳，难道不是心事么？”说着，望望日影，只管起坐不安。那柱儿瞅了一霎儿，略一沉吟，才搭趁着踅去。

这里辅子叹了口气，赶忙整整衣衫，踅向佛堂。只见康氏清课已毕，正在佛案前自家扫地，辅子赶忙接过竹帚。康氏坐在佛案前，见辅子运帚几挥，业已干净，因笑道：“到底是学过把式的人，手脚煞利。如今你又要添些活计（俗谓执役之事曰活计）咧，等你大叔腼着脸子当老师的当儿，那习武院内还得你去伺候哩。”看官须知，徐辅子本是豪气凌云的人，一闻此语，陡触起身世之感，不由放下竹帚，望望康氏，忽的扑簌簌两眼泪落。康氏诧笑道：“唷，这是怎么咧？你不愿去伺候，也没要紧。本来你是个孤另另的孩子，靠作工生活，俺家只管拴上你，也过意不去。小小人儿，快别伤心罢。”

辅子听了，越法感动，抹泪之间，早忽地矬了半截儿。康氏道：“唷，快起来！你在俺家受了谁的委屈，只管说。”辅子叩头道：“小人自蒙豢养以来，感恩不尽。今只求老太太一句话，成全小人，情愿终生服役宅中，岂有不愿伺候习武院之理呢！”

康氏听了，好不诧异，沉吟间，忽暗笑道：“这孩子人大心大，又当成家的年纪，定是看中那妮子咧！”于是笑道：“辅子快起来，嗑头礼拜的，看人家笑话。你眼力倒不错，本来小蕙那妮子丢丢秀秀，头儿脚儿的也伶俐，怪得人意的。但是你要讨他作老婆，一来俺须合他商量，二来你养家活口，也不容易。小人儿价只知娶媳妇是高兴的事，却不晓得一娶媳妇，算是上了套儿咧，你抽筋拔力的养活他，不消说以后生男育女，教养婚嫁，那累赘麻烦就大咧。到一口气断，算是卸了担子哩！"

一席话夹七杂八，闹得辅子竟自怔住。原来康氏有一贴身女婢，名叫小蕙，有十六七岁，生得颇有姿色，并且爱说爱笑，热心肠儿。见徐辅子孤单可怜，有时辅子拿衣服等求他补缀，他再没有不理的。所以康氏蓦想至此。当时辅子略一定神，知这位老太太闹拧咧，忙叩头道："小人并不为此。"一言方尽，只听窗外沙沙的，似乎有人扬了一把土。

康氏笑道："这可闷煞我咧，你到底为何呢？"于是辅子一说求为志学弟子之意。康氏道："俺当是甚么大不了的事哩！若为这点事，只消老身吩咐你大叔一声儿就是咧。好在你的性气，你大叔是晓得的，要是赵柱儿那孩子，诡眉溜眼，俺就不敢保咧。"辅子听了，称谢站起。

过得半月余，志学便命辅子收拾习武院，并对他道："昨天老太太吩咐俺收你为徒。你为人很正派，本在俺意念之中，这不消说了。只是昨天赵甲听说俺有意授徒，便给他们柱儿来说从学。柱儿呢，聪明是够用的，就是性气太劣蹶，还有他那两只眼光，总透着流走不定。当日先生曾训诲过俺道：'凡看人性气，就眼光上最能窥测。'俗语云：眼邪心不正，不曾错的。你此后倘授弟子，切须仔细择人。如今柱儿性格，俺很犯含糊，却又难却赵甲谆谆之意。二来柱儿在俺这里走动的很厮熟，一旦尤大威到来学艺，独独的不许柱儿学，未免乡里间面孔上不好看。这倒是件为难事哩。"说着只管沉吟。

辅子为人虽机警，究竟见识不到，便道："柱兄虽欠端重，或是孩儿家佻巧顽皮性儿，日后成人，也许能变化性质。"志学道："这话也有理，俺且一并教他，随时留意便了。你下半晌且到后巷郭家望望，请他婆媳妇归并出个空院来。俺昨天已接到大威回信，他母子不久便到哩。"

于是辅子收拾院儿毕，便赴郭家。勾当良久，方出得郭家，只见柱儿笑嘻嘻的跑来，不容分说，拖住辅子一阵厮扭，跳着脚儿笑道："原来徐大哥真是好些的，那会子殷大叔合你说的话，俺都听得咧，若不亏你帮衬俺事儿，就糟咧！却有一件，姓尤的终是外路人，将来你我若得了殷大叔的甚么毒着儿，咱千万都不许说给他。"辅子笑道："你真是孩子见识，眼光看一寸远。咱既在同门学艺，便赛如同胞兄弟，有善相辅，有过相规。以后事业共作，祸福一体，方显得同门义气，也不负师尊教诲一番。快不要鸡肠鼠肚的，惹人笑话。"

柱儿笑道："好哇！怪不得那老太太喜欢你，一口应允给你吩咐大叔一声。只是他老人家那一打岔，你怎的不就跤跌，先闹个花不溜丢的媳妇儿不好么？"辅子惊笑道："你这猴儿，就该撕嘴，怎的你就晓得此事呢？"柱儿一挤眉道："今天俺是偶然从窗下过，听得殷大叔正在讲说俺。你那天向老太太磕头礼拜，俺却是诚心跟在你屁股后头哩！"

辅子叹道："兄弟，你这机伶法本来可爱，可是大叔踌躇的话儿，就是你机伶的太过火了。以后你留意这一点子，管保一生受用，大叔本来赞你聪颖过人的。尤大威俺虽没会过，但听大叔说，人很正性义气的。"柱儿掉头道："那个咱不管他，咱只用心学艺就是。徐大哥，你看着，俺学艺准不落褒贬。"辅子喜道："这便才是。"

当时两人匆匆别过，暗含着各自高兴。那柱儿尤其好胜，竟自抛掉玩耍，闭门不出。先跟他父亲习练起寻常拳脚，惟恐尤大威一到，自己比不过人家。

又过得十余日，大威母子由京到来。先入殷宅，拜见过康氏等，然后在郭家闲院内安置家居。康氏合福姑也去回拜尤母，两位老太太谈叙起家常里短，竟越说越对劲儿，于是彼此又请了两天酒，方才渐渐消停。辅子合大威自然相见恨晚，惟有柱儿见大威一团正气，没说没笑，不很对他的脾味。大威却甚喜柱儿机伶。

过得两天，志学择日开塾。弟子三人排定次序，是大威居长，辅子次之，再次是柱儿。每日早晨、午后两遍功课，志学便一按瞿先生的教法，依次价教将起来，内功外功一齐并进。喜得三人姿质都好，志学只每日指点过，他们便自行练习。所以志学多暇，依然的料理家事，赶集赴城，不害农务。惟有柱儿终日埋头在习武院，非二更后，他不回家。有时还悄悄趱回，跳墙进院，暗察一回，惟恐志学多教了辅子等武艺。他这一学艺不打紧，蛰龙峪村坊间好不安静。因他先时节，便似脱缰劣马，终日合群儿厮打，吵得大家都不安生哩！

光阴迅速，转眼间腊尽春初，又是正月当儿，山村中虽没甚热闹，然而怯龙灯、土社火总还有的。灯节既到，一般的锣鼓喧天，红男绿女，十分高兴。说也奇怪，便连尤、徐两人老成性儿，都不免逐队玩玩。惟有柱儿连习武院都不出，只是自家练习工夫。这一来，倒出乎志学意料之外，徐察柱儿，委实的聪慧非常，并且富有悟性，一点就透。志学本来喜他的，从此便看待他如尤、徐一般了。

这日灯节才过，志学偶趱向庄亲家拜年，方回到自家门首，只听背后有人唤道："殷一爷慢走，俺且给你拜个晚年呀！"志学回望，却是本村中赶脚儿车的俏皮郁六。此人生得一睑黑酱大麻子，却爱说爱笑，甚是和气，整年上京下卫，拉脚营生，给本村人捎书寄物，且妥当不过。因他每次出门，定要买两件时髦衣鞋穿穿，所以竟得“俏皮”绰号。当时志学忙笑道：“呵呀，俏皮哥儿时来的呀？灯节儿都过咧，怎还提拜年？”郁六笑道：“青草没驴眼，拜年也不晚。一爷且升个座儿，等俺给你进个头儿呀！”

两人一面说笑，同到院内客室里，彼此一揖，即便落坐。恰好大威在左右，连忙端上茶来。郁六欠身道：“尤兄别客气。俺昨天由京回来，那位小白龙吕二爷给你捎了好儿来咧，并有给你经理的账目银两，还有给一爷的信函。”说着从怀中掏出银两、信函，置在桌上，一气儿灌了一碗茶，就要拔脚。志学忙拦道：“你忙甚么，咱且谈一霎。”郁六撇着京腔道：“干脆咱们回头见，我还到我二大爷家拜年哩！”志学大笑道：“拜年不打紧，仔细着别咬字，招的你二大爷赏你顿肥耳光。”郁六一听，不由大笑。

原来郁六前两年由京回家，大撇京腔，便有本村促狭人道：“这小子厌气得很，等我叫他二大爷给他个嘴巴。”于是悄悄留神。这日大家见郁六的二大爷灰朴朴的，穿了撅腚短袄，黑汗白流的在荞麦地里上粪。大家便一挤眼，寻着郁六道：“走哇，咱且到田里散散去。你老哥逛京逛够咧，也换换眼界。”这时郁六打着蝎子钩的小紧辫，新穿件青绸大衫，手持江西柳的全棕黑折扇，一面溜得扇刮刮怪响，一面说笑着，随众到田里。他二大爷一瞅他抖飘样儿，业已气往上撞，不想郁六望着荞麦，颠头播脑的道：“你瞧，好漂亮！这方茎绿叶开白花，是甚么东西呀？”一声方尽，他二大爷一扬手，脆生生便是个耳光，郁六赶忙收起京腔道：“原来是荞麦哩！”

当时郁六笑着坐下道：“俺白挨了一个耳光，再也不敢抖飘儿咧！”大威从新泡上茶来，志学便交给他桌上银两，自行踅去。这里志学合郁六闲闲谈笑。郁六道：“今年北京灯节儿越法热闹，只就是抓儿手太多。不但抓手儿，五城中很出些稀奇窃案。大宅门中报案累累，许多金珠贵重东西既在深宅密室，又是箱压柜锁，他竟愣会不翼而飞。更稀奇的是，某京卿家有世藏珠钏，价值数万金，本交给一个姨太太收藏。这位姨太太年过四旬，很是正派。一日，某京卿忽接到一封匿名书札，上面的话儿道：'近闻你受人重赂赂，使某御史弹劾某人。不义之财正应吾用。今订于某日某夜，取你珠钏，以折此款。如妄罪掌管之人，吾当剑取汝首。'某京卿见信，以为是无赖吓诈，虽心下怙惝，却不信就有这般能为的飞贼。那知到了那夜，珠钏果然被盗。

"这一来，某京卿可上了土鳖火咧。他倒不心痛珠钏，却疑惑着自己暗含着戴了顶绿帽儿，以为那姨太太定有外交儿，故意弄这假局子，盗取珠钏。于是连日逼问那姨太太，闹得翻天覆地。那姨太太不消说是寻死觅活，各处里求神卜告，表明心迹。正在满城风雨的当儿，那东岳庙前那根旗竿，一爷你是见过的，少说着也有七八丈高，忽然从杆斗儿内落下许多旱烟灰。庙中老道觉着蹊跷巴巴的，搭梯架，寻高手泥瓦匠上去一看，那匠人一个整颤，几乎栽落。原来斗儿内还有许多的粗纸包儿，油腻腻的，都包些鸡骨肉皮。这分明是有人在上藏身了。

"又有一个护军，四更时分巡察街坊。趑至前门，忽见城楼上火亮一闪，那护军忙伏在城壕边，偷觑动静。少时果见两条黑影儿，燕儿似飞落城下。一个影儿如飞东去，那一个更不客气，竟奔向护军，道：'朋友，你苦哈哈的在这里受清风，不过弄口老米饭吃。俺给你点小意思，合你老婆孩子喝粥去罢。咱老子明天又该挪窝儿咧。'说罢，抛下一物，登时一跺脚，影儿不见。护军拾起那物一看，却是白花花的圆锞儿。俺出京时光，城里大班上的人们因缉贼不着，正被逼得叫苦连天，乱抓瞎哩。"

志学笑道："你别捣鬼咧，凡事到你嘴内，就说得一朵鲜花似的。如某京卿那档子事，俺揣量着，也许是那姨太太串通了人，闹的鬼哩。若有这样飞贼，倒是怪事哩！"郁六笑道："你不信就罢，俺这可要给二大爷拜年去咧。"于是笑着别过这里。

志学便随手儿拈起吕二那封信，只见封面上歪歪斜斜，字有胡桃大小，不由好笑。及至拆封阅罢，不住哈哈大笑。恰好大威一步趱去，志学笑着递给他，道："你看他信中还问候你哩。"大威接过，一面看，一面嘟念道：

殷老哥：你好哇！

　　你我知己，不说套话。老实说，你好在那里，我好在这里，你那好法是新春新喜，老少团聚，米上仓，谷上囤，壮门面的还有肥狗胖丫头。大家嬉嬉哈哈，吃元宵，过灯节。再不然，村中闹台《滦州影》，你老合本村七大姑八大姨的，游个晃湖儿（即叶子戏），倒也写意。我这好法乐子更大哩！一进正月，赌运亨通，牌宝骰子一齐来，每天腰包儿总要装的气蛤蟆一般。真是人有钱，气就粗。这才几天的工夫，我还是个没落子的吕老二，如今咱小辫一撅，街头一站，吐口唾，人家说响似铜钟，放个屁，人家说比花汉冲（北京著名之香货店）香的还狠！哈哈，好快活！我竟创了个响当当的'吕二爷'，整天价呼朋唤友，吃馆看戏嫖窑子，大把儿撒钱摆阔绰。这一家伙，可舒服到云眼儿去咧！

　　却有一样，我想起去年彼此聚会，就像心头上掉了甚么似的。呵呀，我的老哥，你赶快来京，逛个正月景吧。多咱咱顽腻烦了，便上滦州马市，你说妙不妙呢？大威老弟想亦甚好，就此问候。不多叙了。还有人等我作庄（赌中名目）哩！

大威看罢，忍笑置在案上道："吕兄就是好赌，这倒是他亲笔写的。老师若进京，便烦传语与他，所寄来之银两，均已收到，俺就不写信咧。"志学道："俺这时又懒怠赴京，过两天再说罢。"

当晚合福姑谈起吕二之信，不由好笑。福姑道："你赴京也可以的，就势儿望望俺父亲。去年啾啾唧唧的，只管闹病，这当儿不知大好了不曾。"志学一想，左右是闲暇没事，次日便禀知母亲。又吩咐了佣工们该作的活计，并新教大威等几路武功，命他们加意温习。略为收拾行囊，带了防身短剑，索性图爽快，只骑了一头毛驴儿，便扑奔西大道，向京师而来。

二百来里路，不消两日，已入都门。因赴吕二之约，便先奔尤大威家。拉了驴儿，方想叩门，只听里面一阵哗笑，接着有人大呼道："幺来好宝！"正是：

　　赌徒自昔藏游侠，燕市重来会故人。

欲知后事如何。且听下回分解。

第二回

访白龙赌场逢莽汉
坐黑车花局得贼踪

　　且说志学听得有人呼幺作局，暗笑道："怪不得他说赌运亨通哩！"逡巡间，"拍拍"一叩门，只听里面高应道："那个呀，敢是二爷么？"说着一启门，却是个肿眉塌眼的汉子，一脸的失睡熬夜的神气，歪戴帽子，披着袍儿，见了志学，只立楞着眼儿。

　　志学道："吕爷在家么？"那汉子道："他若在家，俺这两天还输不了钱哩！干脆你来得不巧，你就请罢。"说着"嘣"的声关上门，自言自语的道："真他妈拉巴子的丧气，怪不得俺喊幺，来了个二，原来这怵哥弄个乌驴子，破俺彩兴，不用驴叫，就转成二（压宝诀中，有驴叫二之口语）咧。这个偏屁股压的俺窝囊哩！"（压宝正反着红心者，俗谓压黑屁股。幺居二偏位，故云。）志学听了，不由好笑，因又叩门道："吕爷既不在家，俺且进内候候他，俺姓殷，是从蓟州来的，特来奉候。"那汉喝道："蓟州来的，几个官板（钱也）一斤呀？活该你姓殷，干俺鸟事？你瞧，这不是诚心搅么？"

　　正说着，又有人道："老黑呀，你可是要作死，少时咱再说，这是二爷的好朋友到咧！"说着门儿一启，笑吟吟迎出两人，向志学举手道："原来是殷爷到来，快请进内安置罢。"于是一人接拉驴儿，一同进内。到得客室中，志学一眼便望见，外间里正铺着很热闹的宝局，还有两人正在收拾钱注，一见志学，都站起来抱拳见礼。志学忙道："倒是俺有扰诸位清兴咧。"众人笑道："殷爷合吕二爷都是自己人，俺们也不怕见笑咧！"

于是大家陪入里间，落坐吃茶。彼此叙谈起来，志学方知这班人都是吕二的帮闲赌友，因吕二这两天没回家，大家便群聚玩钱。少时那个老黑也踅进来，惶愧得一张脸红郁郁的，直橛橛向志学一个大揖，却又说不出甚么来。众人笑道："殷爷大人大量，不怪罪你。你快去给驴儿多加草料，省得他再给你叫个二来。"志学听了，不由大笑。问起老黑，即是吕二的赌伙，便就势儿当了一半儿仆役，凡吕二出门，就是他看家。当时众人周旋志学，一面准备中饭，在客室内安置行装，一面陪着谈话。

志学问起吕二，众人道："这两天俺们也正纳闷哩，各处寻他，只是不见。"于是屈指道，"北池子霍四把家是大局，油坊胡同钱奶奶家是二爷落脚的地处，还有报房胡同王老姑娘、口袋底吴银子家，这些玩笑所在，也都找遍。大正月里，他又没正事料理，您说他跳向那里呢？"一人道："据我看，他也许三不知去访殷爷哩。他自给殷爷去信后，便时时盼殷爷到来哩。"一人道："岂有此理！这时他赌运很好，正准备抓钱去贩马，岂肯出京？"

志学合大家猜想一回，通没作理会处。于是用过中饭，先到杨坦、张安仁两家走走。杨坦坚邀志学本宅来住，志学因赴吕二之约，不便来住岳家，傍晚踅回，众人已散。一问那老黑，吕二还没回来。

须臾掌上灯烛，志学枯坐良久，甚是寂寞。恰好老黑泡上一壶新茶，志学一面吃茶，一面斟给老黑一杯道："你也吃一杯，消消渴睡。俺看你脸色，有好几夜没困觉咧。"这句话不打紧，登时招的老黑呵欠连连，却笑道："俺这脸色是头两年受的病，倒不是顽钱失睡之故。俺去年时，还在某王府里当三四等赶车的。殷爷你想，咱这胎貌，并大花子似的穿着，会上的了盘台么？人家那当漂亮差使的，都是稀松的大辫，青郁郁的头皮，一张脸孔刮磨的比新剥鸡子还白嫩，穿的缎棍一般，走到人跟前喷鼻儿香，说起话来赛如画眉，真是连眉毛都是空洞的。咱自知挤不上去，在府当差，只给他个实心眼儿，并且嘴稳手勤，不管闲账。"志学笑道："只要嘴稳手勤，到那里都吃香的。"

老黑道："对呀！那时府内有位总管内宅的妈妈，他姓宁，是三河县的人。自幼儿便在京内阔宅门儿，真是经多见广，一张嘴真有说的王母娘娘要嫁人的本领。王爷的姬妾有七八个，便在府后园列屋而居。其中摆设天宫一般，便归这宁妈妈管领一切。不知怎的，众位姨姨都女儿似的孝敬宁妈妈，你争着制衣，我抢着作鞋，还有暗含着的大钱钞，宁妈妈也不知得去多少。"

志学笑道："这无非是争妍乞怜，希望他在福晋面前说好话、得脸面罢了。"老黑道："也许的是。俺在这府过了几月，里外的人都叫俺'黑老实'，渐渐的姨姨们也叫俺买办物件。殷爷你想，王府中的买办，花一报十，便算很有良心的。俺买办，都报实数儿。这一来欢喜的宁妈妈了不得，从此便提升了俺，专在后园伺候赶车。这一来，俺十天中倒有五六日熬夜，所以闹的脸色枯黑，便似吃鸦片烟的朋友，直然的变不过来咧。"志学道："这是为何呢？难道你伺候后园，还管值夜么？"

老黑道："您不晓得，便是俺今日之下，也是纳罕。那宁妈妈提升俺之后，又悄悄给俺加双分工钱。却有一件，合俺约定，嘴要严密。从此每到二更左右。他便另扎括一身衣裳，时而像乡下妈妈，时而像个老鸨子，腰系一大幅青绢，并揣着小酒瓶儿，便叫俺备车，拉着他由园后门出来。他说东就东，说西就西，一跑就是一个更次。有时在僻静所在，遇了精壮少年，他便合人兜搭。也有一见他，唾一口便走的，也有闷浑些的，便被他兜搭住说笑。他定让那人上车，给他点酒吃，便叫俺放下车帘，一径趱回。一到园后门，这算俺差事完毕，他自给那人蒙上青绢，扶持入园。以后事儿，俺便通常不晓得。

"有一天却把我吓坏咧。那夜有三更时分，阴雨蒙蒙。宁妈妈面色仓惶，忽命俺备车伺候。须臾，他合两个姨奶奶搀扶出个郎郎当当的少年来，业已面如白纸，一丝两气。扶持上车，宁妈妈跨上车辕，便命俺赶向城西角御河沿。呵呀，俺的殷爷，你老不常在京，料不晓得，御河沿凶得紧。那所在一片空地，四无人家，都是些乱坟荒冢，时常有无名倒卧并狗刨的死孩子等等。每逢夜深，左近人常听得似乎鬼叫，大清白日人都怯步。这黑夜阴雨当儿，俺如何不发沉吟？宁妈妈笑道：'亏了你还是男人家，我老妈妈子还同你去，你怕怎的？'俺当时没法儿，只得一握鞭儿，便奔河沿。

"宁妈妈这老家伙真有个挂心骨儿，梗起个卧龙舟小篆儿，就像没事人似的。到得那里，停住车，俺一看那少年，业已直僵僵的挺了腿咧。正这当儿，俺只听身后咻咻有声，竟似有人拉俺后衣襟。俺腿子一颤，几乎跌倒，只见宁妈妈拾起块石头，抛骂道："畜生，你倒嘴紧哩，这早晚还不是你口内的食么？"野狗嗥叫之间，宁妈妈业已拉住死人腿子，拖翻在地，一翻身跨上车，便命俺加鞭趱回。

"俺惊定一想这事儿，透着不像话。这等人命关天的所在，混长了不是顽的。所以俺辞掉某王府，穷混了些日子，才到这里。殷爷，您说这是怎么档子事呢？俺一向闷在肚里，也不敢向人说，真是北京城无奇不有哩！"

志学不常在京，那知都中社会状态，当时思索一番，也是茫然。因又问老黑近来京中累出窃案之事，老黑道："不错的。殷爷还不知，近来贼老哥越法不像话了，竟有两家因被贼采花，羞愤自尽的。"志学愤然道:"既有这等事,俺倒要在京多耽搁几天咧!"

两人谈话良久,业已二更大后,老黑欠伸道:"殷爷长途辛苦,便请安置吧。明天咱到贾老西处找找吕爷,吕爷常向他那里放借贷,或在他家顽个闷局儿,也未可定。"说着端起烛台,方要顺手儿掩上客室门,只听"拍拍拍"有人叫门,老黑应诺,执烛趋出。这里志学方要自掩室门,只听大门上关键一响,老黑嚷道:"俺这里是光棍堂,你一个小男妇女,半夜三更的找谁呀?"一路胡吵,直趸进院。烛光明处,志学望得分明,只见一个很漂亮的旗装小媳妇,大步小步的直扭进来,一直的便奔客室。志学诧异之间,老黑早执烛赶到,三人对厮面仔细一看,不由互相惊笑。原来那小媳妇并非别人,就是那大家寻不着的小白龙吕二。这当儿梳着两把头,穿着大得勒(即旗袍),脚下是厚底大红缎绣花旗鞋,俏摆春风的站在志学面前,百忙中竟行了个旗礼儿。

志学大笑道:"吕老弟,你太也好诙谐咧!你这样儿在街坊上扭,不透着不仿佛么?"吕二正色道:"别提咧,俺这是死里逃生,没想到还能见着您哩!"这句话不打紧,便连老黑都惊得张大了口。于是彼此落坐,那吕二不暇更衣,便滔滔汩汩说出一席话来。

原来吕二前两夜自一家赌场中顽钱回头,方趸进西直门,业已二更大后,街坊上静悄悄的,只有路灯儿半明不灭,隐约照道。他一面唱着京调,方趸过一处胡同口,忽见个老婆儿,衣衫整洁,手内挟着个小包裹,坐在胡同口街石上,四下张望,似乎是迷道光景。一见吕二,忙迎问道:"借您光,从此处向某胡同去,对路么?"吕二笑道:"妈妈敢是乡下人么?您已走过了某胡同二里多路,从此处趸回去,弯弯转转,好不绕脚哩!"老婆儿道:"俺倒不是乡下人,是在某宅里佣工,因轻易不出门,所以模糊糊掐头蠓似的。这夜深当儿,您老行个方便,送俺到某胡同如何呢?"吕二向来通脱和气,于是引那老婆儿一径趸去。

须臾，行抵一处大宅，气象阔绰。老婆一叩门，便有人拔关出来，一见吕二，不由笑向老婆儿道："妈妈明天得赏，您别吃独食呀！俺冷冷哈的给俺等门候户的哩！"老婆儿赶忙瞪那人道："少说闲话，俺若不亏这位爷引路，这当儿还在撞街哩！"于是拖住吕二，坚请少歇。吕二推辞不过，只得随他举步。但觉院宇深沉，曲曲折折，好半晌，方到一小小精致屋内。

　　那老婆儿连忙让坐，便唤道："翠儿呀，快泡咱的上好茶来。"须臾，一妖娆小鬟捱进，捧上香茗，退立一旁，瞅了吕二，咬着小指儿，微微含笑。吕二奔驰渴燥，便谢了声，举杯饮尽，只觉那茶甘香清洌，却稍带些辛馥之味。刚要站起告辞，忽然一头晕倒。及至醒来，似乎是卧在很温软的榻儿上，一阵阵兰麝芬芳并脂香发气只管往鼻孔里钻。张目四望，又苦于黑洞洞的。想要挣起来，无奈四肢无力，更作怪的是欲火升腾，刻不可奈。诧异中引手乱摸，这一来，吕二竟不暇致问，居然糊里胡涂狂荡起来。原来有一妇人正赤条条的躺卧在他身旁，真个是肌香肤滑，再好没有咧。当时吕二心头也自清醒，只觉身子软得一堆泥一般。他久居北京，颇晓得些鬼祟事儿。当时略一沉吟，便恍然自己坐了好体面的黑车咧。

　　阅者诸公尽有老北京，定知北京有"坐黑车买荷包"之说。这坐黑车，便是王公大老们的姬妻们，因老头子精力不济，大家耐不得寂寞，便用这法儿嬲取精壮少年，自取其乐。群雌粥粥，总要弄得人家髓竭，方设法摆布灭迹。大略便如蒲留仙所纪的《天宫》那段事。至于买荷包，惑法可笑。曾有一段笑话，今且述来。

　　有一位南省的孝廉，来京会试。这位先生是个苟不言、苟不笑的脚色，终日价埋头读书，只在会馆里作他的工课。外省人在京日久，未免欠亲友的借贷，一日，他家中寄到款子并应用的体面衣服。这孝廉大高其兴，便簇新新扎括起来，携了百十两银，趑去还账。一总儿去了十来天，也没回来。众亲友不由着忙，便四下里寻。他有个友人，清晨一开门，却见一个蓬头垢面的大花子，只穿件破裤衩，手抱双肩，奔马也似跑过。仔细一看，却是那位孝廉公。于是友人大骇，忙拖进他，一问所以。

原来那位孝廉那天去还账，恰值主人不在家，孝廉不便交代，便自就酒肆中喝了回闷酒儿。出得酒肆，业已日光将落。穿过几条小胡同，只见一家儿门儿半掩，门楣上挂着个绣花荷包，针工儿委实呱呱叫，就是旧些儿。孝廉暗道："巧咧，这定是卖荷包的，俺来京多日，通没些人事寄家，何妨买几对荷包，托乡亲寄去呢。"想罢，"拍拍"一叩门，里面娇声细气的道："干甚呀？"孝廉道："唔呀，俺格荷包格，几化钱卖格？"

一言方尽，从里面踅出个小媳妇儿，有二十多岁，扎括的花脖鸽似的。容长脸儿，明眉大眼，脸蛋儿上满堆着骚俏，一笑两酒窝。水零零一溜眼波，将孝廉上下一打量，便笑道："俺这荷包对劲儿也就卖的，价钱不拘，只要您不嫌次。"说着笑吟吟踅进。孝廉便觉有股肌肉幽香，甜甘甘扑到鼻孔。那孝廉生平没领略过这等境界，不由模糊糊的嗳嚅道："那荷包有点旧咧，如有新好的，价钱到不在乎。"

小媳妇笑道："有，有，现成的很！俺那荷包，绸包绢裹，风也吹不着，日也晒不着，紧紧凑凑的簇簇新，便藏在里面，管保你一看就对劲儿。"说着伸出棉团似的手，拖了孝廉，竟入内室。孝廉一看，那室内衾绸床帐，铺设整齐，暗想道："毕竟是北京人好排场，一个卖荷包的女老板，便住这样的房间。若在我们苏州专诸巷，便是顶呱呱的顾绣店，也不过如此呀！"正在思忖，只见那媳妇让坐之后，泡上细瓷杯的香茶，又取过蜜饯果盒儿，殷殷劝客。然后翩然站起，踅入对面房间。

这时孝廉被他恭维的很不得劲，暗道："少时挑买荷包，千万可别合人家争价钱咧，人家这等恭维，再合人家争多论少，真透着不开眼咧！"正在思忖，只听那媳妇吩咐仆妇道："今天晚饭不要弄得腻腻膻膻的，人家南方老爷们比不得咱们生葱大蒜肥羊肉的不离嘴。你只作清汤鸭臛，配些口蘑笋尖儿，其余盘碟儿也要清淡一路。整治停当，把陈绍酒放在一旁，等用时俺自己煨热。早煨上，怕酸掉人家的牙哩。"便听仆妇笑道："就是罢。通不用你老分心，便是门口幌儿，俺都摘进来咧。"

孝廉听了，正在莫明其妙，只见帘儿一启，仆妇秉烛而入。孝廉道："天气不早咧，请你家老板快拿货来，俺看了买妥，还赶快回寓哩。"仆妇抿嘴笑道："地道货，管保不错，看不看没要紧的。"说罢，含笑趋出。

须臾，小媳妇掀帘踅进，又换了一身雅淡衣装，只口衔丝巾，向孝廉眼波一溜。孝廉心头一荡，模糊糊如作梦一般。那小媳妇更不客气，便偎坐在孝廉身旁，抱了他脖儿，只附耳一阵喊喳。孝廉恍然大悟，一个小小荷包内竟装着偌大乾坤，于是情不自持，要道学也来不及咧。当夜合那小媳妇夜饮尽欢，自不消说。一连快活了十来日，百十两银子早已陆陆续续装入小媳妇荷包中。

这夜孝廉方搂抱了小媳妇起腻，只见仆妇奔唤道："可了不得咧，老爷回来咧！"便有人"拍"一脚踢开房门，孝廉赤条条惊望去，却是个四十来岁的黑麻大汉，只那手指头便有小萝葡粗细，大帽官靴，似乎是小京宦模样。不容分说，向孝廉几个耳光，大喝道："来呀！快将这厮捆了，送官处置。"一健仆应声而入。那小媳妇蒙被哭道："俺给老爷丢脸，本该万死。若如此一张扬，俺越发活不得咧！"大汉喝道："你还敢胡说！"于是那仆人道："老爷体面要紧，剥脱这厮，撵出去就是咧！"说罢，揪起个光溜溜的孝廉公，就要拔步，亏得那仆妇掷给孝廉条裤衩儿。那孝廉黑夜里在街上东扑四摸，其苦万状。直至天明，幸遇着他的友人。

闲话少说，当时吕二知入圈套，便慨然道："你们这把戏，俺尽晓得。但俺合你没仇没恨，想你也不愿害煞俺。咱何妨作个好相识呢？今俺对天盟誓，决不泄言，坏你名声就是。"妇人笑道："你能如此，好极咧！俺还有两个姊妹，索性咱大家见见。"于是掌上灯烛，轻叩板壁。只听"哗唥"一响，现出个机关小门儿，便有两个美人儿懒鬓低垂，睡眼惺忪的趄过来，合那妇人相视而笑。吕二细望，真是花嫣月媚，各有态度。其中一个妇人名叫月姨，吕二听他语音，似乎是蓟州人。抽空儿暗地问他，果然是吕二本村的人。自幼儿被人掠买在京，便当了这家显官的姨太太。

乡人相遇，自有一番情分。月姨道："你不须着急，俟过两天，俺看个机会，打发你去就是。只是你要谨言，倘有泄漏，被俺家主知得风声，俺们便都是死数咧。本来他们胡闹，俺不随群儿，他们就许害了俺。新近不多日，还有一桩可怕的事。有一天夜里，俺姊妹三个正在抹牌玩耍，忽听房檐前'刷'的一声，似乎是鸟儿飞落。烛光一闪之间，登时闯进个少年人，浑身青衣，矫健非常，用手中单刀一摆，满室中白光乱闪。俺们只惊得塑在那里。那少年道：'俺夜行到此，你等不必害怕。俺也不取财宝，只你们服事俺就是咧。以后俺高兴就来，你等若口头不严，莫怪俺割你们的头！俺就在穆公府艮止园内落脚，你等若不要脑袋，只管声张，遣人去捕。北京中千门万户，俺看着通似没人哩！'说罢，他回手掩门。以下事儿便说不得咧，俺三人都被他揉搓够，他方一跃登房，倏忽不见。从此时时的来，只这三五天的光景，他才没来。却是外边都哄传，近来有飞贼采花，并且逼死人命等事。你想，这飞贼多一半就许是那少年。这等人时常来此，多么可怕！可笑他们趁这当儿，又将你弄了来。倘若那少年到此，撞了你，咱大家还有活命么？"

吕二听了，虽是吃惊，却一转眼，倒得了主意，便趁月姨的口气，尽力的一吓他。月姨慌了手脚，便合他姊妹两人一说吕二在此，大家危险之故。两人听了，都花容失色，便道："这怎么办呢？

可巧主人新近回宅，门户甚严，须过两天，才敢放你出去。只是这当儿，万一那少年撞了来，可怎么好呢？"说着围定吕二，慌作一团。吕二见了，不由哈哈大笑。正是：

　　金蝉脱壳思良计，春洞迷香亦趣闻。

　　欲知后事如何，且听下回分解。

第三回

闹酒楼奇观金叶雨
探荒园夜饮芍药坡

　　且说吕二见月姨等慌作一团，便笑道："如今俺一时去不得，那少年倘或撞来，真个不便。俺倒有一计，你等快给俺俏扮女装，俟你主人出宅后，俺便混将出去。一来省人注目，二来这当儿，便是那少年撞将来，咱也可掩饰一时。"

　　众姬妾听了，都各道妙。其中有个叫常姊的，生得高细身裁，又是旗装，便登时寻出自己衣履，给吕二打扮起来。这一来迷离扑朔，不辨雌雄。吕二这两天倒极尽平生未有之乐，幸而那少年没撞来。一日，二更大后，众姬妾抽个空儿，便将吕二放出，所以吕二一径的趱回己寓。

　　当时吕二述罢，在灯影下婷婷袅袅，很有姿态，招得志学只管抚掌不已，因向老黑道："今听吕爷一席话，方才你谈的某王府一段事，大半也是黑车的勾当。可见北京煌煌帝都，暗地里有多少暧昧，害人非浅。吕兄所说的那个少年，定然与刻下的窃案有关。这艮止园在那里，俺倒要踏访一番，除这患害。"

　　吕二笑道："咱吃了自己的清水老米饭，为甚阴功捕役呢？且由他屁股比烂吧。"志学道："话不是这等讲。窃盗已经该捕，何况他还恣行淫恶。"吕二笑道："如此说，俺这趟黑车倒坐出功劳来了，不然那里访这头绪去呀！可惜俺当时慌忙，没问明那少年是甚么形状。这艮止冠俺倒晓得，距此二十多里，便在西山脚下芍药坡旁。穿过那一带杏林，转一个小土冈儿，便是那园子。此园还是乾隆年间，有一位穆公爷筑的别墅，里面长林假山，亭馆楼阁，规划大得很，只是如今早颓败得不像样儿咧。因穆公爷的后人很没出息，前几年，因那园太大，不易出售，便拆卸木料，零星着卖。近来忽然园子内哄传闹狐鬼等事，因此连那看守废园的人也不敢在那里住，只好深深锁闭罢了。"

志学笑道："这等所在，正好藏奸隐盗。忽然闹狐鬼，怕不是贼们弄得玄虚么？"吕二道："殷兄既高兴，咱明天便去踏访。"志学道："吕兄不必去，等俺访出踪影再说。你这时赌运亨通，不必耽搁罢。"吕二笑道："不瞒你说，俺这些时，连贩马的本钱都捞出来咧。"于是又问候大威，并志学家居乐趣。直至更深，吕二方才换去女装，合志学分头安歇。

次日，吕二大会众友，陪志学饮叙。接连互相请酒，并游玩各处，无非是酒楼饭馆并娼寮等处。志学虽顽不惯这些勾当，一来不便独异，二来他到处留神，冀有所遇。但是所见的，无非是纨绔游侠。他因吕二曾说那少年形迹可疑，因此每逢少年，越法留意。转眼间五六日，也没影响。

一日，志学独自踅向街坊，信步儿踅入一家茶肆。方才坐定，只见一位书生，有四十来岁，绫带长袍，斯斯文文携着一个垂髫女孩儿，徐步而入。那女孩只有十四五岁，生得伶俐俊秀，十分精神，并且步履间煞利非常，手携花袱，裹着一部书，看光景似是父女两人。就坐之间，那女孩晶莹莹眼光向志学一打量，便合那书生对面坐定，又似乎平辈一般。恰好茶伙踅来端茶，随手将志学房间帘儿放落，便听得书生道："伙计，这座儿倒雅静，茶泡在此，你听俺呼唤再来。"

志学凝神倾耳之间，便闻书生道："一妹这趟来，只合令尊亲热了两天，他老人家就押镖出门咧。如今你又要转去，但你来时，你二师兄近来行为，还能安分么？咳，俺就担忧着他，给咱们孙家门下坏名头哩！所以俺特买这部格言书籍，烦你寄与他，就怕的他渐入邪途。"那女孩道："大师兄说的是。俺来时，二师兄意思冷冷的，只忙着整理庙产，并撒开了交结些不三不四的人，并走动官府。如今鹤庆寺大非昔比了，修筑的瓦窑一般香火繁盛，很有名气了。但俺二师兄还没有不安分的行为。"

书生叹道："他用心侈靡，就不是好兆头。出家人讲热闹，真是岂有此理。自恃本领，总要坏事的。如今俺手下就有件事须料理哩。"女孩笑道："如此说，定是火星子了。该该，很该料理他。他既犯那等规法，如何配在您手下呢。但是您多咱离京呢？"书生道："俺不因火星子闹得北京城中一塌胡涂，便早趱去咧。昨天俺一面吩咐他，去诀别妻子，一面唤集俺手下弟兄们，当场看个榜样。敢好一两天内，便可料理清爽咧。"

志学听了，好不诧异，料是讲的江湖勾当，但是书生又斯文的甚么似的。正想由帘缝外张，只听书生道："李一妹，咱就别过吧。为我寄语，你二师兄叫他好好的当和尚要紧。"说着唤茶伙道："伙计，茶钱在此了。"志学赶忙偷看，那书生合女孩已匆匆趱出。志学这里忙要跟踪，一掏茶钱，不想出门时忘掉带钱，便忙唤茶伙，吩咐记账。那茶伙又不敢作主，巴巴的去问账上先生。这一耽延，及至志学拔步出肆，四下一望，书生合女孩业已影儿不见。一路思忖，甚是纳罕。

午饭时见着吕二，一谈此异，彼此摸头不着。志学道："那书生既说甚么火星子闹得北京一塌胡涂，或者与你说的那少年就有关系。俺且向艮止园踏踏再讲。"于是问明路径，长袍之下藏了短剑，便匆匆趱赴艮止园。这且慢表。这里吕二财兴正豪，却不理会这档子事，依然的去寻赌友，干他的去咧。

且说志学一路上沉吟留神，刚转过两条街坊，只见一家酒楼门首围拢了许多人。其中街混子并乞丐却居多数，都仰着脸子，向上呆望。你拥我挤，喧闹不堪，一个个都作出揎拳勒袖的神气。志学向楼上一望，一列三间临街的楼，楼上酒客们业已挨肩迭背，探出头儿。惟有居中一间，临楼槛摆列着很整齐的筵席，只设一个独座儿，却又空无一人。

志学正在纵罕，只听楼下众人忽的喝彩如雷。就这声里，忽见一个貂裘少年，有二十来岁，生得白皙俊俏，盼睐之间，眼光不定。虽是逸气如云，只是满脸上沉晦死气，仿佛是酒色过度的样儿。他手中擒着一具皮匣儿，笑吟吟置在席上，然后凭槛四顾，不住的连连点头。忽的一皱眉头，慨然长叹，登时退回席上，一足蹬椅，引起酒壶，哗哗斟满三大杯，一气儿灌下去，大笑道："好个北京城，俺既到此，好好歹歹都须结个缘法。"说罢，一掷酒杯，手提皮匣，走到楼槛跟前，就这么向下一倾，只见万朵金花，满空飘舞。

这一来不打紧，顷刻地下便如万马奔腾，这一阵拥挤抢拾，直闹的跌跌滚滚，竟将志学推退出数十步。但听少年大笑，十分尖厉。原来所倾之物，都是剪碎的金叶哩！及至乱定，志学赶忙向楼一望，那少年早已不见。于是街上行人纷纷议论道："要摆阔绰，还是北京城，这才是阔大爷哩！"有的唾道："依我看，这叫大冤桶。往年间，北城祝疯子曾花上万的银子，买一对白屎螳螂。这个少年不知是谁家败家子哩！"

志学听了，料是北京纨绔的勾当，当时一笑趱去。穿过热闹街坊，便渐渐施展出飞行工夫，不消顷刻出得城，便奔西山路径。只见天清地旷，人家渐少。须臾趱过一片菜圃似的所在，却有一列矮房儿，明窗向阳，似乎花厅子的模样。前面果有一带杏林，远接土冈。志学暗道："怪不得此间叫芍药坡，想也如丰台地面一般，因出产芍药得名哩。"

一路留神，穿林过冈，这路径越法幽僻。志学驻足，想寻土人探问。偏巧一个人也不见，却见路旁一株大橡树上，贴着幅字柬儿。树下还有座三尺高的小庙，庙额上凿着"橡神祠"三字。那字柬上有几句话道："近来艮止园时现怪异，游人至此，切须回步。敝宅情愿贱价售园，欲接洽者，请移玉本宅面商。"下署"穆宅白"三字。

志学看罢，付之一笑。逡巡趄过，从树影低迷中，早望见园墙一角，于是一径奔去。就园门仔细一望，果然铜环深锁，缭垣颓败，一处处峥嵘兀峙。墙缺处还有两丈来高，于是从缺处一跃而入，惊得栖巢群鸟一阵乱飞。园里面青草多深，许多轩亭业已塌坏不堪，只那凝尘就有一寸多厚，通不像有人落脚的。志学逡巡趄遍，却见后厅中凝尘独少，并且东壁上淡墨依稀，题诗一首道：

> 避地隔嚣尘，年来愧隐沦。
>
> 行歌燕市里，意气为谁真。

那字体龙蛇飞舞，十分奇倔，并且墨痕犹新，不似旧题。

志学看罢，不由心头一动。四下一望，只见厅左边有株很高的古槐，当时念道："此间既有人题诗，光景就有些蹊跷。俺且暗张一回。总须探个下落。"于是爬上老槐，钻入树空腹中，由裂隙中悄觇动静。佛儿似的坐觇良久，除风鸣树枝外，万籁都静。竟闹得志学盹倦上来，不由暗笑道："我好发呆！侦探夜行人，端须夜里。这当儿来此等傻雁，岂非笑话！"于是一跃出树，振襟拔步之间，微闻"拍达"一声。这一声不知紧要，志学小命儿险些送掉。

当时志学也没理会，一径的跳出园来，抬头一望，方才日色辇西。揣量夜间到此，须寻个所在，用些酒饭才好。一面怙悷，一面仍趔回芍药坡。逡巡良久，业已天光向晚，只见坡左边一带人家，炊烟四起，小儿女们乱唤鸡狗，都忙着关门不迭。惟有靠荒址有家篱笆小门儿，门口搭着小小柴棚，并有个破笊篱，拴着红布条，挑将出来。志学料是酒家，一径奔去。

那门首坐着个老妈妈，一面补缀破衣，一面打盹儿。志学唤道："有扰妈妈，此间卖酒么？"老妈惊醒，赶忙赔笑站起，道："客官吃酒，便请里面坐。"于是一推柴门，却是三间敞屋儿，里面摆列白柳木椅案，倒也十分干净。志学进去就坐，眼看着老妈妈摘进酒幌，由敞屋里间内摸了半天，摸出一个半截蜡的蜡台，一面燃着，一面道："不瞒客官说，如今俺这里生意萧条，一切待客都不周全。先时节，逛西山的客人都从此取路，刻下因那艮止园忽闹狐鬼，所以这条路萧疏的很。你老用酒饭，只有鸡子、白酒并老米干饭。巧咧，你老还有口福，咋夜老黄爷子（俗谓黄鼠）掏煞只肥鸡子。俺整治停当，也没割舍的吃，你老便将他下饭吧。"志学道："好好，有劳妈妈。"于是老妈妈置烛于案，端上酒饭。

志学看那烛光并照着门外棚下的窄木案，原来，他出卖的食物等类便在木案上。志学暗想道："这老妈妈倒会打算，一只烛光也竟一使两用。"于是一面饮酒，一面笑向老妈妈道："你这里居近艮止园，难道不发恐么？"老妈妈笑道："俺就不信拿神见鬼的事。倒是近来大城里头，没人样的飞贼，听大家讲说起来，令人可恨可怕。好在俺这家居，一来没钱，二来没媳妇儿，也就不必怕他了。"正说着，只听门外有人唤道："妈妈，俺一总儿欠的酒钱，放在这里咧，咱们改日再见罢。"志学就烛影下向外一望，只见那人长袍摆动，后影儿竟似那个四十来岁的书生。

方一沉吟，那老妈妈却噪道："燕先生，怎不坐坐再去呢？向那里发财去呀？"说着跑出门，一拎木案土的纸包儿，便嚷道："燕先生回来，你欠的酒钱用不了许多呀！"喊了两声，没人搭腔。老妈妈趑进，打开纸包一看，却是白花花四十多两纹银，只乐得他拍手打掌。志学忙问道："这燕先生是何等人呢？"老妈妈道："俺也说不详细，听他口语，是外乡人，和气得很。从去年腊底，便见他时时在俺这里独酌，并且很好的酒量。喝到劲头儿上，他便念诵些甚怎诗句。今天早晨，他还携着个女孩儿，从此趑过哩。我老婆子嘴也懒，就知他姓燕，一总儿也没问他住址哩。"

志学听了，又是一番怙愇。却是这当儿，一心在侦探艮止园，便匆匆的鲸吸大嚼。不多时，酒足饭饱，业已初更敲过。志学站起道："妈妈，算清账，俺要去咧！"说罢，回手探腰，一摸钱囊，不由臊得面皮通红，暗道："今天真晦气！在茶肆内没带钱，如今钱囊又丢掉咧。人生面不熟的，难道真个嘴巴上抹石灰么？"正在为难，那老妈妈已看出志学光景，便笑道："客官没带钱不打紧，以后随便给俺就是咧。三两吊钱，不算甚么，你不见方才燕先生，也尽管赊俺的酒么？"

正说着，只听门外憨声傻气的道："妈呀，可了不得咧！"语声绝处，闯进一人。正是：

　　荒园咫尺觇奇士，酒肆苍黄来傻儿。

欲知后事如何，且听下回分解。

第四回

艮止园溅血火星子
青螺山访侠燕飞来

　　且说志学正要致谢老妈妈趑去，只见闯入个憨头憨脑的汉子，老妈妈喝道："你这孩子总是不着家，又大惊小怪的怎的？"汉子道："了不得！方才俺由那杏林旁经过，分明听得有人喊喳道：'他这叫自作自受，咱大哥既按规法，又许他诀别妻子，总算对得起他。'又有人微叹道：'可惜！可惜！'俺吓得飞跑当儿，仿佛见林中还有黑影晃动哩。"老妈妈道："别胡说咧！"志学料那汉子是老妈妈的儿子，因并谢过他母子，便跟跄趑出。

　　这时夜色虽深，却有疏星照径，志学目力非同常人，一面走，一面略为扎拽衣襟。方转过土坡儿，只见从岔道上一条黑柱似的影儿旋风似的直刷过夹。志学赶忙收步，说时迟，那时快，黑影儿刷到跟前，格蹬一站，却是个穿长袍的汉子，向志学微笑道："老兄那里去？咱们走黑道怪发恐的，搭个伴好极咧！"说着一转身，即便前趋。任志学脚下加劲东绕西避，他总似影壁一般，挡在面前，并且步法轻妙，十分从容。你想志学眼睛何等瞭亮，情知道这汉子来得蹊跷，于是拔剑在手，大喝道："朋友且住着，你无端相戏，意欲何为呢？"那汉子顷刻转身，微笑道："你且问你自己，便晓得咧。北京窃案于你何事，你竟敢向艮止园踏脚，也就大胆得很。"

志学一听，以为定是他意中所值的少年咧，不由怒喝道："你这淫贼，想是你恶贯满盈，自来送死！"说罢，一撤步，使个旗鼓。那汉子微微冷笑，更不慌忙，略一翻大衣襟，高莹莹剑光突起。彼此喝声请，顷刻间杀作一处。深夜墟莽之间，便如两条电光纵横缭绕，转眼间数十回合。志学不由暗暗吃惊，因那汉子飞腾变化，剑术路数活脱得便如瞿先生，并且攻取之间，很透着轻薄戏侮。有两次剑锋所及，已到要害，他却笑一声，顷刻抽回。少时越逼越紧，便如狮子弄球一般，竟将志学当了球儿。于是志学大怒，喝一声，剑法顿变。这一路钩拦劈剁，好不神妙莫测。原来志学盛气之余，竟将生平绝技"玄女剑法"施展出来咧。

正这当儿，只见那汉子失声叫好，"呛啷"声架开短剑，跳出圈子，大笑道："你且住手。俺且问你，你莫非合莱阳大陕瞿先生有些瓜葛么？"志学喝道："甚么瓜葛，瞿先生是俺师父。你这淫贼，就该请缚才是。"那汉子笑道："'淫贼'两字，俺如何当得？便是请缚，也太容易些儿。今咱们都是一家儿，便请过艮止园一叙，如何呢？"

志学猛闻这句话，倒出乎意料之外，劲敌当前，未免颇犯踌躇。那汉子笑道："原来你还是个雏儿，怪不得趁人眼丝不见，会钻树窟窿哩！快跟俺去取钱囊，还人家饭账吧。"说罢，一颠宝剑，竟将柄儿递将过来。这一下，来的真挖苦。在江湖讲究中，说个粗话儿，便是捽大鞋，闹裂拉腔儿，显示满不屑意之意。你想志学豪气，岂肯示弱，于是冷笑道："你这厮少要张致，难道艮止园就是龙潭虎穴不成？"那汉子大赞道："好哇，这才像个朋友哩！"于是转身前导，更不回头。两人脚下如飞，真个是争强赌胜。

志学将近园门，仔细一望，又是一怔。只见园门大开，其中灯火照炉，洞彻里外。园门首有五个精壮少年，一色的土色麻布短衣劲装，各披着青布长裘，垂手而立，每人腰下各系一方厚油布，便如厨子围裙一般。一个个面容整肃，又带些凄怆之色。一见那汉子引志学到来，都躬身声诺。那汉子道："还不将灯提来，前面引路。你等若遇着这尊客，一个个都是死数哩！"说罢，转身奉揖之间，一少年举灯趋近，志学细望那汉子，只诧异得作声不得，原来就是那携女孩的书生。当时志学情知书生非自己所侦之少年，不由拱手愧谢道："方才唐突，多多得罪。"书生笑道："足下来意，在下早已瞧料些儿咧。少时，便令足下面见分晓。今且抽空儿先叙谈罢。"说着挽住志学手腕，只一带，志学登时一凝气。书生大笑道："佩服，佩服，可知你是瞿先生的弟子哩！"

于是厮趁入园，直奔后厅。只见厅里面灯烛交辉，酒肉罗列。更奇的是居中案上供着一只簇新新的凤头女鞋儿，并有一柄明晃晃的短刀，横置鞋前。书生逊座之间，一瞟刀、鞋，不由面色凛然，因回顾众少年道："火星子来时，即便通报。"众少年嗷应而出。这里志学心头甚是怙悇，因按剑道："俺因京中近有不肖贼徒坏人闺阁。风闻他落脚此园，所以前来踏访。今先生居此，定知其详，可能仗义共除此害么？"

书生道："俺方才没说么，少时便见分晓，那是小事一段，何须再提。倒是足下的姓氏邦族，并合莱阳瞿先生怎的遇合，且请见示为要。俺自去年游行北方，颇闻畿辅间有位侠士，人称殷一官，莫非便是足下么？"志学道："惭愧得紧，在下正是殷志学。"因将与瞿先生一段遇合说了一遍。书生大悦道："幸会，幸会。怪不得殷兄会用'玄女剑法'，这'玄女剑法'除掉瞿先生合俺家先生，没有再传这派剑法的了。当今之时，惟有山东李红旗略晓一二，却还不及他家女儿。殷兄本领如此，端的可羡。"

志学逊谢间，转叩他姓氏。书生沉吟道："今有事急待料理，且不暇语此。今与足下订个约会，足下不弃，可于十日中赴京北平谷县青螺山犊角沟畔相访。到那里，自有人来导引，咱无拘无碍，作个平原十日之饮，畅叙一番，何如呢？便是殷兄这等本领，也该令兄弟辈见识一番。"志学听了，越法诧异莫测。

正这当儿，忽闻厅外屦声繁动，便有人哈哈大笑道："这点点事，还用众位通报作甚？难道俺火星子是外人不成！"声尽处，大踏步踅进一个漂亮少年，酒气满面，目如熛火，恶狠狠向志学一瞪眼道："便宜你这厮！你这些日来跟踏俺，你当俺不晓得么？却是俺如今不必合你较量了。"志学惊望去，正是那个在酒楼上撒金叶的少年，不消说，就是吕二所说的那少年了。吃惊之间，方要按剑，只见书生忽现出一副温和面目，向这少年道："你诀别妻子，都无挂念了么？以后你家事都在老兄身上，俺门下规法具在，由你自家斟酌就是。"说罢，大喝道："今大家在此，便请你自宣罪状。"于是拎起案上短刀，"当哴"声掷在少年面前。

就这声里，厅外众少年一拥而入，一个个肃然列立，鸦雀无声。俱见案上烛光秃秃乱闪，照得那少年一张脸子，便如凶神一般。却见他顷刻狞笑道："俺作的事儿，倒有两桩，罪状也罢，不罪状也罢，由你们说去。"说着，向众少年团团的揖将下去道："单等俺语音绝处，还须有劳众位哩！"说着，端起酒来，一气饮干，目注女鞋，只管大笑。

志学骇绝之间，那少年已挺立当场，自述他所为淫恶。三两件之后，果然有淫污月姨等一节事。志学方在发指，那少年又述了两件事，大笑道："只此已足，不必叨唠咧。"说着，抢步拾刀，恶狠狠向项下一横，"噗哧"声鲜血四溅，死尸栽倒。便见众少年各持短刀，飞步抢上，顷刻乱刀齐下。肢解停当，便各人解下油布，将血淋淋的断肢打起包儿，分携起来。书生道："你等去分头掩藏，可于十日内齐集青螺山。咱们不久也要他去咧。"众少年噭应如雷，哄然而出。当时望得志学恍惚如梦。

书生道："死的这人名火星子，在俺朋辈中很是翘楚。无奈他自犯淫罪，只得照定的规款处置。吾辈侠徒最忌的便是淫恶，但逢此辈，都须剪除，何况自家手下人呢。"说着，从怀中掏出志学丢掉的钱囊，大笑道："俺因见树下此物，所以留意殷兄。便请去还酒债，十日中俺敬候台驾可如？"说罢，将厅中一切陈设并灯烛等都丢入后厅枯井中，便合志学携手出园。

这当儿，夜深月上，星光动野。那书生拱拱手儿，只道得一声请，志学瞬目之间，但听得"飕飗"一声，书生已影儿不见。志学诧叹良久，暗想道"如今江湖中真有能人。看他这番举动，定是大大侠客。便是那个女孩儿，也定不凡。俺定须赴约青螺山，探个究竟，不然却被佗小觑了哩！"

一路悤忙，已到老妈妈的酒肆前，叩门进去，便还酒债。老妈妈笑道："尊客真个质诚，甚么打紧事，还巴巴的跑来还账，真个就狗吃了日头去么？"志学笑道："俺此来，一来还账，二来便打搅一宵。"老妈妈道："当得，当得。"于是命志学止宿敞厅中。

次日，志学谢别老妈妈。会着吕二，一述所以。吕二惊道："竟有这等凶实事！俺看那书生举动离奇，其情叵测，你不如在京顽够了，合俺逛马市去是正经。"志学道："逛马市还须三四月间，俺在此耽延不打紧，须知尤大威还正在习艺哩。今俺且住一日，明天俺便出京，由平谷县青螺山绕道回家。吕兄，咱订个约会，俺几时到蓟州马市寻你去就是啊。"

吕二道："滦县马市开场照例是四月初旬，却是赛马顶热闹的，常儿是三月十五后，都齐集在州城外东岳庙前。嚇，那庙场儿阔极哪！大戏、估衣棚，以至江湖间诸色生意人并赶庙小商贩，一概俱全。不但东八县阔家子弟都去赛马，便连京西京北并关东老客都去赶庙。你要去 就得三月十五以前到，若太晚了，怕旅店中没房间。俺有个老店道，便在滦州东关，叫齐家店。你到那里探问齐家店，是没人不晓得的。今一言抄百总，咱们在齐家店不见不散罢。但俺看你去赴那书生之约，还须斟酌才好。你不晓得，京北平谷县地面虽小，尽是些崎岖山地，素为歹人出没之区，山套连延，不知多远。往年时有人入山迷路，直在山里盘旋了四五日，穿过好几处险山洞儿，却从密云县境方出那山。这青螺山，俺虽不晓得是何光景，大约总是险僻所在。那书生鬼鬼祟祟约你去，透着有些不妥当哩！"

志学道："不打紧，凭俺本领也自无妨。"于是走辞杨、张两家。次日便别过吕二，跨上那头毛驴儿，一鞭得得，直赴京北。

这里吕二却见北京地面渐渐安静下来。过了几天，忽大家传说，大班上捉住飞贼。吕二暗诧道："火星子既死掉，如何又有飞贼呢？"趔到大班上，就捕伙们一探听，捕伙笑道："吕爷有甚不晓得，俺们挨不过屁股板子，自然须找个倒楣的毛贼来顶缸儿。他慢说飞，便是爬都不容易了。"吕二一笑趔转。这且慢表。

且说志学趁好奇之意，直赴平谷。一路上所经道路，崎岖异常，山城斗大，便围在乱山中。志学以为这青螺山定然没人不晓得，那知遍询十人，都道不知。志学落在旅店中，就左近山谷中踏访三四日，通没头绪。一日，偶在酒肆中闷闷独酌，只见两个小贩模样的人厮趁趔入。一人道："今天没别的，须喝你个喜酒儿。若不是你家财神保佑，俺那大嫂定规死掉咧。更奇怪的是张财主家，就是那夜，便失窃数百金。真是千算万算，不如老天爷一算，这古话儿再不错的。"那一人道："正是哩！咱们本地有句土话，是实在没路了，跳牛角沟去。俺那两天被姓张的王八蛋逼得真想跳沟去咧。"说着，两人就坐，唤到酒菜，便嘻嘻哈哈酬酢起来。

志学猛闻"牛角沟"三字，心中一动，因隔座向那两人点点头儿道："两兄这边用酒吧？"两人客气道："彼此，彼此。"志学搭趁着道："两兄方才谈甚么财神，难道贵处有甚么灵应神道么？"

一人笑道："俺们这是闲话儿，却是这段事说来也怪稀罕的。"因指着那座的那人道，"便是俺这位汤大哥，因借了城东张财主一笔款子，年年的滚利盘利，十来两的本儿竟闹成百十多两。他知俺汤大哥无力偿还他，安下歹心眼子，要俺汤大嫂去抵债。客官您想，穷不与富斗，如今公门中有甚公道，那姓张的婊子生的，竟倚仗了钱势官势，定期抬人。头期夜里，俺汤大哥夫妇痛哭誓死之间，忽听窗台上'拤拍拍'扫了几下。俺汤大哥以为是时气背晦，老黄爷子等便趁势作怪，唾了一口，忙趄去一望，竟喜得作声不得。原来院中窗台上好端端摆着两封银子，称了称，竟有一百二十多两。于是夫妇大喜，向空叩拜。次日清晨，俺汤大哥携了债银，忙去还账。那姓张的搭拉着脸子出来，攒着眉头，哭丧得死掉妈妈一般，一言不发，收账了事。还没有半天工夫，张家人声扬出来，便是那夜里张姓失掉数百金。客官您想，俺这汤大哥不是财神保佑么？"

志学听了，不由暗喜，揣料着定是那书生作的勾当，因忙问道："贵处土语怎么叫作'牛角沟'哇！"汤姓便道："您不晓得，因俺这里有个险僻所在，很多的野兽寻常价没人敢去踏脚。那所在有条大沟，既有山泉，又受山腰间飞瀑之水，因此沟水汹涌，形如小河。土人叫这沟作'牛角'，故此有句俗话儿，人没路了，何不跳牛角沟去哩！"志学喜问道："那么那山一定叫'青螺'了？"汤姓道："却不听得这个山名。那接沟的山十分廓大，俺们便叫作北山。"

志学暗想道："既有牛角沟，或者青螺山是北山的雅名儿，也未可知。"因笑道："这牛角沟距此多远？俺想去逛逛风景哩。"一言未尽，汤姓惊得直立起来，正是：

　　　　未得侠踪方怅望，却从闲话得端倪。

欲知后事如何，且听下回分解。

第五回

华阴里燕骥服强梁
灵岩山莱阳传剑派

　　且说志学一语方罢，汤姓惊笑道："您这话是取笑了。牛角沟在城北数十里外，草树连天，豺狼出没，那片所在左右连人家也没得。每年春秋两季，除了打洪围的朋友们成群结伙，才敢去两趟，其余的人谁敢去踏脚？不消说是牛角沟，城北二十里外小道上，便时常有倒毙的行客哩！死于豺狼或盗贼都不一定。"

　　志学听罢，更不多话。当时酒罢，踅转店。次日起个黑早，吩咐店家道："小心喂俺的驴儿，俺今天去望朋友，巧咧，就在朋友家耽搁两天。"店家笑道："您老擎好吧，保管您的驴掉不了膘头儿，欺负哑叭牲口是有罪过的。"

　　志学一笑结束，藏了防身短剑，出得店，直出北城门，东方晓色方才透白。一气儿北去十余里，果然路僻人稀，间有晓行铃驼从远村中驱来，志学偶问青螺山，都不知道。少时越走越荒僻，但见荟蘙丛杂，野鸟悲鸣，歧路纵横间，果然时有野兽蹄迹。这时志学施展开陆地飞腾的本领，日色将午，已将近北山脚下。遥望山势，好一片苍莽气概。层峰迭岭，也不知连延多远，涧谷间时有炊烟隐隐，想是深山处野人之家。志学苍茫四望，不由喝彩道："这所在能够开辟山田，尽其地利，倒是绝好一片桃园哩！"

思忖间，忽闻涛声刷耳，向东一望，只见从一座高岭峭壁上飞落两条白蟒似的瀑布，蜿蜒洄激，直下深涧，照映得岚光树影，雨气蒙蒙，日色相映，空明奇丽。志学四下一望，恍然大悟道："这分明是条阔涧，土人硬叫作沟罢了。"逡巡间，循窄径趱至涧旁，只见水势汹涌，俨如小河，有三四里远，都有山趾斜插入涧，便似个小小岛屿。上面草树茂密，青葱葱的，绝似青螺置于镜面。志学沉吟道："难道这便是青螺山么？可见那书生说话恍惚，他还说有人导引于俺，如今何曾有人影儿呢。"

正张望当儿，只见小山深树中，微露半截古塔，忽从塔顶缺口上健鹘似的飞落一人，远望志学，似乎一招手，便登时急趋涧边。志学远望，不甚仔细，但见那人就涧旁略一延伫，竟忽的纵身入涧，踏渡而来。须臾趱近这边，离涧岸还有三五丈远，志学仔细一望，却是个蓝衣少年，脚踏一段枯木，向志学揖道："俺导引来迟，却累殷爷久候。俺大哥（指书生）恭候已久，便请命驾吧。"说着，轻步一退，让出半段枯木，连连拱手。好志学，真是会家不忙，一看那少年光景，早知是运气轻身的内功，于是哈哈一笑，略一挫身，脚下加劲，"飕"的声跃登枯木，足尖点木，连些声息也无。少年喝声好，双足略拧，翻转身，用脚尖儿只一蹙，只见那枯木便如弩箭离弦，顺水势直抵彼岸。

两人一齐跳上岸，彼此抚掌之间，只听树木中有人狂笑道："殷兄真个信实，你看这青螺山毕竟不俗罢？"声尽处，倏然转出一人，正是那位书生。长袍迂缓，手把书卷，向志学拱手，遥指古塔道："敝庐不远，便在此中。"因喝那少年道："还不快去拂尘扫榻！"那少年应声前驱。志学随后留神，只见那塔虽是颓坏，还有八九级，少说着也有十几丈高，却是塔砖巉露，颇有攀踏之处。那塔腰上还挺生出一株小树，横柯连蜷，粗如儿臂，山风吹处，柯叶乱摇。志学瞻望间，便见那少年趋近塔趾，一耸身，攀踏残砖巉露之处，顷刻间手移足随，猱升而上，直至塔顶缺口处，倏然如游蜂投穴，竟投塔内。

书生笑道："他们自去伺候，咱且抄个近道儿何如？"说着，合志学趋近塔前，略一凝息，双足一踩，"飕"的声飞登小树横柯，下揖志学，微笑道："殷兄快来，俺在这里肃客了。"这时志学豪气飙举，如何肯落下风，于是朗然答应道："俺便来也。"声尽处，一跃登柯，足方落稳，那书生已影儿不见。抬头一望，他又在塔顶上拱手儿哩。于是志学凝神提气，施展出生平绝技，就这么两臂一张，凭空跃上塔顶。因在横柯上，半空摇曳，不堪着力，非这绝顶的轻身内功，如何能办的到呢？这一手儿在武功中名为"一鹤冲霄"，就是志学当初习耸跃、挂铁沙袋的效验。不想后来亏得这手儿没传人，才保了自家性命。可见武功家教徒弟，切须仔细哩！此是后话慢表。

且说那书生见志学如此本领，不由携手大赞道："咱派中有殷兄，真个生色不少！便请进内叙谈吧。"于是转身一揖，合志学趱入缺口。里面却是一级级筑就的螺旋梯道，盘旋而下，虽有残断处，尽堪跃过。直至塔底，却不见有人并器具等物。志学方在沉吟，只见书生直趋西壁下，志学跟去一看，却有个井口似的窟窿。书生笑道："此中还有隧道，殷兄入去，便见分晓。"于是合志学各自闭目片时，然后厮趁入穴。里面虽然黑洞洞的，幸得志学目力过人，还不至东磕西撞。少时隧道将尽，高壁隙缝中时透天光，也便渐渐明暸。志学仔细端相，只见石壁巉巉，不像人工筑就，方悟是一所天然洞穴，只有那段隧道是人工筑就的。志学一路留神，曲折了好半晌，方出洞口，真是豁然开朗，眼前顿觉一新。便见有一带草房儿，十分宽敞。有十余个短衣男子，正在房前空场里兔起鹘落的试演拳脚，一见书生，都肃然列立。书生笑道："你等渴慕殷爷，快来瞻仰。少时殷爷自然不吝指教咧！"于是众男子一齐声诺。

志学拱手之间，书生便肃客入室。里面石几木榻十分清洁，除案上数卷书外，更无他物。正壁上贴着一幅长笺，字体奇倔，合艮止园题壁的字迹相同。上面言词便是侠客的规法，共有三十余条，大概是："以仁为体，以义为用。扶弱锄强，济人利物。严洁律己，谨慎将事。不得矜名，不得市德。犯淫恶者必诛，贪财货者必逐。"条列之后，又有几句综训道："至正至大，侠之为道。刚德立体，柔道济用。称物平施，而己不兴。从容中道，义乃至尽。然后能匹夫阴操刑赏之劝，而天下事赖以胥平。凡属吾徒，凛守此训。"下面署款是"北海孙氏侠规"六字。

志学看罢，只觉这侠规一字字都是自己心中所欲言，不由赞道："但看这侠规，足见足下的抱负了。难道这北海孙氏，便是足下郡望么？"书生一笑，揖志学就坐道："俺那里有这等经纬。殷兄既是莱阳瞿先生的弟子，可知他有位至友孙先生么？"志学道："俺不但知有此人，并见过他。"因将那年在蓟州娘娘宫与孙先生相遇之事一说。书生大笑道："此老专好游戏。如今他合令师瞿先生想都鸿冥豹隐，不可再见了。俺本华阴书生，燕姓名骧。读书之余，酷好击剑。里中游侠儿因俺身手轻捷，都混叫俺为'燕飞来'。此等没重轻的名称，本不算甚么，那知惊动一个剧盗，名叫'白鼻騧'的，一定要合俺见个高下。此人生得长躯伟貌，很有勇名。因少年时曾去窃人室女，被人斫断鼻梁，故得此名。

"当时大家听说白鼻騧要合俺较量，都替俺捏一把汗。俺都不理会，便在一处古庙中定期相见，将文较武较应用之具准备停当，两下里都有证人到场伺候一切。便在夜里二更后，白鼻騧惠然而来。俺两人相见之下，各不客气。白鼻騧冷笑道：'燕某人，咱们是文较是武较呢？'俺冷然道：'那一切由你。'白鼻騧自恃有炼气内功，便道：'咱们文较一番，倒也雅趣。'

"这当儿正在冬日，滴水成冰。俺两人道得一声请，便各脱光膊，就大殿中对坐下来。西北风阵阵吹来，好不写意。这时彼此的证人等都相顾惊异。少时白鼻骊大叫好热，汗下如雨，大呼道：'快拿风扇冰桶来。'于是风扇四把、冰桶四具一齐都进，登时满殿上寒气飕飕，冷风飀飀，便如寒冰地狱一般，观者牙齿都捉对儿相打，白鼻骊还直呼好热，于是添扇添桶，直添至八九具上。

　　"白鼻骊虽勉强奋呼，却已声颤气馁，面无人色。俺始终舒眉展眼的静坐，不去理他。见他是筋节儿咧，因向左右道：'今尊客在座，如何只让人燥热？还有那四具，索性都将来敬客。'于是扇、桶又到，共添至十二具。俺方就冰桶中取冰大嚼，只见白鼻骊满身起栗，两条腿子便如斗败的公鸡，索索乱抖，却大叫道：'这不算甚么，你敢合俺围炉拥裘，喝个酒儿么？'俺笑道：'俺正想醇酒醉客哩！'于是证人等置炉进裘，斟起滚热的老白干。俺两人又对坐下，受用起来。

　　"话休烦絮，炉、裘直添进到九具上，赤焰烘烘，欲焦毛发，左右却退得老远的，张口结舌。俺方缩肩呵手，大杯价淋漓痛饮，只见白鼻骊唇焦发灼，面如噀血，挟气大喘，有声如牛，冷不防跳起来，就要溜之大吉。当被俺一把捉住，抽出长刀，便搁在他脖儿梗上。白鼻骊大叫道：'燕爷，恕俺冒昧，俺服你就是咧！'俺喝道：'你这厮扰害阎间，又无端戏侮于俺。你若洗心革面，学作好人，俺一概不咎既往，不然俺这一刀……'白鼻骊大喊道：'爷爷说得是，俺从此定改前非。'

　　"俺于是放他起来，从此白鼻骊真个改行为善。这件事传播开，俺声名日起，便无意功名，专事游侠陕洛江淮之间。游行殆遍，那时漏网的捻匪余党散在四方，很有些拥巨资、装好人的。俺游踪所及，都将他们摆布得个七佛勿出世。取不义之财，暗济穷民，倒也畅快得很。因此'燕飞来'三字，越法啧啧人口。当时江湖间说得俺离离奇奇，又说是怎生相貌，怎生本领。还有故神其说，说俺每夜行入人家，定用白粉画个燕儿的。其实俺本来面目却是个落拓书生，便站在人跟前，人也不识的。因俺志在潜隐，绝不欲炫耀其名哩。"

志学听至此，不由大赞道："这真是侠客正派！鄙人所志，正与足下相同哩！"燕骥喜道："无怪咱是一派人，端的气味相投。"这时那蓝衣少年又进新茗，志学一面吃茶，一面暗瞧屋外众少年，都眉欢眼笑的偷瞅自己。

书生接说道："俺一日游行至淮安地面。那所在有座韩侯钓台，便是当年淮阴侯的古迹儿。虽是名胜，因游人甚伙，久而久之，便成了热闹市场。俺偶到那里闲游，却见一个无赖青皮，不知因甚事，拉住一个打卦的先生，口内乱骂，只管拳打脚踢。那先生惟有笑谢，看的人都不平道：'喂，你这先生难道没长着手脚，就不会回敬两下么？'那先生笑道：'都因俺手脚太重。昨天俺帮人捆卧驴子，方一伸手，驴子便迁了腿咧。又合人借马用，偶一脚踢着马肚子，马也倒毙咧。这位老哥像煞个人似的，须比不得驴球马蛋，所以俺只好白挨踢打咧。'无赖一听，是绕着脖儿骂他，登时大怒道：'你倒吹得好牛胯骨，俺倒要试试你的劲头儿。你不敢打我的，便是狗娘养的！'

"这句话才惹恼那先生，因正色道：'不须俺打你，你能一拳打翻俺，算你是响当当的好朋友。俺再给你个便宜，你便向俺肚腹上打，省得有骨头碰你拳头，你看如何？'说着，就一株树上一靠，袒开长袍，露出一身干骨架并那瘦瘪皱折的肚皮。俺那时见那无赖退步蓄势，伸出虬筋纠结的劲胳膊，油钵似拳头一捻，瞪起凶睛，'哈'的一声，脚下一踔。俺方暗惊道：'不好，这下儿那先生准要交代咧！'正要向前拦阻，只见那无赖业已羊羔儿似的跪在先生跟前，口吐哀音，面无人色，满头上大汗如浇，浑身乱抖。原来打去的那只拳头竟陷在先生肚皮上，再也抽撤不出。

"俺当时大惊，情知那先生是江湖异人。正在沉吟当儿，那先生却笑向无赖道：'你这厮本不可恕，但俺可怜你好歹是个性命，从此改过，再别无端欺侮人，今便留你一条狗命吧。'说着，鼓腹一纵，那无赖登时仰跌出三丈以外，爬起来还痛得乱摔胳膊。观者惊哄之间，那先生已从容自去。俺悄悄跟他，直到一处僻静破庙前，俺正想唤他住步，那先生已回头望见俺，笑道：'燕兄来得正好，俺就知你神态有异，定要跟迹老夫。便请叙谈罢。'俺惊道：'先生如何识得小子姓名？'先生道：'足下时名振振，俺安得不知。'说罢让俺入庙，就后殿上藉草而坐，便彼此款谈起来。

"你道那先生是那个？便是你家瞿先生的契友莱阳孙先生。当时俺倾慕之下，从新施礼。孙先生笑道：'咱们萍水相逢，也是一段缘法。燕兄所能本领，可能见示一二么？'俺听了，好生不得主意，赧颜惶谢之间，孙先生叹道：'吾生平有两桩心愿，一是游行济众，一是欲物色三两奇士，传授俺的武功，以便薪尽火传，代有正派侠客，平人间不平之事。当初俺遇那异人，拜他为师时，便发下这般誓愿。今俺游行以来，除暴诛凶，扶危济困，第一桩心愿总算罢了的。惟有这第二桩心愿，至今未偿。今见燕兄姿质，足当奇士之目，所以俺妄自尊大，欲观足下所能，窃有腼然为师之意。燕兄如笑俺狂妄，也就不须赐教了。'

"俺一听喜极，那里还容俺客气，于是就庙中试罢所能，孙先生大喜道：'你的功夫已十得五六，却是神气之间还未凝定。神凝形似木鸡，气定目无全牛，必到此等造诣，方尽剑术之用。以之御敌，然后能疾雷震于前而不惊，泰山倾于侧而不慑。欲求神凝，必先气定。说到气定一段工夫，便是运用罡气，操之纯熟，内功作用其中，大有玄妙了。'

"俺当时欣然受教，便拜孙先生为师。游行到山东地面长清县界，共入灵岩山中，潜心习艺。其时孙先生的门徒还有两人，朝夕苦学，都忘寒暑。四年之后，俺们武功大就，孙先生吩咐俺们道："吾平生心愿都毕，便当隐迹求道，了俺大事。你等但守吾规法，便如俺在左右了。"说罢，取出侠规一纸，又切切嘱咐道："你等切记同门中如有败俺规法的，当共诛之。"从此孙先生遁迹去了，俺同门三人也便分手出山。如今方才两年光景，俺偶然寄迹此间，不想得遇殷兄。仔细想来，瞿、孙两先生既是同派契友，咱们追溯源渊，还不是一家人么？"

正说得热闹，忽见厅外众少年磨拳擦掌的一拥而入，志学大惊。正是：

且喜源渊同一派，又惊扰攘露危机。

欲知后事如何，且听下回分解。

第六回

倒贴碑气慑燕飞来
榛子镇窥盗韩达子

且说志学忽见众少年一拥而入，赶忙站起。燕骥笑道："殷兄勿惊，他们都是鲁莽汉子，因久慕吾兄盛名，想各自献技，求您指教，并求吾兄将绝技现示一二，开开眼界。"志学忙逊道："俺那里会甚么绝技，真个是持布鼓过雷门了。"燕骥道："休得太谦。"说着，携了志学的手，向众人一望道："你等便到场伺候。"众少年应声而出，列立屋外广场，一个个结束伶俐，精神抖擞。志学思忖道："他们这是矜能炫艺之意，俺但给他个好好先生，使他莫测便了。"一路沉吟，合燕骥踅到屋外。

燕骥向众人一使眼色，于是众人依次献技，各路拳法虽然不一，却都熊经鸟伸，十分矫捷。志学一旁连连道好，燕骥笑喝众人道："殷爷这个'好'字说得很有斤两，你们要晓得是奖掖后进之意，快请殷爷示技吧。"众人听了，排墙似的立定，许多眼光都注志学。志学心下不由微然不悦，暗想："燕骥他若陪俺试艺，也还罢了，他却居然立在指挥地位，这未免轻薎于俺。俺若不给他些雅静本领瞧瞧，如何能慑服他呢。"怙悷间，一眼张望见场旁有两株高树，便笑道："俺的技艺本不足观，俺且闹回顽皮，给大家取个笑何如？"

　　说着徐步近树，面孔朝外，暗地里潜气内运，喝声："起。"只见"飕"的一声，众人大惊，登时喝采如雷。一看志学平地飞起两丈高，只有背脊着树，便如粘在上面一般。这一手儿名为"倒贴碑"，非运气功深，身轻如羽，趁着猛升之势，方能吸黏得住哩。这是实在工夫，你若看作孙大圣的筋斗儿，那便拧咧。当时燕骥拍掌道："妙！妙！主须陪客，俺且合殷兄对面谈谈。"于是迈步撩衣，趋近那株树，也如志学一般平空飞上。两人对厮面，相去咫尺，不由抚掌大笑，互相佩服。再看众少年，业已欢跃如雷，罗拜在地。

　　两人跳下树，携手入室。款谈之间，众少年便就别室中摆列下饼糗干脯，来请用饭。燕骥笑道："俺们礼节脱落，却能同甘共苦，所有饮食都是一样，便请殷兄用饭吧。"于是合志学踅入别室，大家便团团围坐，大嚼起来。志学看他们秩序井然，暗想道："看此光景，孙先生所留来规很有道理呢。"

　　少时饭罢，志学便要告辞。燕骥道："难得殷兄到此，俺不日也便游行他处。殷兄且下榻一宵何如？这所在，当年那坏塔曾是一座阔大的丛林，所以塔底有隧道，直接石洞并这秘密所在。当初僧人等筑这隧道，其为目或系避乱，或系不守清规的行为，那就不得而知了。"志学道："如今僧家倒是守戒律的多。"燕骥沉吟一回，微叹道："这也难说哩。俺游行所到，总要栖托静僻之处，所以便寻探到此。"

　　两人一面说，一面踅回草屋。志学忽问起他所携的那个女孩儿来，燕骥笑道："恁莫小觑他。他年纪虽小，本领却不弱于俺，那便是著名镖师李红旗的女儿，江湖之间，人称李一妹。红旗镖局在京，他偶北来省亲，昨天便转去咧。俺同门三人，李一妹便是其一，还有一个同门，却是方外之人。此人本领，不瞒殷兄说，更有独造之处。他曾合少林僧众较拳，没一个是他的对手哩。"志学喜道："贵同门如此英雄，俺将来倒要会会。便是嵩山少林，一来是名山胜景，二来是拳派驰名，俺他日得便，也想去一游哩！"

两人越谈越对劲儿，又谈到种种武功，更对了脾胃咧。燕骥高起兴来，不由起舞道："殷兄磊落如此，端的是快士！可能随俺游行，划尽天下不平的事么？"志学沉吟道："这个须待异日。俺有老母在堂，未能远游。"燕骥听了，甚是称羡。两人直谈至夜深，方才安歇。

次日，志学别过燕骥，仍循故道而出。那燕骥临歧执手，殷订后会，亲踏枯木，送志学直过那沟，方才回步。志学行得百十步，一回首，已见燕骥卓立在塔顶上拱手儿哩，闹得志学恍恍四顾，如逢异境，便一径的趱回城中旅店。方一脚跨入门，那店家却笑道："殷爷，您若早回一步儿，便会着您那位朋友咧。"说着，呈上一个名刺，却是燕骥。志学忙问道："那人怎生模样？"店家道："是位四十来岁文诌诌的先生，刚趱去不多时哩。"志学听了，不由暗暗佩服。便开清店费，跨驴还家。

由平谷到蛰龙峪虽只百数十里的路，却都是崎岖山道。因平谷地面盛产山果等物，贩卖四方，很是一宗生意。贩果客人都是深山中野人似的居民，山泉水洌劲的很，一个个脖颔下都挂着个大瘿袋，说起话来憨头郎似的。又专好抬劲杠（俗谓彼此口争曰抬杠），真有抬百里不换肩之势。不怕是瓮阔的财主，只穿一件撅腚子粗布棉袄，定要系条猪毛绳儿。乡里相传，有个笑柄。是两个老山根（根字读仄声）同去赶集，甲向乙道："奏啥掐？"（掐即"去"字土音，奏啥犹作"甚么"。）乙道："买葛条哇！"甲道："买葛条奏啥呀？"乙道："抽哇。"（抽者，系腰也。）甲道："你真薄福，抽猪毛绳孩（孩即"还"字转音）不中？"乙道："我二大爷宰（犹言"怎么"）抽葛条哇？"甲道："呸！你就比你二大爷么？你二大爷孩是个文学呢。"（文学，俗谓秀才也。）由此看来，山民之朴野可知。志学一路上见他们赶着驴驮，一面吆喝，一面还言三语四的绊嘴。一人道："喂，老仇哇，你不是向来赶滦州乐亭一带的生意么？那所在真有阔岔儿，能销货。便如刘会元，还有养海船的于八老爷家，真是只要货好，不怕花钱。今年你怎么不去了呢？"

老仇道："咳，你还不晓得么，如今滦州道上脏得很，竟闹路劫。去年冬月里，便是于八老爷家还被人砸了场明火，亏得人家于八老爷是把式（即会武功也），又有护院的人，十来个大贼方上房，却被于八爷一镖打下一个来。接着合护院人等大战群贼，一总儿又斫杀三个。可惜那贼头儿，叫甚么韩达子的，却跑掉咧。如今那地面上还是不安稳，所以俺不去咧。"

那一人梗着脖子道："靡有的事么，俺村中王和儿，便在于八老爷家当小使儿。他前些日回家，说起于八老爷新近聘定了北关徐御史的女儿作儿妇，正高高兴兴的准备下订礼。嚇，那阔法就不用题咧！王和说单是猫儿眼珍珠，就是一大簸箩。他却没说于府被劫哩，你倒说得有鼻子有眼的，还镖打一个斫杀三，难道你亲眼见来么？"老仇听了，登时涨起脖筋道："你不信就拉倒，那个王八蛋才撒谎哩！难道一大簸箩猫儿眼，你便亲眼见来么？"

两人一路争执，志学缓驱毛驴，趁在后面，颇觉好笑。这天宿在一家村店中，果然闻得过客们讲说，滦州道上有些不靖。志学也没在意。

次日大午后到家。大家厮见，志学说起所见一切，大家听了，无不惊异。康氏噪道："我的老佛爷桌子，怎的才出家门，便有这些吓煞人的事？亏得你没跟那野行行子，甚么燕儿飞咧，海逛去。你真去了，不坑煞我么？一官呀，你是好小子，就守着我过一辈子，便是真英雄咧，快别跟他们瞎闹去。"福姑笑道："娘倒会给人家改名儿，人家叫'燕飞来'哩！"康氏笑道："真也让你们把我气胡涂咧！"志学笑道："孩儿好端端在这里，娘急的是甚么。"

大家说笑一回。尤大威等闻知火星子、燕飞来各节事，也甚是惊异，惟有赵柱儿乐得跳蹿蹿的道："我看火星子是个脓包货。作错点勾当，也不是甚么大不了的事，竟驯羊似的自家抹脖子。要是我，好歹也合燕飞来干一家伙。甚么鸟侠规，咱们凭能为讲话罢。"说着，又顿足道，"可惜俺没跟老师去，俺若去时，定攒掇老师游逛去，那有多么四海有趣呢。"辅子一笑，不去理他，大威却结实实瞪了他一眼。原来大威性子严肃，柱儿很有点怕他。

且说志学抵家后，稍息两日，仍以授徒为事，且喜大威等工夫日进。光阴如驶，不觉已到三月中旬。志学想起吕二之约，便禀知母亲，打点了随身行装，要赴滦州。当晚合福姑灯下闲谈，却听得小蕙在后院中，似乎合人拌了几句嘴。志学道："娘子你瞧瞧去，他们伙伴们鸡肠鸽胆的，不惹得咱娘生气么。"福姑趄去，不多时却笑得抹蜜似的进来。志学道："小蕙怎么咧？"福姑方开笑口，恰好仆妇进来安置卧具，福姑便道："左不过是孩子气，少时再说罢。"

须臾夫妇就寝，福姑道："你当小蕙合谁拌嘴呀？就是合赵柱儿。"志学道："为何呢？"福姑笑道："说来也好笑。便是那会子，小蕙拿了提灯，到后院墙根下去小解。隔墙不就是习武院么，小蕙方解裤蹲下身去，只觉臂儿上沙沙的落土，赶忙站起，向墙头上一望，却是赵柱儿'哞'的一声，缩下头儿去咧。因此小蕙骂了两句猴儿崽子，那柱儿隔墙一张，嘴也梆梆的。方才小蕙还气得雷秃子似的哩。柱儿这东西真淘气，总不像那两个稳重。" 志学沉吟道："想还是孩性不退罢了。"

一宿晚景既过，次日志学吩咐大威等好好用功，拜别母亲，即便登程。好在是三二百里的程途，这次志学索性连毛驴都不用，徒步负装，便长行去了。一路上迤逦游玩，倒自在得很。

这日行抵一处繁盛镇市，地名榛子镇，靠近滦河，衢通水路。街坊上店肆云连，百货山积。更有欢迸乱跳的大鲫鱼，用木盆盛着，当街喊卖。只是微风吹过，如入鲍鱼之肆，因海下来的各种海货都集于此，其中臭虾油虾酱更是大宗，所以闹得臭气熏腾。人家说滦乐的老哥儿们一天不吃虾酱，便能害病，说起话来都富有海味哩。惟有滦河鲫鱼到处驰名，那隽美风味不亚如黄河鲤、松江鲈、大江鲥鱼哩。当时志学一见鲜鲫鱼，不由垂涎大作，酒兴勃然。抬头一望，恰好趄近街尾上一所大店，于是进店，检了处净洁房间，盥漱罢，吩咐店伙道："酒饭爽快些，俺还赶路哩。来一大盘清蒸鲫鱼，外挂姜醋。"店伙唯唯，一拉怪嗓子，喊将出去。

这里志学方用了两杯茶，只听院中马铃乱响，有人喊道："有上房么？俺家少太太即刻便到。"志学望去，却是两个青衣大帽的仆人，手提马鞭，直入上房，吆吆喝喝，指挥得众店伙屁滚尿流。自己从马上拿下红绸包袱，打开来，帘帷铺垫一应儿俱全，都是簇新新大红缎绣花的，登时将那上房铺陈的好不体面。当这当儿，又一骑顶马，上跨俊仆，扬鞭而入。跳下来，递马给店伙，飞步而出。须臾，引进两辆耀眼争光的大鞍车，都是菊花青的对儿大骡子，前车深垂车帘儿，后面车上却是两个煞利老妈儿。当时两车站稳，老妈儿扭到前车跟前，安下脚踏，一手揭起帘儿。只见一片光华笼罩满院，香钩伸处，早由车上下来一个丰容盛鬓的少妇，真个是珠围翠绕，浓妆淡抹，恒如一朵彩云，被老妈等捧入上房。门帘一落，这里仆人等又吆五喝六起来，来脸水，泡好茶，并吩咐饭食。那气派甚是阔绰。

志学方在闲望，忽见店门首有两个野模野样的短衣男子，溜溜瞅瞅的，一面打听店价，一面目注上房。少时两个一挤眼，忽然趄去。志学觉得诧异，恰好店伙来泡茶，志学因问道："上房的客好阔绰呀！"店伙道："嚇，你老外县人不晓得，那是俺们滦州顶阔的大绅士于八老爷的家眷。那少妇就是于八年爷的儿媳、徐御史的女儿，新婚未久，这趟是探亲去回头。"志学一听，忽有所触，便道："俺听人传说，去年冬天于宅捉杀了四个贼，真有这回事么？"店伙道："怎么不真呢，于八老爷因此事，名儿越法响亮咧。"志学随便点点头，便道："咱的饭快来呀！"店伙道："就得咧。"

志学信步跟他到院中，只见那两个短衣男子又在店门首一晃而过。志学大疑，耸步趄去。刚到店门，恰好那店伙端了一食盘热腾腾酒饭，从门灶上趄来，只那清蒸大鲫鱼就扑鼻儿香。店伙道："您老赶热吧，这鲫鱼才是个鲜哩。"

这一来闹的志学很不得劲儿，要想先吃鱼，又恐误事，只得昧着本心，压下馋虫道："你且置在俺屋内，俺去去就来。"说着，飞步出店门，向那两男子路线寻去。直出街尾，却见两男子蹲在座小庙台上讲话。志学只作不注意，由别道蹲近庙墙后，便隐隐闻一男子道："探得不错么？"那男子道："不会错的，俺从前站便缀下来咧。俺先去报知韩哥，你在此尾缀罢。"说着，一人向东趄去。这里一男子自言自语的道："姓于的，这回且教你知俺们利害哩！"说罢，也便趄去。志学留神，见他又进街坊。及至志学趄回，他又老远的在店门首探头探脑。于是志学心下恍然，匆匆入已室一看，酒饭也凉咧，绝好的大鲫鱼也发冷腥咧。

志学寻思，反觉好笑，方拈起箸儿，只见院中一阵热闹，那位于少太太业已盈盈登车。一时间，健仆纷纷，各命鞍马，顷刻登程。志学心下早定了老主意，依然不慌不忙，饱餐酒饭，然后开发店账，拔步出店。

出得街坊，志学方施展开捷疾脚步，不消顷刻，业已望见前面的车马行尘。再看那一短衣男子，果然影绰绰尾缀在后面。志学都不管他，脚下一加劲，追上那男子道："老哥那里去呀？咱搭个伴走不好么？俺听说这条道上很有些毛贼哩！"那男子一瞪凶眼，只哼了一声道："你是干么的？"志学笑道："俺是到前面给人说合打吵子的勾当。不瞒您说，俺天生的嘴儿巧，胳膊劲，不论甚么事，经俺一出头，就得算完。因说合倘不听，俺便打他们狗娘养的哩！"志学一路胡噪，那男子也不介意。

须臾厮赶了十来多里。村庄已稀，好一片漫洼平野，前途隐隐现出一片大榆树林，还似乎有座破砖窑，兀峙于高坡儿上。志学方在留神，只见那男子竟趋小径，直奔高坡。那脚下工夫，志学虽看不入目，却是比前面车马就快多咧。志学料他是知会同党，不由暗忖道："这光景，前面破窑中就许藏伏歹人。"于是举步如飞，追过车马，眨眨眼已伏在榆林深处，将行装安置下，拔剑在手，专觑动静。须臾，那男子直入破窑。后面车马方到得榆林边，只听窑中一声喊，顷刻拥出十余个彪形大汉，一色的花布包头，短衣裹腿，手执明晃晃钢刀，便奔于家车马。正是：

  香车闲置夸新妇，截径寻仇来绿林。

欲知后事如何，且听下回分解。

第七回

殷一官却盗救于娘
小白龙寻芳逢侠妓

且说志学猛见群贼直扑于家车马，当头那贼生得鹰鼻鹞眼，十分凶恶，擎刀大喊道："于家人听真，爷爷韩达子的便是。今俺且邀取于小娘儿，留你等活口，传知姓于的，叫他早晚小心自己的脑袋。"说罢，率群贼蜂拥而上，先将前车上御者一脚踢开，四五贼抓着骡缰，便想奔破窑。

韩达子擎刀大笑之间，众仆人等已抖作一堆。其中有个胆稍大的，便忙死命的跪在前车车道上，央告道："众位好汉要金宝尽有，但请给家主留个脸面。"达子喝道："俺四个兄弟都死在于八手中，俺恨不能生吃他肉哩！你既如此说，俺倒要当面叫你见个分晓。"说着，"忽"一声揪落车帘，竟将个吓得半死的于少太太半拖半抱，从车上放落平地。群贼一见，各各转过脸儿去。

那韩达子正要揪掠人家的衣服，作律犯天条、万恶不赦、下十八层阿鼻地狱的勾当，说时迟，那时快，忽听头项上"刷拉"一声，似乎有个大鹞鹰翻落背后。韩达子正佝偻着，要作出些贼形儿，当时急忙挺身回望，却是个行客模样的人，手擎短剑，向他微笑道："你这厮如此混账，本该立取你首，但是你为兄弟报仇，总算有点子狗义气。然而也不该这么办呀！冤有头债有主，是好汉当找姓于的拼个死活。你要污辱人家妇女，简直说猪狗不如。"

韩达子听了，只气得哇呀呀的怪叫，便拔起地下插的刀，向行客劈头便剁。那行客一闪身，右手虚晃一剑，风趋而上。只骈起左手两指，向达子腰眼上一戳，说也奇怪，那达子登时刀落形定，裂开一张臭嘴哈哈大笑。群贼见此光景，知行客能为不小，方要纷纷乱窜，行客喝道："那个敢动寸步，便当诛却！"其中一个细高条子方迈了两步长腿，行客大怒，赶过去手起剑落，登时死尸栽倒。于是群贼大惊，都哀呼乞命，那个敢动寸步。这当儿，一片旷野间，便如塑了一堂泥像。除微风肃肃之外，便是韩达子的笑声，如夜猫子一般，越来越起劲，好不难听。那行客都不管他，便唤众仆道："你等快扶主妇上车，待俺料理群贼。"

一言未尽，那于少太太已悠悠醒转，就势儿伏地叩头道："愿恩公见示姓名，容俺于门世世报德。"行客道："快别说没要紧，你等就此快走，少时贼头醒转来，大大不便。"这时那两个老妈儿业已由后车上颤抖抖的踅来，两张嘴都顾不得说话，便搀起少妇，狼狈登车。众仆人向行客一齐叩头，便纷纷上马，簇拥了车子，风驰而去。这当儿，便连那受踢的御者也不知那里来的气力，一连几鞭，拉开怪嗓子，一路吆喝，他也不管骡儿屁股疼咧，顷刻之间，一行人已跑出多远。

这里行客更会顽皮，他也不哼不哈，就这么向韩达子对厮面，石佛似的一坐，韩达子越笑得凶，他是没事人似的。少时唤过一贼道："烦你的手，给俺打这厮的嘴巴。"那贼不敢违拗，走过去，乒乓几下。少时又换一贼去打，一连换了五六人。韩达子一张脸青青紫紫，业已如火燎钟馗，双目如灯，眼瞅行客，却是笑声越发不止，也就越发难听。少时大汗如浇，全身抖动，一张下颔老张开，不得歇止，眼睁睁就要脱掉。少时笑声渐微，就要双翻白眼。

217

那行客估量着于家人业已去远，于是跳起来，就韩达子脑后一掌。这小子真听说话，登时"扑哧"声爬在地下，业已泥似的堆在地下。于是群贼罗拜，一齐乞命。行客喝道："便宜你这群鼠辈，以后你等如不改行，遇着俺再讲！"群贼那敢作声，便扶了韩达子，投西北小道上，狼狈而去。

你道这行客是那个？不须作者来表白，诸公定知是志学咧。至于韩达子为何成了个乐不够呢？便是志学用点穴手法，点动他的笑脉。笑的时光太大了，心气开张，登时会脱阳而死。诸公不信，但看患脱阳死的人无不面带笑容，那便是心气不能收敛之故了。

当时志学一场游戏，救了于家少妇，心下也自痛快，便从容到林中取了行装，依然趱路。日色平西时分，已近滦州城。只见各路上行客纷纷，车马杂沓，果然是个大庙会的样儿。还有许多江湖生意人，如医卜星相之类，卖药的咧，耍花拳棒的咧，更有本地青皮等等，一个个紧辫短衣，连臂嬉笑。

正这当儿，忽见道上行人一闪，銮铃响处，便见一骑乌黑的骏马由背后风驰而过。轻尘不动，四蹄翻盏，好体面的大走儿（讲骑马者，有大走、小走诸名目）。马上一个老头儿，有五十来岁。青衫短笠，手弄丝鞭，脚下踹着挖云头的薄底快靴。只一举手之间，大拇指上早露出只浑绿翡翠搬指，真是碧绿透明，宝光腾踔，粗估去，就值万把银子。便见顾盼生辉，一抖辔头，早已出去多远。于是众青皮乱噪道："喂，你见么，快马张来咧，咱擎着看跑好马吧。上年间，全场的马家子（俗呼赛马者为马家子）都输给人家咧。人家这马名'乌云豹'，由此赴京，一个来回儿，能两头见日头。他老人家老吃北京油炸脍、甜酱粥，往往骑这马去，便如咱赶个小集似的哩！"

志学听了，也没在意。便杂在众青皮中，方趔近东城门，一个青皮又噪道："喂，老五哇，咱左右进城也不忙，何不再瞧瞧那两个宝贝儿去呢？呵呀，了不得！那一对小模样儿真把俺魂钩去咧。俺看那个圆脸盏、胖笃笃的更媚气，只是那双眼有些冷森森的。可不知他们作生意不作，咱怎的去扣个锣儿（市语谓狎妓夜合也），才舒服哩！"又一个青皮笑道："不害臊！凭你这块料，就想去扣锣？自这两个小娘儿一到此处，有多少阔岔儿都馋的呱呱的咽口唾。我看你去扛把叉倒不错哩！"两个诙笑之间，又一青皮拍掌道："人家散了场子咧，噫噫，真个的宝贝来咧。"说着，一齐南向翘首。

志学略为驻步，随望去，果见从南来了三骑马，一色的雕鞍丝辔，十分齐整，那马尾项之上都挂着红绸结就的大花球。当头马上是一个年青的小妇，生得明眸皓齿，绰约如仙，丰肌柔曼，顾盼间媚中带威。第二马上却是个少女，只有十八九岁，生得丢丢秀秀，娇小多姿，一双长细秀目还挂些憨嬉之态。一色的矮髻劲装，明珰锐履，青帕包髻，余帕绞作个燕尾形儿。后面马上却是个壮健的老妈妈，油光漆黑的一张肥脸，活脱像母夜叉。三骑马方到城围，众青皮不由都喉中作痒，登时从丹田里提起气来，尖尖的一声怪好儿喝上去。两少妇嫣然一笑之间，老妈妈道："贵处是大邦之地，俺这两个丑妮子不值得爷台们见笑。如承台爱，明天到艺场中多丢上几文钱，不好么？"说着，一搣大拇指，"邦"的一声。可笑众青皮就是这等贱骨肉，被人家一顿挖苦，他们也不要轻薄咧，便逼棍条直，站早班似的让人家过去咧。

志学料是一班赶会的卖解女妓，一笑之间，却颇觉两妇女骨相不俗。于是匆匆进城，刚趱过半条大街，思想起吕二所约的齐家店是在东关，连忙从新转出城。就人一访问，寻到那齐家店，抬头一看，果然阔绰齐整，便趱进，问那店伙道："此间寓客有位吕二爷么？"偏巧那店伙有些耳聋，当时笑吟吟的道："有的，便在后院房间里住。但是他那会子出去咧，敢好也就转来哩。"志学听了，便就前院中选了房间，安置下。

须臾掌上灯烛，用过晚饭，志学方掸拂行装，弄得布衣上灰朴朴的，只听门外有人笑道："唔呀，是那位兄台见访兄弟呀？小号生意忙得凶哉，失迓！失迓！"说着，门帘一启，钻进一个瘦细身裁的人。有三十来岁，披一件宽长袍儿，戴一顶瓜皮小帽，拱肩缩背，满面春风，却是两双眼向志学一打量之间，咯噔声收了笑容儿。志学一见那人，也是一怔。

　　恰好店伙一步趄进，志学便道："俺访寻的是北京吕二爷，是你店里老主顾，这位老兄俺却不认得。"店伙还没答腔，那人道："唔呀，这是怎么个杭榔头！吾是湖州李二南，那个是甚么吕大吕二的！方才俺直着脚子跑了一天生意，回到店里，刚闹了壶老花雕，破了两个软糟蛋，要歇歇腿儿，"说着，一瞟店伙道，"不想你这冒失鬼说有人指名找吾。如今却一看两瞪眼，真真岂有此理！"说着，一摇头儿掀帘而出。

　　志学情知闹拧咧，因向店伙道："此人姓李，你如何说是吕二爷呢？"店伙赔笑道："俺这里没住过吕二爷，只有这个贩南货的李客人。"志学没奈何，只得草草安歇下，准备明天再寻吕二。却是睡梦中还听得那李二南南声北调的，自歌自饮，甚是高兴。

　　次日，志学就城关各大店寻访吕二，影儿也无。晚上回店，听得那李二南越法高兴，并吩咐店伙道："吾这趟生意利市得很，只要你伺候的周到，吾是有重赏的。"

　　志学枯坐一回，甚是寂寞，偏搭着各旅客聚在一块儿高谈阔论。一人道："今年马市真透着热闹，大开赌棚，游娼四集。俺听说快马张也到咧，并有北京某王爷也来游玩。他们说某王爷有匹'海东青'的马，单是服事这马的人就有四个。还有咱城内金四爷，巴巴从吉林地面物色了一匹异相的马，名叫'火龙驹'。那马长蹄细项，火炭似的，没一根杂毛，并且腹胁下旋毛如钱，绝似鳞甲。据说那马是龙种哩！"一客笑道："你别给金老四装门面咧！金老四是甚么慷慨脚色，绷骗了一辈子，开起几爿杂货店。如今越老越滑，真是赊借如白捡，他岂肯花钱买马抖虚飘儿呢？倒是某王爷有信来逛是不错，他来了，没有别的，不过给本地面添些麻烦。单是他带的一大群驴球马蛋，都是戴铁丝帽子的脚色，三句话不投机，便瞪眼勒胳膊。俺看私窑子耍钱场儿，算是倒了霉咧！"众客一阵胡噪，倒触动志学心思，暗道："吕老弟就是好赌，明天须向这等所在去寻他才是。"怙惙一回，也便安歇。

次日向各赌场中去访问，也没影儿。逡巡之间，又已天光将晚。志学一路怙惙，信步趱入一条短巷。只见弄中人家许多的妇女倚门，都扎括的妖妖娆娆，见了志学，都邪着眼儿偷瞅。志学低头趱至巷中间，忽见一家门首趱出个少年，后面一个刘彪他妈（见京剧中《法门寺》）似的婆子，跟着笑道："俺这里就挂不住你，不消说是蕲家店的客咧。"那少年一笑，匆匆趱去。志学不由驻步问道："借问妈妈，此间还有个齐家店么？"婆子笑道："蕲家店便在前面，您若相不中那里，咱这里也是顶呱呱的哩！"志学谢声扰，方转身，那婆子却叹道："真是人走时气马走膘，俺这里冷出鬼来，人家那里偏热羊挤群似的。总是蕲家小蹄子们有招人的去处哩！"

志学听了，不解其意。向前趱过几家，果见路北一家门首粉墙上，写着"蕲家老店"四字。门首一个媳妇子正斜倚门框，跷着脚儿，溜眉丢眼的合一个猥琐男子说话。志学恍悟，因齐蕲同音，竟跑了许多瞎腿，便趱进问那男子道："这店中有位吕二爷么？"男子道："有的，但是他出去两三日，没转来咧。您老坐坐去呀！"志学道："不消了，俺明天再来吧。"说着回步，一路上暗笑："吕二总欠老成气，那媳妇子准是个私门头，挂着开店。这等所在，俺如何寻得着他？却是他两三日没在店，又向那里去了呢？"

趱回店，思忖一番。用过饭，方要安歇，只听那李二南在自己屋内忽然拍台打案的、发咆燥道："吾们南方朋友是不怕硬的，你赖账不还，难道就罢了不成？漫说你是金老四，便是皇帝老儿也须讲理呀！"又听得店伙道："李爷，事缓则圆，慢慢合他讨吧。"那李二南挂着哭声道："你不晓得，他这是诚心要昧良了。吾陆陆续续供给了他三年南货，便有两千数百银子的货价，说明是一分起利。如今不但利银没得，连本钱他都不认。吾手中虽有他收货的字据，无奈他官府面上人情熟，吾今没有别的法子，只好合他拼命了！"说着，不住的长吁短叹。志学听了，也没在意。

次日绝早起来，又赶赴蕲家店。方一转弯，趱入巷口，只听背后吕二大喊道："殷老兄几时到的呀？可把俺等坏咧！"说着，拉住志学，哈哈大笑。志学一看，他眵眼麻搭，满面上失睡的神气，一条小辫蜷曲的懒龙似的，并且在左眼下青愔愔的一块灰点迹儿，有黄豆大小。志学仔细端相，不由大惊道："老弟你干么去来，中了人的毒着儿！如今过午之后，就是死数。快些进店，分头抓药，且保性命要紧。"吕二猛闻，直惊得作声不得，知志学说话必有道理的，不由脸色大变。

志学也不管他，便合他匆匆进得蕲家店。那小媳妇方妖声浪气的前来周旋，早被志学喝令回避。入室后，命吕二侧卧于榻，不许转动与作声。他便登时要过纸笔，开了三四个方儿，却是每个方儿上只有三两味药，便命店人等分头去抓。这时吕二光着眼，卧在榻，忍不住道："殷兄……"志学连忙摇手，却急得满屋乱蹀，并且嘟念道："不想此间竟有这等深谙内功的人。呵呀，好险呐！"

不多时，药都抓齐。志学忙亲自煎好，扶吕二吃将下去。又命他卧息片时。须臾，吕二肚内辘辘有声，接着"咕碌碌"一阵乱响。志学一望，日影方交巳分时，不由欣然道："还好，不碍事咧。"正这当儿，吕二只觉肚疼如绞，不由展转呻吟。志学道："药力已到，快去大解要紧。"于是扶他入厕。顷刻屙下一堆黑紫淤血，吕二顿觉通身无力，腿儿一颤，险些栽倒，亏得志学扶住。入室后稍卧片时，方觉好些，不由诧异道："殷兄，这事儿好透着蹊跷，毕竟是怎么回事？"志学道："你这才好了一半，快说你受伤之由，再作区处。俺猜捉弄你的这个人，定是个作怪的女人家哩！"

吕二听了，越法惊得目定口呆，便一五一十述出所以。志学听了，不由且惊且笑。正是：

> 房中秘术翻新法，呼吸能操生死权。

欲知后事如何，且听下回分解。

第八回

袵席戈矛巧摄元气
客窗闲话畅论内工

且说志学听吕二述罢所以，不由惊笑不已。原来吕二抵滦之后，一面等候志学，一面嫖赌消遣。这蕲家店混名儿媳妇店，吕二本是个老熟客，落店之后，无非是各处游玩。

一日，从沧州地面来了一班卖解的妓女，姓何，是姑嫂两个，姑名瑶华，嫂名琼仙。都生得花朵一般，真个是色艺双绝，走马踏索、舞剑蹴鞠等等，件件入妙。更妙的是还有踏竿之戏，竖起百足高竿，姑嫂两人彩衣登竿顶，蹁跹对舞，不亚如云中仙子。再灵妙轻倩的，又有踏滚球的把戏。两人踏起木球，游行自在，那许多的身段解数，就不用提怎样妙相咧。其中琼仙更为丰艳异常。开场两日，招的人风雨不透，奔走若狂。

这一来不打紧，登时引得吕二色心滟滟，便遣人示意琼仙，想落个交儿。那知一下子碰了钉子，倒惹的那掌班老妈妈子发话道："俺们虽是游娼，但妮子们（指琼仙等）的脾气是拗不得的，便请上覆吕爷，俺们不能接待哩。"那去人回复吕二，吕二大怒，仗着自己很认识本地青皮们，便暗地一连串，嚷出风儿去，谁要帮场给他们彩钱，便合他不得开交。琼仙等作场两日，果然分文不见。便有当地青皮抱吕二的粗腿的，趁势儿到琼仙处再去拉纤。这次琼仙却笑嘻嘻的道："这位吕爷既如此见爱，一定是阔绰慷慨的脚色。俺卖身一场，也须值得，便请他拿现银二百两来，俺便凭他摆布如何？"那青皮听了，笑着去回复吕二。

看官请想，俗语云利令智昏，那知这个"色"字越法劲头儿十足。当时吕二闷闷浑浑的大悦道："就是罢，二百两算甚么，只要俺快活就是咧。"那青皮倒有些眼睛亮，便道："你且仔细，卖解女妓都有些武功本领，况且这个妮子神气间有异寻常，怕不有些难顽。"吕二大笑道："北京城内谁不晓得，俺小白龙吕二爷是个大把式呀！若制不倒一个雌儿，也就不用创咧！"于是慨然应允，先命那青皮送过二百银。

掌灯时分，吕二合朋友饮酒微醺，便趁高兴，去寻琼仙。一入香房，兰麝喷鼻，榻上衾绸角枕，业已安置停当。那老妈妈客气两句，微笑而出。须臾，湘帘起处，琼仙婷婷趄进，懒髻晚妆，春风满面。著一身浅红色短衣裤，越显得娇媚入骨，水葱儿一般。向吕二含睇一笑，周旋数语，玉手纤纤，亲自端上香茗。灯光之下，红肌玉映，真个是风吹欲倒，柔若无骨。吕二心头一面怦怦乱跳，一面暗喜道："这二百两头总算花值咧！"正要拖琼仙偎坐，只见帘影一宕，瑶华笑吟吟跑入。头挽双髻，余发四垂，连耳环也没戴，穿一身洒花浅色衣裤，活脱的似个粉娃娃。向吕二略一点首，便憨憨的坐在对面道："俺听说吕爷很会武功，不知拳派剑派都学的是那几家哩？"说着，合琼仙撕皮打掌，抿嘴而笑。

吕二乍逢双艳，直得意到十二分，于是信口开河，胡嗙一阵。笑得个瑶华"格格格"，两只小脚儿就地板上乱踹，末后竟一头滚入琼仙怀中，小嘴一撇，举起个指头，只管羞抹自己的脸蛋儿。那吕二既入迷阵，也不理会。琼仙却笑道："你这憨妮子，吕爷既开示于你，你如何不拿耳朵去听，却来厮缠人？"瑶华道："唔，俺是属蛴螬摆果碟的，越犯恶俺，俺越怙惙。"于是喧闹良久，方才趓去。这时更鼓三敲，吕二一腔欲火已是把持不住。那琼仙反漾出许多风情，只把吕二弄得势如狂易，百脉腾沸。说时迟，那时快，琼仙笑一声，樱口一张，嗑住吕二嘴儿，只呼一声，提气一吸之间，再看吕二，已软恢恢的伏在一旁，更没半丝儿气力。

次日天明，吕二起身结束之间，但觉心头空洞洞的，却也不以为意，便匆匆回店。不想恰遇志学。

当时吕二述罢，便问所以。志学笑道："今且不必说。老弟略息片时，咱且去寻他治病要紧。这女子竟通此术，奇怪极咧！"说罢，将自己赴平谷牛角沟一节事，并近两日寻访吕二情形一说。吕二听了，惊笑不已。却又见志学只管询问琼仙等情形，吕二只当是志学有意，因笑道："殷兄定能摆布得他，俺这里尽有银两，殷兄何不去给俺转转面孔呢？"志学笑道："你还不晓俺的意思。因琼仙既有这等本领，定是江湖间奇异女子，咱倒须留意一二哩。"说话之间，吕二已复常态，只微觉脚下虚飘。于是领了志学，直奔琼仙那里。这且慢表。

且说琼仙晨妆罢后，便合瑶华笑谈吕二。瑶华笑道："论那臭男讨厌样儿，只这般作弄他，也不为过。"琼仙道："岂有此理，咱合他又没仇恨，不过摆布他，使大家晓得江湖女子不可欺侮罢了。"因指着榻头上药包道："俺早已准备下解药，少时便当去治好他，连那二百银子，谁又稀罕他的呢。"瑶华一望，榻头果然药银裹作一包。

正这当儿，只见吕二闯然而入，后跟一人，衣冠质朴，却又精神炯炯，电目一张，只管打量琼仙等。这一来，琼仙出其不意，忙望吕二面色，越法吃惊。方站起让坐，吕二后面那人已正色道："你等无故害人，真真可恶。难道滦州地面就没有行家么？今不必费话，快先将俺这朋友的精力还来，再说别的。"

琼仙听了，正在秋波乱转，瑶华见那人质朴朴的，就像个乡下老哥，不由气得脸绯红，冷笑道："你这般说法，想是替你朋友找岔来咧。"说着，将榻头药银包儿向案上一抛道："不瞒你说，俺既非赚财，又合你的朋友没仇恨，本想就去医治他哩，如今你大马金刀的一顿排揎人，难道谁是你的奴才不成？俺倒要看看您有多大把的神沙。"说罢，两手挂腰，小脸儿一绷。那人笑道："你等小小伎俩，不必逞能。"瑶华越怒道："那个合你斗嘴，你有本领，咱两个便较量一番如何？"那人大笑道："便是如此。"于是更不慌忙，只骈起两指，在瑶华腹胁之间轻轻一点。瑶华叫声不好，登时四肢绵软，倒卧榻上。琼仙大骇，情知那人本领不凡，连忙趱进万福道："俺们有眼不识泰山。但俺瑶华妹方才一席话，真是实情，俺本想就去医治吕爷，您不见药银都准备停当么？"于是扶起瑶华，只见他矮髻滚偏，一张小脸业已吓得通红，眙着眼儿，只管瞅那人发怔。

于是琼仙殷勤让坐，命那老妈妈泡上茶来，略问那人的姓名来历。琼仙等听了，相顾惊异。那人便道："你等具此武功，为何混迹风尘，操此贱业呢？"琼仙叹道："人之境遇是没法说的。俺操业虽贱，却自由得很。像世界上许多龌龊卑鄙之辈，自命衣冠高贵的，俺对他们，颇觉得没甚可贱之处哩！"那人听了，越觉他语气非常，因笑道："如今俺这位吕朋友，只好了一半，怎么办呢？"琼仙笑道："您的本领端的令人佩服。方才吕爷一进门，俺一看他面色，便知遇着明公指点咧。"说着，香腮微晕，一扭头儿道："那一半儿您也给他治治罢。"那人大笑道："打嘴，打嘴，这个俺可来不及咧。"

于是琼仙含笑坐在吕二身旁，这次却态有余妍的对了吕二嘴儿，呼呼呼一阵接气。吕二便觉热温温一股火气直达丹田，顷刻间精神顿长。那人笑着站起道："多谢，多谢。"于是携了吕二，就要趱出。琼仙忙道："还有吕爷银两，便请收回吧。"那人道："敝友既输却此银，理当奁此。"两人推逊之间，只见瑶华向琼仙一使眼色，琼仙便含笑不语，殷勤送出。

这里吕二合那人转过半条街坊，吕二道："可闷煞俺咧，难道那琼仙是狐狸精不成，怎就会如此作弄人呢？"那人笑道："咱回店再说罢。"正这当儿，只见一群行人笑语道："真他娘的丧气！俺刚走到'悦聚隆'门首，正碰着他们打吵子。那南蛮子披头散发，血葫芦一般，向俺撞了那么一下子，偏他娘的俺脚下横不榔子卧着个癫狗，俺一闪之间，险些儿被他敬一乖乖哩！"一人道："那客人也真可怜。他正寻金四爷讲理去，你说这不是鸡蛋碰石头么？"又一人一伸大拇指道："如今这个主儿，越法扎煞胳膊咧，新近又拉拢了北京某王爷。俺听说。他还邀了某王爷来逛会哩。你不信瞧着，准给地面上添些是非。他坑骗人只当等闲，像受南蛮子那等委屈的，有的是哩！"那人合吕二听了，也没在意。说了半天，这那人是那个呢？原来就是志学。因作者一支笔忙得要命，总腾不出空来点明他，所以"那人"了半晌。

当时志学合吕二匆匆回得薪家店，志学道："深通内功的人要作弄人，有快内伤、慢内伤之法，却是被伤之人当时并不觉得。快内伤不过半日，便能死人；慢内伤往往迟至三五年，或十来年后，方才发作。但慢内伤虽然迟缓，却没法可医，因伤力浸淫，直入骨髓。快内伤便如忽得暴病，只要医治得法，顷刻便好。即如琼仙这着儿，便是快内伤。俺看琼仙不但晓得武功，还定会房中术。他是趁你欲火烧腾、元气大聚的当儿，便施展吸收的内功房术，使你精力骤失。这着儿甚是歹毒，所以俺命他度气，还你精力。他既能收，自然能发，这道理原不稀奇。你说他是狐狸精，倒也有些仿佛哩。只是他合瑶华意态词气之间，又有些侠气流露，便看他备药还金，足见非歹毒一类的人。这节儿很奇怪哩！"

吕二听了，豁如梦醒，不由长叹道："说了一圈儿，这个'色'字是贪不得的。凭他多么有能为的人，一贪'色'字，便会不妙，何况俺这稀松的人呢。"志学笑道："老弟既明此理，如何单落在媳妇店中呢？"一句话招的吕二干笑不已，便道："殷兄不晓得，俺在此处也有一番月意。因此处招接赌友最为方便，不瞒您说，俺到此十来天的工夫，业已赢得十余匹的马钱咧！"志学笑道："既如此，咱两处住着，倒也方便。这两天只顾直着脚子找你，还没空各处逛逛哩。"吕二笑道："俺这会子已精神照常，那么用过饭，咱就去吧。"

于是匆匆唤饭。两人吃着，志学见殽馔中有鲫鱼，不由将救于家少妇之事一说。吕二惊道："又有这等事！这韩达子，俺风闻着是关外匪帮的大头子　不知闯了甚么乱子，却撞到关内来。殷兄不该放掉他，须仔细他来报复。"志学笑道："那等鼠辈便来报复，又算甚么。"

须臾饭毕，两人果然出外游玩，只见街坊上马龙车水，热闹非常。两人方转过两条街，只见对面一群人夹七杂八，掉臂闯来，一色的青绸短衣裤，外披长衫，脚下是十纳帮踢死牛的搬尖洒鞋。歪戴帽子，横眉溜眼，或弄网球，或提胡琴，还有提着绝大的画眉笼子的。就这等嘻嘻哈哈，撇着绝好的京腔，横队而过。恰好有个半大脚的媳妇子领了孩子，见他们撞将来，连忙闪在肆檐下，长裙一宕之间，众人登时挤眉弄眼，便有一人高唱道："滦州地，三宗宝，影戏鲫鱼女人脚。真有的呀！"说着，蜂拥而去。两旁行人不由悄悄唾道："这金老四真办德行事，又招得这群宝贝来。严嵩使年七，[1] 甚么主，甚么奴，这位某王爷也就可想而知了。"

志学等信步游玩，直至夕阳西下，方合吕二分头归店。入室后，用过晚饭，方在灯下想写封家书，去起居母亲，忽听后院中有人呻吟啜泣，十分悲痛。正是：

乡思方萦游子念，悲声又动旅人心。

欲知后事如何，且听下分解

---

[1] 年七：指明代奸臣严嵩的心腹家奴严年。

第九回

殷志学拔柱显奇能
快马张挥金识豪贵

　　且说志学仔细一听，却是李二南。志学忽想起昨夜李二南自家发咆燥的一段话，暗忖道："这李客人定因甚么钱账有为难的事，不然他昨夜怎说合人拼命呢？远方商客也真可怜。"想罢，便逡巡来至后院。只听二南泣声越法幽咽，并捶床道："吾没法合你辩理，只好去告阴状了！"

　　志学忍不住，掀帘问道："李兄为甚伤心呢？可能告知小弟，大家想想法儿么？"说着，徐步而入。便见二南首帕包额，狗也似卧在榻上，甚是狼狈。一见志学，便如见着亲人一般，忙道："唔呀，殷兄么？"说着，要挣扎起来，胳膊一撑之间，又痛得呻吟不止。志学连忙按住他，就坐榻头，一问所以。二南不由连连挥泪，说出一席话来。

　　原来这滦州地面有两家豪富，都以养海船起家。一个叫于茂德，为人豪爽正派，有朱家郭解之风，便是上文所说的那个于八爷。一个叫金维岳，为人阴狡卑鄙，专好结交官府，欺压乡里，抢男霸女，只如寻常。因他排行老四，人便赠他徽号叫"四大王"。他养海船，起初是干的没本的营生，手中人命至少也有十余条。后来资财充足，却一变而为土豪。但是他旧日的狐群狗党还不时的合他往来，并寄顿赃物。本地官儿也都晓得，虽有意剿捕，却都怕他党羽众多，惟恐一下子掇起大乱子。因此历任官因循不办，越法惯得个金维岳横行无忌。便是志学所遇的那个韩达子，也是仗着维岳的硬靠山，方到关内作活儿。

这维岳合于茂德一薰一莸，本来素不相能。后因维岳强占人家的田产，却被茂德仗义出头拦阻，两人说僵了，当场交手，维岳这小子挨了一顿暴打。所以韩达子一到滦州，维岳便怂恿他去劫于家。不想反折了四个弟兄，因此韩达子怀恨在心，想路劫于家少太太，污辱报怨。这时维岳因自家开的一爿杂货店，名"悦聚隆"的，赊欠了李二南一千八百银的南货，硬生生昧良不还。经二南软求两次，道不答应。二南情急，这天便找到"悦聚隆"，吵闹起来。维岳大怒，登时喝令健仆并店人等，将二南殴打得头破血出。所以二南这般苦楚。

当时志学听罢，沉吟道："你赊出之货可都有他店中的收据？"二南道："有的。"志学又道："你左近可有相识人家，可以暂藏一时？"二南道："城北蝎尾川，便有俺同乡的朋友。"志学道："既如此，明天一早，你便移居贵友处。下午以后，俺准将一千八百银索还交你。你更不必耽搁，速离此地为妙。你骑的那匹大骡儿，也便借俺一用。'二南闻说，直然的不敢信。后见志学一团正色，不像说顽话，便伏枕叩头道："殷兄好意，俺自然感激不尽。但姓金的那等强横，您怎的个索还法儿呢？"志学笑道："俺自有道理。却是老兄以后交人，须睁睁眼，不要看人衣服朴素，便立时收笑容儿。"说罢，拱手退出，闹的个李二南恍惚如梦。

混过一宵，次日一早，志学果然催促二南收拾行李，另雇了一头驴子，直奔蝎尾川他朋友家。这里志学从容结束好，用过早点，揣了"悦聚隆"收货的字据，备上褡套，跨上那大骡，竟奔"悦聚隆"

而来。

到店门下骡，就街石上系好，抬头一看，端的好齐整门面。一列五间，金碧交辉，黑漆栏柜上，许多小店伙穿梭似照应交易。柜旁金漆交椅上，坐着个山汉似的四十来岁的人，生得虎背熊腰，凶眉凶眼，短短的络腮胡子配着一张蛤蟆嘴，秃着头儿，穿一件天蓝缎长袍，正在那里一面闻鼻烟，一面合一个俏皮店伙讲话，正是那人称"四大王"的金维岳。

志学一见，更不作声，由骡上背起褡套，便往店内走。店人喝道："你找谁呀？"志学道："这里不是'悦聚隆'么？俺有点小勾当，要交代交代，金老四在不在呀？"店人喝道："满口放肆！"说着，一指维岳道，"这不是四爷么？"志学笑道："四爷就四爷，只要还俺们银子，叫甚么都成功。"说着，将褡套灰朴朴的向柜上一放，向维岳拱手道："李二南托俺来敬致歉意，昨天不该来吵闹贵店。但是您还欠他点小款子，故此他托俺来领取此项。您看怎么办呢？"

维岳诧怒道："你这厮竟敢来替李二南拔创！你可知李二南挨了好体面打去了么？难道你也骨子发痒不成？"志学笑道："皆因他挨了打，没法前来讨账，因俺骨架儿稍为结实，才托俺来。打自是打，账自是账，您是打完还账呢，还是还了账再打呢？随您尊便，您看好么？俺们是舍命不舍财哩！"维岳听了，不由气冲两胁，一看志学老乡客一般，那里搁在心上，于是跳起来，拍柜大喝道："你们还不快给俺打这厮！"店人等听了，喊一声，揎拳勒袖，蜂拥而出。志学转身拔步，跳在当街，随手儿脱下长衫。

这时早惊动许多行人，围拢上来一看，维岳虎也似站在栏柜里，都替志学捏一把汗。便见志学东张西望，忽笑道："靠着坏蛋出坏蛋，这条街上难保没扒儿手，俺这长衫儿须安置妥当哩。"说着，趋近店厦，将长衫抛在大明柱石础跟前，一回身抱住明柱，脚下骑马式踏稳，两膊用力，只一晃，只听"刷拉拉"一声响，厦尘乱落，那柱脚登时挪移。说时迟，那时快，就见志学两臂一紧，连靠带拔，喝声："起！"喝声未尽之间，众观者登时喝采雷动，就这声里，唏嚙哼啦一片响，厦瓦乱落，白浓浓的灰土早扑将下来。再看那柱，业已拔起二三寸高。志学用脚蹴长衫入柱脚下，然后放手，高跃道："来来来，咱这再打痛快的吧。"这一来不打紧，店人都惊得呆在那里。

这金维岳到底是老奸猾，便知今天碰到岔儿上咧。俗语说得好，光棍不吃眼前亏，于是他跳出栏柜，向志学赔笑道："朋友不必显能为咧，俺欠账还钱就是。"说罢，立命店伙次第搬出一千八百两银，白花花一大堆，向柜上一放。志学微笑，即便两手起柱，用脚钩出长衫，从容穿好。然后掏出店中的收据，向众观者一扬道："现有他店中历年收货之据。昨天李二南在此被打，诸位想也晓得，须知不是俺前来讹诈。"于是一封封取银，装入褡套，就这等单手提起，搭在骡背，向维岳道声请，就要拔步。

维岳道："朋友贵姓呐？尊寓那里？容俺改日拜访。"志学大笑道："俺姓殷，名志学，便住在东关齐家店。你有甚伎俩，只管施展。这会子俺要失陪咧！"说罢，一拍骡屁股，人骑如飞，竟自扬长而去。怔得个金维岳半晌开口不得。

不提志学直赴蝎尾川，交代银两。且说维岳无端被人撅了尖儿，岂肯甘心。正要遣人去踏探志学，再作道理，事有凑巧，只见某王爷遣人来约看赛马，并请先去饮宴。这某王爷年只二十多岁，爵位虽尊，却是个大纨绔，在京中狂嫖大赌，手下养着许多打手，很有些不法行为。相传他府中有地窖，专为淫乐之用。因他手下人往往乔装强盗，去掳劫人家的美色妇女，合金维岳正是一个八两，一个半斤。当时维岳既膺宠召，只得且搁下志学这档子事，便兴匆匆整理衣冠，狗颠屁股似的跑将去。

两人相见，无非是嫖经赌论，并杀打砸割。满嘴里喷回粪，须臾土妓偎坐，即便开筵。两人角酒拇战，猫声狗气的闹过一阵。某王爷"拍"的一拍大腿，竖起大指道："喂，老四，今天教你开个天字第一号的眼。少顷咱去赛马，一家伙赌彩万金。你可知这快马张是怎的个人？这巴掌大的遢遢儿，也有这等怯哥哥，倒也稀罕哩！"维岳道："提起此人，王爷该晓得呀！上年间。他在北京，合某都老爷的少爷呕气，带领人硬抢'状元一子'（北京名妓），大闹五城，难道您忘了不成？"某王爷凝想道："不错，难道他就是那'花鞋张五'么？有一年，他还在京窑子内作回皇上，一挥数万金，人都知道的。"

阅者诸公，您道怎么叫"作皇上"？便是择一日子，满包了京城名妓，这一天集在静密大宅内，关了大门，内中一切应用之物早已预备停当。一般也分出三宫六院、皇后妃嫔等等，都扎括起来。入夜之后，便演登殿朝贺之仪。文武百官、内侍等一概是妓女扮就，然后净鞭三响，宫扉双分，导驾女官引出个冲天冠赭黄袍的大嫖客"皇帝"来，大家便高呼拜舞。闹过一阵，于是"皇帝"传旨，各加赏赉，依次有差。就是这一来，非几万金不可。这便为"作皇上"。

维岳笑道："错非是他，那里还有第二个旱魃呢。'花鞋张五'还是他少年创的名儿，近来人都叫他快马张了。他是山海关外绥中县的巨富，单是各典当烧锅就有十几处，其余参行皮行，各省都有，很像个样儿哩。"某王爷微笑道："哦，这就是了，怪不得他想和俺斗一下子，已约定赌赛万金。下午之后，俺两下就要到场了。老四，你且看俺这匹'海东青'，嘛，多么俊样！这个会有快马张的侥幸么？"说罢，命左右牵过那马。

维岳这小子好不会抱粗腿，便登时走下阶来，抚摸那马，痛赞一阵，某王爷越法高兴。少时酒罢，业已日午，某王爷道："乡下的半吊子（指快马张）都是茅包性儿，这当儿，一定在场伸了脖子傻等哩！咱也就去毁掉他'快马'两字吧。"说罢大笑而起，一声"来呀"，打手四集，一个个花拳绣腿，各掖短攘子，便拥定某王爷并维岳，一哄出门，纷纷上马。另有一个伶俐马童儿，牵了那匹龙驹似的"海东青"，在前引路，直奔马场。

这马场便在北门外真武庙后，十分宽阔。一行人还没到场，业已招了许多瞧热闹的潮水似跟来。当时某王爷率领许多打手，一窝蜂似的撞入马场。自有场主人接待一切，就场厅上落坐谈话。这赛马场主人就是专管比业的，其实就是变相的赌局，又一半儿给马贩子拉生意。当时见阔客到场，自然恭维万状。

某王四下一望，道："快马张还没到么？"场主赔笑道："敢好也就来咧。方才他由场门首趋过去，说是看卖解的去咧。"正说着，只听场外马蹄响动，众人一闪，快马张徐步拉马趋进。秃着个亮脑门子，只随便着件又肥又长的袍儿，扱着鞋子，落落拓拓，连马鞭也没带。入场之后，将缰绳一撒，可怪那马竟纹丝不动。场主迎笑道："张爷来的正好，某王爷早到咧。您略为歇息，便赢个高彩吧。"

快马张笑道："真个还顽顽么？依我看拉倒也罢，常常顽的老把戏，甚么意思呀！倒不如看那两个妮子跑回马，倒有趣儿。"说着移步进厅，只向某王爷略一点头，更不去瞅睬维岳。某王见状，老大的不悦，便赌气不理快马张，只喝场主道："快些开场，俺没工夫陪人闲谈哩！"众打手一听，登时就有横眼儿的，维岳也趁势帮喘，大呼小叫的，直喊拉马。快马张微微含笑，直待某王爷挥鞭上马，他方慢慢趋出厅，拉过自家的马，一跃而登。

这时，全场眼光都注在两马聚齐的所在，便见场主红旗一举，花腔鼓播动之间，两骑马泼刺刺撒将下去，真个是风驰电掣，马上人的面目都有些分不清爽。顷刻将及两周，快马张那马却落后了一马头，但是某王爷连连加鞭，大呼助势，一看快马张，却如没事人一般，又去抚马顶，似乎怕跑累。那马少时三周将毕，顷刻便分胜

负，快马张那马倒落后了两马头。大家见此光景，以为某王爷是赢定咧，

说时迟，那时快，距完场只有十来步的光景，某王爷扬鞭大叫，嗓音都岔，只见快马张哈哈一笑，两脚磕镫，坐下马长嘶一声，平空的跃出两丈余，登时他的马尾掠着某王爷的马头。原来他这马是费了好体面的工夫练习出来的，专以败中取胜哩。

当时众打手一见，齐声一呼。快马张猛的一磕马，大笑道："你等别不开眼咧，万把银子算甚事，俺便送你阿哥们买果儿吃罢。"说罢，一抖辔头，竟出马场，拨马向北便走。你想某王爷出世以来，只有他抖飘儿的，今见快马张一上损腔儿，真个气冲斗牛。于是举鞭一呼，众打手纷纷上马。维岳这当儿要露脸面，便大呼拨马当先，大家一拥，登时将观者撞翻许多。某王爷督队在后，便一阵风似赶将去。一个个擎起短攮，耀眼争光，眼睁睁就是一场人命。正是：

> 龙媒蹀躞方输步，虎冠纵横又上场。

欲知后事如何，且听下回分解。

第十回

琼仙软困醉如泥
瑶华救嫂胆似斗

且说快马张纵辔如飞，顷刻跑出七八里，回头一望，见金维岳等火杂杂的追临切近。他虽气豪，未免也有些惊心。因某王爷有名的凶横，凡摆布人，不是敲折腿，就是剜瞎眼，叫你不生不死。你便告到当官，只是斗殴了事。

快马张东张西望，正打算躲避一时，忽听前面树木中"咴咴咴"一阵健骤怪叫，顷刻转出一位英气勃勃的壮士。眼光一闪，早瞧着金维岳，不由失笑道："四老爷么，咱们总算有缘，您又合谁过不去呀？俺再给你调停一回如何？"维岳见了，顷刻慌张张拨马便回。某王爷发怔道："这是为何呢？"维岳摇手道："快回，快回，骑骤这人利害得紧，少时再说罢。"于是众打手拥了某王爷，随他跑回。真是去的简便回的快。

某王爷赌气子，回到自己寓所。维岳道："方才骤上那人叫殷志学，就是今天早晨，俺还被他呕了一肚子气哩。此人本领高强，仓猝中若有惊王爷，那还了得。"因将志学拔柱一段事一说。某王爷听了，只吓得吐舌不止。却因受了快马张的挖苦，只管闷闷不乐。维岳笑道："王爷好想不开！快马张闹飘儿，丢下万把银，咱不会变

237

着法儿找乐儿么？"一句话，登时提起某王爷的高兴，便吩咐重整酒筵，唤过健仆道："你快到卖解场中，唤那个媳妇子叫琼仙的，来与俺侑酒。无论他开场没开场，叫他就来。若稍迟延，仔细着俺踢他的场子。"健仆唯唯趄去。

这里维岳方胁肩谄笑的陪某王爷谈过一回话，只见健仆趄回道："不成功，人家那里正作场，热闹的很，一定不来。"某王爷大怒，跳起来，向健仆一个耳光道："没用的东西！难道你鼻子下没长嘴，就不会说我么？"健仆嗫嚅道："小人如何会不说，但是一说时，那琼仙只扑哧一笑，便没下文咧。"某王爷大怒道："这还了得！"

一言未尽，厅外众打手早已磨拳擦掌。某王爷喝道："你等快去四五人，将那妮子揪将来。"众人得令，跳跃而去。维岳笑道："这卖解女子也作怪，自到此地，很不奈答理人。若是王爷有唤，再拗着，真奇极咧。"某王爷愤然道："俺这会子只管眼跳，怪不得今天事事撇扭。"

两个人乱噪了多时，只听大门外一阵喧闹，少时众打手都狼狈跑入道："那女子利害得紧，俺们到那里，方要硬揪他，却被他一顿拳头，打得俺们滚逃出来。"某王爷听了，不由暴跳如雷，方喝道："咱的人呢？快一齐去采他！"正这当儿，只见一个行尘仆仆的仆人，手持马鞭，飞走而入，向某王爷一打千儿，从怀中取出一封书札，双手呈上。某王阅罢，顷刻高兴都尽，只搔首道："偏他娘的又有这等事。只是这倔强妮子，俺如何气得他过！"

维岳问其所以，却是某王爷的爱子病重，函促他即刻回京。维岳笑道："王爷只管回府，这琼仙您就交给俺，不出十日，俺设法给您送入府，由您快活如何？"说罢，合某王爷附耳数语。某王爷喜道："老四真有你的！等你到京，咱再盘桓吧，俺这便起身回京咧。"于是维岳辞去，自去摆他的鬼八卦，这里某王爷也顷刻回京。都且慢表。

且说快马张见那壮士只一言之间，解了偌大的重围，心下好生惊异，便跳下马来，向志学深深致谢。两下里各展姓氏，快马张起敬道："殷兄大名，震于畿辅。今日幸会，真快平生！方才俺偶然游戏，几乎为彼等所困。难道殷兄认识这姓金的么？"志学一说排解李二南那段事，快马张抚掌道："殷兄端的快士。但是这金维岳十分阴狠，去年冬里竟招得关外大盗韩达子，来打劫于家，并各处作案子。今又结交了某王，真是地方上大大之患。殷兄既得罪他，怕他是不肯甘心，您何妨屈驾，到舍下盘桓些时呢？"志学笑道："不要紧的。俺还有朋友在此，没多日耽搁，也就去了，只好异日到尊府拜访吧。"快马张听了，只得殷订后会，方上马而去。

　　这里志学从容踅回齐家店，也没将金维岳搁在心上。稍为歇息，去寻吕二，却没遇着。在街坊上随便寻饭馆，用过晚饭，业已一更左右。及至回店，只见自家行装下端正正压着二百两银，志学料是琼仙所为，越发觉他等行踪奇异。

　　次日急欲去告知吕二，那知寻了半日，也没影儿。志学不由暗笑道："吕老二真是没把的流星，要这么海逛下去，也不用贩马咧。"思忖之间，踅进卖解场，业已天光将晚。只见有两人在那里徘徊道："咱们今天真赶得不巧，方要看看卖解的，偏逢人家到金宅上应候堂会去咧。"

　　志学听了，也没理会，又走得箭数远，只听吕二从后面唤道："殷兄慢走，俺正要寻你去哩。"说着跑进前，拖住志学，大笑道："殷兄真有你的！只这两日之间，您的大名业已哄动滦州，折服了金维岳，排解了快马张，真是快人快事哩！"志学笑道："俺寻你好几次，正想谈谈这些事，你却已晓得咧。"吕二笑道："刻下街谈巷议，并说您将某王爷揪下马来，打了许多的嘴巴哩！"说着，拖定志学，连颠带跑。志学道："你忙得是甚么？"吕二道："俺还有段新闻，要说给你。"

于是两人直奔齐家店。志学先将昨夜得银之事一说。吕二惊道："如此看来，琼仙等真不像寻常游妓咧。俺就因听得他些事儿，令人委决不下。那该死的金维岳，因为抱某王爷的粗腿，竟要捉弄住琼仙送给他。如今琼仙已软困在金家，明天维岳便要亲送琼仙入都咧。这事儿真令人气不过。"志学沉吟道："真个的么？像琼仙那等生龙活虎般的女子，金维岳有甚本领，能软困他呢？"

吕二道："谁不是这般想呵！俺那会子得闻此事，却是在一家赌局中，遇着一个金宅仆人。要钱的朋友聚在一处，无非是胡拉八扯，其中便有人提起琼仙今天没开场卖艺,那仆人便笑道：'你们再要看琼仙，只好明天赶赴北京了。'因将维岳设计情形一说。原来是以请客作堂会为名，赚入琼仙。他有一种醉如泥的药酒，此酒一入肚，顷刻骨软筋酥，沉沉如睡。直须过一夜日，方才解得酒力。他便用此酒摆布琼仙。大家听了，都摇头不信。那仆人道：'你们不信就罢，俺出宅时，琼仙已醉的酩酩酊酊，两个老妈儿搀入秘室。那醉美人模样儿好不写意哩！'俺闻此话，已是日色平西时分，不由心中不平，便顾不得入局，一径的奔到琼仙寓处，想寻瑶华商量解救之法。那知瑶华却没在寓，俺只将所闻之事悄悄的告诉那老妈妈子，命他转语瑶华，快快计较。从那里出来，俺便来寻殷兄哩。您说金维岳这厮多么可恨！如今琼仙又将俺输的银送来，越法令人过意不去。殷兄，您看咱就袖手么？"

吕二这里一阵吵，一看志学，却闭目沉吟，一面用指在膝上乱画，半晌不语。吕二不由暗诧道："殷兄是向来爽伉好义的人，如何今天老牛筋似的呢？"

少时，志学张目道："按维岳行为，咱就去剑取其首，也不为过。但这么一来，未免惊动地面，更有累琼仙等许多不便。俺想是悄悄作事，将琼仙救出，连夜价令他等便离此地。吕兄可便去通知瑶华并那个老妈妈，命他们收拾行李马匹，单等二三更左右，俺定

240

将琼仙送到寓所。但是预计琼仙酒力尚在，这只好暂避到蝎尾川李二南朋友家中。等琼仙酒力一过，他们便可避去此地咧。那李二南得俺还银之后，过意不去，曾赠俺一匹健骡，吕兄也便骑了去，护琼仙等到蝎尾川更为妥当。如此一来，到十分雅俏。金维岳那厮恶贯满盈，自有天报，咱就不须管他咧。"说着笑道，"咱这趟来逛马市，你的马也没贩，俺也没尽兴畅游，偏偏有许多闲事来缠扰。仔细想来，老大的不上算。"

吕二笑道："殷兄上算极咧，怎还如此说！将来若有锦绣才人，看不惯世途污浊，仿太史公之例，愤激而传游侠，那时节灵心独运，妙笔如生，将丬这许多事撰记起来，您一定是名垂不朽了，您如何还说不上算呢？"志学笑道："那些锦绣才人因自家肚皮饿得吱吱的叫，没奈何，嚼俺的舌根，撰成部热闹书，换饭吃的勾当，那又干俺鸟事呢！"

正说着，街柝丙敲，吕二笑道："咱别闲磕牙，有甚么事该办着咧。瑶华那妮子更是个火燎性儿，不知怎的急得蛐蜒一般哩！俺便去知会他一切，专等殷兄的好消息吧。"志学道："就是吧，反正不过四鼓，俺定办理妥当。"于是吕二跨骡，去通知瑶华。这里志学也便结束伶俐，藏了短剑，熄灯锁门，逡巡由店后墙一跃而出，竟奔金宅。这且慢表。

且说瑶华见琼仙被金宅唤去之后，直至日色平西，不见趱转，不由心下诧异道："俺嫂出店去作场，向来是下午后即便收局。莫非金宅还有夜宴么？"怆惚之下，便信步趱向街坊。只见一个少年人面色尪白，迎面趱过。瑶华见了，不由长吁了一口气。原来瑶华有个哥子，终年多病，不能生业，所以他姑嫂才出门卖艺。他哥子面貌儿却有些像这少年，因此瑶华偶然感触。

当时瑶华逡巡间，想趱向金宅，探探消息。方经过一条巷口，只听巷内有人唤道："瑶姑娘没赴金宅作场么？"说着，走近面前。

却是跨篮小贩快嘴毛大。此人是个卖瓜子、糖果、抱签筒的脚色，专以在各宅门口并赌馆娼寮，以及各店中趁些生意。不怕那里狗打架的事，他没有不知道的，必要像新闻一般向人讲说，因此得"快嘴"之名。瑶华寓所，他是没一天不踏脚的。当时瑶华笑道："俺今天没去作场，俺琼仙嫂这时节还没回来哩，俺想去探探他。"

毛大道："你不去的好。那金宅是个是非坑子，俺那会子在金宅门首卖货，听他们仆人等交头接耳的讲说，说是你琼仙嫂现已大醉，那个金四爷还想明天将你琼仙嫂送入北京，献与甚么某王爷。少头没尾的，俺也不晓得是怎么档子事。大约他今晚不能回寓咧。"正说着，一家门首有人喊买瓜子，于是毛大应声跑去。这里瑶华怔忡半晌，揣度金维岳素来的行为，恐"快嘴"之话必非无因。但自恃本领，也不慌张，只恨得暗挫牙儿道："金维岳，你不要慌，今夜叫你认得俺便了。"于是踅回寓，向那老妈妈一说所闻。

老妈妈惊道："怪得那会子那位吕二爷急匆匆前来寻你，他也说这段耳闻。维今之计，咱不如去求吕爷的好友殷爷，帮你去作事，你道好么？"瑶华笑道："俺看金宅，便如大狗窝一般。这点把事，还值得去求人么？少时俺自有道理。"于是气愤愤用过晚饭，少歇片时，业已将近二鼓。瑶华更耐不得，便匆匆换上一身夜行衣，通体纯青，又寻了一大幅宽长青绸，作十字股，斜缚在肩背之间，为的是背负琼仙之用。结束都毕，然后佩上百宝囊，背插一把柳叶刀，更藏了应用暗器。灯光之下，真个丰姿如画，便如夜入魏城的红线女一般。悄悄出寓，趁星光隐约，便奔金宅。

须臾到得宅门，高墙之外，只见兽镮双合，好一片高大宅舍。高墙之上都有雉堞，里面却隐隐灯火辉映，并时有纷纭笑语之声。瑶华料宅中之人尚未安息，方驻足略一沉吟，只听墙上一个护院的打手道："喂，巴老八，你看擦墙根是甚么物件，隐隐绰绰的，咱给他一家伙吧。"巴老八道："得啦，你快别没事找事。这些日院中后楼上，老黄爷子狠撒酒疯，无故的门窗自响，并冷不防的满点灯火，顷刻又熄。前两日，连咱主人的大帽子都掇弄到狗窦里去，闹得人毛手毛脚。所以这几天，咱伙计们到后院巡夜，都是应个景儿，抽头便回。今天咱主人得着活宝，想更没工夫查咱们，你大惊小怪的怎的？再者，你叫俺老巴也罢，老八也罢，怎单单'巴老八'的，你不觉着撇扭么？"两人一路胡噪。瑶华趁口气，用了个"掠地风"的身段，"飕'的声，擦墙根绕向宅后，还听得巴老八道："是不是，这准是老黄爷子找鸡子儿去来。"

这里瑶华略一定神，只见宅后院树木森森中，果露出高楼一角。倾耳一听，却不断的有妇女笑语。瑶华不敢冒昧，伏觇至三鼓敲过。倾耳一听，人声都静，于是由囊中先取一石子，投入院内，听得是实地，又没动静。他这才一耸身形，用一个"攀枝倒挂"式，手扳墙头，一翻身飞落院内。凝神一望，只见后园左右还有东西跨院，东跨院中黑魆魆，杳无人声，那西跨院中却灯火尚明，还有妇女脚步声响。便听得一个仆妇呵欠道："好困！今天服事了那卖解的小蹄子一天，跑的人脚都生痛。这会子主人还不来凑快活趣儿，咱们也不得歇歇。"又听得一个丫头道："依我看，咱去困觉吧，反正他醉得这样儿，还跑的了么？少时主人到来，还有甚么正经人样？你忘咧，去年夏天，他硬生生奸占那个周家小寡妇子，不是就在这屋内，将人家剥得光溜溜，他更是一丝不挂，涩眉羞眼的，单叫咱们执灯的执灯，打扇的打扇。俺这当儿想起来，还脸蛋子发烧哩。像你经过见过，还罢了的，你说俺见的惯么？咱如今躲个清净，倒也不错。"仆妇笑道："浪妮子！你说这话，也不怕耗子出来龇牙么？你真没经过见过么？那一天主人合二姨歇在房内，是那个去剜窗眼儿来，这会子又假撇清咧！"

瑶华听了，料是琼仙在西跨院中。沉吟间，只见靠西院墙下有株很高大的老槐，枝叶茂密，正可藏身，伏觇动静，于是悄悄登树。这一望好不清晰，只见西院中茜窗绮丽，红烛光摇，廊下有一个仆妇合一个丫头，正在凳上相并笑语。再望正房前院并两旁箭道，却黑洞洞的。

正这当儿，只见由东跨院房脊上"刷"的一声，翻过一条黑影，就势儿一个"顺水投鱼"式，飘落后院,突突突直奔正房后身，只略一凝驻，业已跃登房上。瑶华眼光一瞬之间，那黑影早又翻上房脊，瑶华不由大吃一惊。正是：

　　　深宵侠女方探秘，夜院奇人又显能。

欲知后事如何，且听下回分解。

第十一回

滦州城侠妓惩淫
蛰龙峪一官孝母

且说瑶华猛见那黑影儿倏忽如飞，甚是轻妙，不由暗惊道："这分明是个夜行人，但看这灵便身法能为，就不在小处哩！"

正在怙惚之间，猛听前院中哗拉拉铁索声动，滚板一翻，登时许多人大叫道："捉住贼咧！"接着提灯光闪，一阵乱噪，登时由东箭道拥来一群人。瑶华赶忙一缩身，伏在枝叶极密处，居高临下，望得分明，只见许多护院的拥定一个猱头狮子似的壮士，大踏步便奔东跨院的角门儿。那壮士夜行衣上沾了许多灰尘，灯光下猛一抬头，瑶华不由一哆嗦，险些儿卓下树来。原来那壮士却是殷志学，业已被人家反缚两手，捆捉停当。便这等哄到角门前，便有人开锁启门，一哄而入。

瑶华正在摸头不着，便闻得东跨院内，众人乱噪道："朋友，您且屈尊一宵吧。真不错，你偷摸也不睁睁眼，这所在你就敢来闹玄虚？你打听打听，金四爷是干么的呀！咱们明天见吧。"又一人道："喂，巴老八，你别尽大麻木，今天该你的夜班儿。来吧，这差使交给你咧。"说着，一哄而出。便见那个被呼为巴老八的随后关上门，那跨院中也便透出灯光。这里来人还迟疑道："咱捉住贼，是报知主人好呢，是明天再说呢？"一人道："你别给主人添不高兴咧！主人在前厅分派了明天赴北京的勾当，就要从西箭道赴西跨院，合那雌儿亲热去咧。为的是那雌儿喜欢了，一来赴京不用加堤防，二来还指望他在某王跟前，给咱主人说好话哩！你这会子忙着献功作甚？"众人笑道："对，对。无怪主人喜欢你，你真会钻人心缝哩！"一路胡噪，这才趄去。

望得个瑶华只管发怔，暗想道："殷爷如此本领，为何被人捉住？且不管他，先救出他来再说。"于是猫儿似盘旋下树，一挫身，脚尖点地，到得东院墙下。又掏一石子，轻轻抛入去，只听"拍"的一响，却落在砖地上。便听得巴老八极力作嗽，似乎是自壮胆儿的光景，接着祝告道："大仙爷（俗谓黄鼠之类）呀！巴老八实在是个穷小子，今托人求脸的，靠到金宅混碗饭吃，你老人家若吓坏俺，弄掉差使，就苦了俺穷小子咧！咱爷儿俩别闹这个，等明天俺弄个肥肥壮壮的大边鸡给你吃就是咧！"

瑶华听了，不由好笑。料院中都是实地，于是一拧身形，跃落院内。便见北正房一列三间，从细密铁窗中透出惨惨灯光。瑶华趋近窗，向内一望，只见志学直竖竖反背双手，被缚在屋柱上。那个巴老八手持一段木棍，哆哆嗦嗦，坐在柱旁道："朋友，俺这是上命差遣，概不由己。你若张口一骂俺，就是一棍子！"说着，索性一挪椅，背门而坐，面对志学，真看守了个结实。

正这当儿，只听门儿微微一响，飕的一股冷风。巴老八道："大仙……"一语未尽，登时觉被人揪住小辫，冷森森刀锋业已架在项上，并且低喝道："你若声张，俺也就是一刀。"巴老八惊慌中一看，却是那卖解女子瑶华，当时吓得作声不得，早被瑶华丢翻在地。恰好柱边堆置着缚人绳索，便将他捆停当，又割下他衣襟，堵住他嘴，然后直奔志学，割断缚索，一把拖了便走。

幸得志学被缚没多时，血脉流通。当时两人双双跃出东跨院，瑶华道："俺因来救俺嫂嫂，殷爷如何也来此地，又被人捉住呢？"志学道："俺也为琼仙到此。如今闲话莫提，且寻琼仙要紧。"瑶华道："如此，跟俺来。"于是引志学刚奔到老槐跟前，只见西箭道中提灯一闪，两人忙隐身树后，偷瞅去，正是那个好人堆里挑出来的金维岳。醉态跄踉，腆着个屎瓜肚皮，随一仆人直奔西院角门。仆人一叩门，那仆妇合丫头应声而出，维岳便道："时光不早，俺不须你们伺候咧，可吩咐车夫等，明天早些备车赴京，莫误俺事。"仆人唯唯，便领了仆妇等，匆匆自去。

这里维岳进筅关门之间，瑶华气吼吼就要拉刀，却被志学拖住道："咱不必闹人命，只救出琼仙就是。"于是将自己所定计画悄悄一说。瑶华听了，只咬着牙儿点点头。当时不敢怠慢，便合志学各显能为，轻轻耸身，便如两股黑烟，"刷"一声扑入院中。更不踌躇，直奔正室。先就窗隙一张，瑶华合志学都各怒从心起。志学拔步推门之间，瑶华情急，手起一拳，捶碎西窗上所嵌的玻璃，一翻左手，揪着窗帘，右手起处，"飔"一声发出一宗暗器。只听维岳"呵呀"一声，赤条条仰跌榻下，登时血流被面，痛极晕去。原来两人向内望时，维岳已俯据琼仙，要行无礼咧。只间不容缓之间，玻璃一响，维岳连忙向窗惊望，瑶华暗器也便发出。这宗暗器虽然不大，却将维岳色眼儿钉瞎一只。这暗器名为"梅花针"，其形便如寻常大铁针，梢为粗些，针尾制就梅花朵儿，为的是发出去沉实有力。瑶华独擅此艺，真是百发百中。

当时瑶华合志学挤门入去，一摆柳叶刀，便奔维岳。志学忙拦道："且留这厮狗命，咱救琼仙要紧。"瑶华没奈何，合志学趋就榻前，志学登时背过脸去。原来琼仙沉睡如死，白羊似仰卧于榻，甚不雅相。瑶华见状，只羞气得小脸儿通红。亏得琼仙脱下来衣裤，堆置榻脚，于是亡忙与琼仙穿好，解下青绸，将琼仙兜缚停当。方要背负起来，忽一眼望见金维岳四脚扠天，更有个可恨物件现在那里。瑶华便道："殷爷气力大，便请背起俺嫂来吧。"

志学不晓得他的用意，便蹲身榻畔，瑶华将琼仙服事到志学背上。志学站起道："咱不必耽搁，快些去罢。"说罢，方拔步来到外间，只见维岳"呵呀"一声，那只眼猛然一睁。瑶华喝道："万恶狗贼，且叫你认得你姑奶奶！"说着，刀锋一顺，向维岳小腹下只一割。志学一望，又惊又笑。再看维岳，业已血流满地，似真个死去。瑶华红着脸儿，却是气色间和平许多，瞅了志学，倒噗哧一笑。两人这才连跃出金宅后墙，真是一点声息也无。遥听街桥，已经四更大后。

两人这里只管闹得心下畅快，暗含着却急坏了个吕二。原来吕二骑骡去寻瑶华，那老妈妈子一说瑶华闻信，业已偷赴金宅。吕二一想，他合志学都去，且是有帮手，更加妥当，便合那妈妈子一面闲谈，一面静待。吕二没的扯拉，便道："琼仙姑嫂既有如此的本领、侠气，为何又混迹贱业呢？"老妈妈道："您不晓得，他两人都生在世传卖解为业之家，自然不能脱去此业了。但是瑶华单止卖艺，便趁游行四方，物色可意的女婿哩。"吕二笑道："这倒应了俗语，成了老碰家的婆家咧！"

谈笑之间，四更已过，吕二见志学等没到，不由心下怙惙。正在焦燥，只听檐前"刷"的一声，先是瑶华掀帘而入，随后志学跟进，忙解置琼仙于榻。吕二不暇细问，一看琼仙，还是软洋洋醉态如画。志学等便草草各说方才情形，吕二惊道："巧得很，若瑶华不去，殷兄竟自吃人暗算咧！金维岳院中竟设有滚板、牢坑等物，可见是个大恶人，瑶华这般处置他，该得很。这是除老根的手段。以后他便遇美色，只好眍起眼儿，望望罢了。"说罢，抚掌大笑。

原来志学夜入金宅，飞登正房，由前坡跳将下去。方一奔房门台阶儿，便踏着滚板，跌入坑。坑内是很深的灰土，吃不得力，志学虽有"一鹤冲霄"跃法，也不成功咧。还亏得一班打手都是粗人，没搜寻志学身上有无兵器，只当是个偷儿，所以暂缚在东跨院内，准备明天再告知维岳哩。

当时志学道："今没多时光，吕兄便送琼仙等赴蝎尾川吧。那李二南的朋友姓苏，人极老诚，便在蝎尾川村东头住，门前有株龙爪槐的便是。他是李二南的同乡，在那里是果行生意。二南临走，连那一千八百两银都托交他，给他觅便寄家，可见人是妥当的。吕兄但说俺叫你送去的，他没有不容留的。因俺给李二南讨银，他也佩感得甚么似的哩。"

吕二听了，连连答应，便合瑶华等七手八脚，整备鞍马行装。只是琼仙依然沉睡，瑶华道："这只得俺抱定他，共骑一马咧。"说着，一望志学，不由纳头便拜道："殷爷高谊，真令人感激不尽！但俺们此去，不知何年有缘再见殷爷咧。"志学连忙扶起道："俺该谢你才是。方才若不遇你，俺这当儿还在木柱上受用哩！你等是营业流转，俺也颇好游行，安知没有再见的机会呢。"正说着，那老妈妈业已向寓主交代了寓账，于是瑶华怅怅上马，志学合吕二挽上琼仙坐稳，吕二跨骡引路。倒便宜了老妈妈，骑一马，还拉着琼仙的马。一行人出得寓所，直奔蝎尾川。这里志学也便从容回店，一觉好睡。这且慢表。

且说金宅众护院的因夜里捉住偷儿，都撑着一肚子的红，要在主人跟前献功。次日绝早起来，先到跨院一瞅，只见角门大敞，偷儿影儿也无。一看巴老八，却捆卧在地，望着众人，只干眨眼。众人大惊，便给他掏出衣襟，那巴老八干呕了半天，一说所以。众人噪道："这还了得！那卖解女子瑶华竟敢伙着偷儿，来这里作手脚。快些去禀知主人，赶紧拿人。"

众人正在七言八语，其中一个老护院的稍为机伶，便跺脚道："坏咧！快看主人要紧，安知瑶华不为着琼仙来的呢。只要主人没失闪，便是万幸。"一句话提醒众人，登时乱糟糟奔到西角门。用手一推，却是关牢。众人道："还好，看光景许没事。"老护院的道："这也难说。你想卖解女子燕儿似的轻妙，他必定走这门儿么？"说罢，连呼主人，果然不见答应。众人着忙，便纷纷爬墙而入。只见窗儿破碎，房门大开。大家哄一声，一拥进室，叫声苦，不知高低。只见维岳赤条条死在榻下，脸上、腹胯下血迹模糊。其中一个冒失鬼向前一抢，脚下踏着一物，只觉肉腻腻的，低头一看，却是割掉的那活儿。这一来不打紧，众人回头一跑，登时撞倒两三个。老护院的道："别乱，主人痛极晕过去，也未可知，或者还有解救哩！"于是一摸维岳胸口，果然还发发跳动。便大家动手，将维岳抬抱上榻，一面掐唤，盖上衾儿，一面飞报宅眷并官中。一切忙碌，闹得通城俱知。大家听了，都唾道："恶人天报！"那老护院的忙遣人去探踏瑶华寓所，早已全班儿都跑掉咧。

过了两天，大家都猜度这件事与志学有关系。不觉侠义之名，大为哄动。志学恐日久招出是非，便催促吕二卖马毕，即便匆匆回头。吕二自赴北京，志学取道回家。这一趟游玩，却得了个健骣儿，一路上听得人谈说自己，便如讲《济公传》一般，十分好笑。

这日志学抵家，大家厮见了，都各欣喜。志学索性瞒起各节事，不告知老母，恐老人家害怕。大威等闻知各节事，都各自勉励道："可见天下能人甚多。即如这琼仙姑嫂，一个妇人家，便具此本领，吾辈男子越法该精心学艺咧。"惟有赵柱儿，却颇恨没跟志学看看琼仙等甚么样儿。

光阴转瞬，不觉过得四五年。志学教艺之余，只是家居奉母，料理田园。有时节，还背起粪箕儿，在村左右散步拣粪。每值邻村里有庙会社火，他居然还搀入少年中，扮演少林会（少林会为社火中之讲技击者）。别的少年都是英雄帽、流锃衣、抓地虎等等，施展那花拳绣腿，惟有志学只如村农打扮，打起拳脚，倒显得硬橛橛的，声稀味淡，招得一班瞧热闹的都哈哈大笑。

250

赵柱儿这时已有十六七岁，出落得水葱一般，星眸点漆，眉飞入鬓，脸膛儿红红白白。每出入街坊，真个是英英矫矫。也是合当有事。一日为四月初八日，本村中照例的有雹神会，甚是热闹，左近村中人都来上会。志学既办着村中会事，又须当少林会的会头，自然忙得没入脚处。于是自开庙日起，便不暇教艺。那知这当儿，赵柱儿竟作了一件坏事。

原来赵柱儿自那年偷戏小蕙，已自绰约省得人事。亏得尤、徐等不大离他。又因自己习艺好胜，也便没暇去作怪。及至志学由马市回后，一总儿没出远门，拴得他如猢狲一般，只好暂置坏念。这当儿恰逢庙会，游女如云，一队队花蝴蝶似的，在他渴眼中晃来晃去的，便引得他心窝中小把挠似的。于是破了工夫，想寻俏趣。每合尤、徐等同赴庙场，他便属皇姑鱼的，专以溜边，闹独逛儿。

这日下午演戏，戏是大高腔班儿（一名昆腔），正演《西厢记》"佳期"一出。诸公要晓得，作戏情节体会入妙，莫过于高腔戏，像那梆子、迷逃等戏，一味的撒村胡数，只可令人肉麻，不能动人。当时那个取红娘脚儿的，虽不及如今的韩世昌作戏入妙，然而丰姿身段也很可观。正作到"斜摆罗带，在门外且听且唱，露滴牡丹开"之句，台下观者无不各拔脚板。赵柱儿这当儿，却不肯施舍眼光到戏台上。他眼儿一瞥之间，忽见两个媳妇子，红郁郁的脸儿，张开笑口，正瞧得入神。左边一个圆脸盘儿，十分妖娆。右边一个生得窈窈窕窕，弯眉细眼，俊俏中还带些安详气。柱儿登时轻轻一嗽，水也似眼光瞟去，两媳妇一转笑脸，两下眼光登时先交会到一处。但是右边那媳妇一瞟之后，仍然瞧戏，左边那媳妇却只管低鬟弹袖，一会儿整整衣衫，一会儿摸摸鬓角，水零零眼光便合柱儿不断的投桃报李。直至戏散，两个媳妇方携手而去，左边那媳妇只临去秋波一转。便将个活勃勃的赵柱儿牵拉在后面。

柱儿一路留神，见两人趱过两条街，到一家草房门首，双双趱入。左边那媳妇只作掩门，又笑吟吟一瞟柱儿。柱儿心下怦怦，记了门户。及至夜戏开场，柱儿老早便到，一眼望见那两个媳妇并坐瞧戏。黑影中，柱儿方逡巡挤到那右边媳妇的身旁，恰好有个老太婆领了一群孩子，一屁股坐在右边那媳妇面前，影壁一般。众孩子喊喊喳喳，右边那媳妇便赌气子，离开老太婆，老远的自去瞧戏。这里柱儿大得其所，便倒背着手儿，挤向左边媳妇身前，暗含着用一指去触他膝盖。那媳妇通不躲闪，少时竟纤指一动，搔了柱儿手腕一下。

于是两人会意，那媳妇先行离得戏场，从黑影中回望柱儿，果然悄悄赶来。四月中麦子茂盛，于是两人登时赴麦地僻处。一场情话，柱儿方晓得那右边那媳妇，是邻村来的女客。柱儿未免又露得陇望蜀之意，涎着脸，请他撮合。那媳妇笑道："你别得了锅台，又惦着上炕咧！人家规规矩矩的，俺可不敢给你作牵头。俺给你帮帮忙，还可使得的。"这不过是那媳妇搪塞的话，那知柱儿色胆如天，信以为真，又自恃漂亮过人。

当时个两人草草分散，柱儿回家后十分得意。次日兴匆匆扎括齐整，特披一件鲜亮长衫，到戏场蹓过一周，却不见右边那媳妇。正在伸了脖儿，东张西望，遥见大威合辅子从台左边蹓来，柱儿赶忙向人群中一藏。便闻辅子道："咱转了这半晌，也没遇见赵老弟，咱且瞧回戏罢。"大威道："这昆腔唧唧嚼嚼，俺一字也不懂，倒叫人发闷。咱还是到庙里听说《施公案》吧。"两人一回说笑，竟自赴庙。

这里柱儿各处瞧了一回，倒遇着他老子赵甲来寻他道："柱儿，你也老大不小的咧，如何只管贪热闹？如今咱家有客，你也该到家瞧瞧呀！"柱儿一听，登时没好气，索性一声不哼，扭头便走。气得赵甲只管干瞪眼。原来柱儿劣性渐发，自近两年，越法不服管束。赵甲寻常价竟不敢去训说他，每见了大威等，却不免大发自己的牢骚。大威是直性人，听赵甲说柱儿种种不驯顺，竟气得红虫一般，登时就要拿出老大哥的身分，训斥柱儿。辅子笑道："依我看来，赵老弟的性气不是口舌能扳转的，没的咱伤了和气。不如遇机会，咱话前话后，委婉着讽劝他便了。"

果然一日晚上，三人聚在一处，谈笑到酣畅时节，辅子笑道："赵老弟诸般都好，就是性儿太欠绵软。你为甚么只管叫老人家生气呢？"柱儿冷笑道："你这话蹊跷哩！譬如这当儿，俺叫你生气，你就生么？那自是他爱生哩！"一句话堵得辅子咯喽一家伙。大威沉着脸儿道："赵老弟，话不是这等讲。咱既在同门，理应有善相勉，有过相规。一个人要不理会老人家，任你学出多大的本领，也不稀罕了。你看咱老师，事奉老人，甚么光景？咱不但学老师的艺，还须学老师为人，方是道理哩！"

柱儿听了，不由项筋梗起，然而见大威严词正色，只得唯唯称是。辅子为人机伶，过了两天一探听，便是那晚上，柱儿回家，又合赵甲呕了一场气。从此尤、徐两人觉得柱儿性气有异，却不敢向志学说，只得随时留意，准备规劝他。

且说柱儿赌气子离了赵甲，也奔向庙门首。只听庙左边锣声响亮，围拢了许多人，却是一班耍猴戏的。柱儿踅去一看，那猴儿正戴了假面，骑了大羊，飞也似的跑。就有一簇妇女单向猴儿抛红枣儿，那猴子随接随吃，招得众妇女便如娇鸟啼春一般，格格乱笑。柱儿眼光落处，不由喜得心花怒发，只见自家所寻的那媳妇子正俏生生站在那里。恰好人家秋波慢闪，寻觅女伴，无意中合柱儿一碰眼光。柱儿大悦之下，更不思忖，登时一抖长衫，势如两翼，下面流水俏步洒开来，竟由那媳妇面前趋风而过。这一手，在少年无赖场中名为"燕儿飞"，轻薄之至。

这一来不打紧，顷刻惊了那猴儿，戴着个鬼脸儿，蹿向妇女丛中，乱抓乱叫，闹得众妇女纷红骇绿，跌撞连连。百忙中有个闺女脚下一绊，脱掉只小鞋儿。于是观者大骂道："打打打！捆起他，交会首。这轻薄东西还了得么？"柱儿一听，登时回身要厮打，方一握拳，却被人丛中挤出一人，拖了便走。众观者还纷纷乱噪道："若不看徐辅子的面孔，今天非给赵柱儿上兜儿不可！"

写到此间，又须解释。原来老年间庙场严整，不许男女混杂，如有无赖等人调戏妇女，一经被会首查得，便将他捆入麻绳络兜内，高挂于树，以示惩辱。不像而今的游戏场所，目招心许，百无禁忌。作者不敢訾议文明，只可说老年人的举动是老顽固罢了。

不提当时众人纷纷不平，且说徐辅子将赵柱儿拖到僻静处道："老弟，你如何闹这把戏？名誉所关，人品要紧，倘被老师晓得，还了得么？此后切须知悔才是。"柱儿一肚皮没高兴，却碍不过辅子面孔，只得搭讪着道："徐兄说的是，咱尤大哥没上庙么？"辅子笑道："你放心吧，俺不向他提此事呀！他那会子便由庙后门抄道，回家去咧。"于是两人也匆匆趱转。

柱儿因此事心下怙惙了好几天，惟恐志学、大威晓得了，便连他得趣的那媳妇处，也不敢再去招弄咧。直至庙会已过，他才放下心来。那知要得人不知，除非己莫为，辅子虽没向大威说此事，当不得村人嘴杂，久而久之，便传到大威耳朵内。于是大威狠狠将柱儿训斥一顿，柱儿又多了心，以为定是徐辅子暗地里传说他。

不提小兄弟三人渐渐的志趣不同，且说志学见弟子三人习练武功，一个赛如一个，自然高兴非常，尽心教授。大威合辅子功力相等，惟有柱儿天生姿质过人，讲到耸跃能为，更须属他。所不及志学的，就是轻身运气之术，如"一鹤冲霄"等艺并点穴诸法，都是柱儿恨不得立时就学会的，几次背着尤、徐，求传诸术。志学道："你不必忙，等你三人工夫到家，俺自然教你们绝技，以传俺瞿先生拳法一派。却有一件，传教绝技非同等闲，俺须查看你等人品，真真端正，艺成之后万不致走入邪途，俺方教你等哩。不然，你等恃艺横行，自家戕身不必说，便连俺为师傅的也作孽不小哩！"柱儿听了，只得耐了性儿。

这时，老安人辰氏老而愈健，颐养之余，惟以奉佛为务。各庙里斋僧还愿、布施修建等事，时时不绝。志学真是顺者为孝，虽明知是无益的事，却只图老娘欢喜，无不欣然从事。

这年秋里，志学又到河南大相国寺给母亲还愿，便顺道登嵩山，到少林寺瞻仰一回，便是那单刀吕大复被贼害掉的那年。事隔没多日，又闹得山东李红旗因在关外走镖，失事气死，志学听了，甚为太息，因此越法深自隐晦，并时以李、吕两件事警诫大威等，闲着更不出门，只如老村农一般，料理田事并家事。每逢春秋佳日，便奉康氏坐在独轮小车上，志学挽起小鬏儿，亲推小车，游逛左近的村落。大家闻得车声，都笑道："殷老奶奶来咧，他老人家敬佛拜祖，便是个傴婆儿，咱快去借花献佛。"于是哄一声，妇孺都集，随路上各采野花，不容分说，登时给康氏插戴满头。插不了的花儿，便给志学插在小鬏儿上。母子俩春风招展，便这等辘辘而去，招得沿路上大家聚观，笑声不绝。原来志学虽务自敛抑，无如实之所在，名亦随之，更兼他捍卫闾里，蛰龙峪一带真有夜不闭户之势，所以大家无不欣感。这便是心悦诚服。正是：

以德服人真大侠，至今乡里仰高风。

欲知后事如何，且听下回分解。

第十二回

枉扳拉大侠遭缧绁
恶作剧丐女显神通

且说志学家居奉母，行惠乡邦，大侠之名腾播远近。慕名过访的一见志学诚朴之貌、谦逊之态，无不太息心折。再加着小白龙吕二在京为之称道平生，那各路大镖局的延聘书札，真如雪片般飞来，志学一概笑谢。便有乡人等问他道："你黑汗白流的种一年地，能得几个钱？若应人之聘，去作镖师，凭你这名头，也不消亲自出马，只消打起你的大镖旗，派弟子们去，便稳坐着抓大钱咧！"志学笑道："俺有吃有穿，又不好名，略晓武功，不过是性之所好，用以防身保家，谁耐烦出世显能，自寻苦恼？您要晓得，凡以力自雄的，都不是自全之道。俺放着一品的大百姓不作，倒去作镖师？"乡人等听了，都说他是傻子，他却怡然自得。

不想这年冬天，京南某县闹了一桩明火劫案，戕杀事主。那强盗头儿临去，却大夸字号，自称是志学的徒弟。于是事主家据词报案，某县官儿照例的行文到蓟州，关提志学。这一家伙，真是闭门家中坐，祸从天上来。志学还可说，惟有康氏婆媳真急得死去活来。康氏痛哭之下，气得乱骂道："都是你死鬼老子，一定叫你学这捞什子把势，你又腆着脸子，去教尤大威等，闹得沸沸扬扬，所以才引出这些冤煞人的事来。快与我将那演武院拆平了。志学呀，你也不用去到官，等我去见那胡涂官，给你辩白去，好便好，不好我就合官儿拼了老命！"说罢，颤巍巍只是呜咽。慌得志学忙跪劝道："娘别着急，若急坏躯体，孩儿罪更大咧。这不过是被诬扳嫌疑的勾当，孩儿到官述枉，定不妨事的。"康氏听了，心神略定。

于是村众们不约而同的，齐聚数百人，到本州联名递保状，说志学被诬。那大威竟气得顷刻要赴京南一带，访捉那盗魁，以白师冤，却被辅子止住。惟有赵柱儿，还是阳阳如平常。当时蓟州官儿不准保状，照例交杂差押犯起程。志学没奈何，叩别老母，哴当就道，应用资费也都准备停当。那合村送的人真是人山人海。

只这当儿，只见尤大威行装毡笠，结束得齐齐整整，定要护持从行。志学沉吟道："你不必去罢。凡事须有远虑，俺此去不定耽延多少时，一来你有老母，二来保护乡里，也不可无人。"大威道："有徐辅子等在家，不伹乡里无虞，便是大威的老母，大威已经托他照应咧。"志学见他志意坚决，只得由他。师徒相携，合来差即便就道。

这里辅子一面劝慰康氏，一面留心村坊的保护。因志学忽然被逮，难免就有奸宄生心。康氏婆媳却每日价焚香叩天，早求昭雪，那佛堂中自然又添许多功课。这时，瞿县庵老本和尚业已死掉。康氏想起当年瞿先生来，便又到庵中，命老本的徒弟念了两日经，为志学祈佑。

不提殷宅上闹得人仰马翻，且说志学师弟斯趁就道。那来差姓何名平，为人率直，原是北京的赌徒，近两年输得精光，才到某县当了隶役。合吕二颇颇稔熟，所以他久闻得志学大名，十分景慕。当时三人一路上谈叙起来，竟越说越对劲。何平道："殷爷被诬，不过羁累些时，只要俺本县中办着案子，自有个水落石出。"大威愤然道："等俺到那里破了工夫，帮他们（指某县捕役）办贼。"何平道：

"尤爷这么办，可更好哩！"说着，望见志学带着刑具，笑道，"如今道途间又没人见，咱索性去掉这捞什子吧。殷爷若要跑时，这刑具管得甚事。"志学道："这却使不得。朝廷刑法，咱岂可因没人见，便不遵守。反之自己心下也不安哩。"何平听了，甚是称叹。

不几日，行抵某县，照例的投文过堂。那官儿一看，志学面目良善，言词侃侃，心下也知是被诬。便略问几句，命监押入狱，等候案齐对质。大威自寓在小店中，职供饘粥。志学入狱后，没得消遣，静寂之余，忽然想起小时节念的书来，便央监者买了两本《论语》，寻玩义理，真是越嘴嚼越有味，越细绎越无穷，久而久之，竟心安理得，处处泰然。过了个把月，不但毫无囚容，并且面目加丰，方晓得圣人之书，比佛经还强的多哩！并悟得人在患难，倒是长进学问的机会。那何平也常常合大威进狱探望。囚人等知得志学名气，无不倾仰。志学本非要犯，又加着资用大方，所以在狱并不十分拘束。他玩书之余，便对囚人等讲说《论语》中的道理。众人一听，真如大梦初觉，无不流泪自恨道："俺等若是早听着圣人这些好话，如何会作罪犯科、置身牢狱呢！"竟有几个三四十岁的大莽汉，慨然发愤，跟志学认字的。虽其笨如牛，志学却欣然教给他们。

转眼间两月有余，已当冬至时光。志学节序惊心，未免思亲念切，想要舒写忧怀，又苦不曾学诗。只得编了几句俚词，用破瓦锋划在狱墙上道：

> 白日淡幽幽，余光入墙绽。
> 遥知慈母帏，春晖添一线。

不提志学在狱羁置，且说大威在寓，除入狱照应志学外，果然破了工夫，各处觅踏盗迹。起初还指望本县捕役或能破案，不时的寻那何平，探询消息。后来觉得不成功，便索性远出踏访，距某县

258

四外三四百里都蹭遍，还是没些踪影。

这日大威回寓，偶见何平，一问他近来捕役办案怎样。何平皱眉道："俺们只有死的分儿咧，还办案哩！如今一宗不了又一宗。三五日前，西乡大道上又出了一桩大案子，事主受伤，被强盗劫去了大宗的银款，并许多贵重行装。偏偏那事主又是北京某侍郎的侄少爷，当时人家到县一拜会，并报案情，将俺本官儿急得屁滚尿流。因这案比殷爷牵连的那案又要紧的多，俺官儿为保全顶子起见，刻下竹板拷屁股，正比着捕役们办这新案子。您踏的那案子，只好是二姑娘的轿子，靠后咧。"

大威听了，十分闷闷。到狱中看望志学一回，傍晚时分，寻步踅到街坊上，沽酒破闷。方到一家齐整酒肆中落坐呼酒，饮过一杯，只听肆外猫声狗声一阵哗笑，登时拥进三四个青皮。一个个横眉溜眼，就大威对面座上团团一坐，便有一个五短身裁、生得如黄胖和尚一般的一竖大指道："今天没别的，众位须赏脸，扰俺个东儿。"众人道："就是吧，俺们明天再回敬方爷。"于是拍枱，大呼酒伙。可巧那酒伙正张罗别座，一面嗷应，一面狗颠似跑到。方姓一瞪眼睛道："你这样慢腾腾的，难道俺吃酒不给钱么？"说着，掏出一包碎银两，"拍"的声掷在案上，右手一捻拳，就要动手。那酒伙赶忙赔笑退后。众人忙道："方兄别生气，叫他爽些来酒菜就是。"于是你要黄闷鸡，我要炸丸子、白干高醋的闹过一阵。

大威见他们伧态俗气，正想移个雅座儿，只见一人拍腿道："如今捕役被强盗摆弄得吐天刮地，真也令人痛快，这就是捕役平日讹诈乡下老的报应。俺看这伙作新案子的，巧咧，还许是甚么殷志学的徒弟。"一人道："你晓得甚么，俺看殷志学不像是强盗的老师，人家在狱里讲起书来，比秀才相公还透澈哩！"那方姓忽的一撮唇，怪响一声道："且别谈隔壁账，你看'烧刀子'来咧。"大威望去，果见酒伙笑吟吟，给他们端到酒菜。向案上摆列之间，无意中洒了些汤汁，方姓怒骂道："你的眼子敢是让人撑瞎咧！"酒伙一步闪在大威座旁，搭赸着与大威添上热酒，方攒眉趄去。

这里大威因他谈到盗案，不由便不移座儿。方饮过两杯酒，只见从肆外趄进个少年女丐，青巾包头，衣裳褴褛，那身裁却十分伶俐，小小弓鞋尘浣土湮，面目上虽尘垢狼藉，那眉眼儿却俊样的很。看光景，只有二十来岁，顾盼之间，还有一种俊矫之气，炯炯四射。大威望着，颇颇纳罕。便见他手提荆篮儿，按座乞钱。少时乞到大威跟前，忽的秋波萦转，微微含笑道："你这位爷台帮个钱儿呀！"一语之间，早惊动对面座儿上那群青皮，便喝道："你这妮子好不讨厌，这里不打发，快去！快去！"

那丐女眉儿略挑，接了大威几文钱，正在斜瞟众青皮，且前且却的当儿，恰好该晦气的酒伙提了热酒，趄到众青皮案边，来换酒醋。那方姓见喝丐女不动，登时一瞪牛卵似的凶睛，那酒伙吓得手儿略颤，哗啦一声，醋倾酒流，直由案角边泻将下来，不偏不倚，都泻在方姓袍襟上。酒伙惊慌之下，忘其所以，顷刻由肩上拎下腻布，向他襟上一阵擦抹。这一来油酒搀揉，弄得一塌胡涂。方姓大怒道："你这厮不给俺舔净案上酒，俺便要你的命！"说着，一抬手抓住酒伙小辫，向案角上便按。那知手力猛重，只听"唬嚓"一声，竟将酒伙头额磕得长血直流。于是酒伙大号，其余酒伙便来搀扶，又一面忍了气，给方姓赔不是。座客望见，都愤愤不平。

正这当儿，那丐女却格格的笑道："这个酒伙好不会讨人欢喜，你一下子磕破案，也让大家听个爽快响亮，难道脑袋是豆腐作的不成。"说着，趄进方姓道："您方才没闪着贵手哇？"大家听了，这一串格崩崩的反面讥诮话，不由心下畅快，哄堂大笑。那方姓一张脸顷刻赛如红布，大喝道："你这妮子，竟敢讥笑俺。难道你就能一头磕破案么？今俺合你赌个戏，你若能磕破案，俺不但给你这包碎银，俺还与你叩二十四个响头。你若磕不破时，没别的，你须给俺斟个盅儿。"丐女微笑道:"好,好。今在座诸位都是证人,那个若草鸡了,便是婊子生的。"说罢,趋就案角,略略凝息,猛的一头碰去。大家一声好,险些喊破酒肆,只见案角碎落,便如腐块。那丐女头额上只微微一道白迹。大威大骇之间,便见方姓抽头要跑,早被众座客围拢来,一把揪牢,乱噪道:"你这人别不害臊咧,快些给人磕头,闲舌莫说。'方姓当不得大家势重,只得朝着丐女双膝点地,咚咚咚来了二十四下。早有一客拈起案上银包儿,丢入丐女荆篮儿。

这里众人只顾乱,大威却心下大疑道:"此女行事可怪,竟有如此本领,难保不是歹人,或与劫盗有些关系。"于是忙唤过别的酒伙,交付饭账。及至丐女含笑出肆,大威早赶将出来。那丐女偶一回头,有意无意中向大威略略一瞟,便从容而去。大威在后面紧跟,只见他直出北城,便斜刺里趋就一条僻道。

这时暮色已深,弦月始上,大威在后留神,越法骇然。原来那丐女飘忽如风,好体面的夜行工夫。大威紧跟之间,随手拣了两个石子儿。两人一路厮趁,顷刻离城七八里,便见丐女奔赴一小村头破庙前,方引手要推那破落山门,大威赶到,背后猛喝道:"你这女子作得好事!"说罢,握石在手,方要发出,只见丐女翩然转身,不慌不忙说出几句话来。正是:

　　欲知咄咄称奇事,尽在寥寥数语中。

　　欲知后事如何,且听下回分解。

第十三回

报父仇乔装捉盗
奉母命朝山进香

　　且说大威刚要发出石子，又见丐女转身微笑道："尤大威，你且安静。你虽不认得俺，俺却有些认得你哩。有话且请进来讲，何须抛石弄瓦。"大威听了，直然怔住，料丐女非同常人，只得抛石抱拳道："俺见姑娘行踪有异，故自揣度，跟迹至此。"丐女噗哧一笑道："便是你的揣度，俺也猜个不差甚么。你老师殷志学在狱可好哇？"大威一听，居然是老长辈的口吻，不由越法发怔。丐女笑道："你说能揣度，这点事，俺料你定然揣度不来。且请进来再说罢。"于是引大威进庙，直奔后殿。

　　两人就西壁下藉草而坐。这时冷月一丸，霜风如削，大威是皮衣皮帽，犹然寒抖抖的。只见那丐女颜如渥丹，嘘气生春，绝无寒栗之色。便见他脱去褴褛外衣，里面白狐短裘，甚是绚烂。用手帕一抹面孔，顿然显出那如玉丰姿，真是刚健婀娜，容光照人。还有一束小小行装，置在壁角草堆之下。大威悚诧之下，不由便叩姓氏，并询见识之由。丐女笑道："今说起来话长，你可曾听尊师谈过，在平谷地面相访燕飞来一段事么？那燕飞来所说的那李一妹，便是区区。"

大威猛想起来，不禁将一妹端相一番，颓然下拜道："怪道您如此神矫，原来就是李姑姑。真是虎父虎女，李红旗前辈的大名，便是俺师殷志学都佩服不置的。"一妹听了，忽的面色戚然。大威道："但不识以大威碌碌之辈，姑姑何以认识呢？"

一妹慨然道："此事说来真是凑巧。当先说俺到此之故，你可知俺合关东大盗玉格格有杀父之仇么？俺父李红旗自被玉格格诡计抢镖，一气陨命，俺便游行各处，务要寻仇。"说着，愤然道："俺当时哭求俺同门大师兄燕飞来，并二师兄普法和尚，帮俺寻贼，那知普法不念同门之谊，掉头不顾。幸得燕飞来义重如山，慨然合俺分道而出。前几日，俺合燕飞来相遇于沧景之间，那所在本是绿林渊薮。燕飞来变服易貌，混身绿林中数日，方侦得恶贼玉格格现在率其党羽，落在此地。前些日又在此地西乡劫了某侍郎侄子的资装。"大威听了，不由哦了一声。

一妹道："俺当时既亏了燕飞来侦出仇踪，便请他相助。燕飞来道：'你不晓得，俺近闻你二师兄普法，在鹤庆寺中很不守清规。俺须赶赴那里，着实劝诫他，并监察他几日。况且玉格格那脏包货，只要有踪可寻，一妹自去，还不是手到擒来么？'于是俺两人各自分头，俺一到此，便闻人传说，令师殷志学被贼诬系狱。俺当时寻仇心切，也没暇理会。俺便变装女丐，就此地各处踏寻。就是前两日，俺方踏准盗巢，夜深仗剑，去取贼首。不想那贼还有两日活命，却又向别处作活儿去咧，须十余日方回。俺怎么便晓得呢？却是从贼党闲谈窃听来的。"说着，嫣然向大威道："还有一件巧事，你听了，也要欢喜。你晓得诬拉令师的是那个？也就是这万恶不害臊的玉格格哩！"

大威惊喜道："真个的么？若这样，姑姑须留这厮的狗头，容俺去捉他到官，以便质对俺老师被诬之事。"一妹道："那是自然，但是俺却犯不上便宜这本县官儿，给他稳稳的破两桩大案。等令师脱然事外之后，俺总须咬嚓嚓切断玉格格的狗头，方痛快哩！"说罢，眉峰立竖，耳环微宕。大威道："咱几时去捉贼呢？"一妹沉吟道："五日之后，你还是这时光到此，俺自合你前去。惟今之计，你便赴官中，自陈能捕此贼，以白师诬。俺并且教你一计，预先嘱那官儿如此如此，令师之诬，便登时明白咧。"

大威听了，不由暗赞一妹警慧非常。当时匆匆别过，回得寓所，简直的恍惚如梦。次日先进狱，悄悄告知志学一切情节。志学叹道："俺往年一见李一妹，便知非凡，今孝侠行为，端的令人起敬。便是他教你预嘱县官之计，也十分机智哩。届时捉贼，你只仔细便了。"

师弟称叹一番。大威出狱，便寻何平，依了一妹吩咐，具呈官中，自请捕贼。那官儿正因办案不着，急得搯头蝇似的，自然大喜应允，便唤进大威，面加奖谕。大威趁势将一妹嘱咐辨诬之计说明，却瞒起一妹不提，只说是自己的主意。县官道："此计甚妙，殷志学被贼所诬，本县虽颇知得，却因事主状辞中牵及，不能不提人对质罢了。但你去捕贼，须带多少捕快呢？"大威道："不须带人。"县官听了，越法惊喜。当时大威退出衙来，恐惹甚么风声，索性在寓不出。

转眼间五日已过。这天薄暮时分，大威要去赴李一妹之约，便先到狱中禀知志学。及至回寓，业已一更大后，便匆匆结束伶俏，佩了短刀，方想熄灯锁门，忽见行李上露出一封书角。大威怙惚中取来一阅，不由惊喜得目定口呆，暗赞道："李一妹真个了得，但看他来去莫测的光景，便是古来剑侠，如隐娘、红线等人，也不过如此罢了。"于是又重复去见志学，现趸了一手高着儿，然后忙忙出城，直奔那处破庙。取出所携的自来火，向后殿一照，果见一个狰狞大汉死狗似卧在那里，正是那关东大盗玉格格。大威不管好歹，先提刀搠穿他肩胛，用索子拴牢他琵琶骨，拖向殿柱缚好，然后一指点去。不多时玉格格悠悠醒转，大诧道："李一妹好歹毒丫头，不想俺竟死你手！"大威道："朋友别说闲话，跟俺到官去罢。"说罢，由柱上解了索儿，拖着便走。

及至入城，不过二更以后。当时大威带玉格格报到官中，县官大悦，连夜升堂。一研询玉格格两桩案件，玉格格真不含糊，不待刑求，慨然承认。官儿道："如今殷志学不承认是你师父，你等可当堂对质。"于是喝道："带志学。"左右传呼之间，玉格格偷眼望去，便见由堂下带上一人，有三十多岁，生得虎背熊腰，威风凛凛，端的好胎貌儿，跪于堂上，一言不发。玉格格便道："师父。"这两字方才脱口，满堂人役无不匿笑。那官儿也哈哈大笑道："你这厮连殷志学都不认得，可见你是诬陷良善咧。我且叫你见见真正殷志学。"于是假志学含笑退下，这才上来个安安详详的殷志学。这便是李一妹嘱咐时之计，果然立白冤诬。

你道玉格格怎会晕卧在破庙中呢？原来李一妹不愿显露自己，纠缠官事，所以目到盗巢挑战玉格格，却假作不胜，引玉格格追到破庙跟前。然后施展本领，一指点晕他，拖入庙中。便投书于大威寓所，且言所以，他竟悄然藏躲。所以大威得书后，现从志学问明点穴法，方牵得玉格格来。却是玉格格定罪入狱之后，没得四五日，便被一妹取去首级。那官儿空喜一场，仍闹个降级调用，不必赘述。

且说志学被释后，因弟子尤大威捉得剧盗，那武功的声名越发哄动。志学在狱多日，倒添了许多学问。师弟两人欢喜回家，一路上所经店道，往往闻客人们夸谈自己的能为，至于离奇怪诞。志学向大威叹道："名之累人，真真不浅。俺若非虚名远播，怎有玉格格见诬之事？好在你弟兄三人功诣已到，等俺到家后，教你等一两件护身之艺，俺便当闭垒散徒，不预外事咧。"大威道："弟子志向正与吾师相同，当终身依老师居处哩！"

不几日，行近里门，早见徐辅子在村首徘徊。原来辅子自志学等去后，隔两天必要到村首瞻望一回。当时大家厮见，欣慰异常。徐辅子问知被释情由，越法惊喜，因向大威道："你这次虽然辛苦，却偏俺得了点穴之艺咧！"大威道："咱们弟兄，俺会得，便是你会得咧，等我闲时教给你便了。真个的，咱赵老弟呢？"辅子一笑，也没答腔，便合志学趌赴殷宅。

那康氏一见志学，悲喜交集，问知在某县一切情形，并见释之由，不由合掌道："没的那位李一妹是菩萨化身么？不然便是泰山娘娘打发他去的。俺前几天才给志学许了朝泰山烧香的心愿，果然心到神知，志学便安然回家。不然身陷牢狱，知拖累到几时，这不是坑煞人的事么？"说着，拾起小手巾，直拭老泪。又忙到佛堂焚香谢佛，吩咐小蕙就庭中摆设香烛果茗，烧过一份平安纸，这才母子谈话，举家称庆。

村中人闻得志学回来，都穿梭似趌来慰问。倒闹得志学迎张送李，直乱过三两日，方才稍静。可怪的是赵柱儿，通没照面。志学向辅子一问，他方知柱儿因摸索他老子的钱文，胡乱花用，被他老子叱责了两句。柱儿不服，只管横着眼乱噪。他老子大怒，一掌捆去，不但没打着，倒被柱儿尽力子推了个仰巴叉。所以柱儿竟使性子，逃跑了四五日，至今未回。志学听了，好生不悦，因合福姑闲谈之间，不由叹道："俺不想赵柱儿如此劣性，将来艺成，倒大大可虑。俺本想稍过几日，便教给他们护身之艺，如今只好且看光景吧。"福姑道："赵柱儿那孩子翻眼撩睛的，就透着歹斗。如今翅膀还没硬，想还惧你三分。等他回来，你也端起那老师架子，结实实训责他一顿。倒是那尤大威事奉他老娘，真是一百成。他房东郭家婆媳提起来，便夸奖大威哩！"

夫妇闲谈之后，又过得两日，赵柱儿在外鬼混些时，没结果眼儿，也只得趌来。从辅子等问知志学生气，便不敢冒然来见。辅子笑道："你与其这会子吓得小九儿似的，何如将劣橛性儿板板呢？丑媳妇难免见公婆，来吧，还是哥哥领你去见老师吧。"大威在旁，却冷着脸儿微笑了笑。柱儿看在眼里，却不暇理论，便匆匆跟辅子见过志学。

志学果然端起老师架儿，大加训责，又道："同门相处，便是榜样。你看尤大威是怎样的事亲孝敬，人若孝道有亏，还讲甚么行侠尚义呢？"那柱儿唯唯谢过之间，却瞅了辅子一眼，暗想道："还是老徐和气罢了的。老尤这趟从行，又有功露脸，在师尊跟前不知怎样的讲说俺哩，不然怎单拿他来比方俺呢？"当时怏怏退出，从辅子问知志学教与大威点穴法一节，不禁且羡且妒。

光阴如驶，转眼间年节过后，又是三月初旬。康氏屈指一算，已近泰山娘娘庙开庙进香之期，便吩咐志学道："儿呵，你多亏娘娘保佑，方得安然回家。如今进香期近，你便去朝山还愿吧。"志学笑道："娘要如此说，俺明明亏得李一妹，如何归功娘娘呢？"康氏笑道："唔，你别气我呀，难道泰山娘娘还亲身显圣不成？你得遇李一妹，那般的巧法，这就是娘娘神力，假手于一妹哩！"志学听了，笑着应诺。康氏道："你别谐裂星儿似的，心不虔诚。那娘娘是曾给人见过的，你忘了那年有人朝山，他忽然要瞧瞧娘娘的脚儿大小，刚一掀黄幔，登时大叫跌倒，竟疯回家去咧。"志学笑道："孩儿是逗着娘笑开开心气，岂敢不诚心进香呢。"康氏喜道："这便才是。你记着，须与俺另进一分香，各是各人的诚意，不可笼统的。"志学笑道："娘放心吧，您这分诚意，俺总要叫泰山娘娘领到的。"当时母子商量停当。

次日志学便料理香袋等物。这香袋是用黄布制成，上写"朝山进香"四字，由家门起，便须恭恭敬敬挂在胸前，便仿佛下场举子卷袋一般。忙碌一天，诸物都毕，好志学真个虔诚，当夜便宿在外室，吩咐大威等好好看家。大威道："泰山距武定府不甚远，老师此去，何妨迂道访访李一妹，以谢他去年周旋之意呢？他便在府城东红马川居住，要打听红旗李家，想没人不知的。"志学随口答应。次日，便行装草笠，结束停当，拜过老母，挂了香袋，用佩刀挑起一件行李，即便登程。大威等都送出数里外方才趱回。

且说志学迈开健步，过得北京，由涿景一带取路，直奔山东。经德州过济南，随处游眺，倒也很见些各山胜水。时当三月艳阳，满地里桃红柳绿，点缀春风，志学沿路观玩，好不精神爽健。只是所经店道，粗陋得很，一概都是黄泥茅屋，顶阔绰的饮食，就是硬面饼、大碗面，饼连嘴算着只有三层，一根面条儿赛如小指。切盘老咸菜，炒盘鸡子，便再好没有咧。志学偶问店家道："你们这里倒俭朴的很。"店家攒眉道："你老不晓得，俺这里历年被黄河为患，又搭着盗贼多，搅得人没法富庶哩！"志学听了，暗叹道："古称山东多盗，真真不错。其实都是国家的健男儿，不过因政教不善，便致穷而为盗罢了。"

这日行抵泰安界，只见四路香客都成群结伙的，不绝于途，或行或骑，各有帮队，每队香首揭一面进香黄旗。还有进香妇女，连车接轸，一面走，一面宣唱口号，简直的声闻数里。那四路商贩并游人等，便蚁儿似的趁来。到得店内，真是骈肩接踵，耳目所及无非各征娘娘的灵应。原来这泰山香会热闹繁盛，甲于天下，数百里远近都来进香赶会。由山站到娘娘庙，据说有四十来里。凡进香的都夜宿山脚下店内，夜半时明燎敲锣上山。山道上店棚很多，饮食都有，经红门寺、斗母宫等处。要说起斗母宫来，却是有趣得紧。其中尼姑都是绝俊的媳妇子，一般的扎括得狐狸精似的，接得游客，各为尼师，其实娼妓。他也不怕污秽山灵，整午价云酣雨腻。但是这些勾当合志学是没交涉的，也就不必铺叙。

当时志学既到泰安府，先到东城外岳庙内，通了诚愿。然后照例登山进香。初游名山，本是一肚皮的寻幽访胜，无如这当儿，男女杂沓，喧嚣不堪。志学游兴也便大阻，只得草草下山，便寻归路。

这日薄暮，行抵济南城北鹊华山下，忽想起李一妹家在武定，迂路去访访他倒也使得。一面思忖，便奔一处旅店。刚要入去，只见从东北岔道上飞也似来了一匹乌黑的驴儿，志学一望跨驴之人，不由登时驻步。正是：

戏马当年忆身手，跨驴今日见丰姿。

欲知后事如何，且听下回分解。

第十四回

瑶华女演说鹤庆寺
普法僧气走燕飞来

　　且说志学见跨驴之人却是个妙龄女子，矮髻劲装，结束伶俐，敞披一件百蝶攒花红绡衫，利屣如锥，斜贴驴腹，一望月色，也便奔向店来。这时志学望得仔细，便叫道："今日好巧，瑶华那里去呀？"那女子望见志学，不由失声道："殷爷如何来到这里？可见俺心头有事，模糊糊的，几乎当面错过。"于是翩然下驴，向前厮见。志学道："你等想又在此方卖艺咧，怎不见琼仙呢？"瑶华道："别提咧，俺就为琼仙，才奔驰过此。可喜巧遇殷爷，想是俺琼仙嫂还有点福分。"志学一怔道："为何呢？"瑶华道："咱且进店细谈吧。"于是志学当头，瑶华随后拉驴，双双进店。

　　那开山店的却是个老太婆，便噪道："俺这里有好体面的院子，您两口儿住个宿，且是严谨。"瑶华笑喝道："你这老婆子，俺就欠撕你的嘴！俺们各走各路，你如何这般说？"老太婆忙道："可了不得！大嫂儿，你恕过俺吧。"瑶华更笑道："你那辈子缺了大嫂哇，你看俺。"老太婆一听，尽力子睁开了五六层的皱皮老眼，将瑶华细一端相，大笑道："姑娘莫怪，等俺自家撕这张嘴罢。"说罢，接驴系好，然后引两人趑进正室，就东西间各自安置。须臾掌上灯烛，便就外间各自用过晚饭。

瑶华问知志学，是由进香回头，要去访李一妹，因笑道："巧的很，殷爷若不遇见俺，定是空走一趟。俺方从李一妹那里来，一妹现已赶赴某处。俺此行却是向灵岩山中寻燕飞来，共除恶僧普法，因俺琼仙嫂现已陷在鹤庆寺中哩。"志学听了，恍如堕入五里雾中，只好瞪着眼呆望。于是瑶华滔滔汩汩，便述所以。

原来山东海丰县东，有座鹤庆寺。地临海汊，规模很大，老住持济林是一文墨僧人，甚是安静，只收得一个弟子，名叫普法，本是个流落的丐童。有一日，寺内后塔相轮之上，忽然挂着一枝青杏儿，那等高峻之处，是没人能上去的。济林觉着蹊跷，也不声张，但暗暗留神。有一天傍晚时分，却见那丐童跳进庙后墙，一直的登塔取杏。

济林也不惊他，等他下得塔，却闪出问道："你这丐童，为何将杏子挂在那里呢？"丐童夷然道："俺为同伴抢吃俺的杏，所以藏置在那里。"济林道："相轮上如此高峻，难道你不费手脚么？"丐童笑道："俺也不知怎的，只觉举步轻快，并不费事。"说话之间，偶一提破裤衩儿，济林却瞥他下胫有一搭长而且黑的胫毛，劲如马鬣。济林多读古书，就知此种异相，有走及奔马之能，天生的身体捷疾，便是俗传的飞毛腿。

当时济林觉得丐童异相，又可怜他孤身沦落，不由慈悲心动，便收他在庙执薪水之役。可喜丐童十分勤能。若命他赴远处料理事务，更快便的很。济林大悦，便与他摩顶落发，收为弟子，取名普法。鹤庆寺庙产甚为富足，其中僧众梵诵之余，都习普通拳棒，为保护本寺之计。那普法天生异材，十余岁上，便已力敌十余人。有一日，海盗来窥，被普法打了个落花流水，济林越法欢喜。

其时莱阳孙先生恰收得燕飞来之后，要寻静僻之处，传授艺业。一日，两人游行至鹤庆寺，那济林长老先本是莱阳的僧人，后来才住持这鹤庆寺，当时乡人相遇，分外情亲，便命那普法拜孙先生为师，习学武功。孙先生也甚喜普法异材。事有凑巧，那时李红旗偶然回家。他合济林本是方外老友，一日会见了孙先生，一见之下，自然意气相投，彼此倾倒。红旗一想自己终年在外，没工夫去传授女儿武功，今眼前有这等明师，岂可当面错过，于是命女儿一妹也拜在孙先生门下。

这时一妹只有十来岁，孙先生便率领三个门徒，深入长清县灵岩山中，潜心授艺。惟有普法天姿独高，那燕飞来因早有根底，所以还能胜他一筹。后来孙先生隐迹而去，他同门三人各自分手。李一妹自回武定家下，燕飞来仍各处游行，那普法回到鹤庆寺。不多几日，济林圆寂，他便住持寺事。又从一个江湖异人学会铁布衫法，运用罡气，端的惊人，简直如铜筋铁骨。却有一样，他武功虽日好，心志却日坏。诸公但看凡有才能的人，若没学问以济其用，非闹糟了不可。

当时普法既袭有了庙中资产，便渐渐任意胡闹，就应了俗语嘲和尚的话，赌钱吃酒养婆娘，三者备矣。一日又在武定府城里遇着一个作怪的淫娟，传给一种房术。普法是会用罡气的人，学这等温养摄闭等法，自然是事半功倍。于是大高其兴，往往夜入娟家，聚拢各淫雌通宵酣戏，闹得街坊上纷纷议论。当地无赖等望了他这块肥羊肉，空自垂涎，却不敢去炸他的酱，都怕他拳头利害。燕飞来知他如此胡闹，很劝诫他几次，所以后来托一妹寄格言书籍与他。那知普法全不为意，渐渐的仗了财势并本领，淫及良家。燕飞来知得了，心下好生不然，便又累次通函，谆谆诰诫。普法得书，只付之一笑。这时他艺高心雄，更无忌惮，便在寺营置秘室，大纵淫乐。

鹤庆寺香火很盛，遇有进香妇女，姿色可人的，他便改装为盗，伏在路径僻静处，杀死人家跟随人等，将妇女却置入寺，任意胡为。因此鹤庆寺亘近时有劫杀之案并妇女失踪报到官中，通没头绪。因普法捷如风，无迹可窥，人又想不到庙中有秘室，因此妇女被污的甚多。但是这些事却瞒不得燕飞来、李一妹。当时燕飞来大怒之下，就想寻得普法，割断同门之义。恰值李一妹欲报父仇，恳请他帮忙，所以燕飞来暂抑盛怒，与李一妹分头去寻玉格格。合一妹在沧、景之间相别后，便赶赴鹤庆寺，一见普法，不由盛气相劝。

那知普法这秃厮已入邪途，心高气傲，登时冷笑道："你莫来管俺闲事，俺炼得一身本领，方想纵横天下，劫藏几个妇女，算得甚事，难道还有人能奈何俺么？"燕飞来大怒道："俺合你若非同门，谁耐烦忠言相告。俺前者屡次劝你，你倒讲出这样话来。你这等败辱师门，俺便不能容你。"

普法听了，哈哈大笑道："燕骥，你少张致。你不容便怎样呢？同门不同门，且自由你。如今俺所藏妇女都在这里，你有本领只管夺去。"说罢，一晃秃头，甚是倔强。燕飞来盛怒之下，更不思忖，冷不防抽出佩剑，同普法劈头便剁。普法从容闪开，却笑道："你这一剑，已割断咱同门之义。俺不合你较量，但此后相逢，俺劝你须仔细些。"说罢，拂袖转身。燕飞来怒喝道："那里走！"手起一剑，向普法脑后便刺。只听"噌"的一声，剑锋滑出，如中铁石。

燕飞来惊怒当儿，不由收剑长叹道："师弟，你能为如此，为何不走正途？俺今为你最后之忠告，劝你觉悟。你如终不见纳，恐日后终有思念为兄时。"普法听了，竟不回顾，丢燕飞来在禅院中，自家竟入秘室。须臾，妇女笑语，十分热闹，竟闹了个取瑟而歌之意。

于是燕飞来愤慨而出。因此感触，便想隐迹穷山，不问世事。便一径奔赴灵岩山，就孙先生教艺之故居，住将下来。索性儿散丢手下兄弟，与猿鹤为邻，烟霞作伴。过得数月，倒也逍遥自在。这其间，偶有空谷足音，便是李一妹时来往还。两人谈起普法行为，只有相对愤叹。那知为日不多，普法又闹出一件事来。正是：

　　同门水火从今始，仗义除凶指顾间。

　　欲知后事如何，且听下回分解。

第十五回

琼仙大闹鹤庆寺
群侠聚首海潮庵

且说燕飞来合李一妹时常晤谈，提起普法，都愤叹非常，引为师门之辱。几次价想仗义除凶，一来因同门之谊，究竟不忍，二来也因普法又习得铁布衫法，刀剑不入，更且腾踔如风，眨眨眼便数百里，惟恐黄鼠打不着，倒惹一身臊，所以未敢造次。那知这一因循，普法又作了一桩淫孽，并累琼仙大遭困阨。

原来琼仙等卖艺到海丰地面，素闻得府城东红马川李一妹的声名。江湖生意，凡到一处，必要叩谒各大家。当时姑嫂两人特到李宅，叩谒献艺。一妹本是大行家，见琼仙等武功非常，甚是欢喜，便道："海丰地方富家无多，只有城内李公子家还喜接见江湖人。"这李公子是显宦的后裔，家资甚富，颇好声色，园亭甲第，非常阔绰。李公子为人调傥，兼多机智。往年李红旗在家时，两家甚是熟稔，所以一妹给琼仙等指引生意。于是瑶华、琼仙一行人，便直奔城内，叩谒李宅。

须臾，李公子出见，琼仙等照例拜见。在一所广院中，即便盘马舞剑，开场献技。果然浑脱浏亮，武功绝伦。不多时，又演筸跃踏索诸技，越法的往来如飞。但见李公子始而沉吟，若有深思，及至看到武功精妙处，不由欣然色喜。便登时厚加赏赐，并将琼仙等引入内院，命诸姬好生款待，竟如宾主之礼。闹得琼仙等摸头不着，甚是不安。

夜深时分，琼仙等方相对猜疑，只见李公子深锁双眉，面有忧色，一脚踏进来，不容分说，向琼仙等作下揖去，道："俺李某有事奉恳，不知琼娘等能慨然仗义么？"琼仙等遑然引避之间，那李公子已从容说出一席话来。

原来李公子有一美姬，前几日忽然失踪，并且连锦衾卷去。侦缉四出踏访，通没头绪。后来却在鹤庆寺后身草地内，寻得一支玉簪儿，便是美姬所戴之物。鹤庆寺的臭名儿本来无人不知，当时李公子得报之下，不须思忖，已知这娇滴滴美人儿定被普法摄去。因那普法自气走燕飞来之后，越法色胆如天，只要有美色落在他眼中，他便乘夜盗取。人但见一团风似的刷过，那怕高楼锦帐之中，顷刻便人儿不见哩。

当时李公子虽气愤填胸，却没作理会处。便不惜重金，暗募打手，想要剪除普法，救取爱姬。无奈大家一闻"普法"两字，却吓得缩头不迭。因普法这时不但自己作恶，鹤庆寺中还有两个凶僧，一名无尘，一名无念，都是滚了马的大强盗，借出家避捕，夤缘投奔到寺。那无尘黑粗精壮，善用一柄铁禅杖，力大无穷。无念却生得短小精悍，高去高来，用一柄镔铁戒刀。更能一路滚堂刀法，舞开来，一团白气贴地如飞，简直像水银泻地一般。这三个秃厮到一处，真个如虎附翼。所以，他们闹得无法无天，官中明知得，那里敢去过问。你说寻常打手，怎敢去虎头上捉虱子呢。

那李公子正愁愤得不可开交，一见琼仙等武功了得，不由心中一动，暗想普法本是色中恶鬼，若如此如此，命琼仙等混进寺去，凭他们本领，定可于中取事。于是将自己恳求之事并计画说了一遍。琼仙等本是侠妓，又自负本领，虽闻得普法武功不错，又是李一妹的师兄，却也没搁在心上。于是更不踌躇，慨然应允。李公子大悦，严嘱家人等不可走露风声，便匆匆依计行事。这且慢表。

且说普法这天下午后，在密室中合众女嬲戏一阵，信步儿踅向山门。只见从窄迳中袅袅婷婷踅来两个进香的妇女，一色的蓝布衣裤，青绢包髻，农家打扮。头一个花嫣月媚，满面春风，正是当年的小媳妇儿，眉目含情，金莲窄窄。后面一个矮鬓垂垂，玲珑娇小，还是闺女模样。踹一双鸦青小鞋儿，尖儿上缀着青丝结就的菜花朵儿，越显得十分俊样。两人各持高香，一面走，一面笑语，须臾近前。这时普法的神情儿，眼光直着，嘴儿张着，两只脚且前且却，只管用手搔秃头，却登时低眉合掌，笑吟吟迎上道："女菩萨敢是进香敝刹么？且请随喜，过到静室献茶吧。"

那妇人扭头一笑，向那闺女道："大姑哇，咱走不惯远路，累的人脚都生痛。既承这位师父好意，真个咱烧罢香，歇歇再去也不迟。"那闺女微笑之间，普法忙道："既到佛地，岂有不留个坐缘之理。这一带那家不是敝寺的施主哇，理应接待的。"于是笑吟吟前面引路，进得山门，直奔正殿。便见那闺女忽的蛾眉一蹙，一翻衣襟，登时露出新月似一把匕首。那妇人忙回顾示意，止住他。

逡巡之间，两人入殿礼佛。那一番盈盈拜倒之态，越将个普法秃厮望得心痒难挠，便胡乱旁立击磬毕，随手引木杵向案角"扮拍"两叩，便见由佛龛后面转出个年老僧人。普法笑道："女菩萨且随俺这知客僧人，到静室歇息用茶吧。"说罢，一整面孔，竟自出殿而去。只是临去当儿，凶睛一瞟，望到那闺女鞋尖儿上，却微微一笑，那妇人等也没在意。但是两人随那老僧穿过大殿之时，不由却相视而笑。

须臾入一静室。高敞非常，巨栋肥楹，窗棂整洁，由梁上拖垂着大布幔，隔作两间。那老僧殷勤让坐毕，便唤小沙弥快泡茶来。那妇人等正在处处留神，只见老僧将案上猊鑪爇了点点香儿，自语道："为何泡碗茶，便这等慢腾腾的？"于是逡巡踅出。这里妇人等方彼此秋波一转，篆烟袅处，便有一种甜媚香气扑人鼻孔，令人春意盎然。那妇人微笑，赶过去闷灭香，向院中四外一张，然后向那闺女道："瑶姑，你看这档事怎么办呀？"说到这里，不须作者来点明，诸公自然晓得，两个妇人是何人了。

当时瑶华双眉一挑，便要去抽匕首。琼仙道："普法那厮甚是了得，况且有无尘等相助，咱合他蛮杀蛮打，恐不妥当。今不如先泄其精气，瑶姑便可隐身梁上，等那厮精气大泄，不能为力的时光，冷不防飞下刺煞他，且是便当得紧。普法死掉，那无尘等便不足为虑了。"说罢，向瑶华附耳数语。瑶华笑道："阿嫂却须当心，你可知那贼秃也晓得顽那把戏（指房术）哩，不然，他怎单作淫孽呢。"琼仙道："正因他能作怪，所以须泄其精气，方可制服他。"说罢，由衣下取出短剑，递与瑶华道，"你且拿去，等临用时再给俺。且看俺赤手擒龙的手段。"

正说着，却闻院外履声橐橐，于是瑶华跃登梁上，方伏定身躯，便见普法大扠步闯然而入。夜猫子似的四下一望，大笑道："你姑嫂两个弄得好玄虚，瓦罐都有耳朵，你的来意难道俺便不知么？你为何受李公子愚弄，登门自献呢？你可晓得，燕飞来都被俺制得服贴贴的。你等来此，意欲何为？今闲话少说，你既来此，俺也正用得着。却是瑶华那里去了？那妮子脚尖上暗藏铁锥，倒也乖觉得很哩！"说罢，一张两臂，便来牵拉。

琼仙情知事泄，但自恃本领，也不惊惶，便笑道："和尚，你也犯不着这般说。你既晓得，俺也不必瞒你。俺实实承李公子之命，来索取他的爱姬。瑶华才因胆怯，竟自转去。你可好看俺面孔，将那李家妇女交付俺么？"普法大笑道："那有甚么不可以呢，但你既到此，咱还须有些勾当。"说罢，拖定琼仙，直入布帏里间。

这时瑶华隐身在梁，下望分明，只见琼仙合普法挽抱之下，早被普法挽着右手，竟与普法携手登榻。瑶华骇愤之下，又是怙惙，一颗芳心只管岌岌跳动。正这当儿，两人在榻上业已交手。不过琼仙如何是普法的对手，移时，只听琼仙失声大叫道："瑶姑救我！"那普法猛闻，略一拿尻提身的当儿，瑶华喊一声，先飞剑刺去。铿然一声，正中普法后尻。琼仙趁势一跃而起，抓穿上裤儿，便抢短剑。那普法赶过去，方劈头一拳，琼仙一闪之间，方一挫身儿，挺身进步，只见瑶华月一个"苍鹰击兔"式，倒提匕首，"飕"一声奋身下摐，连扑带蓳，"铿"一声正中普法的光头。

这一家伙若是别个，定然是头顶上开个亮喤喤的天窗儿。好个普法，全然不理会，便这等赤手纵横，竟扑瑶华。琼仙挥剑，从后加攻。三人这场酣斗，也真是异样的彩色，一个是婷婷袅袅的大闺女，一个是精赤上身儿的小媳妇，这其间夹着一个光溜溜的莽和尚，使脚抡拳，满场飞舞。再望到和尚胯下，并且不男不妇，二和尚不复露面，原来又是缩阳的内工。

当时三人格斗驰逐，那普法健膊如风，气力绝大。琼仙等虽有兵器，但是斫在敌人身上，只添道白迹儿。于是普法越来越勇，竟将瑶华逼在窗案前。瑶华方在吃惊，又早闻得前院里人声喧动，于是大呼道："嫂嫂保重，俺且暂去咧！"说罢，"刷"一声由开窗蹿出，伸手一攀房檐，用一个"翻山鹞"式，拧身上房，瞥然而去。这里琼仙勉支几合，前院中无尘等也便闻警赶到，不消说束手被捉。这且慢表。

且说瑶华脱身出寺，一时间没作理会处，就幽僻处略为歇息，稍清头脑。忽晔恨道："真个是事不三思，定然后悔。此事须寻李一妹才是，他合普浧虽是同门，却是自普法作恶以来，业已绝交断义。他闲谈中提起晋法气走燕飞来一段事，还愤恨得甚么似的哩！今俺求他，必有道理。"想罢，先向海丰告知李公子琼仙被困之事，并自己所定的主意，便一径的奔赴红马川。一见一妹，历叙琼仙被困之故，泣求援手。

一妹慨然道："今普法如此横行，便没琼仙这节事，也须剪除。但事体须慎重，普法那厮真有过人本领，若一下作不倒他，却是后患非小，不但李公子结怨可危，便是咱们也莫想一日安生咧。惟今之计，须少不得俺大师兄燕飞来。如今他在长清灵岩中云溪洞改易道装，幽居习静，自号燕道人，山中村民都晓得的。你便可传俺之意，前去约他，俺马上便先赴鹤庆寺，偷觇动静。距鹤庆寺数里之遥，有一海潮庵，庵中老尼俺都厮熟，咱大家在那里相聚，再议动手便了。"瑶华听了，欢喜称谢，便跨上一妹的黑驴儿，直奔长清。不想在鹊华山畔，却恰遇志学。

当时瑶华滔滔述罢，便求援手。志学慨然道："这等恶僧，天人共愤，俺自当效一臂之力。况且趁势得晤李一妹、燕飞来，更为快人。"因将那年在平谷地面访燕飞来之事一说。瑶华喜道："原来殷爷合燕飞来是旧友哩！想是普法那秃厮恶贯当满，所以才得巧遇殷爷。"说着，樱口一张，连连呵欠。原来瑶华连日奔走，有事在怀，通没安生睡。今遇志学，心下一熨贴，倒引起睡魔来咧。于是两人道声安置，各自进里间，一觉酣眠。

志学睡梦中，似闻得瑶华合那店主老太婆喊喊喳喳的讲话，酣甜当儿，也没理会。次日睁眼爬起，业已红日满窗。一寻瑶华，影儿也无。老太婆却笑道："您搭的这个客伴，就像个疯妮子，半夜里一定要走。俺拦了半晌，他也不听哩。"志学一笑，忙开过店资，取道武定，直奔海丰县。一路之上，果然闻得传说李公子失却爱姬之事。

这日将近鹤庆寺，远望去，那座丛林果然阔大，便一路问途，竟奔海潮庵。见着老尼，一询李一妹。老尼道："一妹那会子出去咧，敢好也就回。"正说之间，恰好一妹踅转，忽见志学，不由十分惊喜。志学匆匆先述得遇瑶华之事，然后致谢他在京南某县周旋之意。一妹笑道："如今殷爷来的好巧，但是俺同门水火，真令人惭愧得紧。俺方才就鹤庆寺四外踏看一番，惟有北路上树木丛杂，歧路纵横，普法斗败逃脱时，恐他便奔此路。殷爷既来，再好没有，先请注意此路罢。"志学笑道："且俟燕兄到来，大家商议。"

两人谈话之间，彼此佩服。过得两日，瑶华跨驴趱来，道："燕爷随后便到。他说是先到鹤庆寺，再苦劝普法一番。普法倘能知悔，究不忍便同门相残。"一妹笑道："俺看此行无益哩。"志学听了，暗叹燕飞来十分义气，但逆料普法必不能纳此忠告。三人议论之间，便听檐前"刓"的一声。正是：

　　同气相求方聚合，淫髡果报在须史。

欲知后事如何，且听下回分解。

第十六回

扮冤魂巧破铁布衫
传绝艺引出三雄传

　　且说三人见燕飞来含笑而入，一见志学，连忙趋进握手道："呵呀，殷兄，咱在平谷一别后，不想在此相会。俺闻李一妹说，殷兄在某县狱中时，长得好学问呐！"说罢，哈哈大笑。志学也便极叙契阔。一妹却笑道："今且收起客气，大师兄真个不害臊，又去劝普法碰钉子么？"燕飞来叹道："俺本想再尽同门之谊，那知俺没到鹤庆寺，已闻得一个消息。这普法实属不可求药，原来李公子的爱姬已被他淫嬲死掉，甚是可惨。"一妹听了，不由勃然变色。

　　燕飞来道："但俺此行也不为无益。俺既闻此消息，倒想得个制服普法的法儿。因普法恃有铁布衫法，必须如此如此，方能使他猛然由良心震惊上，失其运用罡气之效，那时铁布衫法方能立破。俺又探得，鹤庆寺北路上有一处旱桥，那所在丛薄阴翳，墟墓相望。过桥十余里，便通海沿。普法斗败，大料他必奔此路，不然咱大家便围追他，挤向此路。这时节却须一人，就旱桥丛薄中如此如此。"说着，便向瑶华并志学道，"此事便当屈尊你二位咧。"志学不待瑶华答语，便道："妙！妙！"瑶华却笑道："倘普法不奔此路，俺那么装扮猴相，不惹得殷爷笑么？"志学道："神道设教，此法极妙。"

282

正说得热闹，只见燕飞来恭恭敬敬站起，向大家便是一揖。志学忙道："燕兄这是怎的？"燕飞来慨然道："俺同门相残，真是无可奈何。但望大家手下留情，给普法留条性命，仅伤残他肢体，使他作个废人，也就是了。"燕飞来这不忍之念一动不打紧，那知后来赵柱儿合普法孽缘凑合，薪尽火传，又作了多少罪孽。此不在本书，且是后话，不必提他。当时大家一听，不由相顾动色，惟有瑶华却暗恨道："俺捉住那秃厮，至不济也须像收拾金维岳似的哩！"

当时大家议论既定，便各自结束，藏了兵器。这时已有起更时分，新月之光照彻圣路。须臾，瑶华装扮停当，掩抑娟楚，用袖儿掩了小嘴，呜呜的走将来，招得大家又是好笑，又是替普法慨叹。这里大家只管乱成一处，那老尼都不理会，见大家纷纷趱出后，他便静闭庵门，又合那店中一尊古佛作伴儿去咧。

不提燕飞来等各展能为，撒开脚步，直奔鹤庆寺。且说普法这夜正因那李家爱姬不胜淫嬲，香消玉殒，未免心中闷闷。要嬲戏琼仙，无奈他又拗手劲脚，便垂头搭脑的合无尘等在方丈闲谈破闷。无尘笑道："天下有的是美妇人，去了穿红的，还有挂绿的，你犯的上这么发闷么？"普法道："俺这两天只觉心神恍惚，总放不下李家那妇人。事已如此，只好给他念上几卷经忏悔他吧。"

一言未尽，只听窗外厉声道："普法，你该忏悔你自己才是。你淫恶如此，俺且给你个报应。"说着，剑光一闪，由室外蹿进一人，义形于色，气势虎虎，却是燕飞来。好普法，真是艺高人胆大，并不惊惶，登时凶睛一转，大笑道："你黉夜至此，而且拿刀动剑，莫非合俺有意为难么？"燕飞来喝道："你自作之孽，还不省得俺今率领众侠，正来捉你哩！"普法听了，哈哈大笑，霍的站起，掣刀在手道："燕飞来，你的朋党只管都来，俺鹤庆寺中不过多掩埋几个臭尸。"

正这当儿，又听前院众僧惊喊道："殿脊上有人咧！"一声未尽，那无尘要抓甘脆，冷不防提起禅杖，向燕飞来夹脑一下。燕飞来侧身一闪之间，禅杖落空，地砖立碎。燕飞来趁势向室外一跃，普法喝一声，也便拿刀追出。百忙里抬头四望，早见无念一口戒刀上下翻飞，正在大殿后坡上合一个轻俏身段的人风团似杀作一处。那人一柄剑泼开来，寒光乱飚，前超后越，端的是神出鬼入。

普法眼睛本瞭亮不过，不由暴跳道："好哇！李一妹，你也来咧，这才是咱同门的义气哩！"方一摆刀，要奔燕飞来，无尘已舞禅杖赶到，不容分说，扑向燕飞来，顷刻交手。要说无尘这柄禅杖，也委实有些家数，更兼有力如虎，所以纵横江湖间，作恶多端。无如今天一遇燕飞来，却顿然不成功咧。因为燕飞来是因敌为功，全是轻妙灵便，禅杖虽猛重，只好去搏风击影。

普法大怒，方要摆刀夹攻，忽然脑后有人结实实拍了一掌。赶忙回望，却不见人。普法一怔之间，又觉脊背上有人一扑，普法向前一撞，险些栽倒。便见一团黑影儿贴地一滚，忽的现出一人，微笑道："普法大师莫怪。话须说明，俺今天来打搅，是仗义除凶，与你同门朋友却没相干哩！"说罢，一摆剑，使个旗鼓，卓如山立。普法就月光端相那人，便如个灰朴朴的村人，因大喝道："你等不知死活的，只管来，俺且了结你再说！"于是提刀迎上。

两人这一交手，真个是工力悉敌，但见刀剑光芒，飞虹制电，七十二段小变化，三十六路大排场。这里是出奇无穷，那里是因势应敌，顷刻间翻翻滚滚，搅作一团。但见两堆白气倏忽离合，一片光华，满院分舞。普法格斗之下，不由大惊，暗想道："这是那里来的个村厮，就这等风劲！"

正这当儿，只听殿后坡上唏嚠哗啦，一阵檐瓦响，这时无尘已被燕飞来逼到殿檐之下。普法只当是无尘飞身上房，想要脱逃，说时迟，那时快，只听一妹喝道："那里走！"就这声里，无念"硼"的声跌落檐下。恰好那无尘被燕飞来杀得慌张，举杖乱打，刚一杖

284

发出去，恰值无念颠倒跌来，只听"噗喳"一声，红光崩现，无念光头上竟开了一条血沟，呛喉喉撒手扔刀，圆寂去了。那无尘用力过猛，只身儿向前一扑的当儿，一妹倒提短剑，用一个"天女散花"式，倏然飞下，趁势一挫剑锋，搠向无尘后背。无尘大叫一声，也向极乐国长行而去。

普法见了，那股无明烈火直冒得丈把高，咯吱吱一咬牙，施展出浑身本领，力敌燕、李等，全无惧怯。但是那灰朴朴的村人却一摆剑，跳出圈子，大笑道："俺且失陪，少时再会。"说罢，一溜烟似的跃出庙墙。这里燕、李两柄剑风驰雨骤，围住普法。那普法自恃筋骨劲越，剑锋砍在身上通不相干，三人这一路篝跃角逐，直由庙内翻到野地里，各显其能。刹那之间，业已酣斗了一个更次。

普法力敌多人，未免气力不加，便向一妹虚晃一刀，方要向东撒脚，不知怎的，眼前黑影一晃，那村人已端正正挡在那里。普法抽头拔步，向西要跑，叫声苦不知高低，那村人又旋风似卷到面前，并且一抖袖，刷喇喇一股沙土打向面门。普法两眼一眯，心下模糊，不管好歹，撒鸭子往北便跑。这时显出他的飞毛腿，真是举步之间，呼呼风响。说也奇怪，只觉村人那黑影儿不离他前后左右。普法转怒，索性儿驻步待敌，四下乱望，却又不见甚么，但见夜色苍茫，淡月凄交。忽的一阵野风吹过，尘沙乱卷，普法力疲心虚的当儿，不由擎刀长叹道："俺不听燕飞来一番话，竟致今日受困。仔细想来，俺所作为都是甚等之事呀！"这一来不打紧，普法登时觉得背后似啾啾有声，忙一回望，却是风旋树叶。

看官须知，人无论怎样的作恶，他那点与生俱来的良心，毕竟藏在腔子里的。不过如浮云遮月，不能发现罢了。您但看强盗临刑，他也会裂着乖乖叫妈，便是这个道理了。当时普法良心偶露，登时觉有神怒鬼瞰。但是顷刻间依然复其凶状，便唾了一口，忙忙拔步。不多时，将到那旱桥，回头一望，且喜燕李两人相隔还远。

普法心下稍定，方要纵步过桥，只听"飕"一声，那黑影儿却从背后刷过，直扑桥下。普法一怔之间，便闻桥畔丛莽中呜呜咽咽，似有女子声息。微风起处，娇怯怯转出个披发娘儿，行步之间，飘飘宕宕，忽的娇喝道："普法秃厮，快还奴的命来！"说罢，长袖一举，当头便扑。这一来普法大惊，赶忙挺身闯过，不由失声道："李娘子，莫……"

一言方尽，神瘁气焕，战栗不暇，那股罡气如何还运用得来？于是忙忙登桥，方跑到桥中间，只听桥柱下有人笑道："下来吧，你这和尚也该歇歇儿咧。"说着，"飕"的声一露头儿。普法喝道："不是你，便是我！"一足蹴去，早被那人接个正着，"噗通"声拽落桥下，就势儿夹脊两拳。那普法还想挣扎之间，后面那娘儿早已赶到，匕首起处，便穿后背。亏得那人手快，将普法一推，才不致命。但是普法受伤之下，也便撒手抛刀，委顿于地。月光照处一看，那娘儿却是瑶华，不由大骂道："俺早知是你这妮子如此作怪，恨那天没搜捉你，一总儿把来受用。"说罢，两目如灯，凶光灼灼。瑶华大怒，猛翻襟，对准普法面门，手指儿略略两动，那普法大叫昏去之间，燕飞来等一步赶到一看，普法两目业已被瑶华的梅花针针得瞎就成咧。

于是桥上那人合燕飞来甚为太息，一妹道："他孽由自作，不必管他咧，咱且回寺救人要紧。"正说着，普法大声叫痛转来，闻得燕、李等语音，只气得满地乱摸，破口大骂道："你等伙谋俺，俺也不怪，俺只问那个村厮毕竟为谁？"于是桥下那人一通姓名。普法道："好！好！'殷志学'三字，俺虽瞎掉，也要记你一辈子哩！"说罢，一声怪叫，又复昏去。

燕飞来等也不管他，便趱回鹤庆寺。只见僧众逃散，只有知客老僧正在那里收拾行装，也准备逃跑。燕飞来道："你不必害怕，如今还有许多须你作证哩。"因向瑶华道："你快去通知李公子，叫他急速前来，准备报官。"说罢，命老僧引路，打开秘室。大家进去一望，不由怒发上指。只见里面长衾大榻，铺设整齐，兰麝飘香，花红柳绿。十来个媳妇儿正在那里或笑或语，其中有一半愁眉不展，面黄肌瘦，一见众人进来，都惊慌得乱藏乱躲。

于是志学一说所以。众妇女大喜，罗拜泣谢道："俺们都是好人家的宅眷，被普法秃厮捉弄来的。如今却老天开眼，得遇一干恩公。只可惜那位李银子生生被普法要了性命，现已埋在庙后院木槿花下咧。"瑶华忙道："你们可晓得有个叫琼仙的，现在那里？"众妇女道："琼仙另在地窟内，那所在俺们也晓得的。"

于是大家一哄而出。就有两个妇女点起香燎，引大家直奔后殿。只见殿西壁角下扣着一口大铁钟，粗估去足有千数百斤，众妇女道："那地窟口儿便在钟下，堵窟口的还有一块活机石板。普法进窟，便亲自掀移此钟，然后拽开石板。下窟后，便又将石板拽严。这石板是内外两面的机括，从内拽好，外边没法治。从外边拽好，里边也没法治的。"大家听了，相顾惊异。

那瑶华救嫂心切，更不思忖，一勒袖儿，露着藕似的胳膊，便去掀移那钟。不想小脸儿挣得通红，那口钟只微微一动。燕飞来笑道："这等斤两，还是殷兄来吧。"志学逊让之间，李一妹攘臂道："俺就不服气，惟独普法有这力量。"说罢，一伸手抓住钟钮，单臂用力，喝声'起'，只见那钟一歪，登时偏掀起一半。但是一妹香躯一晃，险些坠倒。燕飞来忙伸手一按，那钟"硼"的声又归原处。燕飞来失色道："险得很！这大力盘旋的勾当，还是殷兄来来吧。"

志学听了，便不再逊，于是从容走上，先踏开脚步，俨同生根，然后一挫身儿，单臂挽住钟钮，略一集气，然后身儿一挺，健膊一拳，连背带靠。只见那钟登时移向一旁，便露出青渗渗一块石板。一妹笑道："殷爷端的神力。"众妇人都吓得暗暗吐舌，便有一人走向壁角方砖上，一踏机括，"唦啦"一声，石板缩入平笋之内，果然现出个黑洞洞的窟口。

燕飞来叹道："不想出家人恃艺胡为，一至于此。可见人有所恃，大大不详哩！"志学听了，不由连连点头。于是一妹命一妇人导引入窟。须臾，捧得琼仙出来，只见花容憔悴，便如害了场大病一般。当时拜谢大家，便都暂向方丈落坐。方互相叔谈数语，只见瑶华翩然趱转，一见琼仙，未免执手悲喜。又问秘室地窟等事，不由愤然道："可见俺钉瞎那厮的眼，并不为过哩！"

须臾，李公子领仆人等趱来，大家厮见过，坚请燕飞来等到家下。一来伸谢，二来准备报官。燕飞来道："公子不须如此，你只从庙后院起出尊宠之尸，自行合瑶华等报官便了。好在庙中这老僧便是证人，足可结案。俺们更不必到官，省却多少麻烦。"一妹道："正是，正是。俺猜殷爷一百个不愿到官。如今便请到舍下盘桓两日吧。"志学道："俺正想到府过访，如今燕兄也同去吧。"燕飞来点头道："且待俺合李公子嘱咐那老僧几句话，即便同行。"一妹道："正是哩，只叫那老僧说是瑶华救嫂，除杀普法便了。"说着，合志学、燕飞来并李公子一齐趱出去，嘱咐老僧。

这里瑶华趁空儿细询琼仙被困后情形，琼仙恨道："也是俺略一大意，自恃有房术内功，不想那秃厮的房术甚是利害，真是钢锐异常，著体如火哩。"瑶华听了，又恨又笑。须臾，燕飞来等趱来道："瑶华到官，只说是自己救嫂，那老僧俺方才已嘱咐他咧。趁着天光未亮，咱们暂且别过吧。"于是合一妹、志学出得庙，直奔海潮庵。

这时天光方交五鼓，一妹自跨了驴儿，便引志学等直赴红马川。那志学合一妹、燕飞来盘桓了三四日，方才告辞北上。至于瑶华等到官报案，一切繁文，不必再叙。

且说志学到家后，自经普法这件事，越觉得武功一道，断不可轻授匪人。又过得年巴，尤大威等武功业已大就，只是赵柱儿劣薄之性依然如故。这时他水势精通，远过其父。但是赵甲已被他累次气得染病在床，那柱儿通不理会，还只管埋头在演武院中，日夜价熬打气力。志学暗叹道："这种人正如古人吴起，闻得母丧，只大哭三声，依然读书，端的其情叵测哩。"于是唤过三个弟子道："你等武功已成，吾亦倦于教授，便当从此散学，各奔事业。今案上锦盒中有三个纸阄儿，各写着一桩防身之艺。你三人便去拈来，俺当教授。"

尤、徐两人听了，不由凄然泣下。赵柱儿却不理会，也不暇逊次序，攘臂而前，先拈起一阄。打开一看，却是耸跃绝艺"一鹤冲霄"之法。当时他大喜之下，却又惟恐尤、徐拈着更妙的艺儿，不由两眼鹜鸡似的望着两人。便见大威拈得一阄，却是点穴秘法。柱儿登时耸肩小语道："这点穴法尤兄业已偏俺们学过咧。"志学听了，点头微笑。及至辅子拈那一阄，却是玄女剑法。柱儿见了，登时爽然若失，便搭趁着笑道："咱三人虽各占一阄，其实互相转授，还不是一样么？"尤、徐这当儿只有恋师情切，也不暇听他胡噪。

从此志学便依次传授三桩绝艺。不消月余，三人尽通其术。只是尤、徐两人都学得十成十足，至于这一鹤冲霄法，志学却灵机一动，暗含着留了一虑，没传给柱儿，也就为的是赵柱儿性格含糊，怕他将来学逢蒙老哥哩。当时弟子三人艺成拜师，各作事业。许多的奇情异节，都在《殷派三雄传》中另有专书，不必搀叙。

这位大侠殷一官从此闭门奉母，极享田园之乐。一入晚年，绝口不谈武功。村中老朋友们有谈起他许多轶事的，他便大笑道："得咧，你别给后来的文人撰作小说的材料咧。这是人家生花之笔、灿花之舌的本领，干俺鸟事呀！"话虽如此说，无如实至名归，那轶事流传如何掩得呢。

后来一官六十岁上，曾在沈阳道上运了一大车关东老白干回家。此项酒车甚是重笨，六套大健骡拉车，那赶车的鞭儿既长且大，鞭梢结个皮条疙疸，足有酒杯大小。赶车的都是双手拿鞭，鸣如霹雳。这日，一官绝早起程，正在驰驱之间，只听道旁林中一声呼啸，顷刻撞出十余个骑马强盗，各持兵器，直奔酒车。为首一人大喝道："殷志学，久违呀！你还记得那年咱在滦州道上，小小客气一场么？"

志学一望，猛想起此盗便是韩达子。因笑道："往年之事，你倒还记得。但你怎样呢？"韩达子喝道："闲话莫说，俺就要你这条命！"志学笑道："既如此，一爷便舍给你这条命。"说罢，手拄长鞭，卓立车上，大喝道："命便有在这里，小子有本领，只管来取呀！"说罢，舞动长鞭，势如风雨。韩达子挥众围上，还没一盏茶时，一个个大叫仆地，挺了腿咧。原来每人脑颗上没偏没相，都挨了一鞭疙疸。志学回家，通没向人提这档子事。还是赶车的慢慢传将出来。

后来志学年登九旬，无疾而卒。便葬于盘山脚下龙泉坞地面，与高士李孔昭为邻。这便是大侠殷一官的轶事。

编校后记

　　《大侠殷一官轶事》是赵焕亭20世纪20年代较早完成的作品。作家在1923年5月后的两年时间里，把主要精力放在社会反响最热烈的《奇侠精忠传》的后续写作、出版上。这期间的短暂间歇，赵焕亭完成了《蓝田女侠奇观》和《英雄走国记》的前36回。到1925年年中，一俟写完《奇侠精忠传》的续一集，他随即开始撰写《大侠殷一官轶事》。这足以说明这部小说在作家心目中的地位。

　　赵焕亭在本书中塑造的殷志学这一儒侠形象，就文学史的渊源而论，还是师承的《儒林外史》。《儒林外史》中那位用弹子打瞎恶和尚双眼，救得老和尚性命的萧云仙，正是"侠其名"而"儒其实"的人物。萧云仙的父亲萧昊轩临终前留给儿子的遗训，即"为人以忠孝为本，其余都是末事"，恰恰构成了赵焕亭武侠小说的思想主题。与《奇侠精忠传》不同，在《大侠殷一官轶事》中，没有杂乱的旁枝末节，也较少迎合大众趣味的低俗描写，作家采用了一种简约、写实的笔法，来记叙一代儒侠殷志学的生平、事迹，既注意让这一文学形象承载儒家"忠孝为本"的观念，又把这位大侠塑造得丰满、感人，真实可信。应该说，这部书无论从布局谋篇、情节发展、语言运用，还是人物塑造、思想蕴含，都是很成功的，算得上赵焕亭写得最好的武侠小说之一。

自1925年9月初，《大侠殷一官轶事》在《北京益世报》上连载。连载时，每期的书名前都冠以"清代畿东"的双行小字。次年6月份印行的单行本，"清代畿东"的字样虽未见于内文书眉和书尾版权页，但仍出现在封面和目录的大字书名前。因此，将这部书称为《清代畿东大侠殷一官轶事》，可能更准确一些。

《大侠殷一官轶事》的本次再版，以天津益世印字馆民国15年（1926年）6月印行的初版版本为底本。